二 見 文 庫

代償

キャサリン・コールター／林 啓恵＝訳

BACKFIRE
by
Catherine Coulter

プロとして潤沢な経験を積んでこられたつぎの方々に感謝いたします。この本は彼らの果てしない寛大さと親切心によって豊かなものとなり、さらに大事なことに、正確を期することができました。わたしの人生に登場してくださって、ありがとうございます。伏してお礼申しあげます。

デーブ・キー連邦保安官へ。あなたの経験と功績は驚くべきものです。それ以上に驚きなのが、いまだ笑顔で生きていて、果敢に職務にあたられていることです。

司法省管轄、連邦保安局カリフォルニア北地区のドナルド・オキーフ連邦保安官へ。ボス、必要な情報を惜しみなく与えてくださって感謝します。

カリフォルニア北地区連邦裁判所のジェームズ・ウェア主任判事へ。思慮深く、説得力のあるあなたは、わたしから放たれるおかしな質問はもちろんのこと、わたしが思いつかなかった質問にまで、ことごとく答えてくださいました。

ジェームズ・ウェア主任判事の秘書官であるミズ・イン・トリンへ。あなたはすばらしい世話役でした。あなたのご協力とこの本に向けられた熱意に感謝します。

マリン郡保安官事務所のドナルド・ウィック保安官助手へ。あなたこそ適任者だとご紹介いただきましたが、まさにそのとおりでした。あなたのおかげでマリン郡の描写に信憑性が出ました。

ワシントンDCフーバー・ビルディングのFBI広報部に籍を置くミズ・アンジェラ・ベルへ。フーバー・ビルに手紙が届けられるアイディアを提供していただいたおかげで、ルールを破ることなく筋書きを組み立てることができました。CAUが三階に移動したことを教えてくれたのも、あなたでした。

全米科学財団中国支部の支部長であるミスター・アレグザンダー・ディアンジェリスへ。あなたとは義理のきょうだいですが、それが理由で褒めるわけではありません。その頭脳と鋭い洞察力を目の当たりにするのは、喜びでした。あなたのおかげで中国関係の記述に正確を期することができました。

代　償

登　場　人　物　紹　介

レーシー・シャーロック	FBI特別捜査官
ディロン・サビッチ	FBI特別捜査官。シャーロックの夫
ラムジー・ハント	連邦判事。サビッチとシャーロックの友人
モリー・ハント	ラムジーの妻
エマ	モリーの娘
ショーン	シャーロックとサビッチの息子
イブ・バルビエリ	連邦保安官助手
ハリー・クリストフ	FBI特別捜査官
シンディ・カーヒル	マーク・リンディ殺人事件の容疑者
クライブ・カーヒル	マーク・リンディ殺人事件の容疑者。シンディの夫
ミッキー・オルーク	カーヒル裁判の担当連邦検事補
マーク・リンディ	IT技師
ミロ・サイレス	カーヒル夫妻の担当弁護人

1

ハント判事の自宅
サンフランシスコ、シークリフ
木曜日の深夜、感謝祭の一週間前

ラムジー・ハント判事は眼下の岩場に波が当たっては砕ける音に耳をすませていた。この音を聞いていると心が安らいできて、自分を取り戻せる。それで毎晩、判で押したように同じ場所に佇み、波の音を聞いてしまう。自分とは違い、この波はこれからも延々と寄せては返しつづける。波の音しかしない。あたりは深閑として、今夜は垂れこめた霧のなかをゴールデンゲート・ブリッジに近づく巨大貨物船の霧笛すら聞こえてこなかった。

そよ風が葉ずれの音とともに木立を吹き抜け、海面にさざ波を立てる。なんと肌寒い夜だろう。出がけにモリーが革ジャンを着せてくれて助かった。感謝祭まであと一週間。その日は自分が七面鳥を切り分けなければならない。歌いたいほど誇らしいが、みんなのためを思えば歌わないほうがいい。

ラムジーは空低くにかかった半月を見あげた。なぜかその月が冷ややかでよそよそしい。

そういえば、なにごとにも興味津々の息子のカルから尋ねられたことがある。あの表面のでこぼこには指を入れられるの？　木でできたフォードのトラックみたい？　それともアイスクリームみたい？　あれって固いの？

それはさておき、今日もいい日だった。午後遅く、エマがサンフランシスコ交響楽団でガーシュインの「ラプソディ・イン・ブルー」のリハーサルをするというので、デイビスホールでモリーと双子の息子たちと合流し、笑顔でうなずきながら演奏を聴いた。ずっとわが子と思ってきたエマが、いまや神童になった。うっかりしてると誇らしさにはじけてしまうわよ、と妻のモリーからよく注意される。なんとカルとゲージまでがリハーサルのあいだはいい子でおとなしく座っていた。といっても、カルは一度、「エミー、『きらきら星』やって！」と叫び、バイオリン奏者たちの微笑を誘ったが。

その一時間後にはロンバード通りの〈ラ・バルカ〉でエンチラーダを楽しんだ。家族みんなのお気に入りの店だ。三歳の双子はチップスとグアカモーレを見ると突進してしまうので、このメキシコ料理店に来るのはつねにちょっとした冒険だった。

ラムジーはがっちりした石塀に両肘をついた。この塀を築いたのは、息子たちが活発に動きまわるようになった一年半前だった。崖から二十メートル下の岩場や海面に転がり落ちる悪夢を思えば、たいした手間ではない。

ベイエリアへの入り口となるマリンヘッドランズのほうを見た。空にかかる半月と同じくらい、寒々しくて荒涼としている。まもなく冬の雨がこの土地を緑でおおう。数年もすれば、サンフランシスコのつぎに好きなアイルランドと同じくらい緑豊かになるだろう。ありがたいことに、このあたり一帯は国の保養地に指定されているおかげで、コンドミニアムのベランダからフルーティな高級シャルドネをちびりちびり飲《や》る観光客を見ずにすむ。

　そのとき、下の海岸に停泊する一艘のゾディアックが目に入った。静かな海面にじっと浮かんでいるので、まるで島のようだ。それ以外の船は見あたらない。こんなに夜遅く、開水域にボートを停泊させるとは、いったいなにを考えているのだろう？　ボート上に人影はなく、それに気づいてはっとした。ボートから落ちたのか？　いや、ゾディアックでここまで来れば、歩くなり泳ぐなりして、狭い海岸にたどり着ける。それにしても、なんのために？日光浴のためでないことだけは確かだが。九一一に電話すべきかどうか迷っていると、モリーが背後で居間のドアを開けた。「あら、ずいぶん寒いわね。上着を着ててくれてよかったわ。あなたの贔屓《ひいき》のアシカは、またおしゃべりしていったの？」

　ラムジーは笑顔になった。オールド・カールというのが、下の海でのらくらするのが好きな大きなアシカにつけた名前だ。そういえばこの一週間ほど見かけていない。「たぶんピア39でいとこたちとはしけに寝そべってるんだろう。それより、どうした？」

「ゲージが悪い夢を見たらしいの。なかに入って、クローゼットにはほうれん草の怪物が隠れていないと言ってやって。わたしが言っても信じないのよ」

ラムジーはにやにやしながら妻を見た。「すぐに行く――」

モリーはその日の月のように鋭利で冷たい銃声を聞いた。そして、被弾した夫が前のめりに倒れるのを見た。モリーの悲鳴が夜気をつんざいた。

2

犯罪分析課《CAU》
ワシントンＤＣ、ＦＢＩ本部ビルディング
木曜日の日中

警備員のデニー・ローパーがサビッチの部屋にやってきて、ごくふつうの白い事務用封筒を差しだした。サビッチはブロック体で書かれた手書きの大きくて黒い文字を読んだ。〝三階　犯罪分析課　ディロン・サビッチ〟。住所の記載はない。

ローパーは言った。「来客のひとりがペンシルベニア通り口の外扉に立てかけてあったとか言って、ロビーのセキュリティチェックにいたブリッグスのところにこれを持ってきたそうです。ブリッグスは念のためにまずわたしのところへ持ってきました。

Ｘ線検査と生物学検査をしました。封筒にも、一枚きりの紙片にも、いまわしい炭疽菌《たんそ》のたぐいは付着してませんでした。ですが、どういうことなんでしょうね、サビッチ。これを送ってきた人物はあなたの名前だけでなく、所属部署の場所まで知っている。そう、三階だってことを」

サビッチはたたんである一枚きりの便せんを開いた。同一人物の手になる黒のブロック体で、〝これがおまえへの報いだ〟と、書いてあった。

「この道化者がなにを言ってるか、おわかりになるといいんですが」

サビッチは言った。「まったくだよ。ブリッグスはこの封筒を持ってきた人物を引き留めてるのか？」

「いいえ。ブリッグスが封筒を見ているあいだに立ち去ったとかで。ご存じのとおり、午前中のこの時間帯は観光客が多くて。ブリッグスは呼び止めたそうですが、男はそのまま人混みにまぎれて消えたそうです。ですが、たくさんのカメラに姿がとらえられています。ブリッグスと話していたときの拡大画像もありますよ。その男がこれを書いたんでしょうか？」

「厳しいセキュリティチェックを受けなければロビーを通り抜けられないから、こんな方法を採ったんだろう。で、この封筒だが、誰がなぜこんなものをよこしたのか、おれには見当もつかない」

ローパーは言った。「防犯カメラの映像をご覧になりますか？」

サビッチはうなずいた。

「ブリッグスに話しかけてるんで、声もはっきりくっきり残ってますよ。ブリッグスによればふつうの人だったようですが、国家の安全のため、あなたたち専門家にチェックしてもらいたがっています」ローパーは言葉を切り、自分とサビッチに視線を注ぐ面々を見あげた。サビッチの部屋のすぐ外に集まってきていた。「どうやら、早くも興味を惹いたようですね。会議室の準備をしておきます」ローパーは部屋を出て、ディスクを振りながら捜査官たちの脇をすり抜けた。

サビッチはあらためて文面を読んだ。

これがおまえへの報いだ。

椅子に座り、目を閉じて、考えた。おれがなにをした？　なんの報いだ？　脅しには違いないが、いったい誰がこんなことを？　テッド・バンディのいかれた娘カーステン・ボルジャーを逮捕して、まだ二週間しか経っていない。その関係だと彼女の母親、義理の父親、それに叔母のセントラがいる。ほかにもいるのか？　ボルジャーの恋人兼相棒だったブルース・コーマフィールドの家族がいるが、両親のどちらも堅実な中産階級の出身で、失うものが多い。その両親には、コーマフィールドの死後、カーステンが逮捕されたときに会った。どちらも茫然自失状態だった。その手のショックにはそれを経験した者の世界を丸ごとひっくり返すだけの威力があるとはいえ、彼の両親に関しては当てはまりそうになかった。

ほかに誰がいるだろう？　つぶったまぶたの裏に、血と死と残虐な顔からなる鮮やかな記憶が無数に雑然と浮かびあがり、万華鏡をのぞいているようだった。人間という種の愚劣さを思うのは、これがはじめてではない。目を開くと、妻のシャーロックがすぐそこで便せんを見ていた。

シャーロックは言った。「デニーがDVDの準備が済んだって。全員で見たいんじゃないかと言われたんだけど。なにがあったの？　この手紙に書いてあるのはなに？」

「妙な脅しなんだ。気に入らないのは、おれを名指しして送られてきたことさ。さあ、行こう。ロビーでブリッグスにこれを手渡した男を見てやろう」

サビッチはシャーロックが太い巻き毛を耳の後ろにかけるのを見た。それから二秒もすると、髪留めのひとつから外れた巻き毛が前に落ちた。彼女の髪は髪留めではまとめきれない。シャーロックが言った。「みんな、デニーがやってきてあなたにこの封筒を手渡すのを見てたわ。見ててよかったわよ。さもないとこの部屋に押し寄せてたでしょうから」

「デニーもそう思ったんだろう。たいして時間はかからない。みんなの頭脳でなにが探りだせるか、試してみよう」

シャーロックはしばらくサビッチの表情をうかがっていたが、やがて背を向けて、部屋を出ていった。きびきびとした足取りに、セクシーな黒いブーツ。いやでも人目を惹く。そしてシャーロックといったらこの格好、黒のローカットパンツに白いブラウスが定番だった。サビッチの心臓の鼓動が速くなる。自分がなにかをしでかしたせいで、彼女を危ない目に遭わせる可能性があるのか?

封筒を手に会議室へ移動すると、シャーロックが言った。「さあ、ディロン、映像を見る前に手紙になんと書いてあったか教えて」

サビッチは一枚きりの便せんを開き、感情を排した声で文面を読みあげた。「〝これがおまえへの報いだ〟。それだけだ。じゃあ、デニー、見せてもらおうか」

会議室に集まっていたのは九人だった。捜査官だけでなく、いつもチューインガムを嚙んでいるみんなのお世話係、秘書のシャーリー――今週は髪を真っ赤に染めている――と、ふたりいる事務員のうちのひとり――なんでも賭けの対象にして、かならず勝つ――もいっしょだった。デニー・ローパーが再生ボタンを押すと、鮮明な高解像度映像に全員が身を乗りだした。セキュリティチェックの前に列をなす大勢の観光客がてんでにしゃべっているので、会話が重なっている。警備員ふたりはプレキシガラスの背後から観光客を出迎え、身分証明書を提示しつつ、ひとりずつに質問している。よくこなれた一連の手続きだった。デニー・ローパーが映像を一時停止した。「九時十五分ちょうどでした。問題の男がやってきます」

ひとりの男――女という可能性もある――がペンシルベニア通り口から、十数人の観光客の先頭を切って入ってきた。男は列にならび、誰にも話しかけなかった。プレキシガラスのところまで来ると、ブリッグスに封筒を差しだした。緩いジーンズをはき、FBIのロゴの入ったパーカーのフードをかぶって、サングラスをはめている。いずれもこのままではセキュリティを通過できない。だが、この男にはセキュリティチェックを受けるつもりなどなかった。いや、女である可能性も排除できない。

ローパーが言った。「ブリッグスと男の声だけを残して、ほかの音声は消去してもらいました。もう一度聞いてみてください」

「どうされました、サー？」

「この封筒がガラス扉の外側に立てかけてあった。踏まれたり飛ばされたりしたらいけないから、持ってきたよ」とりたてて太くない小声だが、聞き取りやすかった。実際、いい声だ。あせりのない穏やかな声。それに若い。

封筒を受け取ったブリッグスがそれを見ているあいだに、男は背後の旅行者の一団にまぎれこんだ。そして、ペンシルベニア通り口から出て、画面から消えた。ローパーは言った。「ゆったりのんびり、なんの憂いもない。映像はこれでおしまいです」ローパーは再生機を切った。

デーン・カーバーが言った。「体格は割りだしたか？」

ローパーが答えた。「百七十センチ、六十三キロです。それで、どう思われますか？」

ルース・ワーネッキ・ノーブルが言った。「あと十回は見たいですが、第一印象ってことなら、男にしては細身ながら、わたしには二十から二十五の男性に見えます」

デーンが言った。「ごく平均的な体格の女性である可能性も排除できない。でも、歩き方からして男って感じだよな。ずっとフードをかぶったまま、サングラスもはめっぱなしだったんだろ？」

サビッチが続いた。「このDVDをクワンティコの運用技術課に送ろう。画像を拡大したり解像度を上げたり、顔の汚れを取りのぞいたりして、画像処理をしてもらうんだ。クワンティコなら録音された音声の加工もできる」

会議室のドアをノックする音がした。音声技術の専門家であるチャック・マンソンだった。こんないまいましい名前は変えてやると口癖のように言っているが、実際は変えない。ほんとうは名前ゆえに集まる関心を喜んでいるのではないか、とサビッチは内心にらんでいた。

「九八パーセントの確率で三十歳未満の男性のものだ」マンソンはそう言って帰っていった。

「チャックがそう言うんなら、自分は信じます」ローパーが言った。「ズボンとパーカーのメーカーを調べてもらってるんで、いずれ結果が出ます」

ルーシー・カーライルが言った。「ブリッグスと話すときは顔を上に向けていますが、そのあとまた顔を伏せました。カメラを意識してる証拠ですね」

サビッチの右腕オリー・ヘイミッシュが言った。「デニー、プレキシガラスの裏にもうひとり警備員がいたろう？　ブラディと言ったかな。彼からの事情聴取は終わったのか？」

ローパーはうなずいた。「ブラディも封筒を持参した男のことは覚えてるんですが、彼にしてもブリッグスにしても有益な情報は把握してませんでした」

「ブリッグスとブラディに直接話を聞きたい」サビッチは言って、立ちあがった。

ローパーはうなずいた。「ふたりをこちらに呼びます」

サビッチが首を振った。「いや、こちらから彼らの持ち場である中二階に出向くよ」

クーパー・マクナイトが身を乗りだした。「ただのいかれ頭でないかぎり、うちが担当した事件に関係があると思っていい。手はじめに最新のえげつない事件、バンディの娘の事件から検討したらどうだろう？　コーマフィールドの近親者はアップルパイ並みにふつうの人たちに見えたが、それがどうした？　おかしなやつがまぎれこんでないともかぎらない」

ローパーはサビッチを見た。「DVDを置いてきます。警備員たちから話を聞くのにご都合のいい時間帯を知らせてください」会議室の出入り口で立ち止まる。サビッチはローパーのことを太いロープを結んで作ったような体格のいい大男だと思っている。ローパーは言い足した。「こんなやからは排除したいもんです。この部屋には賢い人が集まってるんですから、自分たちのためにもよろしくお願いしますよ」

シャーロックはあらためて文面を呼んだ。「〝これがおまえへの報いだ〟か。あなたの行為のなにかを差してるのよね、ディロン。つまりあなたが個人的にかかわった事件に関係があるはずよ。ほら、リッシー・スマイリーのときは、個人的な恨みで危ない目に遭ったわ。でも、そこまでばかなことをする人間がいないかどうか確実に調べあげるには、それこそ何週間もかかる」

デーン・カーバーが言った。「その脅し文句が気になるな。〝これがおまえへの報いだ〟とあるが、これ《ヽヽ》ってなんだ？　もう標的を決めてるのか？」

全員の目がシャーロックに集まった。

シャーロックは体の前で両手を広げた。「わたしとはかぎらないでしょ。でも、わかったわよ、じゅうぶんに気をつけます。相手の男はカメラにとらえられてるし、いずれ顔もかなりの精度で再現されるわ。それがなによりの手がかりになる」

サビッチは自分に視線が集まっているのに気づき、表情を取り繕うのに苦労した。いつしかペンを握りしめている。脅しの標的はシャーロック以外に考えられない。ほかに誰がいるというのか。なにか言いたいのに、声が出なかった。こんな自分には我慢がならない。しっかりしろ。自分を叱咤《しった》して話しはじめると、冷静で落ち着いた声が出た。「なにか思いついたら、知らせてくれ。おれはこれから警備課に行って、ブリッグスとブラディと話してくる。シャーロック、きみとデーンはこの件の捜査に取りかかってくれ」

中二階に向かうエレベーターに乗ったサビッチは、ジョージタウンにあるミスター・パティルの店、〈ショップン・ゴー〉で発生した発砲事件を思いだしていた。あれからまだ三週間しか経っていない。サビッチがやむを得なく撃った女はエルサ・ハインツといった。自分が彼女を撃ったことを知っているのは誰か――知らない人を探すほうがむずかしいぐらいだ。事件は新聞各紙で報じられ、サビッチの名前も載っていた。彼女に縁のある人が復讐を求めているのか？　おれの愛する人を殺して、愛する人を殺された恨みを晴らそうと？

サビッチはハインツのことを頭から追いだした。仕事柄、脅されることは多い。自分もシャーロックもそれはよく承知している。だが、自分たちにはＣＡＵの仲間がついている。

3

サビッチの自宅
ワシントンDC、ジョージタウン
金曜日の午前五時

ショーンが思いきり高く跳びあがる。彼は母親から投げられたフットボールを受け取ると、本来は野球場である空間をその端に向かって走りだした。続いてサビッチも走りだすが、ショーンが電柱のように長い脚でぐんぐん進むので、追いつくことができない。胸にしっかりとボールを抱えたショーンは、なぜか野球のベースをまわってホームを目指している。と、突如左耳にジョン・レノンの声が聞こえてきた。鼻にかかった平板な声でみんなが平和に暮らしていると想像してごらんと歌いかけてくる。

サビッチはベッドで起きあがるなり、時計を見た。午前五時。これはよくない。午前五時の電話がいい知らせであったためしがあるだろうか。

サビッチは携帯を手に取った。「サビッチ」

「ディロン、すぐ来て、お願い、ひどいの、ひどいことになってしまって。怖い――」モリー・ハントは恐怖と涙にくぐもった声を詰まらせた。苦難を乗り越えてきたエマのことではなさそうだ。

「シャーロックにも聞かせたいから、スピーカーホンに切り替えるよ。なにがあったか話してくれ、モリー」

シャーロックが隣で起きあがった。夜の明けきらないこの時間、顔は青ざめ、髪は寝乱れてもつれている。

「ラムジーが何者かに背後から撃たれたの。いま手術中だけど、助かるかどうかわからない。みんなここにいるわ。あなたとシャーロックにもいてほしい。こちらに来て、誰がこんなことをしたか調べて。だから、お願い、すぐに来て」

ラムジーが撃たれただと？　頭がついてこなかった。ラムジーには半年ほど会っていない。最後に会ったのはシャーロックとショーンとサンフランシスコを訪れたときだ。あらためてふり返ってみると、ラムジーが当時六歳だったエマの命を救い、その母親であるモリーと結ばれて、はや五年以上になる。

ラムジーが撃たれた？

「モリー、深呼吸をして。そう、それでいい。さあ、なにがあったかゆっくりと話してくれ」モリーをなだめつつ、ラムジーが撃たれた理由を考えていた。連邦判事のラムジーが強引に消されようとした。他者を裁く立場にある者には、敵もできやすい。

「いま手術中よ」モリーはくり返した。「まだなんとも言えないと看護師は言ってたけど、見とおしが暗いんだわ、わたしにはわかる。あの人は背中を撃たれて――」言葉が途切れた。息が浅く速くなっている。ふたたび、取り乱した息苦しそうな声で話しだした。「お願いよ、ディロン、シャーロックといっしょにこちらに来て」

サビッチとシャーロックの両方が質問を放った。モリーは支離滅裂ながらも、話を整理しようと努力している。彼女の話から、バージニア・トローリー警部補が同席していることがわかった。たぶんこちらの質問とモリーの答えを聞いているだろう。バージニアとその夫には、この五年、夫婦でサンフランシスコを訪れたときに何度か会っていた。

「モリー、バージニアに替わってくれないか」バージニアが電話に出た。「ディロン、サンフランシスコ市警察が通報を入電してラムジーの家に現着したのは、ちょうど真夜中をまわったところだった。わたしが現着したのはその十分後よ。暗かったので、足跡は調べてないわ。懐中電灯を片手に歩きまわって現場を台無しにしたらことだもの」

「チェイニーとは話をしたのか?」

バージニアは答えた。「チェイニーとはラムジーの家で入れ違いになったんだけど、さっき電話をしてきたわ。ハリー・クリストフ特別捜査官を担当者にして、チェイニーが逐一こまかく指揮するそうよ。チェイニーは報復行為としてラムジーが撃たれた可能性を気にしていたわ。まだそう言える段階じゃないけど、そうね、わたしもそう感じてる」バージニアが声を落とした。「モリーにはあなたたちが必要よ。こちらに来られる?」

「できるだけ早く向かうよ」サビッチは携帯電話を切ると、妻に腕をまわして抱きしめ、背中を撫でた。

「切り抜けてくれるわ」シャーロックが首元で言った。「ラムジーはきっと大丈夫。あんなにいい人なのよ、ディロン。よくなるわ。でも、なんでこんなことに? あなたが脅された直後なのよ」

脅《おびやか》されているのはおれじゃない、きみ、あるいはショーンだ。

チェイニー・ストーンが電話をかけてきたのは、サビッチがシャワーから出た直後だった。チェイニーは病院にとって返し、ラムジーが無事に手術を終えて外科ICUにいることを確認していた。モリーはたいへんな動転ぶりだったという。「医者に精神安定剤を出してもらえないかと頼んでみたら、なんと、出してくれましたよ。それが効いているようです。おっと、バージニアが来たんで、スピーカーホンに切り替えます」

「エマは大丈夫なのかい?」サビッチは尋ねた。

バージニアが答えた。「最初はこんなことになって倒れそうになっていたけれど、あの年齢でたいしたもんよ、エマは。崩れずに踏みとどまり、朝になったらハリー・ポッターのテーマ曲を――変奏曲を――ピアノで弾いてあげると弟のカルに言ってたわ。ゲージの目を懐中電灯で照らすのをやめさせるためよ。カルは光を当てたら発作を起こすかもしれないと思ったらしいの」バージニアが声を詰まらせた。「まだ三つの子が光を当てると発作を起こすなんて、どこで聞いてきたんだか」

サビッチは言った。「まったくだ。午後にはそちらに着ける。チェイニーとはうまくやってるかい？　ハリー・クリストフとは？」

「ええ、チェイニーね、いい人よ」間が空く。「彼はＦＢＩの捜査権を確保しつつ、わたしたちにもおこぼれをめぐんでくれるそうよ。クリストフについて聞いてるのは、一年半ほど前にすったもんだの末に離婚したこと、以来、とびきりのクソ野郎だってことだけ」

背後でチェイニーが言うのが聞こえた。「おこぼれだなんて、よく言いますね。こちらで把握してることは伝えてるじゃありませんか。それにハリーはもうとびきりのクソ野郎じゃない、ただのクソ野郎に戻りました」

バージニアが言った。「で、あなただけど、支局長殿。あなたは結婚したばかり。つまりばかになるほど幸せってこと。何年かしたら、そのときに判断させてもらうわ。わたしの予想では、あなたは相変わらずおばかさんで、でも幸せではなくなってるんじゃないかしら」

チェイニーは言った。「その台詞、ジュリアに伝えておきますよ」

ばかになるほど幸せか。いいね。サビッチはバージニアに話しかけた。「きみはラムジーとは長いつきあいだから、彼の習慣や交友関係を知ってる。チェイニーやクリストフの貴重な情報源になる」

バージニアは鼻を鳴らした。不思議とそれが魅力的だ。「彼のところの大切な特別捜査官は、みんなそうでしょうとも」ため息をつく。「サンフランシスコの警官なら、ひとり残らずこのいかれた犯人を捕まえるのに手を貸したいと思ってるわよ、ディロン。ラムジーは英雄なの。あれからもう五年になるのに、いまだ彼はジャッジ・ドレッドよ」

サビッチはラムジーが地元のみならず、全国のマスコミからジャッジ・ドレッドという、SF映画の主人公の名前を授けられたのを思いだした。彼が黒い法衣をひるがえして裁判官席から飛びおり、裁きの場に銃器と暴力と死を持ちこんだ三人のならず者をひとりで倒すという快挙を遂げたあとのことだ。

「そのことをくり返しチェイニーとクリストフに言ってやってくれ」

「いまそう言ってたところよ、ディロン。これは重大事件なの。わたしを含むほとんどの警官は他人事だと思っていないわ」

「だったら、お互いに力を合わせていかれた犯人を捕まえましょう、バージニア」シャーロックが言った。「じゃ、あとでまた」

ラムジー、きみは誰の恨みを買ったんだ？　それでサビッチは、自分が脅迫状をよこした男から五千キロ離れられることに気づいた。助かった。ショーンも連れていって、祖父母の家に預けよう。

ダレス空港に向かう途上で、ふたたびチェイニーが電話をしてきた。「これまでにわかったことを報告します。ラムジーは昨日の朝、裁判の公判前手続きを中断していました。担当検事補が事件を適切に処理していない可能性があったからです。ラムジーは検事補が脅《おど》されているのではないかと考えて、連邦保安官や連邦検事と連絡を取っていました。ご存じのとおり、みんなうちと同じ建物にいます。

その検事補はミッキー・オルークといい、検事補になって二十年のベテランです。オルークが故意に不起訴処分にしようとしているのではないかと疑ったラムジーは、当然のごとく彼に非公開での面談を申し入れた。ところがオルークは逃げを打った。ラムジーの秘書のオリビアによると、ラムジーは日時を設定して、オルークとその部下に参加を求めた。オルークは姿を見せず、どの部下も行き先を知らなかった。最後にオルークの姿が確認されたのはラムジーが公判前手続きを中断したときだったので、みな彼のことを案じていた。オルークの直属の部下は、オルークが沈んでいたと証言しています。ただ、彼が消えるとは思っていなかった。なんにしろ、オルークはそれきり見つからず、いまやれっきとした行方不明者です。ご想像どおり、蜂の巣をつついたような騒ぎですよ」

「被告人の名前は？」

「クライブ・カーヒルとその妻シンディが、ここシリコンバレーでソフトウェアの専門家を殺したとして共同正犯の被告人になっています。夫妻とも潤沢な海外資産があるんだか、お金持ちの友だちがいるんだかで、一流の弁護士を雇っています」

だが検事が疑われたら、どの判事が担当しても関係がない。それにミッキー・オルークが失踪したところで、裁判が遅れるだけだ。サビッチにはまだ合点がいかなかった。

彼は尋ねた。「カーヒルが連邦裁判所で裁かれる理由は?」

チェイニーが答えた。「スパイ行為をした疑いです。殺されたマーク・リンディは国家の最高機密にかかわる仕事を担っており、たぶん殺されたのもそのせいです。そのために所轄の警察ではなく、FBIにお鉢がまわってきた。殺しについてはほぼ確実な線で逮捕したんですが、リンディが担当していた仕事の具体的な内容がいまだ不明です。どうやら国家の安全保障にかかわることのようですが、CIAの態度はご存じでしょう。こちらにはいっさい情報を流さないでおいて、自分たちはこのあたりを嗅ぎまわってる。

他国政府がカーヒル夫妻にリンディの殺害を依頼したにしろ、国は特定できていません。あなた方が機内にいるあいだにオルークの部下たちから事情聴取して、彼がいそうな場所を探ってみます」

「わかった、チェイニー。じゃあ、昼過ぎに」サビッチは言った。カリフォルニアに向かう機内、自分とMAXにはカーヒル夫妻について読むべき資料がたっぷりある。

それにショーンとの旅はいつだって楽しい。

4

シャーロックは午前八時十九分ダレス空港発の西海岸行きの飛行機に乗る前に、サンフランシスコの両親のもとへ電話をかけた。「レーシー、こちらは上を下への大騒ぎだ」父のコールマン・シャーロック判事は言った。「地元テレビ局はラムジーが狙撃されたニュースで持ちきりで、誰もが判事の仕返しをしたがっている。五年前に彼が自身の法廷で派手な大立ち回りを演じたせいか、このへんのマスコミは彼のことを野蛮な未開人扱いしたがっていると思われても致し方ない。なんともはや。

かくなる場合のつねで、あれこれ取り沙汰する者は多いが、ひとつとして確かなことはわかっていないし、ＦＢＩからもなんの発表もない。

警察署長の記者会見が正午に設定されている。ＦＢＩ主導の捜査にサンフランシスコ市警察も加わろうとするかどうか、みものだな。はたして仕事の幅が広がるものやらどうやら。

じつはわたしは、昨日ラムジーに会っている。デイビスホールでエマがリハーサルをするのを聴きにいくとかで、家族そろって出かけるところだった」判事は言葉を切った。「殺人事件の公判前手続きを延期したと聞いたと彼に言ってみたが、彼は黙って首を振り、微妙な問題を含んでいるのでまだ話せないと口をつぐんだ。

おまえたちに会うのが楽しみだよ。ショーンのことはおまえの母親とわたしとでしっかりみるから、こんなことをしでかした連中を捜しだせ。おまえたちにならできる」

父がそう言うなら神さまも聞かないわけにはいくまい、とシャーロックは思った。

「こんな悲惨なことが起きていいのか、レーシー？　はたして手続きの中断に関係があるのかないのか。おまえはどう思う？」

途方もなく長かったフライトが終わりに近づくころには、シャーロックもサビッチも、ショーンにつきあってもう一戦コンピュータゲームの『インカの魔術師アトック』をするぐらいなら、作って一週間は経っているであろう冷凍のアーティチョークディップを食べたほうがましだという心境になっていた。このゲームは、まだ幼いインカの少年が数字や魔法や度胸を武器に複雑きわまりない数学の問題を解き、次々と悪党どもを倒していくというもので、シャーロックは主人公のアトックのことをマチュピチュのハリー・ポッターと呼んでいた。そして、ほぼフライトのあいだじゅうショーンとこのゲームをして過ごした。かたやディロンは、その間にＭＡＸのファイルを読んだり、スカイプを使って犯罪分析課に可能な支援をチェイニーと相談したりしていた。チェイニーは言った。「カーヒル夫妻が国外に隠し財産を持っているんなら、その口座をＭＡＸに探りだしてもらえると助かります。それと、彼らの求めに即応するプロがいるかどうか。いまのところまるで手がかりがないんで」

「カーヒル夫妻一本に絞ってるのか、チェイニー？」

「そういうわけじゃありませんが、他国の陰謀によってラムジーが撃たれるという筋書きよりは、はるかに説得力がありますからね。もし他国政府がマーク・リンディの最高機密情報を探りだすためにカーヒル夫妻を雇って、リンディの弱みをつかんでそれをばらすと脅しをかけたんだとしたら、他国政府は後始末に手を焼く連邦判事や連邦検事補ではなく、夫妻のほうを消すんじゃないでしょうか」

　サビッチは言った。「カーヒル夫妻が重要参考人であるのは間違いないとして、ハント判事を殺そうとする動機は？」

「ラムジーがすでにオルークから多くを聞いているのを恐れたのかもしれない」チェイニーは言った。「ですが、おっしゃるとおりです。いましらみ潰しに捜査しています。ハント判事に脅迫状が届いていないかどうか、この三年間にやりとりされた手紙とメールに目を通しているし、さらに年月をさかのぼって彼が担当した事件の捜査にも着手したところです。サンフランシスコ市警察をはじきださないように、彼らにも仕事を割りふってますよ。人手はいくらあっても困りません」ため息をついて、先を続けた。「ただ、さっそくややこしいことになってましてね。ラムジーはただの一判事じゃない、みんなのヒーロー、ジャッジ・ドレッドです。市長に警察署長、主要テレビ局、それにサンフランシスコ交響楽団の指揮者まで、捜査の進展状況が知りたくて電話をしてきました。警察署長にいたっては、なにを考えているんだか、サンフランシスコ市警察とＦＢＩと連邦保安局からなる特捜班を作って、みずからが指揮にあたりたがっています。わたしは早くも食傷気味です」

サビッチは尋ねた。「ミッキー・オルークは？　行方不明になった検事補についてなにかわかったか？」

返事はノーだった。

サビッチが電話を終えると、シャーロックが言った。「検事補が行方不明なんて、スパイ小説みたい。カーヒルの裁判の担当がわたしの父じゃなくて助かったわ」

「ママ、なにぼっとしてんの？　ぼくにやられちゃったよ！」

サビッチはシャーロックの嘆き節を笑顔で聞いた。「あら、ショーン、今回はどうやったら窮地を脱出できるの？　紫色の頭をしたアマゾンの太った蛇の穴に落とされちゃったんだけど。あ、この手があるのね」シャーロックはカヌーのパドルでうごめく蛇の頭を叩いた。

シャーロックが操るのはインカの数学者ポウワック。骨の髄まで腐った悪党なので、ろくな最期は迎えられそうにない。

5

サンフランシスコ
金曜日の昼過ぎ

手荷物受取所には、古なじみのサンフランシスコ市警察のビンセント・デリオン刑事の姿があった。チェイニーに出迎えを買って出た、と彼は言った。サンフランシスコのＦＢＩ捜査官たちも、いまだ彼らが来ていることを知らない、そしてつい数時間前にモントヤ警察署長が特捜班編成の意向を発表したという。もちろん、ＦＢＩの協力をあてこんでのことだ。デリオンは「これを読んでくれ」と、〈クロニクル〉紙をサビッチに放った。『ジャッジ・ドレッド撃たれる』という大見出しが紙面を飾っていた。

ほどなくデリオンの愛車クラウン・ビクトリアは渋滞する１０１号線北向き車線に入った。

「ラムジーが踏ん張ってくれてるのが、せめてもの救いさ。誰も殺人事件なんぞ望んじゃいない。被害者がラムジーとなったらなおさらだ。彼が亡くなりでもしてみろ、エマとモリーと双子がどうなるか、おれには想像もつかん」重い沈黙。「そうとも、あの家族にはラムジーが必要だ。失うわけにはいかない」

デリオンは首を振り、太い指で自慢の種をそっと撫でて、ほほ笑んだ。手荷物受取所でショーンから、「おじちゃんのヒゲ、エルキュール・ポワロのヒゲよりぴかぴかだね」と、大人びた口調で言われたのを思いだしたのだ。

きみはヒゲを見る目があるぞ、とデリオンはショーンを褒めた。実を言うと、今朝はワシントンからその少年を含む大物一行を迎えるため、念入りにつやを出してきたのだ。デリオンは髪をかきあげた。「病院に着いたら、すぐにラムジーと話せるといいんだが」

シャーロックが言った。「モリーはどうしてる？」

「子どもたちのために気を張ってるよ」刑事は言葉を切って、つけ加えた。「数年前にエマにあんなことがあったせいだろうな、家族が互いに支えあってる」

「ラムジーおじちゃんは大丈夫なの、ママ？」

ショーンには、ラムジーが怪我をしたのでサンフランシスコまで見舞いにきたと話してある。「大丈夫よ、ショーン。怪我をしたけれど、もうよくなってきてるの」そうでありますように。神さま、お力をお貸しください。

「エマはどうしてる？」

「元気だぞ、ショーン。カルとゲージの世話を焼いてるよ」

「だよね」シャーロックの五歳児が言った。「カルとゲージは赤ちゃんだからさ。いくら世話してやったって足りないよ。ぼくも手伝ってあげなきゃな」

シャーロックはサビッチに説明した。「半年前の戦没者追悼記念日の週末にこちらへ来たとき、エマと双子たちと三時間いっしょにいたのよ。それで、エマと結婚してカルとゲージに人生を教えるのを手伝うと言いだして。お隣に住む運命の恋人マーティ・ペリーや、コネチカットに住むボーイ・リチャーズの娘でやっぱり恋人のジョージィはどうするのって尋ねたら、ショーンったら、黙ってにこにこしてるのよ。そうだったわよね、ショーン？」

サビッチは息子に尋ねた。「おまえに賛成だよ、ショーン。なんたってエマさ。マーティとジョージィは冷静すぎる。なあ、ショーン、知ってるか？　息子っていうのは、年齢を重ねるにつれて父親に似てくるもんなんだぞ」

ショーンは小首をかしげた。「ママが言ってたよ。ママ譲りの笑顔がある分、ぼくのほうがパパよりハンサムだって。それがすごい違いなんだって」

デリオンは大笑いした。

「本物のハンサムっていうのは、行いがハンサムな人のことを言うんだ」サビッチが言うと、ショーンはその言葉を自分に言い聞かせるようにつぶやいた。シャーロックはあきれたように天を仰ぎ、息子の豊かな黒髪をかき乱した。

ショーンが不安げに言う。「ぼくと婚約してること、エマ、忘れてないかな」

「まさか」サビッチが請けあう。「おまえのママがおれと婚約してたことを忘れたことあると思うか？」

「ありえないね」ショーンが言った。キャンドルスティック・パークを通り過ぎようとしていた。「ここ、むかしドワイト・クラークが伝説のキャッチを決めたとこなんだよね、パパ？」

サビッチがにやりとした。「そうとも」

シャーロックはデリオンに話しかけた。「よく覚えてるでしょ？」

「まったくだ」デリオンが応じた。「ショーンはこちとらみたいにハードドライブがいっぱいになってないから、頭がさくさく動くんだろう」

大人たちはラムジーの殺人未遂事件について現時点で語るべきことがないのを承知していた。デリオンが間近に迫っているフォーティナイナーズ対シーホークス戦の話をしていると、ショーンが言った。「いつ妹ができるのってマーティに訊かれたよ。マーティんとこはこんどの三月にまた弟ができるんだって」

これが新たな会話の糸口となった。

6

サンフランシスコ総合病院、外科ICU
金曜日の午後

サビッチはラムジー・ハントの命をつなぎ止めている管の多さに辟易した。首には点滴の管がつながれ、顔には酸素マスクがかぶせてある。胸部から出てきた管の末端には、吸引器らしきものが取りつけられている。仰向けになったラムジーは青ざめて動かない。生命の炎が揺らいではいるが、消えてはいない。胸まで引きあげられたシーツは薄く、手術跡の、幅広に巻かれた白い包帯が見えていた。呼吸が静かで安定しているのはいい兆候だが、転倒跡であろうまぶたの黒ずみが痛々しかった。

パーティションで区切った小部屋を警護するサンフランシスコ市警察の巡査は、険しい目つきで一行を出迎えた。バージニア・トローリー警部補が彼らをジェイ・マンカッソ巡査に引きあわせた。その部屋に一度に入れるのはふたりまでなので、まずサビッチが入ってモリーの隣に立った。彼女はラムジーを見たままサビッチの手を取り、ぎゅっと握った。「駆けつけてくれてありがとう。チェイニーが先生に頼んでくれたバリアムが、わたしには劇的に効いたみたいで、頭の靄《もや》が薄れたわ。電話したときは混乱していてごめんなさい」

「気にしないで」サビッチは言った。「ラムジーは楽そうに呼吸してるね、モリー。いい兆候だよ」

ラムジーは以前にモリーの赤毛はアイルランドの絶景地であるモハーの断崖から見る夕日と同じくらい鮮烈だと語っていたが、そのとおりだった。それだけ聞くとシャーロックの髪と同じように感じるが、こうしてじかに見ると色合いがまったく異なる。

サビッチは寄りかかってきたモリーに腕をまわした。はかなげだった。なぜかモリーの髪の感触はシャーロックの髪とは異なり、においも同じではなかった。シャーロックの髪はほのかにローズのにおいがするが、いま嗅いでいるのはジャスミンにレモンが混じったにおいだ。「よくなるよ、モリー」彼女の髪に語りかけた。「きっとよくなる。彼は丈夫だし、意志が強い。まだおれたちとこっちにいたいはずだ」

モリーが身を引き、笑顔でサビッチを見あげた。「わたしもよくなると思ってるのよ。でも、怖くて、ディロン。万が一――」

「万が一などないさ。一度も意識が戻ってないのか?」

「たまに目を覚まして、うわごとを漏らすわ。エマの名前がくり返し出てくるけど、ほとんど聞き取れないの。森の山小屋の近くで意識不明のエマを見つけたときのことを思いだしてるのかもしれない」

「チェイニーはまだ来てないのかい？」

「いいえ、少し話したわ。役に立てることがないと伝えたら、またあとで来る、ラムジーが目を覚まして、医者から大丈夫だというお墨付きが出てからのほうがいいだろうって。時間を置いてわたしに犯人や動機を考えさせたいんでしょうけど、ラムジーを殺したがる人なんて思いつかない。カーヒル夫妻のことや、ラムジーが公判前手続きを中断したこと、検事補が行方不明になっていることは、チェイニーから聞いたわ。ラムジーからはまったく聞いていなかったけれど、正直に言って、そんな時間はなかったの」モリーはサビッチから遠ざかり、くるりと向きなおった。両脇の手を握りしめている。「いいえ、時間ならあった。でも、彼はいつもわたしを守りたがる。おかしなことが起きているのを察して、胸にしまっていたのよ。そのせいでひどい目に遭わされた可能性はじゅうぶんにある」

だらりとしたラムジーの手を取る。「強い人よ」モリーはサビッチにというより、自分に言い聞かせるように言った。「屈強で、岩のように頼りになる人なの」モリーにとっては、美しい男性でもある。黒い髪に、煌《きら》めく黒い瞳。そして胸躍る笑い声の持ち主だった。「結婚して五年になるなんて、信じられる？　エマは十一歳で息子たちは三歳よ。息子たちは事情が呑みこめなくて怯《おび》えているわ、ディロン」声が甲高くなり、ふたたび元に戻る。「そんなふたりをエマが世話してくれているの。姉というより第二の母親みたいに。ベビーシッターのヒックスさんもついててくれる」潤んだ目でサビッチを見た。「みんなして双子をここへ来させないようにしてるんだけど、そのせいでかえって怯えているみたいで」

ラムジーが低くうめいた。

モリーが身を乗りだして、頰にそっと口づけする。「ラムジー、お客さんよ。さあ、目を覚まして」

ゆっくりと目が開いた。事情がわからずぼんやりとしているが、徐々に曇りが晴れて焦点が合ってくる。サビッチは顔を寄せた。「こんなとこより、タホ湖がよかったな。おれは二キロのマス、きみはボウズだった」

ラムジーは笑みを浮かべようと奮闘しているが、笑顔にはなれない。「わたしの記憶とは違うようだ」

「フライにしてくれたのはきみだったから、一匹進呈してやる。なんにしろ、おれたちとここにいてくれて嬉しいよ」

ラムジーが小声で呼んだ。「モリー？」

「ここよ」モリーは夫の手を握りしめた。

ふたたびサビッチを見ると、ラムジーはさっきより力強い声で言った。声に鋼のような強さが戻ってきている。「いま思いだした。わたしは誰かに撃たれたんだな」

モリーが説明した。「わたしに呼ばれてふり返ったときに背後から撃たれたのよ」

「それで石のように転がり、気を失った」考えこむような顔になる。「前に脚を撃たれたことがあった。わかるだろうが、どこを撃たれようと、いい気分じゃない」目をつぶって、鋭い痛みに耐える。「まるで十八輪トラックに胸を轢《ひ》かれた気分だ」

サビッチはモルヒネの投与スイッチを彼の手に押しつけた。「さあ、押して。これがきみのPCAポンプだ。痛みを止めてくれる」

ラムジーにははじめて見るものだった。感謝に目をつぶって、ボタンを押した。ふたりとも黙って待ち、やがてラムジーが言った。「痛みが楽になった。あまり動かなければこれでなんとかなる」

サビッチは言った。「撃たれたときに、ふり返ってくれてよかった。どちらの方角から撃たれたかわかるか？」

ラムジーは遠い目をした。「方角？　海側だと思うんだが。何者かが船に乗っていたのか？　波で揺れる船から発砲したとは考えにくいが。その道のプロだとしても、やはり命中率は落ちる」

サビッチは尋ねた。「船を見たのか？」

ラムジーは人がいることも忘れて空白の表情になった。と、ふたたび痛みに襲われて、なりをひそめた。

「混乱してるだろうが、ラムジー、心配するなよ。大事なのはきみが生きていること、そして日々よくなろうとしていることだ」

「カーヒル夫妻か？」

「ありうる。捜査してみるよ」

「わたしには動機がわからない、サビッチ。きみにはわかるか？」

「いや、まだわからない」

「ミッキー・オルーク検事補は見つかったのか？」

「まだだ」

ラムジーが目をつぶると、モリーはサビッチを押しのけ、夫の耳元でささやいた。「いまはよくなることに専念して、ラムジー。わたしとエマを転がして遊んでくれなきゃ。それには元気になってもらわないと。それと、ヒゲを剃らないとね」

彼の口が笑みの形になった。

ICU担当のジャニーン・ホルダー看護師が出入り口から言った。「わたしはその黒いヒゲ跡が好き。危険な荒くれ男に見えますよ。カルダク先生の診察です、ハント判事」

サビッチは自己紹介をして、医師に場所を譲った。カルダクは鞭の持ち手のように細くて背の高い高齢の男性だった。十ラウンドにわたって死と格闘した末にかろうじて勝利をおさめた人のように疲れた顔をしている。

ラムジーの視線に気づいて、カルダクは言った。「おや、ハント判事、目を覚ましたかね、すばらしい。昨日の夜、わたしとわたしの外傷チームできみを手術したんだが、その後の具合はどうかと思ってね」カルダクは返事を待つことなく、ラムジーがつながれた点滴の管と機械にしかけられた液剤を調べた。そのあいだずっと、手術中にわかった外傷箇所をひとりごとのようにつぶやきつづけた。折れた肋骨、破れた肺、胸腔に溜まった血液。さして心配がないかのように、淡々と挙げていく。最後にラムジーの胸に聴診器を当てて、包帯の具合を調べた。「悪くないようだ、ハント判事。首尾よく肺が膨らんだら、週末には管が抜ける。いまはまだ必要とはいえ、ひどい痛みだろう、わかるよ」

サビッチは上体を起こしたカルダクに尋ねた。「危険な状態だったんですか、先生？」

カルダクは答えた。「安直には言えないが、運びこまれたのはここ、第一級の外傷センターで、しかもわれわれが呼ぶところのゴールデンアワーだった」長く細い指で脈に触れる。「きみの一番の危険因子は出血だったがね、ハント判事、その心配はもう脱した。命の危険はない。当面、ご機嫌というわけにはいかないだろうが、それでも命がないことに比べれば格段にいい」

「アーメン」ラムジーが言った。「ありがとうございます」

「たっぷりモルヒネを使うといい。それでもだめなら、別の痛み止めを出す」

ラムジーは再度ボタンを押した。「この魔法のボタンを知ったいま、すぐに空っぽにしてしまいそうですよ」

カルダクは言った。「それならそれでいい。手術室では三人がきみの処置に当たったんだがね、ハント判事。ジェーンズ医師のうるさいことといったら。ジャッジ・ドレッドなんだから、もし手術中になにかあったら、汚名を着せられ痛めつけられて、街を追放されると大騒ぎだった」ラムジーににんまり笑いかけたあと、横を向いてモリーの手を取った。「ご主人は頑丈で健康だし、なんといっても、ここのチームは一流だ。過度の心配は無用だ。そうそう、忘れるところだった。二年前だったか、娘さんがオーケストラをバックにバッハの『イタリア協奏曲』を演奏するのを聴いたよ。家内はいまもよくその演奏がよかったことを覚えていてね。エマの第二楽章の演奏を聴いてすすり泣いてたくらいだ。新聞で読んだが、十二月の上旬にオーケストラとガーシュインを演奏するそうだね。おめでとう。あの子はすばらしい。さて、サビッチ捜査官、ハント判事を休ませてやってくれ」

ラムジーが小声で言った。声が少しくぐもっている。「ディロン・サビッチ特別捜査官はわたしたち夫婦のむかしからの友人でしてね。銃撃のことならなんでも知ってる。力になろうと来てくれたんです」

「そうなのか？」カルダクはすでに初対面ではないのに、またサビッチの手を握った。「廊下できみの奥方に会ったぞ。ＦＢＩの捜査官同士がいっしょになるとは仰天だな。どうやったらうまくやれるんだね？」

「わたしが上司です。うまくやれるかどうかは、わたししだいです」

「秘訣があるのかね？　男なら誰でも知りたい問題だ」

「異論があるときは、わたしのご機嫌を取るように、彼女に言ってあります」

この発言にカルダクは笑い声をあげて、「幸運を祈るよ」と述べた。「今日は一日病院にいるから、質問なり心配ごとなりがあるときは声をかけてくれ」

モリーが医師の袖をつかんだ。「どうしてそんなことを？　ラムジーは大丈夫だとおっしゃったばかりなのに」

「ああ、言ったとも。わたしがここにいるのは、きみたちのそばにいて、必要とあらば支援を受けられるという安心感を与えるためだ。必要なときは研修医や医学生じゃなくて、わたしに尋ねるといい。ハント判事、眠りたいんなら、目をつぶってくれ。みな失礼する」

いい医者だな、とサビッチは思った。「モリー、しばらくシャーロックと交替してもらえるかい？」

モリーは立ち去りがたい顔をしていたが、ラムジーにキスをすると、彼の好きなピスタチオ・アイスクリームの大パックを買ってくると約束した。

7

サンフランシスコ総合病院
金曜日の午後

合衆国連邦保安官助手のイブ・バルビエリは腕組みをして外科ＩＣＵの外で廊下の壁にもたれ、ハント判事に面会する順番を待っていた。執刀医のカルダク医師によると判事の経過は順調だが、午前四時に電話で判事が撃たれたことを聞いたときに感じた胸苦しいほどの恐怖は、いまだぬぐいきれていない。生き延びられるのかと尋ねると、上司のカーニー・メイナード連邦保安官は、わからないがと前置きしたうえで、手術は無事に終わったから助かる見込みはあると答え、ハント判事は丸ごとチタンでできたような男だからと、さも当然そうにつけ加えた。本人が持つ諸々の力と、カルダク医師が率いる執刀チームに感謝しなければならない。

ハント判事が病院にいるあいだは、連邦保安局とともにサンフランシスコ市警察が警護の一端を担うとメイナードは言っていたが、それでもイブには判事の近くで待機することが求められる。これも警護のうちであり、また今後割りあてられるかもしれない任務に備えるためでもある。判事が退院した暁には、彼とその家族の公式警護者は彼女になる。イブは外科ＩＣＵの窓付きドアに目をやり、その先にあるハント判事の個室のドア脇に陣取るサンフランシスコ市警察のジェイ・マンカッソ巡査を見た。近づいてくる人物を逐一にらんでいる。その顔はまるで怒っているようだ。ハント判事が撃たれて以来、イブが目にした警官はだいたいがそんな顔をしている。街じゅうの法の執行機関が判事の殺害をくわだてた男――もしくは女――の捜査に加わりたがっている。ハント判事が要人であり英雄だからだ。イブはしばし目をつぶり、ラムジーが無事だったこと、そしてこの数年で彼と彼の家族と深く知りあえたことに感謝した。ラムジーが撃たれたとき、もし彼の命が救われるなら大きな犠牲もいとわないと誓った。たとえば一生顔を見たくないと思っている元姑にまた会うとか。その元姑の息子であるライアンと結婚しておよそ半年後、イブは彼を家から蹴りだした。元姑のどなり声がまだ耳に残っている。善良な女なら夫のささやかな罪ぐらい許すもんだ、と。

待機しながら、少なくとも十回は同じことを自問した――カーヒル夫妻が暗殺者を差し向けたのか？　もしそうなら、被告側の弁護士であるミロ・サイレスもかかわっているに違いない。カーヒル夫妻だけでは、ここまで迅速に能力のあるプロを捜しだして雇い入れる金を準備できない。イブはミッキー・オルーク検事補にバレーボールのコートで何度か会ったことがあった。自分のチームが勝ったときの彼の笑い声の大きかったこと。だがひとたび法廷に入ると仕事ひと筋、たくみに鞭をふるう笑いとは無縁のベテラン検事補だった。有罪判決率も高い。だが、それももはや関係がない。ひとこともなく、メールもよこさず、忽然と消えてしまったのだ。こんどばかりはＦＢＩの捜査官として捜査を担当できたらと思わずにいられない。イブはため息をついた。

イブは壁から離れて、廊下を歩きだした。窓の向こうからマンカッソ巡査が見ている。ラムジーに会いたかった。直接会って、彼が息をしていることや、賢そうな黒い瞳の奥の頭脳が明晰に働いていることを確認したかった。だが、警官がひとり入ったあと、つぎの警官が入っていった。サンフランシスコ市警察のバージニア・トローリー警部補が病室への出入りを許可されたのは、判事一家の信頼できる友人だからだ。モリーもバージニアがそばにいたら、ラムジーを守る警官が増えて心強いだろう。そしてワシントンから飛んできたＦＢＩの捜査官ふたりが病室に入った。サビッチとシャーロックという名のこのふたりは夫婦だというのだから、びっくりしてしまう。

イブは顔を上げて、近づいてくる男ふたりを見た。やはり捜査官だ。ＦＢＩという名のプライベートクラブには、ひと目でそれとわかるドレスコードがある。ダークスーツに、白いシャツ、それに通常はダークタイを合わせる。大股で近づいてくる男ふたりは、円形闘牛場に入場する闘牛士のように、余裕しゃくしゃくの偉そうな態度だった。もちろん、どちらにも見覚えはあった。片方は支局長に就任したばかりのチェイニー・ストーン捜査官として紹介を受けていたが、もう片方については名前を知らない。駐車場から車で出ていくのを何度か見かけたことがあるだけだ。

イブは壁際に戻って、のんびりと壁にもたれた。向こうからこちらに来させようと、口笛を吹きながら待った。連邦捜査官のウイングチップでわたしのケツを蹴りあげようとするのはどちらだろう？

チェイニー・ストーンとならんで歩く捜査官が話す声が聞こえた。「茂みで発見した写真ですが、新聞から切り取ったジャッジ・ドレッドの顔にバツ印がついてました。顔に突きつけられて、あざ笑われてる気がしましたよ」

へえ。ラムジーの切り抜きが犯行現場にあったの？　はじめて聞く情報だった。とはいえ、ＦＢＩが自分たちの集めた情報を流してくれるとは思っていない。だいたい連邦ビルディングの十三階にある閉じられたドアの内側には、足を踏み入れたことがなかった。あの階にいるのはＦＢＩサンフランシスコ支局部族のみ。連邦保安局は二十階に陣取り、そのすぐ下の階には上級連邦判事の執務室と法廷がある。ＦＢＩのやり口にはあまり関心がない。六年前、それもあってＦＢＩの捜査官には応募しなかった。特別捜査官に関する逸話はうんと聞かされている。その肩書きからして鼻もちならない。ＦＢＩは結果を出すことが多いが、ＦＢＩとはそういうもので、そうでなければゴールデンゲート・ブリッジから飛びおりなければならない。このふたりは自分を相手にするだろうか？　それともＦＢＩ捜査官のでか足でこちらの内臓を踏みつけにするつもりだろうか？　結果は見てのお楽しみ。必要とあらばふたりの裏をかくなり、間隙《かんげき》を縫うなりするまでのことだ。

チェイニー・ストーンが立ち止まった。「やあ、イブ・バルビエリ保安官助手じゃないか」

彼が名前を覚えていたのが意外だった。イブはチェイニーと握手をした。「支局長就任おめでとうございます、ストーン捜査官」

チェイニーは朗らかにほほ笑んだ。「ありがとう。なって二カ月になるが、どうにかまだ命があって息ができてるよ。ただ、前は予測のついたわたしの人生が、いまではかり集められたピットブルの群れとともにあるがね」

ごもっとも。黙っていても、その思いが顔に出ているのだろう。

「ハント判事の事件で協力することになるから、チェイニーと呼んでくれ」

ファーストネームで呼べって？　すてきな笑顔に白い歯に誠実そうな外見。でも、新任の支局長になれなれしくするのは考えものだ。こちらのファーストネームを呼ばせるのはまだ早い。イブはうなずいた。

チェイニーが言った。「イブ・バルビエリ、こちらはハリー・クリストフ捜査官。ハリー、こちらはイブ・バルビエリ連邦保安官助手だ。彼女がハント判事を警護するようになって三年、彼女は判事の家族とも親しい」

8

イブはハリー・クリストフ特別捜査官を値踏みした。三十代前半。細身の長身で、焦げ茶色の髪に明るい緑の瞳。みごとな体型を保っている。着ているのはお約束のダークスーツに白いシャツだが、靴はウイングチップではない。彼と同年配ぐらいに見える古ぼけた黒いブーツで、ぴかぴかに磨きあげられていた。タイのほうは黒い縞模様の入った鮮やかな黄色だ。ちょっとした反抗心？　そんな変わり種がＦＢＩの組織にいるなんて意外。

新任の支局長はクリストフを手なずけるつもりらしい——ご苦労さま。クリストフの噂は聞いている。聞いていない人のほうが少ないぐらいだ。無鉄砲とのもっぱらの評判で、それがイブの好奇心をそそった。ほかのピットブルたちと同じように根性が悪そうだし、ペパロニ・ピザをバドワイザーで胃に流しこみながらでも相手をこてんぱんに叩きのめしそうな顔をしている。だが、支局長のチェイニーがこの事件の担当者に抜擢したからには、おつむのほうにはめざましい点があるのだろう。

「噂は聞いてるわ」イブは言った。「はみだし者らしいわね」

「話が早い」ハリーが突きだした手をイブは握った。力強くて、日焼けしていて、指が長い。チェイニーが話を再開した。「保安局の動きが速くて助かったよ。そちらから送られてきたハント判事宛の脅迫状にさっそく着手してる」

彼女はうなずいたものの、まだハリーに気を取られて、彼の観察を続けていた。頭は切れるの？　閃《ひらめ》きはある？　ピットブルなりに常識はある？　度胸はどうかしら？

こちらもハリーに観察されていることをひしひしと感じる。「これまで問題はあったのかい？」ハリーが尋ねた。

イブは首を振った。

「どうやらはじめて問題が持ちあがったときにかぎって、きみらがいなかったようだな」

言ってくれるじゃない。イブは退屈そうに応じた。「〈ノースビーチ〉ホテルでグラッパでも飲んでたんじゃないかしら。ハント判事の自宅の裏庭でグロックを撫でてなくて悪かったわね」

やるな。ハリーは目つきでそう伝えた。彼女は挑発に乗って食ってかかるようなことはしない。その図太さが気に入った。〝あんたなんかにかかわってる暇はないのよ、ばか捜査官〟という顔をしている彼女をからかってやりたい。彼女のことは見かけたことがあって美人だとは思っていたが、顔を突きあわせるのははじめてだ。そして目の当たりにした現実は驚きだった。黒いズボンをはいた長い脚。それに黒いブーツを合わせると百八十センチ近くなり、ハリーの眉のあたりまである。ブーツはやっぱりぴかぴかで、ひょっとすると、自分のよりも輝いているかもしれない。いや、ありえない。粋な赤い革ジャケットの下に黒のタートルネックを合わせ、泣く子も黙る連邦保安官助手の一丁上がりというわけだ。

ところが顔がそれを裏切っている。そんな服装をしているにもかかわらず、笑顔にブロンドのポニーテールをはずませて誕生日会で子どもたちにアイスクリームやケーキを配りながら、愛敬を振りまいているのがお似合いの顔だ。掛け値なしにきれいでやさしそうな顔をしている。そして、健全さの権化のようだった。元オハイオ州のチアリーダー、隣のきれいなお姉さん、州のお祭りの美人コンテストでクイーンに選ばれそうなタイプだ。ただし、それも彼女の目を見るまでのことだった。深いブルーの瞳には人のよさなど無縁で、連邦保安官助手の地が透けて見えている。多くを見てきた目。だが、ＦＢＩに入ってから自分が見たものほど多くないのは、神さまが知っておられる。

ハリーは手を差しだした。嚙みつかれるかと思ったが、彼女は握手に応じた。冷静で他人行儀な、仕事上の握手だった。

「なにをにやにやしてるの？」

「手を嚙まれるかもしれないと思ってた」

彼女は濃いブロンドの眉を吊りあげた。「わたしを餌付《えづ》けしようとしたらね」

ハリーは言った。「で、きみはおれのことをはみだし者だと思ってるわけか？　きみの噂もそうとうだぞ、イブ・バルビエリ。去年、ある逃亡者がオマハのショッピングモールに逃げこんで、〈メイシーズ〉の女性トイレで人質を取ろうとした事件があったんだってな。最後にはきみがその女の頭を便器に突っこみ、拳銃を手放すまで顔を上げさせてやらなかったと聞いた」その場面を思い浮かべて、ハリーはにやついた。「おれのことを言えるかよ」

チェイニーはそんなふたりを見て、笑いだした。流血の惨事さえ避けられれば、ふたりでいい仕事をするかもしれない。イブは誰が相手でも一歩も引かないし、ハリーのほうは、噂は噂として、すばらしい成果をあげている。彼にハント判事の殺人未遂事件を割りふったのは、それが理由だ。

チェイニーはイブに言った。「きみがハント判事の警護責任者だそうだね」

イブはうなずいた。

「よし。マスコミがロビーに集まってきている。潜りこもうとする不届き者が出てくるぞ」

「ご心配なく」イブは言った。「マンカッソ巡査の面構えを見てください。こそこそしているレポーターを見つけたら、洗濯物カートに突っこむでしょうね」

「うちは本部からCAU——犯罪分析課の略語なんだが——のトップ、ディロン・サビッチ捜査官とその妻のシャーロック捜査官が、捜査を支援するため飛んできている。彼らとも協力して任務にあたってもらうことになる」

「はい、承知してます」イブは言った。「さっき支局長がふたりといっしょにおられるのを見かけました」そのときのチェイニーは、燃えあがるような赤毛の女性を抱擁し、大男と握手していた。男ふたりはいかにも親友らしく、きさくに言葉を交わしていた。

上等だ、とハリーは思った。ディズニーランド・イーストこと本部から来たサビッチとシャーロックとも協力体制を組まなければならない。人手が不足しているわけでもないのに。

チェイニーは言った。「ハリー、バルビエリといっしょにやれそうか？　いっしょにやるってのは、彼女の顰蹙《ひんしゅく》を買っておまえを張り倒したくさせることじゃないぞ。いまここで話をした印象からして、彼女なら口より先に手が出る」

「チアリーダーのスージーには注意しろって忠告ですか？　ご心配なく。彼女は警護部門を率いるだけですからね。仕事が重なる部分は多くありません」

はあ？　チアリーダーのスージー？　イブは彼をにらみつけた。「あなたが協力しようとしまいと、わたしは自分の仕事をやるだけよ」肩をすくめ、眉を吊りあげる。「あなたはどうなの、クリストフ？」

「FBIが扱うのは事件で、仕事じゃない」ハリーは手を挙げて、チェイニーに言った。「くり返しますが、心配ありません。自分は誰とだって組める。たとえ相手がチアリーダーのかわい子ちゃんタイプであっても」

チェイニーはふたり両方を見た。判断を誤っただろうか？　いや、違う。ただし、ハリーには内々で釘を刺しておかなければならないし、イブ・バルビエリにはカーニー・メイナード連邦保安官から突っ走らないでハリーに協力するように注意してもらわなければならない。実を言うと、チェイニー自身、ハリーの頭を引っこ抜いてやりたいと思ったことが一度ならずあった。「バルビエリ保安官助手、今回の捜査の中心はハリーだ。時間が許すかぎりハリーに手を貸すように、上司からも指示があったはずだ。どちらもスタンドプレーは厳禁だぞ。とくにおまえだ、クリストフ、いいな？」

ハリーは答えた。「自分がですか？　理由もなくそんなことしませんよ」

イブはハリーをもうひとにらみしてから、チェイニーに向かって小さく指を振り、ふたりに背を向けて廊下を歩きだした。

チェイニーは言った。「冗談じゃないぞ、ハリー。彼女はハント判事を知っているだけじゃない、この法廷の内外で起きていることをほぼすべて把握してる。彼女の協力は貴重だ」

ハリーはうなずいた。「わかってますって。ですが、しょせん警護担当者ですからね」上司に向かって大胆不敵な笑みを見せて、大股で歩きだした。「待てよ、バルビエリ！　ふたりで片付けなきゃならないことがあるんだ！」

9

ラムジーの小部屋に入ったイブが最初に耳にしたのは、機械から漏れるビープ音や重低音だった。そのあと判事の体につながれたたくさんのチューブが目に入った。こんな形で体を休めるなど想像もつかない。モリーはラムジーのかたわらでかがみ、顔を近づけてそっと話しかけている。彼女が顔を上げたのと、イブが足を踏み入れたのは、ほぼ同時だった。

「イブ、来てくれてありがとう。入って。ラムジー、イブよ」

神さま、ありがとうございます。ラムジー判事は意識を取り戻していた。イブはモリーにうなずき返し、ラムジーにかがみこんだ。喉が詰まって、口を開いたら涙がこぼれそうだった。判事のようすをつぶさに観察した。

彼女の恐怖を感じ取ったラムジーは、安心させてやりたかった。笑みぐらい見せてやりたいのに、口のまわりの筋肉が思うように動かない。自分の肉体が自分のものではないようだ。薬のせいなのだろう。なにごとにつけ気持ちが定まらない。けれど、痛みのないことがとにかく嬉しかった。魔法の薬モルヒネを注入しているおかげだ。手を取られ、握られるのを感じた。温かな吐息がかかる。レモンのように清々《すがすが》しい。彼女の顔が近づいてきた。「顔色がいいですね、ラムジー。心配してたんですよ。ほんとうによかった」

ラムジーにはしばらく言葉がなかった。言葉はどこへいった？「きみもだよ、イブ。もう心配しなくていい。モリーからよくなると聞いた。だから、泣くんじゃないぞ。男子トイレに入ったとき、〝バルビエリが泣きじゃくってた〟なんて落書きは見たくない。そんなことになったら、きみの評判にどれほど傷がつくか」

イブは、わたしは絶対に泣きませんと応じようとしたが、そんな嘘をついても、嘘が鼻の頭にくっつきそうだった。判事の声のか細さ、弱々しさがひどく怖かった。こんなときに自分が取り乱すところを見せるわけにはいかない。「外では例によってダンスパーティがくり広げられてます。そこらじゅうにＦＢＩが群れてるんで、そのあいだをすり抜けてきたんですよ」

「来てくれて、嬉しいよ」

「よりによって、あなたを標的にしたがる人間がいるなんて、信じられません」

ラムジーが眉根を寄せ、イブはまたその手を握った。「そうだね。なぜ判事を撃つのか？」

「なにがあったか話してもらえますか、ラムジー？」

ふたたび明かりが消える前に、もう一度、イブのために話してやりたい。「遅い時間だった。真夜中近かったろう。家の裏に出て、星空を見あげたりマリン岬を眺めたりしながら、カルから、月の表面の穴ぼこには指が入るのかと質問されたのを思いだしていた」

判事の声がさっきより力強く聞こえるのは、気のせい？　それに、月の表面の穴ぼこ？堅物の連邦判事が月の穴ぼこのことを考えていたの？

「とくに変わった物音はしなかったし、人も物も見なかった。一発きりの銃弾でわたしは倒れて気を失った」言葉を切ったそのとき、ふいに痛みがよみがえった。体をのたうたせて歯を食いしばったところで痛みはやわらがず、痛みのなかに引きずりこまれる。ラムジーはモルヒネのボタンを押した。

モリーが言った。「もしわたしが呼ばなかったらね、イブ、彼はふり向かずにその場にいて胸を撃たれていたのよ」そう言うことで堰《せき》が切れ、モリーはわっと泣きだした。

ラムジーが言った。「もういいんだ、スイートハート、わたしは大丈夫なんだから、泣かなくていい」妻が泣くのは見たくない。だが、どうすることもできない。わめきだしたい気持ちを秘めて、力なく横たわっているしかなかった。「イブ——いま思いだしたよ。ボートがあった。ゾディアックが岸の近くまで来ていた。見たんだ」

イブの心臓の鼓動が速くなった。ゾディアック。これで捜査の端緒が見つかった。判事を見ると、ぎゅっと目をつぶって、口を真一文字に引き絞っている。「ちょっと待って」いま一度ボタンを押した。イブは見ていられず看護師を呼びにいったが、戻ってくると、判事は意識を失っていた。

おおいかぶさるようにかがみこんだモリーの肩が、震えている。イブの胸は張り裂けそうだった。

10

ラムジー判事の自宅
サンフランシスコ、シークリフ
金曜日の夕方

　エマ・ハントはピアノの椅子を引いて、立ちあがった。ガーシュインの「ラプソディ・イン・ブルー」の演奏に集中できない。この曲の純粋にロマンチックな響き、練りあげられた構成、はじけるような華やかさが大好きで、弾くと指が疼《うず》き、心臓のリズムが速くなる。でも今日はそうならない。エマはため息をついた。父が銃弾に倒れてからというもの、身の凍るような恐怖に取りつかれている。隣の部屋からカルとゲージがやりあう声がした。双子のふたりだけに通じる言葉を使い、母親がお手上げ状態になっているのをおもしろがっている。エマにもわからないが、ふたりのあいだでは完璧に通じている。誰にもわからないことに気づいてるの？　そうよ、気づいてるわ、絶対に。一週間分のお小遣いを賭けてもいい。

「エマ？」

　ふり向いて、部屋の出入り口に立つ母を見た。母に手を握られているカルとゲージは、音楽室の外にある大きなオークの木の下で遊んでいたせいで薄汚れている。母はやつれたようすながら、元気なふりをしていた。

エマは笑顔になった。簡単なことではないけれど、怖がっているところを弟たちに見せたくない。でも、実際は父親が死んでしまうんじゃないかと、震えあがっている。「ママ、あたしがその子たちをみようか?」

「いいえ、エマ、わたしがきれいにしてやるわ。すばらしい演奏だったと伝えたかったのよ。たまにiTunesでガーシュイン本人の『ラプソディ・イン・ブルー』を聞くんだけど、その演奏そっくりに聞こえることがある。いいえ、それ以上かも」

エマはあきれた。「母親だからそう言うのよ。ガーシュインみたいに弾けないのは、ママだってわかってるでしょう? ミセス・メーヒューが彼はすごかったたって言ってたもの」

モリーは言った。「もうすぐエリーが坊やたちの面倒をみにくるわ。そうしたらあなたとわたしは病院に戻れる」ちらっと腕時計を見た。母が父のもとを離れたくないのを、エマは知っていた。ほんとうは父に付き添って手を握り、大丈夫だと語りかけつづけたいのだろう。けれど、双子のためには顔を見せに家に戻ったほうがいい。病院のスタッフはエマの頭を撫でたり、肩を叩いたりして、お父さんはよくなるからね、とまめに声をかけてくれる。そんなやさしさが心に染みた。エマはしばらく目をつぶった。父が動かないのがなにより怖い。ふだんはいっときもじっとしておらず、つねに動きまわり、笑ったり、手ぶり身ぶりをつけて話をする父が。父といっしょのときは、エマはいつも母の手をつかんでいた。

　カルとゲージが母親から離れて、音楽室の角に向かって駆けだした。そこに各自が均等に積んだピアノの楽譜の山がふたつある。どういうつもりだか知らないけれど、楽譜を破ってはいけないことはふたりにもわかっている。去年、さんざんどなりつけた成果だ。ふたりがやりあっている。なにをしゃべっているの？　エマは言った。「いつになったらふたりのあいだで英語を使いだすのかな？」

　モリーがほほ笑んだ。「ふたりのあいだでも、あなたの名前とママとパパという言葉はもう使ってるみたいよ」

「アイスクリームもね」

　母が笑ってくれた。「そう、アイスクリームもね。ガーシュインの演奏のことで気に病むことはないのよ。もう聴かせる演奏はできているもの。聴衆が喜んでくれるのは、あなたにもわかってるでしょう。コンサートマスターのウィリアムさんがあなたのことを奇跡だって言うから、もちろんですとも、と言っておいたわ」

「ウィリアムさんはわたしが絶対音感を持ってるから羨ましがってるの」エマはあたりまえのことのように言った。「わたしの『ラプソディ・イン・ブルー』がジョバンニに気に入ってもらえるといいんだけど」

「気に入るに決まってるわよ、エマ。でも、サンフランシスコ交響楽団の指揮者をファーストネームで呼ぶのはどうかしら。ロッシーニさんとお呼びしたら？　まだ十一歳なんだから、敬意を表したほうがいいわ」

エマは困惑顔でしばらく黙っていた。そんな表情をすると母親によく似ている。「あたし、たしかに子どもだけど、あの人からジョバンニと呼べって言われたの。ミラノに留学して、ピエトロ・ビアンキについたらいいと言ってくれたわ」ゆっくりと正確な発音を心がけた。

モリーが気色ばんだ。「いつそんな話を？」

「昨日デイビスホールで。ママとパパがカルとゲージをおとなしくさせようとしてたとき――パパが」エマは唾を呑みこんだ。「ミセス・メーヒューはもうあたしを教えるのにふさわしくないって」

モリーは一瞬あわてた。「ミセス・メーヒューは重要なピアノの楽曲を残らず知ってらっしゃるし、ガーシュインを含めてそのほとんどを演奏してこられた経験があるわ。パリでもロンドンでも」

「ミセス・メーヒューはお年よ、ママ。ジョバンニ――いえ、ロッシーニさんがそうおっしゃったの。教える内容もむかしとは違うって」

エマにピアノを教えている八十二歳の音楽家には、優雅さとスタイルと豊かな才能と善良さがあった。ジョージ・ガーシュインにも会ったことがある。五十年前と同じような演奏できなくとも、問題にはならない。それより、いまのエマをイタリアに留学させることなど、考えられない。五年前の事件を思ったら、二十一歳になるまで、いえ三十五歳になっても、目の届かないところにはやりたくない。だが娘へのそんな思いも、いまは頭からこぼれ落ちてしまう。ロッシーニと話をしなければならないのだろうが、いまはそれすら重要に思えない。ラムジーは無数のハイテク機器につながれ、なお命の危険を脱していない。唾を呑みくだしていないと、涙で喉が詰まりそうだった。

エマにはお見とおしだった。エマが駆け寄って、抱きついてきた。「パパはよくなるわ、ママ」少し身を引く。「水曜の夜、パパの夢を見たのよ。あの前の晩に——夢のなかでは感謝祭で、家族そろってテーブルを囲んでたんだけど、パパが裏庭と同じぐらい大きい七面鳥を切り分けながら、『ビヤ樽ポルカ』を歌ってたの。とっても元気そうだったのよ、ママ。幸せいっぱいだった」

モリーは深呼吸をした。感謝祭は今日から六日先だ。二度と子どもたちの前で取り乱したくない。「あなたのお父さんがその歌を歌うのは、聞いたことないわね」

「あたしだって。でも、低くてよく響いて、耳を引く声だったわ」

「その七面鳥はどれくらいの重さだったのかしら」モリーが言った。「〈セーフウェイ〉にありそう?」

エマはほほ笑んだ。「ううん、無理。五十キロはあったもの。残りを食べるのに一年かかるわ。ヒックスさんが来たみたい」

モリーが声を張った。「カル、ゲージ、ふたりとも、相手の首をへし折ろうとするのはやめて。もう行ける、エマ？」

けれどエマの目は母親を見ずに、窓の外に釘付けだった。

11

ハリーはダークブルーの愛車シェルビー・マスタングのハンドルをなめらかに切って、ギアリー通りに入った。

「あなた方が現場で発見したとかいう、バツ印つきのジャッジ・ドレッドの顔の切り抜き写真のことだけど、どうして話してもらえないの？」イブは尋ねた。

ハリーはぎょっとして、ふり向いた。「どうしてそのことを——いや、その件が漏れてて驚いたからさ。ああ、たしかにそんな写真があったんだけどね。裏庭の大きな紫陽花《あじさい》の木の下に」

ハリーとチェイニーの話を漏れ聞いたことは内緒だ。「狙撃者はそんなものを残して、わたしたちを愚弄《ぐろう》してるのよね？」

「おれはそう思ってる」またもや驚きをあらわに、ハリーはイブを見た。

イブは言った。「それで、いまからシークリフのラムジーの自宅でＦＢＩの大物捜査官に会うわけだけど、どうやって紫陽花の下に切り抜きが置かれたのか調べるの？　ゾディアックが停泊していた痕跡を海岸で探すとか？」

「海岸は鑑識班が調べて、なにも出てこなかったから、もううろつく必要はないよ」ハリーが答えた。「サビッチとシャーロックのことは？」

「知ってるわよ。カーステン・ボルジャーの事件でふたりが世間の注目を集めたのは、ほんの二週間前なのよ。しかも、ボルジャーがここサンフランシスコ育ちだなんてね。信じられる？」イブは変化に富む報道を堪能し、少なからぬ羨望まで覚えた。もちろん、それを認めるつもりはないが。少なくともFBIの捜査官、とりわけこの捜査官には。

ハリーが言った。「さすがの地元紙も、カーステン・ボルジャーの家族にかかわるネタがやっと尽きたらしい。年が明けて裁判がはじまるまで、休憩するつもりなんだろう。そのときまた明かりを灯すことにして」

夫婦だというそのふたりの捜査官が、イブには驚きだった。どうしたらかくもストレスの多い、危険な仕事に夫婦して留まれるのか。たとえばノースカロライナ州の煙草畑でボルジャーと撃ちあいをしたあとには、やあ、ダーリン、ふたりがまだ生きていることを祝おう、とビールで乾杯でもしたのだろうか？　シャーロックはペディキュアをしてフランス語を話しそうな風貌の女性だし、サビッチのほうは怖いもののなさそうな屈強な大男で、しかもハンサムだった。「サビッチは外見どおり、敏捷なの？」

ハリーはうなずきつつ、赤信号でブレーキを踏んだ。「ああ、黒帯四段だ。シャーロックは最初の段、しょ――」

「ああ、もう、知ってるわよ。あなたは六段で、赤と白の帯を締めてるのよね。だいたいなんであんなおかしな帯の色にこだわるんだろ？　大事なのは仕事での本番、それがすべてよ。現実の世界では、どんな手を使ってでも、敵を徹底的に叩きのめすしかないんだから」

「おれが六段とか、なんで知ってるんだ？」

「上司の家で読んだ本に載ってたの」

「上司って、メイナードのか？」

「ええ。定期的に大々的なバーベキューパーティを開いて、大勢いる保安官助手全員に食事もふるまってくれるのよ」

「スペアリブの量たるや、想像を絶する」ハリーは彼女をちらっと見た。「チェイニーはまだ支局長になったばかりだが、スペアリブのバーベキューのアイディアを真似してくれないかな。連邦保安局はそんなふうにやってるのか？　訓練のほうは？」

　彼女は一瞬にこっとして、すかさず笑みを消した。「うちにも、ありとあらゆる帯の色をした武道の達人がいるわよ。保安官助手には血気盛んなタイプが多くて、傷だらけのナックルや痣《あざ》になった肝臓あたりを見せびらかしたがるの」

「きみは武道はやってないのか？」

「ええ、武道の心得はないわ。わたしは無手勝流、なんでもありよ。さっきも言ったとおり、要はなるべく速く敵を倒して、身動きできないようにすればいいんだから」自慢の帯を締めて保安官助手のジムに来ないかとハリーを誘いかけたとき、上司の言葉を思いだした。いいか、バルビエリ、手荒な真似は控えろよ。イブは咳払いをした。「それで、サビッチはコンピュータの専門家なんでしょう？」

無手勝流？〈メイシーズ〉の女子トイレでの武勇伝を思いだして、ハリーは頬を緩めた。「マザーボードさえあったらパンだってなんなく焼いてみせる男だよ、サビッチは」

「まあ、すてき」

「なんだ、その言い方は。いいか、近いうちに一戦交えるとして、バルビエリ、それまでは規律を尊重してくれ。チアリーダー風のブロンドのポニーテールをはずませるきみはやけにかわいいから、こっちもつい手加減しちまう」

イブはまつげをしばたたいて見せた。とびきり美人なので、抜群の効果がある。「あなたに勝ち目があるとしたら、マルチカラーの帯でわたしを幻惑することね。そこを右に曲がって。もうすぐよ」

数分後にシェルビーをハント家の私道に入れたハリーは、あらためて絶景を目の当たりにして不覚にもぽかんとしてしまった。「すごい景色だな」

「ここからの眺めはシークリフ一よ。大海原とマリン岬とゴールデンゲート・ブリッジが一望できるわ。マスコミは全員消えたみたいね。ついでに警察まで——どういうことよ、誰かいなきゃいけないのに」携帯を取りだしてカーニー・メイナードの番号を押しはじめるや、携帯を取り落として、指を突きだした。「エマよ！　エマの悲鳴だわ！」

ハリーがエンジンを切るよりも、イブが外に飛びだすほうが早かった。グロック22を手にした彼女は、長い脚でみるみる遠ざかった。

12

モリーは玄関のドアを開けるなり、ふたりの姿を目にして安堵にへたりこみそうになった。

「男が窓からのぞいてたの！　スプロールさんの裏庭に向かったわ」

イブが叫んだ。「あとはわたしに任せてなかにいて、モリー！」

イブの視界を男がよぎった。黒いものを持っている。拳銃か？　男は隣家との境の塀を跳び越えた。ハリーは彼女を引き留めようと思ったが、息を無駄にするだけだ。彼女は石の塀をハードルのように軽々と跳び越えた。ハリーはそのあとを追った。

「連邦保安局よ！　止まりなさい！」イブは叫んだ。

だが男は止まらなかった。隣家の庭の裏手に走り、塀を跳び越えて姿を消した。

イブが迷わずあとを追って塀を跳び越える。

老人のかすれ声が飛んできた。「気をつけろ、へたすると死ぬぞ！」老人がふり返り、ふたりを追ってくるハリーを見た。「おい、そこの、水際まで細い道があるが、くねってて危ない。彼女が追ってるのは誰だ？　おまえたちみんな連邦保安局の人間で、ハント判事を撃った男を追ってるのか？」

ハリーは老人を手で払うようにして塀を跳び越え、小石に足をすべらせて、顔から転びそうになった。両腕を振りまわしてバランスを取り、下を見た。海岸まで二十メートルはある。いや、海岸とも呼べない、黒い岩と大きな丸石におおわれた、狭くて見すぼらしい帯状の砂地だった。

そして男を追うイブは、蛇行する小道を無視して斜面をジグザグにおりている。一度つまずいたときは、ハリーの心臓が止まりそうになった。さいわい体勢を持ちなおしたものの、グロックを落としたので、足を止めて拾いあげなければならなかった。先に岸辺にたどり着いた男は、近づくイブを見ている。男は石を拾って彼女に投げかけたが、それをやめて走りだした。イブから指示が飛んだ。「応援要請して！　これから捕まえるわ！」

彼女にならやれる。まだ男まで二十メートルはあるが、ハリーはそれを疑わなかった。九一一にかけた。ＦＢＩより所轄署のほうが急行できる。

イブが砂浜に飛びおり、男に向かって駆けだした。男が持っているのは拳銃か？　だったら、なぜ石を拾って投げつけようとした？　はっきりしているのは、遠目にも彼女のほうが機敏で、急速に距離を詰めつつあることだ。ハリーは一瞬、肩で息をしていまにも倒れそうなばか野郎を哀れんだ。これから二十秒のうちになにが起きるか、あの男はとんと知らずにいる。

冷たい突風を受けながら、イブは前方の男が弱っているのを見ていい気味だと思った。

「いますぐ止まらないと、脚を撃つわよ！　聞こえてるの？」イブはどなった。

男は後ろをふり返ってよろめくと、速度を落として、最後には立ち止まった。腰からふたつ折りになって、息を整えようとしている。

「ほら、そのほうが楽でしょ？」

「ぼくはなにもしてない！」男は苦しげな息の合間に言った。

イブはグロックの銃口を男の胸に向けて小走りに近づくと、男を砂浜に投げ飛ばした。かたわらに膝をつき、その手からカメラを奪った。「ばかじゃないの、こんなもの持ってるから、わたしに追われたのよ。拳銃に見えることぐらい、わからなかった？　でも、このカメラ――やけに高価なカメラを持ち歩いてるのね」

ハリーはにやにやしながら回れ右をして塀を乗り越えた。老人がゴルフ帽をかぶり、膝に新聞を広げて、赤と緑の縞の長椅子に寝そべっていた。

ハリーは言った。「彼女はおれより有能なところを見せたかったんですよ」

「きみが彼女が死んだとわめいていないところを見ると、そのとおりだったんだろう。あの塀は愚か者が崖から落ちるのを防ぐためにあるんだが、あのばか、小屋に戻るハトのように突進していきおった。大あわてで、こちらを見ようともせずにな。あんたらは連邦保安局なんだろ？」

ハリーは身分証明書を取りだして、自己紹介をした。

老人が言った。「FBIのハリー・クリストフ特別捜査官か。あの娘さんは見たことがあるぞ。誰だね？　やっぱりFBIの捜査官か？」

「彼女は連邦保安官助手にして、ハント家の友人でもあります」

「どうりで、ハント家で見かけたわけだ。わたしはデッカー・スプロール。あんたらはハント判事の件で来てるんだろう？　判事を撃ったのはあのばかか？　なぜ舞い戻ったんだか。犯罪者は犯行現場に戻るとむかしから言うが、わたしにはどうにも解せない」

ハリーは言った。「彼が何者なのかまだわかりません。彼女が連れ戻るのを待たないと」

塀の向こうから声がした。イブが後ろで手錠をかけた若い男に手を貸して塀をまたがせている。男は旗竿のように痩せていた。野球帽を目深にかぶり、黒い服のなかで体が泳いでいる。

ハリーには男がプロの殺し屋には見えなかった。「きみが首を折らなくてよかったよ、イブ」

「こんな惨めなウジ虫相手に、冗談じゃない」男の肩をこづく。

スプロールが言った。「ハント判事の狙撃犯なのか？」

「ぼくじゃない！　彼女が知ってる！」

「ええ、そうね。いま走りまわった感じだと、ひとりの被疑者もたぐり寄せてないみたい。捕まえたのはパパラッチもどきが一匹。この立派な青年が悲しみにくれる家族の写真を撮りたがってたなんてね」

「ぼくはそんなに若くない。きみより年上のプロのカメラマンだ！」

「ええ、そして逮捕を免れようとした侵入者でもある」男の手からカメラを奪った。「わたしがメモリーカードを抜いて、削除ボタンを何度か押したら、どこか別の場所へ行くがいいわ。そこを嗅ぎまわって、騒ぎを起こせばいいのよ」

ハリーが尋ねた。「名前は？」

「ロバート・ベーコン。言ってるだろ、ぼくはフリーのプロカメラマンだ。その写真にはかなりの価値があるかもしれない。ぼくに気づいたエマ・ハントが金切り声をあげたんで、枚数は少ないけど」

「いいか、ロバート・ベーコン、私有地におけるその手の行為を禁じた法律があるのを知ってるか？」

ベーコンは偉そうに胸を張った。「ぼくはプロだぞ。報道の自由って聞いたことあるか？」

イブはその肩をもう一度こづいた。「お黙り、ボビー」ハリーに向かって眉をうごめかす。

「ボビー・ベーコン？　フォトジャーナリストのボビー・ベーコンを生け捕りにしたのか？」

「ぼくはロバートと呼ばれてる。もしメモリーカードを返して、この手錠を外してくれたら、仕事をするきみたちの写真を何枚か撮ってもいいよ」期待に満ちた目でイブを見る。

「それはどうも、ボビー」イブは言った。「でも、そんないい写真、いま撮ってもらってもね。あんたのせいで汗まみれ、髪が風で乱れちゃったわ」ベーコンの後頭部を平手で叩いた。

ベーコンはよろめいて、体勢を立てなおした。「聞いてくれ。エマ・ハントがピアノを弾く写真一枚で、二カ月分の家賃が払える。彼女なら話の種になるんだ」

イブはベーコンの肩に手を置いた。「ボビー、エマやその家族とややこしいことにならないほうがいいわよ。彼女の祖父が何者だか知らないの？」

ロバート・ベーコンはぽかんとした顔で、スプロールを指さした。「このじいさん？」

「いいえ。彼女の祖父はメーソン・ロード。調べてみたらいいわ。もしあんたがエマの写真を公表させたら、お気に召さないでしょうね。で、その豆粒みたいな脳を取りだして、あんたに食べさせるんじゃないかしら」

ベーコンはごくりと唾を呑んだ。「でも、ぼくはそんなこと――」

「でも、いまは知ってる。考える力があるんなら、エマには近づかないことね」

ハリーはイブをスプロールに紹介し、老人はベーコンをにらみつけた。「ここにおやじのレミントンがあれば、きさまの眉間にぶちこんでやるところだ。ラムジーを背後からあんなふうに撃ちおって」

「なに言ってるんだよ、このぼけ老人が。わかってるだろ、ぼくは誰も撃ってない。ぼくはプロのカメラマンなんだ」

「ああ、ああ、わかった、わかった。こんなことなら適当に山を張っておまえを撃ってやればよかった。偽装用にカメラを持ち歩いてるんだろう？　下穿《したば》きに拳銃を隠し持って」

「今日は下着をはいてない。ズボンの下には下着をはかないことにしてる」

スプロールが言った。「聞きたくない、耳が腐る。おまえはうちの地所に勝手に侵入したうえ、わたしをぼけ老人呼ばわりした。おまえを訴えて、その貧相なケツを刑務所にぶちこんでやる」

「ぼくは稼ごうとしてただけなんだ。あなたをぼけ老人と呼んだのは謝ります。おかしいのは、こっちの女だ。写真ごときで、あんな斜面をすっ飛んでくるなんて。ぼくはいざというときに備えて、あの道を二回ものぼってみたのに」

「で、あそこからどこへ逃げるつもりだったの、ボビー？　泳いでマリン岬？」

「腰抜けめ」スプロールが言った。「こちらのかわいい娘さんにとっ捕まって連れ戻されるとはな」イブに視線を移した。「そうとも、バルビエリ保安官助手。言わせてもらうがね、わたしには四人の孫娘がいるが、きみはその誰よりもきれいだ」

ハリーはスプロールから電話番号と住所を聞いて書き留め、敬礼をした。ロバート・ベーコンを連れたふたりは、庭のゲートを抜けた。手錠を外されたベーコンはメモリーカードを抜かれたカメラを持ち、ふたりのあいだにはさまれていた。

ハリーは言った。「四人いる孫娘の誰よりきみがきれいだって？　チアリーダーのタイプが好きなんだな」

「うるさい」イブは言った。

「全員そうなんだろうか？」ハリーは大笑いした。

「彼の言うとおりだよ」ベーコンが口をはさんだ。「あんたはきれいだ。髪は本物のブロンドだしさ。そんなあんたがどうしてそう性悪なんだ？」

「あんたに対しては性悪保安官助手になると決めたからよ、ボビー」

ふたりはベーコンと歩道で待った。三台のパトカーがサイレンを鳴り響かせながら私道に入ってきた。警官六人が拳銃を手に、車から飛びだした。

「早いな」ハリーは身分証明書を頭上に掲げた。

イブが言った。「ラムジーの住所はみんな知ってるもの」

事情を伝えるまでは大騒動だった。ふたりの警官がロバート・ベーコンをパトカーに引き立てるのを見守った。ベーコンは警察の横暴だ、報道の自由だ、と騒いでいる。警官のひとりに頭を押さえられて、後部座席に押しこめられるときも、まだわめいていた。「メモリーカードを返してくれ」

イブはにやっとして、警官のひとりにカードを投げた。

イブとハリーがハント家に向かうと、モリーが背後にベビーシッターのヒックスを従えて玄関で待っていた。いまにも抱きついてきそうだ。ゲージとカルは嵐のごとくしゃべっている。おとなしくしなさいというエマの声が重なるが、ふたりは黙らなかった。

イブはモリーを安心させたくて、彼女の両腕をつかんだ。「あの男はパパラッチでした。写真は撮ってません。警官が署まで連行して、不法侵入と連邦保安官からの逃亡の疑いで供述調書を取ります」

ゲージが叫んだ。「ワルモンのベーコンはぼくたちを撃ちにきたの？」

イブはカルとゲージの前に膝をつき、ふたりを引き寄せた。「聞いて。あいつはお行儀の悪いただのカメラマンで、暴力をふるいにきたわけじゃないのよ。警官が引き立てていったわ」

カルが言った。「でも、なんでぼくたちの写真が撮りたいの、イブおばちゃん？　パパはいないんだよ。病院なんだ」

大金を儲けるためよ。「あなたとカルがとってもかわいいから、ユニオン・スクエアで売りさばきたかったのかもね。一枚で一ドルは儲けられるもの。ところで、今日は英語をしゃべってくれてるのね」

ふたりは同じ表情でイブを見た。説明したのはゲージだった。「ぼくたちばかじゃないんだよ。おばちゃんに話すんなら、英語でなきゃ。あいつ、ママが泣くのを見たかったんじゃないの？　ママが泣くとこを写真に撮りたかったんでしょ？」カルはイブの袖を引っ張った。

「かもね。でも、もうあんなのほっときましょ。さあ、この人がＦＢＩのハリー・クリストフ特別捜査官。あなたたちのパパを傷つけた人を捜しにきてくれたのよ」

「でも、この人は知らない人だよ。ベーコンみたいな人かも――」

エマは天を仰いだ。「あなたたち、アイスクリーム食べる？」双子を部屋から連れだし、ベビーシッターのヒックスがあとに続いた。モリーが言った。「あの子たち、男が自分たちを撃ちにきたと思って、怯えていたのよ」

「おれたちもです」ハリーが応じた。

モリーはどっと息を吐いた。「なんて人なのかしら。あの人はこれからどうなるの？」

「とくになにも」ハリーは言った。「保釈聴聞会が開かれて、司法取引になるでしょう」

イブが言った。「さあ、追いかけっこも終わったことだし、ハリーとわたしで外を見まわってきます。サビッチ捜査官とシャーロック捜査官はまもなく到着します。病院にお戻りになるなら、モリー、すぐにお出かけになってください」

ハリーは言った。「ハント判事が退院して帰宅するのを待たずに、いますぐ保安局で警護をはじめてもらったほうがいいな。ロバート・ベーコンみたいな連中を防げる」

「マスコミもね」イブは言った。すでに自宅は警護の対象になっていると思っていたのに、とんだ思い違いだった。携帯電話を取りだした。

13

冷えこみが厳しく、ゴールデンゲート・ブリッジから流れこむ霧もまだ少ない午後遅く、サビッチとシャーロックがハント家の裏庭にいたイブとハリーに合流した。身を切るような寒風が海面を吹き渡り、絶景を楽しむこともできないほどの厳しい寒さだった。

サビッチはハリーに言った。「サンフランシスコ市警察もだてに表に立ってないな。おれたちのことを知らないから、ちゃんと足止めをして、じっくりチェックした」

ハリーが言った。「つい三十分前にパパラッチ騒動があって、敷地内に人が入りこまないように警察が来ました。こちらはイブ・バルビエリ連邦保安官助手。警護責任者です」

サビッチが言った。「なるほどね。撃たれたときラムジーがどこに立っていたか、警察のテープと石塀の高さから推察できる。判事によると、狭い砂浜の先にゾディアックが停泊していたそうだな。物音はしなかったというから、狙撃手はラムジーが外に出る前に来て、待機してたんだろう。ラムジーの身長はおれと変わらない。銃弾は右肩胛骨の下から上向きに貫通してた」石塀に目をやり、その下の地形を検討した。「岩礁から二十メートルほど上から急角度で撃ったんだろう」

「ハント判事の切り抜き写真にくくりつけられていた石が見つかったのは、ご存じですか？」ハリーが尋ねて、指さした。「顔にはバツが描いてありました」

「ああ、聞いてる」サビッチは茂みを見た。

「ですが、砂浜から狙撃した人間のほかに、ここに石を落とした人間がいるのかどうか――難問です。メッセージを残すためだけにそこまでの危険を冒すでしょうか？　ミセス・ハントによると、このあたりには自警団があり、彼女も五年前から参加してるそうです。真夜中近かったとはいえ、ふたりめには近隣の人間に見られる可能性がありました」

イブが言った。「こういう住宅街だと、ラムジー家近辺でよそ者を見かけたら、すなわち警戒します。わたしなら狙撃手がみずからメッセージを残したほうに、日曜日用の帽子を賭けますね。その男が小道をのぼって隣家の敷地に入り、境の塀を越えて裏庭に入った。かなりの距離を移動するにはそのルートしかありません。それにもしミスター・スプロールに見られる危険を冒すなら、わざわざ浜辺から撃つ必要がありません。ここで撃って、石を転がし、ゾディアックに戻ればいい。ハリーが言うように、これは難問です」

シャーロックが言った。「石が見つかった場所を教えて」

イブは大きな紫陽花の茂みのなかに手を突っこみ、枝を脇に押しやった。「わたしはここにいませんでしたが、石のあった場所に旗が立ててあります。そこです」

シャーロックはハリーを見た。「発見時にあなたはここにいたのよね。石がどんなふうだったか教えて。手で置いた感じだったのか、無造作に転がされた感じだったのか」

ハリーは答えた。「石にくくりつけられた切り抜きは、裏返しで地面に少し埋まってました。汚れや葉はついてなかったんで、時間が経ってる感じはしませんでした。紫陽花の下になってたせいで、鑑識が見つけたのは明るくなってからでしたが」

シャーロックは葉のあいだに手を突っこみ、指で周囲を探った。手と膝を地面につき、紫陽花のなかを念入りに探っている。

そのあと顔を上げ、首をかしげた。サビッチには見慣れたこのしぐさは、彼女が実際にあったことを頭のなかで再現している証拠だった。「狙撃手はどうして木曜の夜遅くにラムジーがひとりで外にいるのを知ってたのかしら。標的がひょっこり出てくるのを待って、外をうろついていたとは思えない。だとしたら、ラムジーには夜ひとりで外に出る習慣があったの？　マリン岬やゴールデンゲートを眺めるために？」

イブはポケットから携帯を取りだして、ダイヤルした。「モリー？　ラムジーには毎晩ベッドに入る前に夜風にあたる習慣があったんですか？」耳を傾ける。「ありがとうございます、助かりました。あとでかならず電話します。まだご自宅の外で事件の見分をしてます。では」

電話を切り、赤いジャケットのポケットに戻した。「ええ、毎晩だそうです。モリーによると判事にとっては儀式のようなもので、雨が降っていても出るぐらいだったと。彼にとっての世界の中心、彼の『嵐が丘』から眺める景色に喜びを感じてらしたようです」

ハリーが言った。「つまり、狙撃手もしくは雇い主はその習慣を知ってた。家族とつきあいの深い人間か、彼がそこにいるのをわかるほど長く自宅を監視していたか。カーヒル夫妻にも可能性はあるのか？　塀のなかでそういったラムジーの習慣を知り得たんだろうか？」

「そうね」イブは言った。「ラムジーが夜になると自宅の裏庭に出るなんてことを知ってる人が、いったい何人いるんだか。それにラムジーは公判前手続きを中断して二十四時間しないうちに撃たれたのよ。カーヒル夫妻だとしたら時間がなさすぎる」

「で、そこに膝をつきながらなにを考えてたんだ、シャーロック？」

彼女は紫陽花の茂みから腕を抜きだした。「わたしが考えてたのは、どうして切り抜き写真という形でメッセージを残したかってこと。ラムジーが倒れた場所から十メートルと離れていない茂みに誰かが隠れてたとしたら、ハリーが言うとおり、犯人はふたり組かもしれない。でも、ふたりめの仕事が警察宛の写真を残して、なんらかの声明を出すことだとしたら、どうして茂みの下なの？　それになにを伝えたかったの？」

「まず考えられる動機は」イブが話しだした。「判事としてのラムジーが、その評判やそれが人に与える影響ゆえに撃たれたというものです。バツ印のついた切り抜き写真は大胆不敵な嘲笑だというのが、ハリーの考えです」

「自分は一種の陽動作戦じゃないかと考えました」ハリーが説明する。「裁判なり個人的な動機なりから、こちらの目をそらすための」

シャーロックはうなずいた。「同感よ。切り抜き自体が目くらましなのには同意するけど、発見場所についてはどう？　それによってふたりいる印象になるけれど、事実としてそこにいたのがわかっているのは砂浜の狙撃手だけよ」

ハリーが言った。「では、どうやって石がここへ？　警官が現着する前に、崖をよじのぼって茂みの下に落とし、そのあと石ころだらけの道を砂浜まで戻って、ゾディアックに乗船したと？」

シャーロックはにこりとした。「茂みの中に折れたばかりの枝があったわ。鑑識が折ったとは思えないから、なにか重たい物が後ろからぶつかり、ひょっとするとそこは石の見つかった地面の旗印からちょうど五十センチほど上にあたるんじゃないかしら。つまり、石は茂みの下に置かれたんじゃなくて、茂みに向かって投げられたってこと」

サビッチは言った。「じゃあ、遠くから飛んで来たわけだ」ふたたび石塀を見た。「渾身の力を振り絞っても、茂みまで下から投げあげるのはむずかしい。ただ、小さな石ならパチンコを使って簡単に飛ばせる。トルマークの革製のモデルのなかには小動物の狩りに使えるものもある。それなら楽々ここまで届くし、紫陽花ならでかい的だから、簡単に狙える。いい推理だ、シャーロック」

イブは彼女を見つめた。「どうして紫陽花を探ってみようとしたのか、わたしにはそれさえわかりません」

シャーロックは平然と答えた。「ハリーの難問には答えがあるはずで、これがわたしに考えられた唯一の答えだったの。狙撃手はラムジーを監視して場所選びにも慎重を期した。そんな犯人がメッセージを残すために斜面をのぼってくる危険を冒すのは筋が通らない」

「すばらしいわ」イブは言った。「複数説はもはや考えられませんね」

だが、ハリーは納得していなかった。

シャーロックが言った。「だったらこの質問に答えて、クリストフ捜査官。ふたりめがいたんなら、ラムジーが確実に死んだかどうかなぜ隠れている場所から出てきて確認しなかったの？　そうよ、狙撃手の狙いはラムジーの殺害であって、石のほうは二の次だった。全体を概観してみるとわかるけど、捜査陣をあざ笑ったり別方向に誘導したりといった試みは、石が見つからないかぎり成立しないわ。だとしたら？」

全員がその点を嚙みしめた。ハリーが言った。「わかりました。だったら、狙撃手ひとりだったとしましょう。それでもまだタイミングの問題が残ります。ラムジーは公判前手続きを中断したあと撃たれた。この事件の背後には、カーヒル夫妻もしくはその関係者がいるはずです。タイミングがぴったりですからね。自分は偶然を信じません」

「おれもだ」サビッチが受けた。「ただ、シャーロックの指摘どおり、行き当たりばったりの人間じゃラムジーがここぞというとき裏庭にいるのがわからないから、少なくとも一週間は彼の動きを監視してたんだろう」

イブは腕をさすった。「判事を一週間もつけまわした人間がいるなんて、わたしにはとうてい受け入れられないけど」

ハリーが言った。「だったら、カーヒル夫妻は無関係とします。だとしても、やはりタイミングの問題は残る。カーヒル夫妻が黒雲のように漂っている以上、計画にいくらか時間をかけたとしても、誰かが絶好のタイミングで襲ってきた可能性も捨てきれない」

「ハント判事が公判前手続きを中断した話は、昨日の昼のローカルニュースで流れてた」イブが言った。「判事の殺害計画を練っている人物がいたとしたら、そのあと大急ぎで動いたことになるわ」

「カーヒル夫妻に関しては、もうひとつ大問題がある」サビッチが言った。「いまの状況からして、どうやら検事補に情報漏洩があったために審議無効になったようだ。その検事補が行方不明になった。ラムジーが撃たれても、状況は変わらない。プレイヤーを変えてもう一度最初から行われるだけだ」

イブが言った。「モリーが言うには、ラムジーが目覚めて真っ先に口にしたのがそのことだったそうです。なぜ自分が撃たれなければいけないのかと。判事というのは中立的な立場です。裁判に向けて何カ月も準備を重ねる検事とは違います。カーヒル夫妻にとっては、誰が黒い法衣を着て座っていようと関係ないはずですよね？」

イブはラムジーが倒れていた位置を示すマーキングテープを見やった。「誰がやったか知らないけど、とんだ間違いを犯したものね」

全員の視線がイブに集まった。

「狙撃手はラムジーを射殺しそこねた。つまり失敗した。つぎにどう出るでしょう？　再度、試みる？　この際、動機は置くとして、ラムジーを狙っていたのがカーヒル夫妻なら、向こうの望みはかなった。しばらくは彼を排除できるわけですから。犯人がほかの誰かなら、どうなるでしょう？」

「だから判事を警護するんだろ、イブ」ハリーが言った。

「わたしがついているかぎり、ラムジー・ハント判事には手出しをさせないわ」イブは言った。「絶対に」

シャーロックが言った。「わたしはゾディアックについて捜査するわ。雇われ狙撃手については、噂がないかどうか、チェイニーが探りを入れてくれてる」

「カーヒル夫妻と話す必要があります」イブが言った。「なんにしろ、重要参考人ですから。まずはそこからです」

14

シャーロック判事の自宅
サンフランシスコ、パシフィックハイツ
金曜日の夜

シャーロックは目をつぶって、エマがベーゼンドルファーのグランドピアノで奏でる「ラプソディ・イン・ブルー」に耳を傾けていた。このピアノはシャーロックがいまのエマぐらいの年ごろに買い与えられたものだ。エマが最後の音符を弾きおわると、長い静けさを経て、やがて拍手が起きた。誰よりも大きな音で拍手をしていたのはシャーロックの両親だった。「きみの演奏を聴くのはじつに久しぶりだ」コールマン・シャーロック判事が言った。「ありがとう、エマ」

自分がいま耳にした演奏がハリーには信じられなかった。わずか十一歳の、豊かな焦げ茶色の髪で顔が隠れている少女に、すっかり度肝を抜かれてしまった。どうしたらあの小さな手で情熱と清らかさを表現できるのか。みごとに和音を弾きこなし、延々と続くスピード感とわくわく感を伝えられるのだろう?

イーブリン・シャーロックは笑みをたたえたまま言った。「すばらしいわ、エマ。ひと足早く聴かせてくださって、ありがとう。もちろん演奏会にもうかがわせてもらってよ」

エマは一瞬にこっとしたものの、すぐに真顔に戻った。「パパが入院したままで、あたし、ちゃんと弾けるのかな」握りしめた手を見おろした。「今日の午後は笑いかけてくれたんだけど、すごくつらいはずなの。パパが痛がってるのが、あたしにはわかるの」

イブが言った。「仮にあなたのお父さんがデイビスホールに行けなかったとして、そのときは、お父さんにもライブで演奏を聴いてもらえるようにするわ」

「でも、もしなにかあったら？　それでまだ病院だったら？　そしたら演奏なんてできないかも」

「もしまだ退院できてなかったら――あくまで仮の話よ、あなたのお父さんは丈夫な人だもの――そのときはライブ映像を病院に送って、見られるようにするつもりよ。看護師さんやお医者さんや患者さんがみんなして、あなたの演奏を見たくてお父さんの病室に集まってる図が目に浮かぶわ。さあ、わたしを信じて。これから一週間半後にあなたのお父さんがどこにいようと、彼はあなたといっしょにステージにいる」

完璧な対応だ、とサビッチは思った。会場に駆けつけられているかもしれないとは、おくびにも出さない。賢明な判断だった。サビッチは妻の手を握りしめた。

エマはイブに笑顔を返そうとした。「じゃあ、絶対ミスできないね」

「ミスなんかしないじゃない」

「ベーゼンドルファーはどうだった、エマ？」シャーロックが尋ねた。「このピアノはうんとむかしに両親がわたしに買ってくれたものなのよ」

「あまりこっちにいなくて弾けないなんて、もったいないです」エマは言った。「あたしにピアノを教えてくれてるミセス・メーヒューは、ピアノは弾いてあげないとしけるって」

「ガーシュインがしけってた？」

エマは首を振った。「いえ、完璧でした。あたしのはスタインウェイですけど、このピアノも好きです。ママがいたらよかったんだけど」

「視野を広く持ってね、エマ。いまはわたしたちより、あなたのお父さんのほうについてであげないと」

エマは考えてみてうなずき、鍵盤中央のハ音に触れた。「鍵盤の動きは完璧です」

イーブリン・シャーロックが言った。「エマ、レーシーの演奏を聴いてみたい？」

エマが目を輝かせる。「ええ、はい。バッハの『イタリア協奏曲』は弾けますか？」

シャーロックは目をぐるっとまわした。「あんなすごい曲、もう長いこと弾いてないわ。わたしの指がやめておけって叫んでるみたいなんだけど」

「あなたの指にしゃんとしろと言ってやってください」ハリーが励ます。「是非、聴かせてくださいい、シャーロック」

シャーロックはさっきまでエマが座っていた黒い椅子に腰かけた。音階を何度かたどり、和音をいくつか確かめると、この名器の鍵盤の感触が体の深くに埋めこまれていることを感じた。それが急速に戻ってくる。それでも、練習なしに突入するには敷居の高い、荒々しくて激しい第一楽章を弾こうとは思わなかった。弾いたのは、緩やかな曲調に哀愁が漂う第二楽章のほうだ。弾くにつれて、楽曲の持つ力が染み入ってくる。演奏を終え、ゆっくりと鍵盤から手を持ちあげたシャーロックは、気持ちが鎮まるのを待った。これもまた、ありがたいことに体に深く埋めこまれている。

エマは跳びあがった。「ああ、すごい、すごくきれい。あたしにも第二楽章は弾けるけど、みんなを泣かせちゃうような、そんな弾き方はできないわ」

「この前、第二楽章を聴かせてくれたとき、わたしは泣いたわよ」イブだった。

「すぐ泣いちゃうんだもの、イブおばさんは」エマは子どもらしいおおらかな笑顔になった。

「そうね、あなたの演奏にはからきし弱いの」

シャーロックがエマを抱きしめる。「あなたは十一よ、エマ。これから年齢を重ねたら、みんなをむせび泣かせるようになるわ」

モリーが子どもたちを迎えにきたころには、夜の九時になっていた。サビッチがぐっすりと眠るカルとゲージを左右の肩にひとりずつ担いで下まで運ぶと、モリーが声をひそませてシャーロックと話していた。その顔には笑みまである。すばらしい。こんどは自分の番だ、とサビッチは思った。

モリーを自宅に送り届けるため、通りの向かいには市警察のパトカーが停まっている。シャーロックが尋ねた。「モリーとなにを話してたの、ディロン?」

「夜になってラムジーの意識がはっきりしてきて、ゾディアックのことをまたモリーに話したそうだ」両方の大きな手で妻の顔をはさんだ。「チェイニーが見つけてくれるさ。さて、カルとゲージを連れにいったときショーンを起こしてないといいんだが。あいつはコウモリみたいに耳がいいから、念のために見てくるよ」

15

イブ・バルビエリの自宅
サンフランシスコ、ロシアンヒル
金曜日の夜

なんて清々しい夜なの。ロシアンヒルにある自宅コンドミニアムの表玄関の錠を開けながら、イブは思った。夜のこの時間だと、パシフィックハイツのマルベリーにあるシャーロック判事の自宅から車でわずか十分だった。シャーロックのみごとなピアノ演奏に対するショックが、まだ尾を引いている。サビッチ捜査官は妻に見とれていた。いや、サビッチ捜査官ではなくディロンだ。スペアリブのバーベキューでディナーを終え、指をしゃぶりながら、本人がそう呼んでくれと言ったのだ。ファーストネームで呼ぶのが自然な雰囲気だった。「あなたはベジタリアンなんですよね。現にスペアリブは一本も召しあがってない」イブは言った。

「ここで指を舐めるのは、職人を気取る感じかな」

この不思議な夜をハリーはどう思っただろう？　ＦＢＩの捜査官によるバッハの演奏。誰もラムジーの殺人未遂事件の話を持ちださなかった。そのことをイブが指摘すると、ディロンは、「別の種類のシチューを少し混ぜたら、脳の働きがよくなりそうだろ?」と答えた。

いい人たちだ。闊達で、生気にあふれている。なかでも生き生きしていたのが、ショーンだった。ディナーのあと下に連れてこられたショーンは、トランスフォーマー柄のパジャマ姿で笑顔を振りまいた。

イブは心の目にハリーを思い浮かべた。エマによる「ラプソディ・イン・ブルー」に素直に驚いていた。そのあとは椅子のクッションにもたれ、目をつぶって、シャーロックが奏でる深い悲しみをたたえた第二楽章に聴き惚れた。

そのとき物音がした。近い。危険だ。イブはさっとふり返り、腰のグロックに手をやった。ハリーが手のひらをこちらに向けて、両腕を挙げた。「撃つなよ。まだ十時だ。話しておいたほうがいいと思った。驚かせてすまない。ただ、おれがついてきてるのに気づいてると思ってた」

イブの心臓は大きく打っていた。彼の姿をはっきりと確認することはできないが、声は間違いなく彼のものだ。「なにやってんのかしら、物音に気づかなかったなんて。いつもならアリが巣を掘る音だって聞こえるのに。あなたが背後にいるのは気づかなかった。シェルビーなんて派手な車なのにね」

「自分の背後も守れないやつが、どうやってハント判事を守れるんだ?」

むかつくけれど、ごもっとも。「ええ、そうね。でも、これが最後よ。わたしも話したいから、なかに入って。コーヒーでも淹れるわ。で、まだ十時なのと、わたしがあなたを撃たないことに、なんの関係があるの？」

「撃つのは真夜中過ぎてからという規則があるのを知らないのか？」

「聞いたことないんだけど。事件の話をしたほうが賢明よ」

「で、アリが巣を掘る音っていうのは、どんな音なんだ？」

イブは背後に笑顔を投げ、ドアの錠を開けた。その奥は白黒のタイルが敷かれた狭いロビーで、真っ白な壁に黒い郵便箱が取りつけられている。角には、ヤシの木が植えられた緑と青のポットが、まとめて半ダースほど置いてあった。イブは彼を手招きした。「エレベーターは一九二〇年代のものだから、がたぴしいうのよ。怖がる人が多いけど、わたしは好き。でも、歩いてあがるほうがもっといい。スペアリブみたいなご馳走を、わたしの太腿に定着させないためにね」ふたりは幅の広い急階段を最上階である三階までのぼった。

「うちは一番奥よ」広々とした通路はミニバラをちりばめた赤い敷物におおわれている。ぞっとしそうな柄なのに、ハリーにはなぜか好ましかった。彼女は青いドアの前で立ち止まり、錠を開けて、なかに入った。明かりをつけてハリーを手招きした。

イブのリビングはハリーの想像とは違っていた。今日の午前中に知りあったばかりなので、具体的に思い描いていたわけではないが、たとえば黒い革製のソファと、椅子と、たくさんのジム用マットの敷かれた部屋とか。だが、リビングは明るくて広々していて色彩豊かだった。大きな窓の外には街並みが広がり、その奥にほっそり湾が見えている。彼女について入ったキッチンは無駄のない合理的な造りながら、ふたり用の食卓に飾られた生花とシンク奥の窓際にならべられたハーブの小さなポットが彩りを添えている。部屋全体はやわらかな黄色に塗られていた。

「いいアパートだね」

「わたしのよ。五年前、分譲されたときに買ったの。わたしにはちょうどいい」

イブは手首で自分の頭をこづいた。「ばかじゃないの」コーヒーメーカーをセットすると、携帯を取りだして、小さなグーグル画面に文字を入力した。

「そりゃそうだろうね、ＦＢＩの捜査官じゃないから。なにをしてるんだ？」

イブがじろりとこちらを見た。「なにって？　ああ、あなたが床にばたんと倒れて、その横でわたしが立って傷ついた拳を撫でてるところを想像してたのよ」

「そりゃまたやけに現実味のある妄想だね。で、なにをしてる？」

イブはグーグルで確認した番号を押した。「港湾管理委員会に電話するのよ。昨日の深夜にゴールデンゲートを航行した貨物船があるかどうか尋ねたいから」

考えも及ばなかった。ばかなのは、彼女だけじゃない。

「さあ、かけるわよ」ダイヤルして、留守電メッセージを聞き、携帯を切った。「遅いから誰も出ない。朝になったらまた電話するわ」カウンターに携帯を置く。「あなたの家はどこなの、ハリー」

「ローレルハイツだ」

プレシディオの近くにあるきれいな住宅街だ。あそこの通りには樹木の名前がつけられている。「一軒家なの？」

彼はうなずいた。「妻が出てったあと――」蛇口を閉めるように口を閉ざし、コーヒーポットにうなずきかけた。

大きなマグふたつにコーヒーをつぐイブの金髪が、顔の脇に垂れた。ハリーは彼女がそれを耳にかけるのを見ていた。「カフェインレスだから、ちゃんと眠れるわよ。コーヒーにはなにか入れる？」

「ブラックで」

食卓に向かいあわせで座ると、ハリーは窓を指さした。「ひとつめのポットではなにを栽培してるんだい？」

「タイム」

「へえ。誕生日のケーキにでも入れるのか？」ここでまた、ふわふわとしたきれいなサマードレスを着て、長い脚にオープントウのサンダルをはいたイブが、パーティでうるさい子どもたちにケーキを配っている図が浮かんできた。

「あら、わたしの十八番《おはこ》がパスタ・プリマベーラ・ケーキだっていうんなら、ありうるけど」

ハリーは笑った。「ここへ来る途中で病院に電話した。ハント判事は就寝中で、いまのところ症状の悪化はないそうだ。エマがデイビスホールで演奏する日までに、退院できるといいな」

「会場で聴衆を興奮させないようにしないとね」イブは言った。「必要とあらば、救命士に付き添ってもらって」

「彼は地元のヒーローだから、救命士も喜ぶさ。エマの演奏にはぶっ飛んだよ」

「わたしは日常的に聴いてるから、耳が慣れたのかもね。だからシャーロックの演奏にぶっ飛んだわ。劣等感を覚えちゃった。シャーロック判事が言うには、シャーロックはピアニストになる道を捨てて、捜査官になったんですって。理由を尋ねてみたけど、笑顔で首を振るだけで、教えてくれなかったわ。なにがあったんだか」

「さあね。血に飢えてたのかも」

「サビッチとシャーロックが実際に夫婦だっていうんだから、驚いちゃう」

「チェイニーから聞いたんだが、シャーロックは納得いかないことがあると、サビッチに膝詰め談判する。実際はいないチェイニーの想像上の姑と同じくらい、シャーロックは頑固だそうだ。けど、なにより胸を打たれるのはシャーロックの忠誠心だと言ってたよ」ハリーはコーヒーを見おろし、カップを回転させた。「女に忠誠心とは、びっくりだよな」

おっと。話題を変えたほうがよさそう。

「明日は土曜日よ」イブは言った。「バージニア・トローリーが警護に加わりたいと言ってきてるの。彼女がラムジーの自宅に警官を配備して、留守宅に不届き者が近づかないようにしてくれるわ。トローリーがハント家の古い友人なのを知ってた？　しかも優秀な警官よ」

ハリーは言った。「トローリー警部補には会ったが、おれと違って、不審げだったよ」

「あなた、なにをしたの？」

「なにも。いつもどおり愛敬を振りまいたけど」

「ええ、そうでしょうとも」

「彼女はきみと同じで、ある種の制服を着てる」

「なにが言いたいの？」

「きみのその格好。革ジャンだけ真っ赤で、あとは黒ずくめだ。おれなら靴下と下着も黒であるほうに賭ける」

ご明察。

「なにをしてバージニアに嫌われたか、話してくれてないわよ」

「それが変でさ。サンフランシスコの警官は駐車違反切符を切るのがうまいと言っただけなのに」

イブはあきれ顔で、にやりとした。「まあ、事実よね。市の財政を支えるために資金を調達する必要があるから」

「カフェイン抜きでもうまかったよ。チェイニーはバート・セングをシャーロックにつけて、ゾディアック探しを手伝わせるそうだ。実際、バートならプールで落としたコンタクトレンズでも見つけだせる。明日の会議で最新の情報を聞かせてもらえるよ」

「会議があるなんて聞いてないわ。わたしも参加できるの？　いつ？　午前中？」

ハリーは口をすべらせた。「きみが自分の立場さえわきまえてたら、問題ない」

彼女はまんまと乗せられて、コーヒーを吹いた。ナプキンで口を押さえ、肝臓をフライにしてやりたそうな顔で彼を見た。

ハリーは急いで手を挙げて、笑顔になった。「少しは自制心を身につけろよ。人から他意のないコメントをされるたびに、切れてちゃしょうがないだろ」

むかつく。だが、彼は故意に挑発して、イブは彼の喉につかみかかりそうになってる。なんとか笑顔を掘り起こして、冷笑した。「それで、カーヒルからはいつ話を聞くの？　わたしも同席させてもらえる？」

「サビッチとおれで、午前中のうちにやるつもりだ。今夜きみを自宅まで追ってきたのも、じつはそのことがあったからなんだ。きみから裁判のことを聞きたかった。おれが担当する事件だから、最初からその場に居合わせられたらよかったんだが、別件が持ちあがった。ハント判事から直接話を聞かせてもらえる状況じゃないから、きみに教えてもらおうと思ってさ。なんで判事はミッキー・オルークをそうも疑うようになったんだ？」

「ラムジーからじかに聞いたことはないのよ。そんなことをする人じゃないんだけど、わたしが見たことなら話せる。

　裁判といっても、公判前手続きの最終段階で、まだ陪審員は選ばれてなかった。カーヒルの弁護人であるミロ・サイレスは手を尽くして証拠の開示を求めた。殺された被害者のコンピュータにアクセスした内容すべて、なかでも極秘とされる情報を求めたの。依頼人を弁護するためなら、スパイ活動の報告書を含むありとあらゆる文書を閲覧する権利を弁護人に与えているブレイディ判決で押したわけ。つまりサイレスはマーク・リンディ、つまり被害者だけど、彼が政府のどんな活動を行っていたか開示するように、政府に圧力をかけた」

「ああ、マーク・リンディについては先刻承知、さっきも言ったとおり、おれが担当してるからね。その話を聞くかぎり、サイレスは政府を追いつめて、マーク・リンディの情報漏洩を明らかにするぐらいなら訴えを棄却させる作戦だったらしいな」

「結論を急がないで。この種の事件の場合、機密情報手続き法には政府と弁護側の両方を保護する規定があって、当時はそれが論議の的になってたの。何度も会合が開かれたわ。そのうちのいくつかはカメラにおさめられて――つまり、ラムジーの執務室で行われた会合だけど――そうこうするうちに、ラムジーがオルークに対して厳しい態度を取るようになった。

ラムジーが証拠能力のある情報の提出を求めても、オルークが出そうとしなかったからよ。最初は言い訳ももっともらしかったけれど、それも尽きて、理由にもならない理由を持ちだすようになった。

ラムジーが検事補を叱りつける図は、正直、なかなかのみものだった。彼は判事として制裁を加えざるを得ない、起訴状棄却の可能性もあると言った。そしていよいよ腹に据えかねたんでしょうね、手続きを中断した。そしてその日の夜に撃たれた」

ハリーはうなずいた。「オルークとはこれまで仕事をしてきたわけだから、ハント判事には彼がそういう男じゃないこと、つまり判事の指示をくり返し無視するような男じゃないことがわかってた。それで、深刻な事態になっているのではないかと疑った。起訴状の棄却を望む検事など存在しない――ただし、とんでもないことが起きていて、直接巻きこまれていれば話は別だ。これで話のつじつまが合った。

助かったよ、イブ。おかげで事態が把握できた。カーヒル夫妻のことだけど、サビッチは彼らがこの間のことを弁護人と話しあう前に彼らと話をしたがってる。夫婦水入らずの時間を餌に、いますぐサイレス抜きでおれたちとの話に応じるよう求めるつもりだ。どちらも相手に会いたがってる。相手が秘密を漏らしていないかどうか、探りたいのが理由のひとつさ。この二日間でずいぶんなことが起きた。あのふたりがなにを知ってて、なにを聞き、なにを考えてるか、誰にもわからない。場合によっては、取引に応じる気がないともかぎらない」

「場合によってはね」イブは言った。

ハリーは立ちあがった。「そろそろ失礼するよ。コーヒーをありがとう」

イブは彼を玄関まで送った。「カーヒル夫妻の取り調べにわたしも同席させてもらえるかしら？」

「サビッチしだいだね」

見込みは薄そうだった。それでなくとも、やることはたくさんあるから、無理はしないほうがいい。イブは話題を変えた。「で、どの木に帰るの？」

彼の眉毛がひょいと持ちあがり、そのあと笑みが広がった。「ああ、通りの名前か。メイプルのまん中あたりだ。すぐ近所にピザ屋も四川料理屋もクリーニング店もあって、いい店がそろってるから、大勢の人が車でやってきて、食べたり買ったりするのに車を停めるんで、警官が喜んで違反切符を切りに来るよ」

「あなた、バージニアに嫌われたとき、そのことを口にしたでしょ？」

通路を遠ざかる彼の口笛が聞こえる。イブは十分後にはベッドに入っていた。

ではハリーは、奥さんが出ていったメイプル通りの家にそのまま住んでいるのか。

16

サンフランシスコ、裁判所
土曜日の午前中

郡監獄二号棟に拘置されていたシンディ・カーヒルは、看守ふたりに付き添われて六階の取調室に入ってきた。男性は裁判所のこの階に拘置されている。彼女は看守を引き連れていた。その身を飾るのはこんなときの三点セット、手錠と腰鎖と足枷《あしかせ》だ。彼女が顔を上げて、夫のクライブを見た。同じ格好で粗末な椅子に腰かけている。

「クライブ」看守は夫に近づこうとする彼女を引き留めた。クライブはゆっくりと立ちあがって、妻にほほ笑んだ。「やあ、別嬪《べっぴん》さん。先週、おまえが法廷に着てきた、ミロの差し入れの青いスーツ、よく似合ってたよ。でも、オレンジもいいな。元気にしてるか?」

「ええ、でも、どうなってるか——」シンディはサビッチに視線を投げて、口を閉ざした。

サビッチがゆっくりと立ちあがる一方で、看守はシンディを夫の隣に座らせ、サビッチのうなずきを受けて部屋から退出した。

サビッチは自分とイブをカーヒル夫妻に紹介した。「はじめるにあたって、きみたちふたりに確認しておきたい。弁護人のミスター・サイレスが同席しないことには、同意していると考えていいんだな?」

「ああ」クライブが答えた。「わが愛妻がやってくる前に言ったとおり、今回はミロは必要ない。わたしたちは悪いことはしちゃいないし、隠すこともない。せっかくシンディと過ごせる時間をもらえるんだ。こんなチャンスをのがせるか。ピエロと話すんだって、退屈してるよりはましだ」

彼は座り心地の悪い椅子にもかかわらず、年代物の革製の椅子に腰かけているように、ゆったりと背にもたれた。

サビッチが尋ねた。「ミセス・カーヒル?」

「わたしもそれでいいわ」シンディが言った。「シンディと呼んで。看守たちがあなたの噂話をしてたわよ、サビッチ捜査官。ワシントンから来た超大物なんですってね」

クライブが言った。「ところで、クリストフ特別捜査官は? あいつの行儀はなんとかならないのか? 偉そうにしやがって、まったくおもしろくない」

サビッチは夫妻の視線が交わるのを見た。そこにあるのは愛情? それとも、相手が口を割ったのではと疑っているのか? いずれにしろ、弁護士抜きでふたりを同席させることによりまずまずのスタートが切れた。裁判の延期や、オルーク連邦検事補の失踪や、ラムジーの殺人未遂事件といった出来事が立てつづけに起きたいま、カーヒル夫妻のほうも捜査機関がなにを把握しているかを探りだしたがっている。事件の性質上、無実の訴えを引っこめて取引に応じるとは思えないが、ふたりがなにかを――重要なことを――漏らしてミロ・サイレスに対抗する手段を与えてくれる可能性はある。なにせ被告側の弁護人から真実を引きだすのは、超党派による法案を成立させるよりも困難なのだから。

サビッチは席につきながら、言った。「心配しなくていい。クリストフ捜査官は同席しない。今回はおれとバルビエリ連邦保安官助手だけだ」

シンディはそう話すサビッチの顔を見つめていた。白くて長い指のついた手に頬をもたせかけているが、その手の爪もかつてのようにきれいではない。男の魂をのぞきこむ黒い瞳。いや、彼女が訴えかけているのは魂じゃない、男の性だ、とサビッチは思った。そして自分を獲物扱いする彼女に対して、態度を硬化させた。それを察した彼女が、なりふりかまわず誘惑してくることを願いながら。彼女の手の内を知りたい。

シンディはこんどはイブに目を向けた。若々しいきれいな顔とブロンドのポニーテール。顔をしかめるシンディを見て、サビッチは内心ほくそ笑んだ。彼女の口から飛びだした言葉は、さらに喜ばしいものだった。「いったい、どういうことなの、こんなかわい子ちゃんが。リトルプリンセスみたいなブロンドにブルーの瞳なのに、赤と黒で強面《こわもて》を気取った連邦保安官助手だなんて。あなたたち連邦保安官助手は本物の警官から逃亡した悪い連中を追っかけるのが仕事じゃないの？　『逃亡者』のトミー・リー・ジョーンズみたいに」

「わたしのヒーローよ」サビッチから同席させてもらって上機嫌のイブは言った。ハリーは大いに憤慨したが、サビッチはそんな彼を穏やかに諭した。尋ねるほうが男ふたりだとシンディがつけあがるし、ハリーがなにか言っても警戒されるだけだ。事件の担当者であるハリーは、すでに十回は話を聞いている。サビッチとしては手持ちのカードを切って、シンディに別の女性をぶつけたい。もし法廷でシンディがイブを見かけていなければ、なおさら都合がいい。ハリーには言わなかったが、美人のイブ・バルビエリを同席させることで、自分を神が遣わした男たちへの贈り物だと信じて疑わないシンディ・カーヒルに揺さぶりをかけてやれるのではとの期待もあった。ハリーはもう文句をつけなかった。そして取調室への道すがら、サビッチはハリーのいないところで「揺さぶりをかけろ」とイブに指示した。

「それに拳銃を携帯するために小さなホルスターを身につけてるなんて、すてき。マッチョな女性は大好きよ。ほら、男ってなにかと面倒でしょ。そう思わない、イブ？　面倒な男にはどう対処してるの？」シンディ・カーヒルはサビッチに流し目をくれた。

イブは即座に性的な誘惑を感じ取って、シンディに笑いかけた。シンディが近づくだけで、男たちはいきり立つに違いない。それに、彼女は拘置されて数カ月になるのにいまだ美貌を保っていた。少し吊り気味でエキゾチックな黒い瞳は、思わせぶりな煌めきを放っている。相手をひたと見据えるその瞳がいまは自分に向けられている。イブはその黒い瞳の奥にたぐいまれな知性を感じ取った。計算高さと、嫌悪も。なにに対する嫌悪なの？　サビッチの言うとおり、この驚くべき女がわたしを妬《ねた》んでるの？　イブは黙っておいた。

「いまおれたちが話しあうべきは、シンディ」サビッチがにこりとした。「連邦検事補を脅しておいて、逃げきれると思ったのかということじゃないか？」

直球勝負だ。イブは注意深く返答を待った。

答えるシンディ・カーヒルは、南部サバンナ産のハチミツがしたたるような声だった。「連邦検事補を脅すですって？　ひょっとして、オルークさんのこと？　なにわけわかんないこと言ってるの、サビッチ捜査官？　あなたにはなにか思いあたることがある、クライブ？」

クライブはあくびをしながら答えた。「まったくないな」

「ふたりともすでに知ってるだろうが」サビッチはすらすらと続けた。「これで殺人罪で不起訴に持ちこむ計画がふいになったな。ハント判事が不正に気づいて、審議無効になる。きみたちはこれまで以上に慎重に裁かれ、有罪判決を受ける。ハント判事の殺人未遂事件や、オルークの失踪に関与しているようなら、いずれおれたちがあばく。で、おれは考えた。死刑にされる可能性の高いふたりの人間なら、すぐにでも取引に応じるかもしれないと」

夫妻が目を見交わし、クライブが言った。「再三言ってきたとおり、そんなことにはいっさい関与してない。ミスター・サイレスからは悠然となりゆきを見守れと言われてる。そうだよな、おまえ？」

シンディが言った。「そうよ。サイレスさんをがっかりさせられないわ」

「気をつけろよ」サビッチが忠告した。「きみたちの弁護人も嚙んでるんなら、彼は自分が刑務所に入れられるような真似は絶対にしない。もしオルーク検事補の捜索や、ハント判事の殺害未遂犯がこれ以上の悪さをしないうちに見つけだすのを手伝ってくれれば、連邦検事が興味を示して、選択肢から死刑を外してくれる公算が大きい。刑の減軽も望めるかもしれない。それに政府は、きみたちがマーク・リンディのコンピュータに入っていた情報を誰に売ったかを知りたがってる」

クライブが言った。「ミスター・オルークの行方なんか、知るわけないだろ。どこか出かけた先で心臓発作に襲われたんじゃないか？　熱心で、いつもじりじりしてて、要求の多い男だった。法廷で震えだすのも見たことがある。いまにも倒れそうな、かわいそうな坊やといった風情さ。あいつがわたしを脅したのを知ってるか？　笑い飛ばしてやったよ。そうだろ、あいつになにができる？　こっちはもう逮捕されてるんだからな」

シンディが言った。「オルークはユーモアの欠片《かけら》もないおばかさんよ。クライブの言うとおり、心臓発作でも起こして、どこぞの側溝で死んでるんじゃない？　だとしたって、いなくなってせいせいだけど」

「あなたたちは知らないと思うけど」イブは言った。「ミッキー・オルークはバレーをやらせたら、ボウリングのボールのように重いサーブを放ち、喉に叩きこむようなスパイクを打てる、すごい選手だったのよ。奥さんから手荒にこづいて褒められながら、笑ってたわ。感じのいい人で、娘たちのよき父親だった。まだ十代の娘がふたりいるのを知ってる？」

クライブが肩をすくめて、口笛を吹き鳴らしはじめた。

シンディは相変わらずサビッチを見ているが、イブは彼女が自分を意識しているのを感じた。こんなときも強気を通すシンディは、被疑者ながらあっぱれだ。さあ、そろそろつぎの一手を打つとしよう。

イブは言った。「わたしはあなたがなにをしたかを具体的に知りたいのよ、シンディ。ほら、あなたはマーク・リンディと寝てたんでしょう？　それがあなたの実証済みの確実なやり口よね？　そうすることで、マークはあなたの願いを叶えてくれる。こんなきれいな人がセックスしてくれて、すてきと褒めてくれたら、そりゃ舞いあがるわよ。政府の極秘プロジェクトを肩越しにのぞかせてくれた？　あなたが睦言《むつごと》をつぶやきながら、彼のユーザーIDとパスワードをこっそりすべて書き留めているのも知らずに？

そして鎮静剤のロヒプノール少量に睡眠薬も加えたご機嫌なカクテルをその小さな手でこしらえて、彼を眠らせたんでしょう？　マークも哀れなものね。セックスの女神さまに気絶させられて、その間に彼のキーフォブでコンピュータに侵入され、全データにアクセスされてたなんて。そのときはクライブを呼んで手を貸してもらったんでしょう？　もともとクライブのたくらみなのよね、シンディ、違う？　ふたりのうち頭脳を受け持つのは彼のほう。

計画を立て、判断を下し、買い手と交渉し、お金の扱いを一手に引き受け、で、かわいい子猫ちゃんのあなたには少しずつお小遣いを与える。あなたは買い手すら知らないのよね？」

シンディはすっくと立ちあがると、鎖をじゃらじゃらいわせながら、テーブルを拳で叩いた。「このばか女！　計画だってなんだって、わたしが全部担当してるのよ、わかった？」

クライブが彼女の手をつかむ。シンディは黙りこみつつ、ゆがんだ笑みをイブに向けた。

絶好のスタートが切れた、とサビッチは思った。シンディ・カーヒルはイブに殺意をいだいている。グレンコにある連邦保安官アカデミーでは、優れた捜査訓練教育が行われているらしい。あるいは、イブに連邦保安官の父親がいて、生育過程で大切なことを身につけたか。その両方ということも、じゅうぶんに考えられる。

イブが言った。「マーク・リンディをあなたの標的に据えたのは、クライブなの？　それとも他国の諜報機関に言われてやったこと？　極秘資料が他国政府に渡る予定だったのかどうか知ってる、シンディ？」

シンディもこんどは罠にかからないが、目から怒りの色を消すことはできなかった。嘲笑の表情を浮かべたものの、激怒していることを隠せない。「でまかせ言わないで。くだらないＣＩＡの連中も、同じ話をしてたけどひょっとすると、同じ台本を読んだの？　いいこと、お嬢ちゃん。クライブはわたしの夫にして相棒なのよ」クライブ・カーヒルを愛おしげに見て、彼の手を軽く叩いた。また鎖が鳴る。「彼はわたしの大切な人だけど、断じて上司なんかじゃないんだから」

イブは眉を吊りあげて、わかった、という表情をして見せた。「あなたの大切な人は、たっぷりの見返りさえあれば、あなたがマーク・リンディと寝ようが平気ってこと？　悪いけど言わせてもらうわよ、シンディ、あなたの役割はそれだけなんでしょ？　それも、困ったことになるまで。なにが起きたのかしら？　マーク・リンディがあなたのたくらみに気づいて、警察に通報すると脅したの？　それであなたは、命にかかわる最後のカクテルを彼に与えたわけ？」

シンディは女同士のなれなれしい笑みを見せた。「わたしの経験だと、だいたいの男はカクテルよりビールを好むものよ」

イブは椅子の背にもたれた。「その切り返しは悪くないわね、シンディ。でも、クライブのほうがもっとしゃれた台詞を思いつくんじゃない？　彼のほうが切れ者だもの。それにしても、あなたたちのご両親は、あなたたちがこんなふうに育って、こんなことをしでかしたこと、どう考えてらっしゃるのかしら」

17

シンディ・カーヒルはイブの顔から目をそらさなかった。「わたしのやさしいパパはわたしが十一になるとわたしの寝室に来るようになったから、なにがあったって知ったことじゃないわよ、きっと」

興味深い、とサビッチは思った。彼女が虐待を受けていたことを精神科医は知っているのか？　カーヒル夫妻に弁護士を呼ばせたくないので、そろそろ手綱を緩めるつもりだったが、イブがつぎにどう出るかを見たかった。小さく彼女にうなずきかけた。

イブは言った。「クライブ、あなたが糸を引いてたんじゃないとしたら、なにをしてたわけ？　シンディにコーヒーを運び、小さな足にスリッパをはかせて、彼女が男をたぶらかしてまわるスケジュールを調整してたの？」

クライブは首を振り、妻からサビッチへと目を転じてから、ふたたびイブに戻した。

イブは続けた。「だとしたら、彼女はあなたといてなんの得があるの、クライブ？　あなたは彼女よりずいぶん年上で、彼女を虐待してた父親とたいして変わらない年齢でしょう？

ほんとのことを話して、クライブ。それがあなたの脳みその奥にしまいこまれてるのは、わかってるのよ。あなた、彼女が怖いんでしょう？　あなたに飽きて、あなたより若い男に走るのを恐れてるんじゃないの？　彼女が提供されたチャンスをつかんで証言をして、あなただけ死者の列に取り残されるのを怖がってるんでしょう？」

青ざめていたクライブの顔が赤く染まった。肩をこわばらせて、激しく怒りだした。

「冗談じゃない！　わたしの女房だぞ。わたしを傷つけるようなことはしない！　わたしが拾って、一からすべてを教えてきた——」

「あなたが彼女に殺し方を教えたの？　それはないわよね。だって現場はめちゃくちゃで、ちっともうまくいってなかったもの。毒薬をのませたからって、ただ倒れて死ぬとはかぎらないのよ。そうね、マーク・リンディはわが身に起きたことに気づいて、反撃に出た。敵を引き倒そうとしたけれど、その前に毒がまわって、思いどおりにはいかなかったのよね、シンディ？　そのせいで、クライブ、あなた方ふたりに警察の手がまわった」

シンディはクライブの手を固く握りしめた。「いちいちカッカすることないわ、クライブ。この女はあなたを手玉に取ろうとしてるだけなんだから」シンディはイブとサビッチに向かって首を振った。「あんたたちふたりでチームを組んでるの？　こういう茶番を演じるようになって、どれくらい？　そんなんでうまくいったことある？」

イブが身を乗りだして、両手を前で握りあわせた。「あのね、シンディ、わたしが経験のないことのひとつが毒殺なの。あまりに卑怯で悪辣な方法だと思わない？　それにダサいし、陳腐だし。わたしならナイフにする。殺す相手を圧倒してやるのよ」

「わたしはダサくなんてないわ！」

「そう？　だったらクライブから求められるたび、自分の体を提供することは、なんて言うの？　お金がなくて策略にも使えなかったら、あなたなんか路地で立ちんぼしてるお手軽な街娼と大差ないんじゃないの？」

「なんてこと言うの？　わたしは売女《ばいた》じゃない。スーなんて、わたしのこと最高だと思ってるんだから」

スーって誰？　なにを言いだしたんだろう？

すかさずサビッチが介入した。「それでそのスーは、きみたちふたりが死刑囚監房に向かって歩いているときに、外でのんびり日向《ひなた》ぼっこか？　そのスーがハント判事の殺害をくわだてたのか？」

夫妻はまたもや顔を見あわせて、態勢を立てなおした。シンディは爪を見て、退屈そうに言った。「スーなんていない、口から出まかせ。ハント判事が撃たれた件については、わたしもテレビを観てる人たちと同じで、誰が撃ったかなんて知らないわよ」

イブは言った。「観念したらどうなの、シンディ。スーがハント判事を撃ったのね？」

「くり返すけど、スーなんていない」シンディは言った。「それにわたしたちには、判事を撃つ動機すらないんだけど。でしょう？」

サビッチが言った。「スーから判事の殺害理由も聞かされないほどないがしろにされてるのか、シンディ？」

「スーなんていない」くり返すシンディは、いまや岩のごとく落ち着いている。「さっきから言ってるのに、しつこいわね。なんでわたしたちがあんなくだらない判事を殺さなきゃならないの？　あなたたちも言ってるとおり、殺したっていいことがないでしょ？　わたしはその事件を聞いて、気の毒がってるだけよ。ハント判事はすてきだし、わたしを見る目つきからして――」彼女の夫はむっつりと口を閉ざして、サビッチの背後の壁を見つめている。

「でも、いまはそんなにすてきに見えないんでしょうけど」

イブは机を跳び越えて、彼女を殴りたくなった。深呼吸をして心を鎮める。

サビッチが言った。「きみたちがマーク・リンディを殺したように、スーが検事補を殺《や》ったのか」

クライブが肩をすくめる。「わたしたちは判事のことも、検事補のことも知らない。わたしたちになにができるんだ？　閉じこめられてるんだぞ、サビッチ捜査官。外でビールを飲むことも、クラブで踊ることもできない」椅子の背にもたれて、冷笑した。「あの検事補は救いようのないあほだった。わたしたちを起訴することなどできなかったろう」

シンディのほうは、いまだ怒りがおさまらないようすだった。「いろいろ罪状をならべてくれるけど――どれも罠よ。わたしたちは誰も殺してない。あのおかしな判事が手続きを停止してなければ、釈放されてたわ！　誰かほかの人が撃ったのよ。誰か、あの判事にぶちこまれた人がね」クライブを見て、続ける。「ねえ、あなた、これも楽しくないわけじゃないけど、そろそろ終わりにしない？　サビッチ捜査官、弁護士を呼んで」

イブは自分を蹴りたくなった。強引すぎたせいで、せっかくの機会を台無しにしてしまった。

サビッチは立ちあがった。「おれはきみたちふたりが、ハント判事の命を狙って暗殺者を雇ったと考えた。弁護士の助けを借りて、いまだ見つかっていない海外口座から報酬を支払ったんじゃないかとね。だが、ありえないな」傷だらけのテーブルに両手をついた。「こうして話したおかげで、きみたちはどちらも自力でそこまでのことができるタマじゃないのがわかったよ」

「わたしたちが望めば、なんだってできるぞ！」クライブが叫んだ。「そしていまの望みは、弁護士だ！」

席を立ったイブは、クライブを見たあとシンディを見た。「スーについて話したらどうなの？　あなたたちが彼女の責めを負わされる必要はないのよ。彼女が接触してきて、あなたたちがマーク・リンディのコンピュータから盗んだ資料を売りさばく仲介をすると言ってきたんでしょう？」

どちらも返事をしなかった。

サビッチが言った。「マーク・リンディの口癖を知ってるか？　おれは『ビッグバン★セオリー』のシェルドンみたいな頓珍漢《とんちんかん》じゃない、愉快で親切なレナードのほうだ、としょっちゅう言ってた」

ふたりは醒めた目でサビッチを見ていた。

サビッチは肩をすくめた。「マークの妹のエレインによると、マークは自分がおたくだと認めてて、おたくであることのつぎにミスター・スポックが好きだと大笑いしてたそうだ。ただ、いわゆるおたくにしては視野が広くて、他人と気やすくコミュニケーションが取れるという自覚もあった。そんな彼でも、きみのことは見抜けなかったようだな、シンディ。それが彼の命取りになった」

ふたりはそれにも返事をしなかった。

サビッチはなぜそんなことを知っているのだろう？　そうか、捜査ファイルを読んだのか。イブは言った。「そのスーとやらが彼に毒を盛れと言ったの、シンディ、クライブ？　彼女に指示されたんでしょう？」

シンディが刺々しい声で言う。「スーなんてどこにもいないわ、かわいいおなべちゃん」

イブは笑顔を返してドアに向かい、背中を見せたまま返事をした。「あなたならモデルにだってなれたのにね、シンディ。でもここにいたんじゃ、それももうかなわない」

「誰がモデルになんかなりたいもんですか。ヨーグルトで命をつないで、難民キャンプ暮らしみたいに痩せ細るなんて、ばっかみたい」

18

サンフランシスコ、連邦ビルディング
土曜日

それから一時間半後の十二時ちょうどに、サビッチとイブは連邦ビルの十三階にあるＦＢＩの会議室に入った。細長い会議テーブルの周囲には、片手の指の数ほどのＦＢＩ捜査官とともに、サンフランシスコ市警察のバージニア・トローリー警部補とビンセント・デリオン刑事、さらにはカーニー・メイナード連邦保安官の顔もあった。サビッチは同じ箱からピザを食べているシャーロックとハリーに小さく手を振った。あのピザはペパロニに違いない。シャーロックの好物なのだ。

テーブルのあちこちにピザの箱が積まれ、たくさんの紙ナプキンと炭酸飲料の缶が置いてある。支局長のチェイニー・ストーンはハワイアンパイナップル・ピザの最後のひと切れを腹におさめると、ふたりに手を振った。「さあ、入って。ピザがまだたくさん残ってるはずですから、よかったら食べてください。たぶんまだ温かい。サビッチ、ここの連中が全部平らげていなければ、ベジーヘブン・ピザも何枚かありますよ。それで、カーヒル夫妻への取

り調べはどうでしたか」

サビッチはメイナード連邦保安官に目をやりながら、椅子に腰かけた。「バルビエリ保安官助手がいい仕事をしてくれましたよ、連邦保安官。あのふたりに揺さぶりをかけましてね。カッとしたシンディ・カーヒルが、スーという名前を漏らしました。カーヒル夫妻を操る工作員の可能性がある人物です」

「スー？」メイナードは言った。「そのスーが他国の工作員だと？」

サビッチはイブにうなずきかけ、三枚あるベジーヘブン・ピザの一枚を手に取った。

イブが言った。「はい、シンディはその人物と親しい――かなり親密かもしれません――関係にあることをほのめかしたんです。ただ、そのあと一転してスーの存在を否定しだしましたが」

サビッチが言った。「ハリー、この数カ月、あのふたりの連絡係を捜してたんだろう？」

「ふたりと緊密に連絡を取りあっている人物がいるはずだと思ってました」ハリーが答えた。「夫妻の経歴からして、高度な諜報活動には適してない。そこそこの詐欺師というだけで、酔っぱらいを騙し、シンディの色香を使って寂しい男から金を巻きあげるのがせいぜいです。今回の事件はふたりには荷が重すぎます」

サビッチがうなずいた。「だとすると、スーというのがカーヒル夫妻への接触者と考えるのが妥当だろう。それでふたりを雇って手足に使ったのかもしれない」

チェイニーが尋ねた。「そのスーという女が狙撃手ということも考えられますか？　CIAはそれを知っていて、こちらに情報を流さなかったとか？」

「彼女のファイルがあるかどうか、CIAに問いあわせることはできます」ハリーは言った。「ですが、CIAはカーヒル夫妻がなにを盗みだそうとしたか教えてくれませんでした。サイバースペース上で起きた、というだけで。今回の取り調べで取引の材料ができたかもしれません」

会議テーブルの周囲に笑みが広がった。

イブが言った。「もう少し聞きだせる可能性があったんですが、生存本能が頭をもたげたらしくて、途中から必死で弁護士を呼べと騒ぎだしました」ため息をつく。「わたしのミスです。力ずくで迫りすぎました」

サビッチが慰める。「いや、よくやったよ、イブ。ハリーだったらふたりを怖がらせるだけだっただろう。ところで、うまいピザだね」

シャーロックはペパロニ・ピザを手にしたまま、言った。「ラストネームはないの？　シンディ・カーヒルはただスーと、それだけぽろっと口にしたのね？」

イブはうなずいた。

ハリーが鋭い目つきでイブを見る。「なにをやったんだ？　ブロンドのポニーテールをシンディに見せびらかして、彼女を爆発させたのか？」

「そんなところだ」サビッチが答えた。

ハリーが言った。「スーっていうのは、シンディが適当にでっちあげた名前かもしれない。おれたちをこけにするために」

思わぬ展開に彼がすねているのがイブにはわかった。彼は一年以上この事件を追ってきたのに、ふたりから名前を聞きだすことができなかった。

大人になりなさいよ、ハリー。

イブは大口でピザにかぶりついた。「なんなら、ハリー、取り調べの録音を聞いて自分で判断したら。わたしのポニーテールを映したビデオがないのは、お気の毒だけど」

チェイニーが尋ねた。「ハリー、おまえたちがこれまで捜査してきて、そのスーという名前は一度も聞いたことがないのか？」

「はい。当然ながら、自分たちは――」ハリーは向かいに座る捜査官数人にうなずきかけた。「この数カ月、監獄の内外でふたりの知りあいとされる人物を調べてきました。クライブ・カーヒルはばかじゃない。携帯ひとつとっても、足跡の残らないプリペイドを使ってました。外国の企業なり政府なり諜報機関なりと連絡を取っていたとしても、その記録は残されてないんです」

捜査官歴十年のベテラン、バート・セングが発言した。「工作活動そのものは順調に進んでいたのに、カーヒル夫妻がへまをして、死体を抱えることになり、それで逮捕された。パスワードの設定されたマーク・リンディのコンピュータから極秘情報を取りだすには、リンディが担当していたプロジェクトにアクセスするのに必要なセキュリティシステムについてそうとう詳しい必要があります。リンディのＩＤとパスワードを知ってるだけじゃ足りない。アクセスのアルゴリズムを踏まえたうえで、なにが重要かを見きわめるためプロジェクトそのものに対する知識がいるし、それを入手するにはセキュリティ監視班の目をかいくぐるだけのスキルもいる」

サビッチが言った。「となると、そのスーとやらはかなり用心深い。カーヒルにいくらか前払いしなきゃならなかったはずなのに、隠し資金は見つかってないんだろう？」

「一セントも」バート・セングが言った。「ところで、そのスーって名前ですが」グリフィン・ハマースミス捜査官に尋ねる。「スーという名の外国人スパイを聞いたことは？」

グリフィンは首を振った。「コードネームじゃないですか。しかも、女ともかぎらない」イブが言った。「シンディの口ぶりからは、コードネームだと思えなかったんですが。個人的によく知ってるみたいでした」

チェイニーはペンでテーブルをカツカツやった。「サビッチ、あなたもバルビエリに賛成ですか？」

「ああ」

チェイニーは言った。「ＣＩＡに電話して、カーヒル事件の担当者に知っているかどうか確認してみましょう」

サビッチは言った。「おれはサイレスにスーという名前をぶつけてみようと思う。彼が知ってるかどうか探ってみる。おれたちがサイレスを訪ねるまで、カーヒル夫妻には電話をかけさせるなと看守に頼んできた」

チェイニーが言った。「いいでしょう。じゃあ、少し角度を変えて」セング捜査官を見た。「バートからシャーロックと組んで行った追跡捜査の報告があります。ハント判事が見たというゾディアックに関して」

バート・セングはナプキンで手をぬぐうと、グーグルマップでシークリフ周辺の地図をプロジェクターに映しだして、ポインターを表示させた。「ハント判事の自宅は海に突きだした岬にあって、見てのとおり浜辺には大きな丸石がごろごろしてます。ハント判事がゾディアックの話をしてくれたおかげで、狙撃手がシークリフ・アベニューをやってきて、車なりバイクなりをチャイナビーチ公園に停め、浜辺まで歩いてきたという可能性を排除できました」バートはにんまりした。「男にしろ女にしろ、そのスーとやらは海からやってきたわけです。

船外機付きのゴムボートに乗ったことがあれば、かなりの速度が出るのをご存じでしょう。狙撃手はゾディアックで浜辺まで来て、ハント判事に見られようとおかまいなしだった。殺すつもりだったからですよ。断崖の海側を歩き、浜辺をおおっている岩の上に位置を定めた」シャーロックにうなずきかけ、ゾディアックの写真をプロジェクターに映しだした。

「新たな切り口を与える女のスーが登場したわけだけど」シャーロックは言った。「サウサリートにある〈ベイアウティングス〉のオーナーであるミセス・モーの証言によると、木曜の午後、ベントリー・エームスという名の男性にゾディアックを貸しだしたそうよ」

バートが続く。「ミセス・モーは男だと信じて疑わず、容姿もよく覚えてました。ここに似顔絵があります」プロジェクターに似顔絵を映しだし、その紙をまわしながら特徴を伝えた。百七十五センチから百八十センチ、痩せ形、ルーズなジーンズにスニーカー、大きめの青いウインドブレーカー、不透明な黒のサングラス、ジャイアンツの野球帽。

「ベントリー・エームスはサングラスをはめ、野球帽をかぶったままでした。平板な話し方で、ミセス・モーが言うには、目立ったアクセントはなかった。物腰がやわらかで、支払いはアメリカン・エキスプレス。ゾディアックを一日だけ借りたい、ガールフレンドと夜の湾岸をクルーズする、ハワイから来た彼女はゾディアックで育ったから、と言ったとか。小指に特大のダイヤモンドの指輪をはめ、偽物かどうか見分けがつかなかったそうですが、男が偽物のダイヤモンドの指輪をはめる理由がわからないと言ってました。それでも、ミセス・モーはこの人物が男であることに疑いを持たなかった。中年期、あるいはもう少し上だと思ったそうです。

で、ベントリー・エームスは金曜の朝、時間どおりにゾディアックを返しにきた。きれいになっていたので、洗いなおす必要がなかったとのことです」

シャーロックが交代した。「なにか出るかもしれないと思って、うちの鑑識にゾディアックを調べてもらったけど、バートが言ったとおり、ベントリー・エームスが徹底的にきれいにしていたせいでなにも出なかったわ」

バートが言った。「このあとその男なり女なりが借りたゾディアックの写真をハント判事に見せて、同じものかどうか尋ねてみます。ただ、残念なことに、ゾディアックはおおむね似たような見た目なんですよね」

シャーロックが言った。「本物のベントリー・エームスはティブロンの不動産会社にいたわ。財布はなくしてないと言ってたけど、もう一度確認してもらったの。そうしたら財布はポケットに入ったまま、アメリカン・エキスプレスのカードだけが抜かれていた。彼が言うには、水曜の夜、ティブロンの海上レストラン〈ガイマス〉で妹さんと食事をして、支払いを済ませたあと、トイレに立ち寄ったそうなの。トイレには男性が四人ぐらいいたけれど、神に誓って、おかしなことはなかった。でもそのあと、トイレの外の狭い通路で男がぶつかってきたのをふと思いだした」

「大当たり」バージニア・トローリーが言った。「その男、サングラスをかけて野球帽をかぶってたの？」

バートがうなずいた。「はい、ジャイアンツの野球帽です。そしてミスター・エームスも男だったと証言してる。車を駐車しなければならなかったはずなので、まず〈ガイマス〉近辺の駐車場を調べましたが、わかりませんでした。人目が多いティブロン劇場の隣の駐車場を使ったとは思えませんでしたが、そこも調べました」

シャーロックは言った。「大きな駐車場の駐車場係はブースにいて、お金を受け取る」満面の笑みを浮かべる。「なにがあったと思う？」

「彼がそこに車を停めていて」ハリーは言った。「駐車場係がナンバーを見てたとか？　ああ、早く教えてください」

「いいえ。でも、そのそばかすだらけの坊やはローライズのジーンズ姿で悠然とブースを出てくると、そのサングラスと野球帽の男なら覚えてる、と言ったのよ。レンタカーでないのは間違いない、赤い塗装のはげた古いダッジ・チャージャーで、見るに堪《た》えないほどみっともなかったから、とも。残念ながらナンバーは覚えてなかったけれど、カリフォルニアのプレートだったそうよ」

チェイニーはグリフィン・ハマースミス捜査官を見た。「グリフィンはその車を特定すべく、ハイウェイ・パトロールならびに所轄署と連携して捜査を進めてる。それとはべつに、彼がつかんできた情報がある」

グリフィン・ハマースミスは鼻のおかげで童顔にならずにすんでいる、というのがシャーロックの感想だった。小さいころに折れたであろう鼻が、なんとなく調子外れだった。真っ青な瞳。女にもてるタイプ。彼はゆっくりと、歌うように話した。「狙撃手の立場になって考えてみたんです。もしぼくがサンフランシスコまで連邦判事を殺しに来たとしたら、なるべく人目を避けます。いざというときまで街に入りたくないし、クレジットカードをちょろまかす予定の場所には留まりたくない。野球帽の男にとってのティブロンも同じです。とすると、街の南部、主要幹線道路の近くで、居心地はいいけれど、大きくもなければ華やかでもない場所がくさい。

で、そんな場所に注目してみました。電話をかけはじめて数時間後、アサトンの近くのハイウェイ280号線から入ったところにある〈ペリカンイーブ〉という名のこぢんまりとしたブティックホテルに行き当たりました。支配人がその男と野球帽を覚えてました。そう、駐車場係から聞いたのと同じ車に乗り、支配人の女性は『古すぎて下取りにも出せない』と表現してましたよ。男はジェームズ・コナーと名乗り、サングラスと野球帽を身につけたままだった。ただし彼女によると、オークランド・アスレチックスの野球帽だったようですが、表の談話室でひとりお茶を飲むときもかぶったままだったそうです。この男は二週間分を現金で前払いしたので、残念ながら、支配人は身分証明書の提示を求めなかった。

いちおう、張りこみのためにホテルに捜査官を派遣しました。支配人によると、殺人未遂事件のあった木曜から彼を見かけていないそうです。さっそく広域指名手配をかけ、彼の似顔絵と特徴を地元の空港とベイエリア全域の警察に配布しました。もはやアサトン近辺で見つかると思えません」

シャーロックはグリフィン・ハマースミス捜査官を見た。「どうして?」

「私見ですが、わざわざリスクを冒してまで〈ペリカンイーブ〉に戻るとは思えません」グリフィンは咳払いをした。「この男もいまは警戒してます。ハント判事が死ななかったのを知ってるわけで、まだあきらめてないんなら、このあたりに留まらなければならない。当然、前回よりもリスクは高くなる。それを知っているから、古い車は放棄して、こんどはより近く、観光客にまぎれこめる中心に近い部分に潜伏するんじゃないでしょうか。もしぼくがこいつなら、外見を変えて、ロンバード通りかフィッシャーマンズワーフにたくさんある小さなホテルやモーテルの一軒に泊まります」両手を開く。「といっても、すべてぼくの勝手な推理ですから——」

ハリーが笑いだした。「なにを言いたいんだ、グリフィン? おまえの推理はほぼいつも正しいだろ?」

グリフィンが言った。「ですが、問題はこの男、あるいはスーは、短くとも一週間、場合によってはもっと長くサンフランシスコを出たり入ったりしてる。人目を避ける方策を学ぶにはじゅうぶんな長さです。

いま似顔絵を持たせて、ロンバード通りとフィッシャーマンズワーフの宿泊施設をしらみ潰しに探らせてます。こちらのトローリー警部補のお口添えで、市警察の警官半ダースにも力を貸してもらって」彼女にうなずきかけると、バージニアが言った。「お安いご用よ」ハリーがため息をついた。「スーの滞在先のホテルを教えてくれよ、グリフ。そうしたら時間を節約できる」

一同大笑いした。

グリフィン・ハマースミスの優秀さを目の当たりにしたサビッチは、彼をワシントンに呼びたくなった。冷たくなったベジーヘブンの最後のひと切れにかぶりついた。「率直に言って、その似顔絵を顔認識プログラムにかけても、ろくな結果は得られそうにない。野球帽とサングラスが邪魔になる」

チェイニーは言った。「うまくすると、いずれスーが野球帽を脱ぐかもしれない。そのときは顔認識プログラムを試せる。最後にひとつ確認しておきたい。行方不明になったミッキー・オルーク検事補に関してはまだ足取りがつかめない。彼の部下や、同僚、家族、友人にも話を聞いてみたが、木曜日の昼近くに連邦ビルを出る姿がカメラにとらえられていたものの、職場の誰にも外出を伝えていなかった。通話記録やクレジットカードの支払い記録にも目を通したが、いまのところ有益な情報は見つかっていない。当然だと思うが、奥さんの取り乱しぶりはいたましいほどだ。

奥さんはメリッサといって、この一週間ぐらいオルークが心ここにあらずで、その理由を教えてくれなかったと言っていた。そして、オルークはふたりの娘が外出しようとするたびに行き先と帰宅時間を尋ねたそうだから、なにかを警戒していたんだろう。カーヒル、あるいはスーのせいか？　本人が姿をくらましたのか、はたまた何者かにさらわれたのか、まだどちらだかわからないが、失踪が長引くほどに見とおしは悪くなる」

19

ワシントンDC、FBI本部ビルディング
土曜日の午後

本部ビル三階のちんまりとした取調室で、デーン・カーバーはテーブルの向かいにルース・ワーネッキ・ノーブルとならんで取調中の若い男を観察していた。テッド・ムーディは片方の足を上下に揺らしながら、その足から目を離さない。ふたりの目を見たら、撃たれるとでも思っているらしい。

デーンは怖い顔で腕組みをしていた。「きみはチンピラには見えないな、ムーディくん。だが、おれは人の外見に騙されたことがある。いったいいつまでそんな言いのがれを続けるつもりだ？」

若い男はびくりとして、顔を上げた。ひっきりなしにまばたきをしている。「おれはほんとに悪いことなんかしてないよ。だから、なんで捜査官たちがやってきて、おれをここまで引っ張ってきたか、わかんないんだ。おれ、仕事に行かないと、ガーバーさんにクビにされちまう」

ルースが言った。「わたしのほうから、あなたに協力要請したとガーバーさんに言っておいたから、失職の心配はないわ。でも、あなたはしてはいけないことをした」

デーンが言った。「しかも重罪で、きみは犯罪者だ、ムーディくん」

「違うよ、おれ犯罪者なんかじゃない、捜査官さん。ひょっとしたら——いや、そんなの違うよな——おれは悪いことなんか、ひとつもしてないよ」

ルースはテーブルに身を乗りだすと、彼の手を撫でた。指はすらりと長く、今日は爪も汚れていないが、手が汗ばんでいる。怖がっている証拠だ。主たる原因はいまにも彼をぺしゃんこにしそうな顔をしているデーンにある。いいだろう。「テッド——テッドって呼んでいい？」

彼が小声で答えた。「ママにはテディって呼ばれてる。大人になって、四月からはウオッシュバーン通りで独り暮らしをはじめたんだけど、それでも相変わらずなんだ。たいしたアパートじゃないけど、自分で家賃を払ってるし、ベッドとカウチとテレビもあるんだぜ」

「じゃあ、テディ」ルースはやさしく言った。義理の長男が試合に負けたときは、こんな声で話しかける。「どうしてもあなたの助けがいるの。あなたにＦＢＩの本部ビルまで封筒を運ばせて警備員にああ伝えるように言ったのが誰なのか、突きとめないとね」

「でも、おれ知らないんだよ——国家の安全保障にかかわること？」

デーンは頭ごなしに叱りつけようとしたが、ルースから目配せをされたので、テディに無言のメッセージを送ることにした。甘く見たら承知しないぞ。

ルースはテディの手に触れたまま、やさしい声を出しつづけた。「テディ、あなたに封筒を渡したのは男の人だった、女の人だった？」

テディはデーンをちらっと見ると、命綱にすがるようにルースの手を握りしめた。「わかったよ、マダム、おれ、話すよ。男だった。おれ、どうしても金が必要でさ。給料をあらかたポーカーですっちゃったんだけど、ママに家賃を貸してくれって言いたくなくてさ。そしたらその男がぱりぱりの百ドル札を二枚くれるって言うんだ。ここに封筒を配るだけ、人を轢《ひ》いたりとか、法律を破ったりとか、そういうのは抜きでだよ。そういうことを頼まれたんだったら、おれ、やってないよ」

ルースは笑顔を輝かせて、ぽんぽんと手を叩いた。「その男のことを教えて。どんな人だった？　若い人、それとも年寄り？」

テディはルースにぐっと身を寄せた。「それが見てないんだよ、ほんとに」

残念。デーンにもルースにも嘘ではないとわかった。デーンがテーブルを叩いてどなっても無駄だ。

「だったら、なんで男だとわかった？」デーンは尋ねて、顔を突きだした。

「電話の声が男だったからさ。女が男の声の真似する理由なんかないだろ？　実際、男の声だったよ、ほんとに」

デーンは言った。「いいだろう。で、どうやってそいつと知りあったか話してみろ」

「おれがボウナー大通りにあるユニオン76ガソリンスタンドで働いてるのは、知ってるよね」テディは言った。「ガーバーさんがおれを雇ってくれたのは、車の不調の原因を探りだすのがうまいからなんだ。で、それはともかく、そいつはおれの携帯に電話してきて、おれの仕事ぶりを見た、ある人からおれは頼りになって信頼できる若者だと聞いた、って言ってきた」テディ・ムーディは見るからに自慢げだった。「ほんとだよ、マダム、捜査官のお姉さん、その男のことは全然知らないんだ。でも、向こうはおれが根っから善良だとわかってる、おれみたいに責任感の強い若者はすばらしいって、そう褒めてくれたんだ。ママからもいい子だっていつも言われてたけど、ママは親だもんな」

たしかに大違いではある、とデーンは思った。おかしな理屈だが理解できる。立派な特技のある二十歳のばか者は、その若者をおだてる知恵のある男に転がされて、いいように利用された。うまくしてやられたものだ。

「そのあと、こうしてくれと言われて、悪いことはなにもないと思ったんだよ、ほんとに」

ルースが言った。「その男が電話かけてきたのは一度だけ？」

テディはうなずいた。

「その人は名乗ったの？」

「おれが尋ねたら、げらげら笑って、みんなからはハマーって呼ばれてるが、名前なんか関係ない、それより封筒のなかに別の封筒を入れて送るからって言われた。で、ふたつめの封筒に二百ドルと脚本――そう、おれの脚本、ってそいつは言ったんだ――が入ってるから、そこに書いてあるとおりにロビーにいる警備員に言えばいいって」

「そこには具体的にどう書いてあった？」

テディは目をつぶって、ルースとデーンがテープで聞いた会話を一言一句たがえずに暗唱した。

「すごいわね、テディ」ルースが褒めた。

「暗記して自然に聞こえるようになるまで鏡の前で練習しろって言われて、そうしたから。それだけだよ、捜査官のお姉さん、ほんとに」テディは涙目になっていた。「あいつ、トラブルに巻きこまれることはないって言ったんだぜ。ディロン・サビッチ捜査官をからかうだけだ、誰にもおれの正体はわからないって。そりゃそうだよ。おれは法律を守る人間だから、問題なく切り抜けられると思ってた。やつの言ったことを信じたんだ。おれは観光客のグループにまぎれこんで、やつの言ったとおりにことが進んだ。警備員が封筒について話しだしたときには、グループに戻ってた」ふたたび顔を伏せて、手を見つめた。「あいつのことを信じたかったんだよ。実際歩いて外に出られて、誰にも呼び止められなかったしな。それに真新しい百ドル札二枚のこともあったし。喉から手が出るくらい、その金が欲しくてさ。あの封筒にはなにが入ってたんだ？　なにか悪いものだったのかい？」

ルースが答えた。「ええ、とてもね。そのハマーとやらはあなたを救いだしてくれないわよ、テディ、あなたも薄々わかってたんじゃない？」

テディは唾を呑みこんだ。哀れなほど、びびっている。「そうだね、じつは心配してたんだ、捜査官のお姉さん。でも、二百ドルもらえるし、そんな悪いこととは思えなくて。ごくふつうの白い封筒でさ、膨らみもなかったから、爆弾とかそういうんじゃないのはわかってた。でも後悔してるよ、ほんとに」ふたりを交互に見比べる。「で、おれはいますごい窮地に立たされてんの？」

あまりの怯えっぷりに、デーンは彼がちびらないことを祈った。「うまくしたら自由の身になれるかもしれないぞ。ワーネッキ捜査官はその男の声がどう聞こえたか尋ねてる。若い声か、中年の声か、それともうんと年寄りの声か？　悪いようにはしないから、話してみろ」

テディがぱっと顔を上げて、希望に目を輝かせた。「声は——おれ、父親もじいさんもいないから、よくわかんないんだけど、会ったことなくても、どんな声かなんとなくわかってるもんなんだよな？」

ルースはほほ笑んだ。「それで、いくつぐらいの感じだった？　四十代？　六十代？　八十代？」

「中年だと思う」

「訛《なま》りはあった？」

テディがかぶりを振る。「いや、とくになかったけど、しゃがれ声だった。長いこと煙草を吸ってきた人みたいに。低い声じゃなかったけど、かすれてた」

「ハマーから送られてきた脚本はある？」

テディはこんどもかぶりを振った。なんかきちっとした感じだろ？　スパイかなんかみたいでさ。で、て、そのとおりにした。「ごめんなさい。暗記したらすぐに燃やせって言われ
デーンはなにも書いてない紙を押しやった。「脚本は鉛筆書きだったのか、ペン書きだったのか？　それともプリントアウトしたやつか？」

ガーバーさんのライターを借りて、ガソリンスタンドの裏で燃やした」

「手書きだったよ。ペンだった。インクは黒」

デーンは自分のペンを取りだして、テディに渡した。「そいつの手書きをできるだけ真似してみろ。なるべく実物どおりに再現するんだぞ。ゆっくりやれよ、テディ。重要なことだからな」

このときのデーンが発していた無言のメッセージは、うまくやったら生きたまま返してやってもいいぞ、だった。五分後、デーンとルースは脚本を眺めていた。小さな文字が混みあって、極端に右側に寄っている。ハマーがペンを握りしめて、上下逆向きに書いたのではないかと思うような筆跡だった。左利きなのか？　それとも、筆跡をごまかすためにわざと

やったのか？

デーンは言った。「いいぞ」テディが一挙に息を吹き返したような顔になる。

ルースが言った。「つぎにね、テディ、ハマーがあなたの携帯に電話してきたときなんと言ったか、最初から最後まで一言一句書いてもらえる？　日数が経ってるけど、できるだけやってみて」

テディは顔をくちゃくちゃにして取り組んだ。そして五分後、紙には語句が書きつけられていた。ただの単語もあれば、完璧な文章もある。そこから、どうやってこの若者がたくみに引き入れられたかが垣間見えた。

「少し考えてみて、テディ」ルースは言った。「ハマーに対して、どんな印象を持った？　彼と話していて、あなたがなにを考えたかよ。脅される感じ？　笑わせてくれた？　親身だった？　信じられる人だと思った？」

テディはデーンのペンをいじりながら、その質問に頭を悩ませた。考えた末に言った。

「おれにおやじがいたら、こんなふうに話すかなっていう感じの話し方だった」

なるほど、とルースは思った。自信たっぷりで、言うことを聞かせるだけの押しの強さがあり、実際、テディ・ムーディを従わせた。

テディは言った。「おれ、自分が見つかると思ってなかったんだ。そこらじゅうにカメラがあるのは知ってたけど、逮捕されたことはないし、ロビーにはおれを知ってる人間なんかいなかったろ？　見学客のひとりと同じだから見つかりっこないって、ハマーにも言われたしね。ほら、ここにも書いたけど」紙を指さした。「どうやっておれを見つけたの？」

答えたのはデーンだった。「監視ビデオを見ていた捜査官がおまえの指の爪が黒ずんでいるのに気づいた。手を拡大してみたところ、粘りけのある油汚れらしかった。おまえの写真はあるから、あとは近隣のガソリンスタンドと自動車修理工場に写真を見せてまわるだけだ。たいして数はなかった。三件めで見つかったよ」

テディは目をぱちくりした。ルースからデーンに視線を移し、またルースに戻した。「すごいな」感嘆している。「おれもそんな仕事がしてみたい」

ルースは笑顔で彼の肩を叩いた。「あなたはまだ若すぎるわ、テディ。でも、これから十年ぐらい、赤の他人からお金を受け取らずにいられたら、警察官に応募してみるのもいいかもよ」

デーンが彼の耳元に口を近づける。「ポーカーの賭け金は五十ドルまでにしとけよ、テディ。またハマーみたいなやつに近づかれたらことだ。なにかうまくいかなかったら、おまえの喉をかき切って、鼻歌交じりに立ち去ってもおかしくないやつらだからな」

テディは気絶しそうな顔になった。「でも、おれのこと逮捕しないんだよね、捜査官のお兄さん？」

「今回は見のがしてやる」デーンは言った。

テディはデーンとルースにお日さまのような笑顔を見せた。「家賃分のお金が手に入って、刑務所にも行かずにすむ。なんてご機嫌な日なんだろ」

テディ・ムーディと彼を送ってゆく警備員を乗せたエレベーターが閉まると、ルースとデーンは目を見交わした。どちらも笑顔だった。

「運のいいガキだよ」デーンは言った。「おれたちもさ。これでその野郎を捜しだす手がかりが見つかった」

20

サンフランシスコ、カリフォルニア通り
土曜日の午後

ハリーはメーソン・ビルディングのカリフォルニア通り側のガレージまで来ると、シェルビーをゆっくりと駐車スペースに入れた。このビルにミロ・サイレスの法律事務所がある。助手席のイブに話しかけた。「サビッチはレンタカーを嫌って、運転すると胸が痛むと言ってたよ」

イブは笑いながら、手を左右に振った。「かたや赤のポルシェ、かたやうげっとくるようなレンタカー。むずかしい選択よね」

ハリーはエンジンを切り、鍵束をいじった。「それはそうと、おめでとう。シンディとクライブの件だ。うまくやったな」

「揺さぶりをかけろと言ったのは、ディロンよ。でも、スーっていう名前が飛びだしたときは、嬉しくて卒倒しそうになったわ」

ハリーはさらに鍵束をじゃらじゃらいわせた。「おれは彼女の怒らせ方が甘かったんだろ

う。そりゃ脅しはかけたけど、彼女はそれでもおれを手玉に取ろうとしたし、そのあいだクライブのほうはにやにやしながら、彼女がおれにちょっかい出すのを眺めてた。彼女の取り調べをしたほかの捜査官も、似たようなもんだった」拳でハンドルを殴り、そのあと傷をつけたかどうかしげしげ見た。さいわい、なにごともなかった。

大切なわが子に傷がついていたら、どうするつもりだったんだろう？　イブはそんなことを思った。

ハリーは窓の外に目をやり、サビッチがトーラスを駐車するのを見た。「あの女が取り乱したとき、おれもその場に居合わせたかったよ」

イブはにこっとした。「でもすぐに勝手にでっちあげた名前だと言って、ごまかそうとしたのよ。なかなかの演技だったわ。おもしろかったのは、サビッチみたいに気むずかしい男とどうやってつきあってるのかと尋ねられたこと。サビッチは彼女に冷たい態度をとったの。彼には色じかけが利かないとわかって、耐えられなかったみたい」

「きみがどう答えたか、あとで教えてくれよ」ハリーはシェルビーを降りて、車のルーフ越しに言った。「だからと言って、これから行う事情聴取に同行を求めたわけじゃないけどね」

イブは小首をかしげて、片方の眉を吊りあげた。ポニーテールが揺れる。「なにが言いたいの？　ミロ・サイレスに対してわたしの脅威の頭脳を使わせたくないとか？　彼の口からもスーの名前が飛びだすかもしれないのに、わたしを排除していいの？」

ハリーは意固地になっているのを自覚して、自分を叩きのめしたくなった。ため息をつき、彼女を離れてサビッチに近づいた。

サビッチが言った。「シェルビーはいいな、ハリー。志がある。サンフランシスコでマニュアル車を運転するとは、いい根性してるよ」

「新参者は急な坂道で止まらなきゃならないと祈りますが、地元の人間は違う。地元民が心配するのはどのくらい頻繁に新しいタイヤに交換しなきゃならないかです」

イブは彼の脇腹をつついた。「パシフィックハイツあたりの急な坂道のひとつで急停止することになっても、あなたは祈ったりしないって言いたいの？」

ハリーはかぶりを振って、彼女のポニーテールを引っ張った。「そういうきみは、情けないオートマを運転してるんだろ？」

「ええ、胸を張ってね」

「ここの十八階のフロア全体がサイレスの事務所だ」サビッチは言った。「そこに株式パートナーが十人、大量の補佐スタッフ、弁護士、秘書たちがいる。サイレスがいることはあらかじめ確認してあるが、アポイントメントは取ってない。不意を衝いたほうが効果的だからな。土曜日も、サイレスの秘書を含む大勢が働いているらしい。ハリー、サイレスはおまえをよく知ってる。イブ、きみのことはどうだ？」

「彼のことはカーヒルの裁判ではじめて見ました。彼のほうはわたしを見てないと思います。

わたしはつねに法廷の後ろのほうに座っているので」

「ハリー、なにか助言はあるか？」

「頭の回転の速い男です。やつを押さえこもうとするのは、ゼリーを木に釘で打ちつけるようなもんです」

サビッチはにやりとした。「やってみるさ。ハリー、おまえは人を軽蔑したりあざ笑ったりがうまいとチェイニーが言ってたぞ。ぞんぶんにやってくれ。多少の恐怖も与えていい。イブ、きみは直感に従って、やつの反応を見ながら攻めろ」

「あなたはどうするんですか、ディロン」イブは黒いバッグを肩にかけながら尋ねた。

彼はしばし考えた。「きみたちのやり方で漏れがあったら、そこを埋めるべく努力する」

十八階では、黒い髪の垢抜けた若い女性に出迎えられた。このうららかな土曜日、彫刻が施されたマホガニーのカウンターでたったひとり、たくさんの来客をさばいている。

サビッチは彼女の名札を見て、笑顔になり、身分証明書を提示した。「アリシア、サイレス氏にお目にかかりたい」

アリシアが警戒をあらわに身を引いた。「お約束はありますか、捜査官？　いいえ、特別捜査官ですね」

サビッチは朗らかに言った。「われわれには必要ないんです。便利でしょう？」

受付係はハリーを見て、つぎにイブを見た。「あなた方は？」

イブとハリーも身分証明書を見せた。

「そうおっしゃられても——」

「彼のオフィスに案内してくれ、アリシア」

受付係を先頭に幅の広いぴかぴかの木の廊下を突きあたりのオフィスへと向かった。サビッチもハリーも、彼女の真っ赤なパワースーツとスチレットヒールとその歩き方に見惚れている。イブはハリーの脇腹をつついた。

サビッチはドアを開けようとするアリシアをそっと脇に押しやり、みずからサイレスのオフィスのドアを開けた。「助かったよ、アリシア。彼への電話や来客は止めてくれ」

三人が入っていくと、サイレスがさっと立ちあがった。そこはサンフランシスコ湾が一望できる、特権的な角部屋だった。早々に霧が晴れて、絵葉書になりそうな晴天が広がっている。摂氏二十度と、晩秋のサンフランシスコにしては気温も高い。

ミロは超近代趣味だ、とハリーは思った。元妻ネッサと同じ。ガラスと真鍮でできたおかしな形の家具を見せたが最後、ネッサはそれを抱えこんで放さず、一方のハリーは腹痛に腹を抱えた。

サビッチは自分たち三人をサイレスに紹介した。

サイレスは言った。「バルビエリ連邦保安官助手には見覚えがある。彼女はほんの短い裁判のあいだ、法廷の後ろの席に座っていた。連邦保安官助手だったか。テレビのレポーターかと思っていたよ。

クリストフ特別捜査官はもちろん存じあげている。むしろ会いすぎたぐらいだろう」サビッチを見据える。「しかし、あなたにはお初にお目にかかる。支局勤務ではないのでは？」

サビッチはうなずいた。「ワシントンから来ました」

「三人そろって、わたしにどういったご用件かな？」

イブは自分が受け答えを期待されていることを察知した。サビッチの小さなうなずきを受けて、笑顔でサイレスに話しかけた。ヒールのある靴をはいていても、イブより十センチは低い。「シンディからスーのことを聞きました。でも、名字を教えてもらうのを忘れてしまって。教えていただけますか？」

サビッチはサイレスの目に一瞬、あせりの色を見た。観察していなければ見のがしていただろう。

大当たり。

サビッチの目に間違いがなければ、サイレスは軽く青ざめたが、それも一瞬だった。サイレスはぐるっと回れ右をして心を鎮め、背中を向けたまま言った。「水でもどうです？」

三人とも断った。

ミロ・サイレスは水を飲むだかそのふりをするだかしてから、堂々たるガラスのデスクの奥の席についた。ガラス以外の部分は希少材らしき濃い色の木材で造られ、黒で統一したコンピュータと電話と高そうなデスクセットがきちんと整列している。なにをプレゼントしたらいいかわからないけれど、安物だけは避けたい誰かが苦しまぎれにクリスマスに送りそうなデスクセットだった。

サイレスは手ぶりで椅子を勧めた。二脚しかない。イブは迷わずそれとは別の椅子に腰かけた。この部屋の椅子はすべてサイレスのそれよりも座高が低い。文字どおり、彼がほかの人たちを見おろせるようにだ。イブはかつて父から与えられた教訓を思いだした。「背の低い男なら急所の赤いボタンを探すまでもない。ヒールつきの靴をはいた背の低い男ほど、ちょろいもんはないぞ」

サイレスをちらっと見たイブは、その顔つきから彼が連邦保安官助手である自分のことを見くだし、これといった特技のない使い走りのかわい子ちゃん扱いしているのを見て取った。そこで、慇懃《いんぎん》な口調で話しかけた。「じつは、サー、あなたが検事補とやりあう場面に目をみはったんです。あなたが相手ではオルークに勝ち目なんかあるもんですか。たとえあなたより二十センチは背が高くて、積みあげた本の上に座る必要がなくても」

いいぞ。サビッチは内心、歓呼をあげた。

サイレスは言葉に詰まった。真っ赤になって、どなりだした。「わたしは積みあげた本の上になんぞ、座っていないぞ!」

ハリーがのっそりと口をはさむ。「おい、やめろよ、バルビエリ保安官助手。彼をばかにしていい理由はないぞ。たぶん父親がチビだったんだから、しかたがないだろ？　そういうことで相手を侮蔑するのはよくない。このオフィスを見てみろ、たいへんな成功者だ。彼になら悪魔にだってバーベキューのための炭を買いにいかせられる」

サイレスは両手の指先を三角形にした。無言でふたりを眺めて、心をなだめている。「やるな。ただ、その侮蔑は少々稚拙ではないかね？　わたしは多忙な身だ。用件があるなら言ってくれ」

「スーについて教えていただきたい」サビッチが言った。

「わたし抜きで依頼人から話を聞いたそうだね」サイレスは応じた。「たとえふたりがいいと言っても関係ない。こんなことが許されていいわけがない。またくり返されるようなことがあったら、裁きの場で問題にする」

サビッチは言った。「その裁きの場を担う一端が消え、もう一端が撃たれた。なので、バルビエリ保安官助手の質問をもう一度くり返します。当方ではスーは他国の工作員ではないかとにらんでいます。合衆国に対するスパイ行為を幇助《ほうじょ》したのなら、国土安全保障省とCIAが乗りだしてくる。弁護人とクライアント間の特権もそう長くはもちませんよ」

サイレスは動ずることなく応じた。「スーという名前が登場する古い歌がなかったか？　いったいシンディはどうしてスーなどという女の名前を出したんだか」と、哄笑した。

サビッチは言った。「スーが仲介者として関与しているからでは？　カーヒル夫妻の指令者として。おそらくそのスーがカーヒル夫妻を雇い入れ、マーク・リンディのコンピュータから極秘情報を盗みださせた。またはカーヒル夫妻が自分たちの手に入れたものの価値に気づいて、スーに連絡を取ったか。どういう仕組みなのか、あなたにならお話しいただけるはずです。あなたまで反逆罪で裁かれるのは本意ではないでしょう、ミスター・サイレス？」

ミロ・サイレスは前のめりになって、大きな黒いデスクパッドの上で両手を握りしめた。

「夫妻のどちらからもスーという女の名前は聞いたことがない。スーがどんな人物なのか、わたし個人は知らない。わたしの妻のことなら別だがね。反逆罪やマーク・リンディのコンピュータのデータの売買は問題にはならない。カーヒル夫妻は殺人罪で裁かれるのであって、反逆罪ではないからね」椅子の背にもたれて、三人にゆったりとほほ笑んだ。「それはそうと、わたしの妻はとんでもない女でね。いまわたしの妻であることをやめさせる段階を踏んでいるところだ。そんなわけなので、妻となにかを共謀するなど考えられない」

デスクの電話が鳴りだし、サイレスが受話器を持ちあげた。耳を傾け、「数分でそちらに行く」と言った。そっと受話器を戻した。「アリシアもかわいそうに。わたしが忙しいばかりに土曜まで出社させてしまって。電話を通すのを怖がってた。用件はお済みですかな？」

「いえ、こちらにしてみたらいまはじまったばかりです」イブが言った。

ミロ・サイレスはさも愉快そうに、イブ・バルビエリのきれいな顔をじろじろ見た。ブロンドのポニーテールが定位置に戻り、ゴールドのスタッドピアスをした形のいい耳が見えている。赤い革ジャケットは前を開け、黒のタートルネックをのぞかせていた。「はじめて法廷できみに気づいたとき、保安官助手、ほんとうにきれいな女性だと思ったよ。女性キャスターのように生き生きとして清潔感があって、胸の大きなおばかさん、男なら誰もが結婚を夢見る隣のきれいなお姉さんのようだとね。だが、この際だから正直に言わせてもらうが、シンディ・カーヒルとは比較にならない。彼女は十メートル離れたところからでも男を骨抜きにする。であるから、彼女がきみの容姿に動揺を誘われる理由など、どこにもない。それに、きみのほうが彼女より五、六歳上じゃないのかね？」

彼女をやりこめたいと思わせるほど、サイレスを追いつめたということだ。ハリーは内心舌を巻いた。

イブは笑顔で切り返した。「だとしたら、わたしはクライブの年齢に近くなるわ。わたしが彼といっしょになって、さえない生活を送ってもおかしくないとか、そういうことをおっしゃりたいんですか？」

彼が急遽アプローチの方法を変えようとしているのがイブにはわかった。彼はわずか二秒で方針を決めた。サイレスはこの地球上でもっとも上っ面を取り繕うのがうまい危険な連中たちの弁護をしてきた。ドラッグの売人や、強請屋《ゆすりや》や、人殺したちのだ。そんな彼を揺さぶれる人間は少ない。

サビッチになら可能かもしれないけれど、わたしには？　サイレスにしてみたらイブなど、ぶんぶん飛びまわる蝿と大差がないのだろう。

サイレスは言った。「年齢のことなど誰が気にするかね、保安官助手？　あの夫婦は相思相愛だよ。それともきみは性差別主義者なのかな？」

イブは首を振った。「いいえ。わたしの考えをお尋ねなので言いますが、わたしはバスの運転手はシンディで、クライブは添え物だと思っています。いつ彼女に捨てられてもおかしくないんじゃないかしら。もちろん、そんなチャンスはもうありませんけど。だって、わたしたちに話をしないかぎり、彼女は外に出られませんからね」

「依頼人を外で待たせている――」サイレスはピアジェの腕時計を見おろした。「男性陣になにか話されたいことがあるなら、うかがいましょう。ミズ・ポニーテールとの話は済みました。連邦保安官助手の、きみ、名前をなんといったかな？」

サビッチはすらすらと言った。「ミスター・サイレス、ミッキー・オルーク連邦検事補の失踪についてどうお考えですか？」

「その件についてはまるで関知していないよ、サビッチ捜査官。そうだろう？　ミッキーはわたしに心の機微を打ち明けたことがないからね。去年だったか、法務書記と不倫をしていると人づてに聞いたが、はたして今回の失踪に関係があるやらどうやら。ミッキーがどこにも姿を現さないので、みんなが心配しはじめているのは知っている。わたしもそのひとりにすぎない」しばし口を閉ざした。「事前審理でようすがおかしいことには、みんな気づいていた。たとえばハント判事から直接、わたしが依頼人の弁護をするのに必要な書類を提出するよう言われたのに無視したりな。わたしはそうした妨害工作を検察局内の熾烈な競争に疲弊した結果だと考えていた。およそ百人の検事がつねに地位のことで冗談を言いあっている。検事たちみずからが勝率の記録をつけているのを知っているかね？　誰が最短の時間、最小のコストで、最長の禁固刑を言い渡したか、といったことだ。今回は死刑か否かを問うケースだし、ミッキーには極秘情報を使わずに陪審員に有罪を納得させるという仕事が待ち受けていた。思うに、彼にしても、その情報にはアクセスできず、もちろんわたしに渡すこともできなかったろう。そのストレスたるや、きみに想像できるか？

ハント判事からついに叱責を受けるにいたって、ミッキーはパニックを起こしたんだろう。正当な理由もなく裁判官室に現れなかった時点で検察官としての将来は消えた。ミッキーが出奔《しゆつぽん》して、それきり姿を現さないのも、うなずけるというものだ」

サイレスは笑顔で椅子の背にもたれ、悦に入ったようすでイタリア製のベストの上で指を組みあわせた。

イブは言った。「奥さまの名前はスーだとおっしゃいましたけど、事実じゃありませんね。マージョリーですもの。ミドルネームもスーではなくアンです。そして、あなたのほうからではなく、彼女のほうから離婚を申し立てられた。争点は財産かと。あなたご自身、ストレスのかかる状況に身を置かれているようですね」

サイレスは一瞬呆気にとられた顔になったが、やがてその表情を消した。「きみが知っているとは思わなかった」ゆっくりと言った。

「いえ、存じあげておりました。どうして嘘をつかれたのですか？」

「冗談だよ、保安官助手。ささやかな冗談にすぎない」ふたたびピアジェを見て、立ちあがった。

サビッチが言った。「奥方の離婚弁護士から身ぐるみ剝《は》がれそうになっているのに、冗談ではすまない。向こうが持っていると主張しているきわめて不体裁な写真の存在を考えると、ほどなく大金が必要になることは覚悟しておられるはずだ」

ハリーが続いた。「それには謀略の片棒を担ぎ、カーヒル夫妻を釈放させて大金をせしめるのが一番なのでは？」

「もう帰ってくれ」サイレスは言った。

サビッチはドアの前で足を止めた。「もしわたしたちがあなたの海外口座を見つけたら、マージョリーはさぞかし興味を示すことでしょうね。あなたが他国の政府に情報を売ろうと画策していると言ったら、わたしたちの力になってもらえそうだ」

イブは部屋を出がけに、ドアを閉めかけていたサイレスに言った。「連邦刑務所では想像を絶する悲惨なことが起きてるんですよ、ミスター・サイレス、ご存じでしょうけど。裏切り者の弁護をする弁護士は、その人自身、裏切り者と言っていいんじゃないでしょうか。あなたの身になにが降りかかってくるか、想像できますか？　刑務所のなかじゃ、わが身を守るのも、むずかしいと思いますよ」言葉を切り、サイレスをふり返ると、名刺を差しだした。「よく考えて、お電話ください」

サイレスは思わず名刺を受け取り、ブロンドのポニーテールを揺らしながら、いかしたブーツで部屋を出ていく女を黙って見ていた。デスクに戻ると、受話器を取りあげ、自分の離婚弁護士に電話をかけた。こんなことなら、もっと早くにあの大口叩きの妻マージョリーを消しておけばよかった。スポットライトの当たる前だったら、簡単に片付けられただろう。だが妻は、サイレスよりも背の高くなった息子ふたりのおかげで命拾いをした。そして、いまさら実行に移すことはできない。

21

サンフランシスコ総合病院
土曜日の夕方

ラムジーはモルヒネがもたらす幸福感を評価しつつも、これ以上は忘却の淵に沈んでいたくなかった。頭がぼんやりして鈍くなる。モリーとエマが来ようとしているので、そんな状態は絶対に避けたい。それに薬を使っていないほうが、自分を撃った犯人の追及に頭を使いやすい。そこそこ評判のいい判事だったら誰でもよかったのか、とくに自分でなければならない理由があったのか？

ほかにも難問がある。ミッキー・オルークの身になにが起きたのか？

左目の奥が疼きだし、痛みに歯を食いしばった。顔を上げると、小さな個室の入り口にエマとモリーが立っていた。嬉しさに心がはずみ、胸と頭の痛みのことはいったん忘れることにした。

ふたりに声をかけた。「そうびくつかなくて大丈夫だよ。薬の山から出てきたゾンビじゃないんだから。実際、経過がすこぶる順調なんで、外科ＩＣＵの看護師と医師たちから追い立てを喰らってる。わたしのような怠け者じゃなくて、ほんとうに必要な人にこのベッドを譲れと言われてね。まもなくこの病院で一番広い個室に移される。信じられるかい、タージマハルと呼ばれる部屋だそうで、いま人手が集められてるところだ」自分を移動することの是非について、今朝、ベッドサイドでカルダク医師とメイナード連邦保安官が時間をかけて協議したことは言わなかった。警護するにしても、ICUから個室までは行き交う人が多いし、看護師や医療スタッフが準備をするにも、法の執行官からの邪魔が入りすぎる。結局、ラムジーを少し早めに外科ICUから出し、看護師を余分につけたうえで、病室のある階の安全を確保しやすい部屋に移すことで合意が取れた。

ラムジーは言った。「おいで、エマ。父さんを抱きしめてくれないか」

エマは走ってきて、手前で立ち止まった。触れるのが怖いのか？　たぶんそうなのだろう。父親の顔を見つめながら手を伸ばし、彼の腕にそっと手を置いた。ラムジーが澄んだ目で彼女を見ていることに気づくと、自分が子どもだから嘘をつかれているのかもしれないという疑いを捨てたようだった。「これだけの機械から解放されるんだから、よくなってるのよね」ヒゲの浮いた頬にそっと触れた。「あたしのせいで痛くしたくないの、パパ」

ラムジーは笑顔で娘を見あげた。「そんな心配はいらないよ。ずっと前に父さんが言ったこと、覚えてるか？　父さんは強い男だから、いつだって頼りにできる。ずっとだぞ」

エマが唾を呑んで、うなずいた。

「なにも変わっちゃいないよ、エマ。父さんはいまだってそういう男だ。なにがあってもちゃんと立ち向かえる」

　ささいな動作でも痛みを誘われる可能性があった。だが、それを承知で手を挙げ、娘の頰を撫でた。エマがゆっくりと腰を折って、抱きついてくる。「背中を下にしてたら痛いでしょう？」

「そうでもないよ。ミイラみたいにぐるぐる巻きにされてるからね。怖がることはないんだよ、エマ。もう心配もいらない」

　そんなわけないのに、とエマは思った。父を撃った犯人はまだ捕まっておらず、またやるかもしれない。これからずっと父には警護がつくの？

　エマは言った。「警官のヒューさんが、今日の朝、パパが笑ってたって教えてくれたのよ。元気になる証拠だよって」

　このわたしが笑った？　ラムジーには思いだせなかった。たぶんモルヒネ急行に乗ってお花畑に行き、看護師がおもしろいことを言ったので笑ったのだろう。いや、おもしろいことでなくとも、よかったかもしれない。

「待ってたよ」ラムジーはモリーを見た。モリーが娘のほうに首をかしげて、うなずく。ようやく彼が娘とゆっくりできる時間が取れて喜んでいる。エマは蝶の羽ばたきのように軽く父親の顔を撫でていた。

ラムジーは言った。「お母さんから聞いたよ。お母さんがお父さんの心配で頭がいっぱいになって、カルとゲージに食事をさせるのを忘れたときに、おまえが面倒をみてくれたそうだね。食べたいときに食べ物が出てこないとゲージがどんなになるか、お父さんも想像してみた。想像するだに恐ろしかったよ」

エマはけらけら笑った。「あの子たちったら、ふたりで隣のスプロールさんちに出かけてくのよ。それで競ってかわいいふりをして、おじさんの冷蔵庫を空にさせちゃうの」

ラムジーもいっしょになって笑い、娘を抱きしめようとした。だが、背中に突き刺さるような痛みがあった。痛みはむかつくような味がする。しかも、今回がはじめてではなかった。痛みを味として感じるとは、不思議なものだ。血と違って、銅のような味はしない。腐ったアスパラガスの味とでもいうか。「スプロールさんといったらアイスクリーム、彼の冷蔵庫にはつねにアイスクリームが入ってる。チョコレートチップクッキー・アイスクリームまでゲージとカルに提供してるのか？」

「ううん、それはおじさんが一番好きなのだから、ふたりには古くなったバニラをあげてる。ふたりもそれで大喜びしてたし」エマは命綱のように父の手を握りしめ、ベッドの空いた場所に腰かけた。「朝ショーンがうちに来て、あたしが練習をしてるあいだゲージとカルと遊んでてくれたのよ。あたしが一曲弾きおえたら、ショーンったらあたしの肩を叩いてね、すっごいまじめくさった真剣な顔であたしに結婚を申しこんだの。奥さんは三人になる予定だけど、第一夫人はあたしにするって。あたしが一番年上だからよ。あたしがその申し出を受け入れるんなら、大人になって彼が迎えにくるまでほかの男の子とはつきあっちゃいけないんだって」エマは笑い転げた。

ラムジーの口からも笑い声が漏れた。これが笑わずにいられようか。だが、うめき声に変わってしまう。ゆっくりと呼吸をくり返し、痛みが落ち着くのを待って、娘に尋ねた。「それで、ショーンの第一夫人になる件について、おまえはなんと返事をしたんだい？」

「ショーンの話には続きがあるの。派手な結婚式をやりたいかって訊かれたから、たぶんねって答えたら、ショーンは仕事を三つ掛け持ちするって。マーティもジョージィも派手な結婚式をしたがってるんだって」

エマが考えこむような顔になった。「ほかにふたり奥さんがいるって、いいかもね。だってあたしが練習したり、演奏旅行で留守のあいだ、ふたりがショーンの相手をしてくれるってことでしょう？」

賢明なるわが娘よ。その賢さが目の輝きとなっている。五歳の少年を退けて、へこませることなど、考えもしないのだろう。ショーンは運がいい。「ショーンが大人になったら、彼のお父さんと同じぐらいかっこよくなるかもしれないな」

「それに彼のお母さんと同じぐらいいいね」

「そう、彼のお母さんとも同じくらいいな。問題はシャーロックが息子を刑務所にやりたくないと言ってたことだ。奥さんを三人持ったら、刑務所送りになるかもしれない」

こんどもエマは考えこむような顔になった。「それは困るな。刑務所に入れられたら、三つの仕事を掛け持ちして奥さんを養えないもの」

入り口に立つモリーの隣に看護師がやってきた。「ハント判事、ばっちりプライバシーが確保できる角部屋に引っ越す準備はできましたか？　もし大統領がサンフランシスコで入院なんてことになったら、その部屋を使うことになってるんですよ。壁にはモネの複製まで飾ってあるんですから。警護員の五人や六人、悠々といられるだけの広さがあります」看護師は眉をひそめた。彼が痛みに苦しんでいるのに気づいたのだ。しばらくモルヒネを使っていないと察して、彼の気持ちがわかるだけにため息をついた。エマに笑いかけた。「あなたのお父さんは強い男だから、すぐに元気になるわよ。だから、心配しないでね」

「ええ、お父さんは頑丈で丈夫だから、いつだって頼りにできるって父が言ってくれました」

ＩＣＵ担当のジャニーン・ホルダー看護師が病院で泣かなくなって久しい。涙はなにも解決してくれない。その彼女が目が潤むのを感じた。父親をかばうようにしてそこにいる美しい少女。その子に父が言って聞かせた飾り気のない、けれど琴線に触れる言葉。ジャニーンは唾を呑んで、にっこりした。「もう移動してよければ、ハント判事、みんなを呼び入れて引っ越しをはじめます。奥さまとエマも、いっしょにいらしてください」

外科ＩＣＵに二日間は長い、とラムジーは思った。ここでは一日じゅう、夜も昼もなく、ありとあらゆる機械の音が鳴り響いている。それでも、さいわいこの二日間は、人が亡くなったことを示す平板な音を聞かずにすんだ。それにこれで、警護員が何人かは残るにしろ、いくらかの静けさと穏やかさを確保できる。まだ自由の身にはなれないが、より居心地のいいケージで過ごすことができる。

個室の外からモリーの声がする。「エマ、まずカフェテリアでサンドイッチを買ってきて、そのあと新しい病室でお父さんの到着を待ちましょう。ディロンおじさんとシャーロックおばさんが外にいるから、ご挨拶しないと」

ラムジーはばかではない。移動に先立ってモルヒネのボタンを押した。慎重に運んでくれるだろうが、揺れたりぶつかったりはありうるし、そうなったらいい気持ちはしない。

マンカッソ巡査が入り口にやってきた。「ご心配なく、ハント判事。ヒューと自分が判事にお供します」

ラムジーは、若い巡査の声に表れた、誇らしさと責任感というふたつの異なる感情の響きに聞き惚れた。彼のファーストネームを知らないことに気づいて、尋ねた。

「ジェイといいます、ハント判事」マンカッソは答えた。

ようやくベッドがICUを出て、廊下を東のエレベーターに向かいだしたとき、シャーロックは彼らの姿に儀仗兵《ぎじょうへい》を思い浮かべた。ベッドの片側にエディ・ヒュー、もう片側にジェイ・マンカッソが付き添っている。イブと連邦保安官助手になって十五年のベテラン、アレン・ミルトンが一行を先導し、筋骨隆々で顎の下まで伸びる八の字ヒゲの用務係がベッドを運びながら、ヘッドボードから下がる点滴や、シーツに留めつけられた胸のチューブに気を配っている。そしてラムジーは移動を開始したばかりの一同に笑みを向けようとした。

シャーロックにはその顔が痛みで青ざめているように見えた。モリーとエマが見ていないのがせめてもの救いだ。それでもラムジーが命を落とすことはないし、犯人は自分たちが捕まえる。もし撃たれて死にかけたのがディロンだったら、自分には耐えられただろうか。シャーロックはふと思い立って、夫にキスした。

サビッチとシャーロックとハリーはラムジーのベッドのあとについた。イブはラムジーの隣で、腕にそっと手を添えている。彼女がかがんでなにかを話しかけると、ポニーテールが前に垂れて彼女の頬に触れた。シャーロックは笑顔でそれを見ていた。ミロ・サイレスから事情聴取したあと、ディロンが「日々、なにかしら新しいことを学ぶよ。ポニーテールに威力があるのを知ってたか？」と言って、いたずらそうな笑みを見せたのだ。

エレベーターまで来ると、一行はひとけのない廊下に目を走らせた。エレベーターのドアが開き、ベッドの周囲に身を押しこめるようにして五人が乗りこみ、ドアが閉まった。

巡査のひとりは、シャーロックたちとともに七階で足止めを喰らっているらしいもう一基のエレベーターの到着を待ち、保安官助手のひとりは階段を使って移動している。シャーロックたちは黙って待ち、ラムジーを乗せたエレベーターが四階から五階に移るのを示す矢印を見ていた。

そのときだった。大きな金属音とくぐもった銃声が聞こえた。

サビッチは階段のドアに走り、背後に向かってどなった。「シャーロック、ハリー、侵入経路を突きとめて、捕まえろ！」

五階で階段室のドアから飛びだしたサビッチを待っていたのは、病院の職員のどなり声と、閉まったエレベーターのドアから漏れる煙をそれぞれの病室の前で見ている患者たちの悲鳴や叫び声だった。五、六人の職員がエレベーターのドアを引き開けようとしているが、ぴくりともしない。サビッチは消火器のケースに走り、斧を取りだした。肩で人垣をかき分け、刃をドアのあいだにはさみ、下に引いてビームセンサーをさえぎった。さっとドアが開く。

黒煙がもくもくと湧きだした。その煙が薄れてきたときサビッチがなかに見たのは、あたり一面に飛び散った血の赤だった。

22

混沌のなかから叫び声がした。「犯人はエレベーターの上にいた！　警官が倒された！」エディ・ヒュー巡査が息を切らし、咳きこみながら、よろめき出てきた。顔にしたたる血で前がよく見えないアレン・ミルトン保安官助手を抱え、その腕も血だらけになっている。どちらも拳銃を握ったままだった。

ジェイ・マンカッソ巡査がやはり咳をしながら、よろよろと出てくる。脇にグロックを垂らし、煙のせいで涙を流していた。苦しげにうめいた。「エレベーターの上から発煙筒を落としてから、発砲してきた。バルビエリがハント判事についてたが――」腹を折って、激しく咳きこむ。おかげでサビッチにも彼が撃たれずにすんだことがわかった。

立ちあがろうともがく用務員の白衣のズボンは、血まみれになっている。

すべてが一瞬の出来事だった。

サビッチは咳をしながら、エレベーター内にいまだたなびいている灰色の煙に目を凝らした。取り乱した声がなかから聞こえてくる。「ハント判事！　ハント判事はご無事か？」

なかに飛びこむなり、サビッチの心臓が凍りついた。ラムジーの上におおいかぶさったイブの体が動いていなかったからだ。触れるのも怖かった。「イブ！　なにか言え！」

イブはゆっくりとラムジーから離れた。見るからに痛そうだが、血は流していない。彼女は首をめぐらせて、自分を見おろすたくさんの顔を眺め、ふたたびサビッチの顔に視線を戻した。サビッチは彼女に手を貸してベッドからおろし、ふらつく体を支えた。「すみません、思いっきり銃弾が命中したんで。でも、大丈夫です」サビッチから離れて、血の気の失せたラムジーの顔を見た。「ラムジー、なにか言って」

彼が目を開いた。「やあ、イブ」

「怪我はない？」

医師と看護師がひとりずつエレベーターのなかに入ってきて、ラムジーを診るためふたりを押しのけた。「ああ、命に別条はないよ」ラムジーは咳をして、うめいた。「煙は出るわ、銃弾は飛んでくるわ。ほかの人たちに怪我はないか？　きみは大丈夫かい、イブ？」

「わたしも命は無事です。背中に三発浴びましたが、さいわい頭部を外れたので、死なずにすみました。撃たれたときの衝撃で息が切れただけです」太い木材で叩きのめされた気分だが、果敢な笑みを浮かべた。「防弾チョッキに感謝しないと」

医師がイブの肩を叩き、ラムジーが手を握りしめてくれる。イブがしぶしぶ手を放すと、ラムジーを乗せたベッドが外に運びだされた。ラムジーはその場にいた全員に語りかけた。

「わたしは大丈夫だ、心配いらない」外科からここまで走ってきたせいで息をはずませているカルダクを含む三人の医師は、通路を運ばれていくベッドの上に身を乗りだし、サンフランシスコ市警察の巡査ふたりと連邦保安官助手ひとりがそれに付き添った。

ラムジーがしゃべっている。「イブがいなかったら、わたしは地下の死体安置所に運ばれていた。わたしからそんなチャンスを奪うとは、彼女を懲らしめてやらないとな」

イブはエレベーターに手を向けた。「なかはまるで戦場ね」エレベーターの天井を指さし、痛む背中にうめきそうになった。「天井を見てください。よくもこれほど容赦なく撃ってくれたもんだわ。向こうは連射してきて、でも、こちらの撃った銃弾が彼に命中したかどうかはわかりません」

イブは目をつぶった。世界の終わりのように思えたが、死者は出なかった。天に向かって感謝の祈りを捧げた。「どうか愚かな犯人は捕まったと言ってください」

サビッチが言った。「犯人のことはシャーロックとハリーに任せてある。ふたりが戻ってきたぞ」

ハリー・クリストフは年上の男を肘でそっと押して脇にやり、ふたりの警官をかき分けて、イブの前に立った。三階分の階段を走っておりてきたので、肩で息をしている。涙に濡れた彼女の目や、乱れたポニーテールや、煤《すす》で黒ずんだ顔に目を留めた。「おいおい、なんて格好だよ、そこのご婦人。怪我はないんだろうな?」彼女が背中を丸めているのを見て、腕に触れた。

イブは彼に笑いかけた。「ええ、無事よ。防弾チョッキの奇跡に感謝してるわ。ひとりも命を落とさずにすんだのよ」

シャーロックが階段室から飛びこんできた。やはり息を切らしている。

すかさずサビッチが伝えた。「ラムジーは無事だ。全員命に別条はなかった。犯人はまだこの建物内にいるのか？」

自分のほうに歩いてくるシャーロックを見て、イブは静かに言った。「どこもやられてません。犯人は捕まったんですか？」

シャーロックは目前に広がる地獄のようなありさまに目をつぶって、気持ちを鎮めようとした。「エレベーターのシャフトから抜けだしてたわ。捜索は開始したけど、この病院全体を完全封鎖することはできないから、たぶんもう逃走してるでしょうね」

「どうやったらこんなことができたんだか」イブは尋ねた。

シャーロックが答えた。「こういうことじゃないかしら。犯人はエレベーターの下調べをしたうえで、外科ＩＣＵに近づいてラムジーが移動するタイミングを探りだした。そして二基ある東側のエレベーターの両方を屋上まで呼び寄せた。屋上にはメンテナンス用の点検口がある。犯人は片方のエレベーターを動かないようにしておいて、下から呼ばれたときにもう一基の上に乗った。そして天井の点検口の蓋を持ちあげて、待った。どれぐらいそこにいたかわからないけど、たいした時間のロスはなかったはずよ。じゃないと、誰かがエレベーターが動かないと連絡するでしょうし、それは避けたかったでしょうから」

「でも、どうしてわかったんですか?」と、イブは質問を発するや、自分の側頭部を叩いた。「ばかじゃないの? カフェテリアの食器洗浄機だってラムジーがいつ移動するかは知ってただろうに」

シャーロックは言った。「それどころか、調べるまでもなかったでしょうね。シャフト内は異常に音が響くから、ラムジーのベッドが運びこまれた音を聞いてから、作業に取りかかればよかった。エレベーターが上がりはじめるや点検口の蓋を持ちあげ、発煙筒を投げ入れておいて、発砲を開始した。犯人にだってあなたと同じくらい煙でなかなか見えなかったでしょうけど、ラムジーのベッドの位置ぐらいはわかるから、そこに集中して撃てばよかった。イブ、そのときなかはどうなってたの?」

イブが背筋を伸ばそうとすると、肋骨に鋭い痛みが走った。ハリーが腕をつかんでくれる。イブは言った。「とっさにラムジーにおおいかぶさったら、その直後に背中へ三発浴びました。背中っていうより、防弾チョッキにですね。向こうは引きつづき撃ってきて、こちらからも撃ち返しましたが、狙いは定まらないので適当に撃ち散らしてただけです。いまだから言いますけど、ラムジーにおおいかぶさりながら、彼の無力さに心臓が止まりそうでした」しばらく口を閉ざした。「犯人はおそらくラムジーを射殺したと思ってます」

シャーロックはエレベーター内に飛び散った血痕を見つめたあと、イブとその背後に控えるハリーを見つめた。防弾チョッキを着用していたとはいえ、至近距離から背中に三発撃ちこまれれば、野球のバットで叩きのめされたような衝撃が残る。「防弾チョッキを着用してなければ、あなたたちもひとりとして生き残れなかったもしれない」強い怒りに体が震えた。

シャーロックはマンカッソ巡査に尋ねた。「ヒューとミルトンの怪我の具合はどうなの？」

マンカッソは答えた。「ミルトン保安官助手は頭に重傷を負ったみたいでしたけれど、頭の傷はひどく見えますからね。傷ついたのは頭皮だけだと、医師のひとりが言ってました。エディ・ヒューは腕に被弾して、貫通してました。脚を撃たれた用務員はすぐにERに向かいましたよ」

見物を決めこんでいた看護師が声をあげた。「ダグなら自分で傷口を圧迫してたわ。大声でトラウマチームに助けを求めたはずよ。心配いらない」

マンカッソが言った。「エディもぼくも防弾チョッキに二発ずつ被弾しましたけど、どうってことないです。バルビエリ保安官助手みたいにまともに喰らっちゃいないんで」

サビッチが言った。「イブ、ほかに覚えていることがあったら教えてくれ」

「ラムジーの上に飛び乗って、できるだけ彼の体をおおいながら、用務員に隠れてと叫びました。一、二秒すると、激しい銃撃戦になって。そのほとんどがこちら側から上に向かっての反撃でした。煙が厚く立ちこめていたので、ただやみくもに上に向かって撃ったんです。

そのうち向こうからは撃ってこなくなって、犯人が立ち去ったのがわかりました」

シャーロックは彼女の腕を軽く叩いた。「たしかに犯人は逃走したわ。でも、まだ話してなかったけど、ひとつい い知らせがある。誰かが犯人を負傷させたの。エレベーターの上に血液が落ちてたし、シャフトの梯子《はしご》には血に濡れた手の跡が残ってた。屋上と階段にも何滴か血があったの。そのあとなんとかして止血したらしくて、そこで途絶えてるけど。つまり、監視カメラで犯人を追跡できるってことよ。怪我の程度もわかるかもしれないけど、なによりありがたいのは彼のDNAが採取できること」頭を片方に倒す。「それはスーのDNAかもしれない」

「やったな」サビッチだった。「少なくとも、これで突破口が開ける」

ハリーはイブの肘をつかみ、彼女を見ずに言った。「肋骨が折れてないか？」

「肋骨がばらばらになりそう。でも心配しないで、ちゃんと診てもらうわ」これから数日間はあまり幸福に暮らせそうにない。背中には青痣が広がるだろう。肋骨にヒビが入っていないのを祈るばかりだ。誰が狙撃犯を捕まえるの？　DNAか。ディロンの言うとおり、これで突破口が開けた。

つぎの瞬間、いまイブが一番会いたくない人たちが駆け寄ってきた。イブはエレベーターから離れて彼らに近づくと、急いで口を開いた。「エマ、モリー、ラムジーは無事よ。先生たちが新しい病室に運んでくれました。怪我はしてないので、安心して」

エマは母親にしがみついて、ごくりと唾を呑みこんだ。だが体の震えが止まらない。モリーも同じだった。エマはイブを見つめ、あたりに漂う黒い煙を見つめ、そしてエレベーターを見た。「どうしたら無事でいられるの、イブ？　血がついてる」

「わたしがあなたに嘘をつくと思う、エマ？」

エマの視線は血まみれのエレベーターに固定されている。

ひどく年老いた男性が、病室の入り口から声を張った。「ジャッジ・ドレッドは亡くなったのかね？」

エマはふり返ってどなった。「ひどいこと言わないで！　パパは元気よ！」

イブが言った。「負傷した人もいるのよ、エマ。でもあなたのお父さんは無傷だった。嘘じゃない」

顔を上げると、こちらに歩いてくるカルダク医師が見えた。カルダクはそこにいる全員ではなく、エマとモリーに話しかけた。「ハント判事ならお元気だよ。全員肝を冷やしたがね。全身を調べたが、どこも負傷していない。さっき新しい病室に落ち着かれた」モリーに手を向ける。「そうだな、ミセス・ハント、あなたとエマはもう少しここにおられたほうがいい」

「バルビエリ保安官助手、わたしが思うに、きみは負傷している。わたしといっしょに来なさい」

カルダクは空いた病室のひとつにイブを案内した。「防弾チョッキを脱いで、バルビエリ保安官助手。具合を診てみよう」

　数分後にイブとカルダクが病室を出ると、三組の目がふたりに注がれた。医師は言った。「これから数日は愉快じゃない日を過ごさなきゃならんな。撃たれた衝撃で青痣だらけになる。触診した感じだと、さいわい肋骨にはヒビが入っていないようだが、念のためにレントゲンを撮っておこう」白衣のポケットからメモ帳を取りだし、鎮痛剤の処方箋を書いた。看護師が走ってきて、痛み止めを手渡してくれる。「これをどうぞ。痛みがやわらぎます」そしてイブの手首を握った。「ハント判事を助けてくれて、ありがとう」

23

病院の警備責任者であるロン・マルチネスがロビーにある狭い警備室に入ってきた。サビッチとシャーロックとハリーとイブが折りたたみの椅子に腰かけて、彼を待っていた。マルチネスは一枚のディスクを警備室のコンピュータにセットすると、再生した直後に停止ボタンを押して、画面を指さした。「位置と時間からして、この男じゃないでしょうか。確証はないんですが。担当者に言って最初から、つまり犯人が入ってきたと思われる時点からはじめてもらいました——というのも、残念ながらその先はほとんどないんです。男は行き先を知っている人間の迷いのない足取りで、まっすぐ右手にある二基のエレベーターに向かいました。それだと、受付の人間からもとくに警戒されません」

マルチネスは映像を戻して、映像が大写しになった部分で停止させた。

一同は画面に映しだされた男を見つめた。年齢不詳。ぶかぶかのズボンにスニーカー、大きめのネイビーのウインドブレーカーに黒のサングラス、それにジャイアンツの野球帽。

「こいつだ」ハリーが言った。「おれたちが追ってる男の特徴に合致する」

「うまい扮装だわ」イブが言った。「カメラに撮られるのを知ってるのよ。カメラを避けようとすらしてない。間違いなく、どこにカメラがあるか知ってたのね。わたしには中年男性に見えるけど、あなたはどう？」

「もう少し上じゃないか」ハリーは言った。「痩せ形、身長は百七十五ぐらい。サングラスと目深にかぶった野球帽のせいで顔も髪も見えないが、首の一部がのぞいてる。首の皮膚が少したるんでると思わないか？」

「年寄りの殺し屋ですか？」マルチネスの片方の眉が吊り上がった。

サビッチが静かに言った。「そうだな、女性の可能性もある」

マルチネスの黒くて濃い眉がともに吊りあがった。「女性？　あんな撃ちあいをした犯人がですか？」

「こちらにはＤＮＡがある」サビッチは答えた。「男にしろ女にしろ、犯人に関することがすべてわかる。生まれた時期も含めてだ。ただし、システムに登録されてることが前提だが」

「そして、その犯人はスーかもしれない」イブが補足した。

マルチネスはふたたび再生ボタンを押した。「残念なことに、男がエレベーターに侵入した病院の屋上には監視カメラがありません」早送りする。「つぎに男が登場するのは、西側の階段からロビーに出て、悠々と病院をあとにするところです。撃ちあいからわずか数分後のことです」こんどのカメラは犯人が病院の西側にある出入り口から足早に出ていく姿をとらえていた。

「ですが、これを見てください。腕を抱えてるでしょう？　そこを撃たれたんでしょうね」

　シャーロックが言った。「そうね。ウィンドブレーカーのせいで血痕が見えないけど」

　マルチネスによると、警備員と市警察の警官と連邦保安官助手がそれぞれ犯人の写真を手に、目撃者になった可能性のある人、つまり駐車場係はもちろんのこと、はては外の通りを行き交う人たちにまで尋ねてまわっているという。目撃者が見つかると本気で思っている人間はいないものの、やってみないことには、はじまらない。

　ＤＮＡの照合によってもたらされる結果を楽しみにしているマルチネスを警備室に残して、一同はラムジーの病室に戻った。連邦保安官助手と警官がひとりずつドアの両側に腰かけ、アレン・ミルトン保安官助手の頭の傷のことを話題にしていた。「銃弾が側頭部を削ったらしい。アレンのやつ、自分の頭に文句をつけてたよ。こんなに頭が大きくなければ防弾チョッキで受け止められたかもしれないのに、とね」

　タージマハルと呼ばれる広い角部屋には、眼下に街が広がる北向きの窓があった。いまは心地よい静けさに包まれ、ラムジーをのぞくと、室内にいるのもわずか六人だった。モリーとエマはベッドの両脇にそれぞれ陣取り、黙って彼を見おろしながら手を握っている。保安官助手ふたりは窓辺に待機し、カルダク医師と看護師はひそひそとラムジーのカルテを検討していた。

ラムジーは目を閉じていた。妻と娘が隣にいることはわかっていたが、脳の機能が極端に落ちている。その見返りとして、一服のモルヒネのおかげで胸の痛みが嘘のように引いているので、とりあえずはよしとした。近づいてくる人の気配を察して目を開き、ろれつのまわらない口で言った。「イブ?」

痛み止めを使ってもまだ痛みの引かないイブだったが、足を引きずることなくベッドまで行った。判事を見て、精神的にまいっているのを感じた。エレベーターでの激しい撃ちあいを現実として受け入れられていないようだ。その気持ちがイブには痛いほどわかる。彼の額に手を添えて、笑顔で目を見た。「わたしはここです、ラムジー。わたしのことならご心配なく。外見は少しくたびれてるかもしれませんが、肝心な部分は問題ありません。判事もご無事ですね。

いい話があるんですよ。まだお聞きになってないと思うんですが、こちらの撃った銃弾が犯人に命中してて、エレベーターのシャフトで血痕が見つかりました。つまり彼のDNAがわかるんです。これで犯人を特定できる可能性がうんと高まりました」イブはカルダクを見やり、問いかけるように眉を持ちあげた。医師はうなずいて、会話を続ける許可を与えた。

「スーとかいう人物のかね?」

「まだわかりませんが、同一人物の可能性はあります。監視カメラの映像からすると、もっと年上の男性のようでしたけれど、それも扮装のうちかもしれません。なんにしろ、喜ばしい幸運です」

モリーがイブの腕に触れた。「あなたには一生返せない恩を受けたわ」

「あたしも、イブ」エマは涙をこらえている。

カーニー・メイナード連邦保安官がドアから駆けこみ、すぐあとにバージニア・トローリーが続いた。メイナードはラムジーを見て、表情を緩めた。「下じゃマスコミが大騒ぎしているぞ。うちの連中と病院の警備員でエレベーターには近づけないようにしてるし、セキュリティチェックの態勢も整えた。これでマスコミを堰《せ》き止められるといいんだが。それと、チェイニー・ストーンに電話したら、すぐに駆けつけるそうだ。彼に記者会見を頼めるかもしれない」

自分よりチェイニーのほうがいい、とサビッチは思った。

バージニア・トローリーは首を振りふり、言った。「うちの署長がしゃしゃり出てきそうよ。法の執行官として、つねにこの街の顔でありたい人だから」

サビッチは判事に呼びかけた。「ラムジー」

ラムジーの視線を引き寄せると、サビッチは続きを話した。「きみが天井あたりを漂ってるのはわかってる。ただ、ほかの人と違う角度で見ていたのはきみだけだ。なにを見たか、話してくれるか?」

ラムジーはしばらく考えた。誰がなにを尋ねているのだろう？　周囲にいる全員を見まわし、ふたたびサビッチに目を戻した。そうか、サビッチが話せと言っているのか。ここはひとつ考えてみるか。意志の力で精神的な混乱を押しやってみると、すべてがはっきりよみがえった。どぎついほどに。「そのときイブは手をわたしの腕にかけていて、エディはフォーティナイナーズの話をしていた。ふと天井を見ると、点検口の蓋が持ちあがって、顔がこちらを見おろした。だが、見えたのはほんの一瞬だった。すぐに煙だらけになって、銃撃が――」途中で言葉を失ったが、それも気にはならなかった。瞬時に意識を失っていたからだ。

メイナードが言った。「きみのところの鑑識は、防弾チョッキから五発の銃弾を取りだした。いずれもケル・テックPF－9から発砲された、九ミリのルガー弾だ。知ってのとおり、これはもっとも軽量薄型の九ミリ拳銃で、装弾数七発の単列弾倉を備えている。とすると、犯人は弾倉を三つ、四つ持参して、手早く交換してたことになる」

イブは上司を見た。「もしボスから防弾チョッキの着用を強要されてなかったら――」言葉が続かない。けれど室内にいる誰もが彼女の言いたいことを理解していた。

24

チェイニー・ストーンのオフィス
サンフランシスコ、連邦ビルディング
日曜日の午前中

身長百五十センチちょうどのベテラン鑑識課員にして血液の専門家であるミミ・カトラーが、シワだらけの白衣をはためかせて部屋に駆けこんできた。つんつんと立たせた短い黒髪は、うんざりするほど長い時間を過ごすあいだに何度も指を通したために、てんでばらばらな方角を向いている。けれどその顔に広がった笑みにシャーロックの心は躍った。みんなが幸せになる知らせをもたらしてくれそうだ。

カトラーが息を整え、髪を撫でつけて、白衣のシワを払うと、居合わせた者たちに輝くような笑みを向け、手に持った写真の束を振った。「きつくて困難な徹夜仕事でしたけど、結果が出ました。出たてほかほかです」自分で自分をあおっている。「じゃあ、まずは説明から。昨日、現場に着いたわたしたちは、まずすべての血痕から血液サンプルを採取しました。そのうちのいくつかを処理して、そのＤＮＡをＣＯＤＩＳ《コーディス》こと統合ＤＮＡインデックス・シ

ステムで照合したら、それが大当たりしちゃって！　この写真を見てください。いまわたし宛のメールで送られてきました」ぴかぴかの笑顔で、各自に一枚ずつ写真を渡した。「これが狙撃犯です」

全員が大判のカラー写真を見つめた。それは警察の逮捕手続き用として撮影された、試合に負けた直後のボクサーのように痣だらけの若い男の写真だった。顔じゅうに青と紫の痣が広がり、切れて腫れた唇は乾いた血でどす黒くなっている。頭は剃りあげ、その下にはシャーロックの胴回りよりも太そうな首がある。背後の目盛りを見ると、身長が百九十五センチ近くあるのがわかる。おそらく体重は百三十キロを超えるだろう。「名前はポール・ゴードン、通称ブーザー。アマチュアボクサーで、怒りの制御に問題あり。ぶちこまれた夜は喧嘩でやられたような顔をしてますよね？　過去に暴行罪で三度、逮捕されて刑務所に入れられてます。住まいは市内でクレイトン通り沿い」満面の笑み。

チェイニーの部屋は静まり返った。

「どうしたんです？　男の身元が特定できたっていうのに、どうしちゃったんです？」

ハリーが言った。「悪いな、ミミ。ただ、そいつは狙撃犯じゃないんだ。こっちが捜してるのはうんと身長が低くて、体重はこの男の半分ぐらい、首はこの男の手首ぐらいしかない、もっとずっと年配の男なんだ」

「でも、完璧に一致してるんですよ。可能性はほぼ一〇〇パーセント。そちらの誤解じゃないですか」

「少し整理してみましょう、ミミ」シャーロックが口をはさんだ。「研究所が結果を間違えたり、血液サンプルを取り違えたりするとは考えられない？」笑顔でつけ加える。「あるいは別のサンプルが混入するとか」

「あるわけないですよ」ミミは笑顔を添えなかった。「わたしが自分で血液を採取して、三箇所から採取したサンプルで照合したんです。三つとも合致しました」

サビッチが言った。「その男を見つけだそう。チェイニー、最後にわかってる住所に捜査官を派遣してくれるか？　シャーロック、きみは病院に電話をかけて、ポール・〝ブーザー〟・ゴードンが今週、患者として病院にいなかったかどうか調べてくれ」

ミミは自分の髪をつかんで、引っ張った。「患者ですか？　なんで患者の血液がエレベーターのシャフトについてるんです？」

サビッチから見て、可能性はひとつ。突拍子もないが、それしかない。ゆっくりと言った。

「ミミ、血液サンプルにヘパリンが混入されてないかどうか、調べてないよな？」

「ヘパリンですか？　いいえ、調べてませんけど」

「病院にはたくさんの血液がある」サビッチは言った。「血液バンクにも、研究室にも、ナースステーションにも。そして、そういう血液には、すぐに凝固しないようにヘパリンが添加されている。現場に残されたのが古い血液でも、簡単にはそうとわからないんじゃないか?」

「狙撃犯が血液を持参して、エレベーター・シャフトにこぼしたっていうんですか? ほかの人の血液を現場に? で、その血液にはヘパリンが添加されてたと? だとしたら、その恐ろしい狙撃犯は血液分析について知ってるってことですよね? で、わたしたちを欺くためにわざと残してったと? わたしを欺くために?」しばらく口をつぐんだ。優秀な頭脳にさまざまな可能性が浮かぶ。「ちょっと待ってください。他人の血液を手に入れられたとしても、鑑識から見ておかしくないように現場に血痕を残すのは至難の業です。仕事の経験を積み、研究と実践を重ねてきたプロの目を欺くんですから。なんのために? なんのためにもならないわ」

サビッチは言った。「エレベーター・シャフトで撃たれたのがブーザー・ゴードンじゃないとしたら、ほかに理屈の通る説明がないだろう?」

ハリーは言った。「それが事実なら、サビッチ、狙撃犯はこちらが早々にごまかしに気づくことを知っていたはずです。あんな事件を起こしておいて、ほかの人間のせいにするのはむずかしい。裏庭で見つけたジャッジ・ドレッドの新聞写真の切り抜きを思いだしました。こんどもほかに誘導しようとしてる。きみをじゃない、ミミ、おれたちをだ。自分の賢さを見せつけ、それに引き替えおまえたちは尻尾を後追いしてる負け犬だってわけだ。それともうひとつ、狙撃犯は断じて負傷してない」ハリーは小声で悪態をついた。

先に携帯電話を切ったのはチェイニーだった。「自動車局の情報だと、ブーザー・ゴードンの住所はまだクレイトン通りになってる。で、狙撃犯がブーザーの血液をなんらかの手段で入手して、それらしい血痕を残せたと言うんですね？」

サビッチはうなずいた。「それ以外に説明がつかない」

シャーロックが携帯を閉じた。「ブーザー・ゴードンは金曜の昼近く、つまりラムジーがエレベーターで銃撃される前日に退院したと病院の記録に残ってたわ。警察の写真で見たとおり、ぼこぼこにされてERにやってきたそうよ。ERの看護師と話をしたの。質問したらヘソを曲げちゃったわ。誰も血液を盗みに入ってきてない、冗談じゃない、何者かが患者さんの病室に忍びこんで血を抜いていくなんてもっと考えられないって、看護師のミス・マナーズはますます怒っちゃって。絶対にありえないそうよ。でも、わたしはディロンの説に賛成。そのまさかが起きたのよ。わたしのヘアローラーを賭けてもいい」

「いや」サビッチが反論した。「ヘアローラーはやめてくれ」

ハリーは言った。「犯人は白衣を着て病室に潜りこみ、ミスター・ゴードンの血液を抜いたってことですか？」

シャーロックはしばし考えた。「なんにしろ、ずいぶん手の込んだわざとらしい方法で血液を入手して、エレベーターのシャフトでは離れ業まで演じた。ラムジーの殺害自体はずいぶん前から考えていたにしても、エレベーターでの襲撃計画にはあまり時間をかけてないわ。

必要になるとは思ってなかったからよ。

もし殺しのプロなら、武器を携帯した警護員がいるとわかってて、あんな行動に出るかしら？　わたしたちはスーがプロだと仮定して話を進めてるけど、でも、今回の件には私怨《しえん》を感じる」

「私怨か。あるいは破れかぶれになってるか」サビッチは言った。「憤怒もしくは思いこみにもとづく行動だ」

ハリーがうなずいた。「逃走時には血痕を残さず、血を新しいものに見せかけるためヘパリンを添加してあった。異様な仮定のシナリオが犯人の頭のなかで再現されてるみたいだ。そんなシナリオをどこかで読んで、実行に移したのかもしれない。それには絶対的に時間がかかるから、時間を確保できる立場にあったんだろう。シャーロックの言うとおり、大物スパイのスーがこんな面倒なことをするだろうか？」

シャーロックはサビッチを見据えた。

彼が当然といった口ぶりで言う。「犯人は刑務所にいたと言いたいんだな？」

ハリーが答えた。「最近まで、ということですが。スパイのスーが無関係だとしたら、刑務所から出所したばかりの、自分がなにをしたいかを心得た人物の犯行じゃないかと」

チェイニーが言った。「で、そのしたいことというのが、ハント判事を殺すことだと」

「そいつを捕まえないと」ハリーは言った。「自分はスーという人物にこだわってました。

前科者だろうとなんだろうと、捕まえないと」

入り口付近にいたミミ・カトラーがまたもや髪を引っ張りはじめた。「知ってます？　わたし、昨日の夜、デートをキャンセルしたんですよ。四カ月半かけてやっとこぎ着けたデートだったのに。すごくいかした人なんですけど、わたしがなんの仕事をしてるか、彼には言ってないんです。言ったら、びびらせちゃいそうで。彼は株式仲買人だから、血を見るのはヒゲを剃ってて切っちゃったときくらいなんです。母が病気になったなんて嘘くさい言い訳をしたのに、それなのにこんな結果だなんて――これじゃ自分の母親さえ見つけられない」彼女はブーザー・ゴードンの写真をまっぷたつに破いた。

シャーロックが言った。「ミミ、彼氏にＤＮＡ鑑定をしてると話してみて。昨日病院でハント判事が襲われた事件の鑑定だってこともよ。そこらじゅうで話題になってるから、彼だってびっくりするし、捜査に深くかかわる人間が知りあいにいることに興奮して、ぐっと積極的になるはず。騙されたと思って、わたしの言うとおりにするのよ」

ミミは髪を引っ張るのをやめた。「ほんとに？」

シャーロックがまじめくさった顔でうなずくと、ミミは髪を撫でつけた。「ハント判事のことを話してもいいの？　血なまぐさいことも？」

「いいわよ」シャーロックはつけ加えた。「どうせ、そこらじゅうに広がってるんだから、あなたが仲間に入ったってかまやしないわ」

ミミは髪をはずませ、「ガールズ・ジャスト・ワナ・ハヴ・ファン」を口ずさみながら、出ていった。

ハリーはその後ろ姿を見送りながら、首を振った。いま泣いていたカラスがもう大笑いしている。

25

カリフォルニア州ニカシオ近辺
日曜日の午前中

彼は首筋に降りかかる冷たいこぬか雨に感謝した。おかげでミッキー・オルークを埋めやすくなった。やがて後ろに下がって、目の前の地面を見た。これでは土が盛りあがりすぎで、簡単に見つかってしまう。そこでショベルの背側を使って濡れた地面を叩いて平らにならし、余分な土を脇によけた。満足いくと、木の枝を引きずってきて、土をおおった。

「安らかに眠れ《RIP》、ミッキー」枝の下に土塊を蹴りこんだ。

その場に佇み、深い静けさに浸った。聞こえているのは葉擦れの音と、腕からしたたり落ちる水滴の音、ブーツの脇の岩に当たる雨音。みずからの呼吸の音もする。湿った空気には緑のにおいが立ちこめ、排気ガスのにおいはまったくしない。それがひっきりなしに車が走る州間高速道路からわずか十五キロほどだというのだから、驚いてしまう。おとぎ話の森のようなもので、死ぬには悪くない場所だ。

ここに住んで一年半ほどになる。ミッション・サン・ラファエルからわずか一ブロックの位置にある小さなアパートのことは、とりわけ懐かしく思いだすことになるだろう。彼はその古い教会に足繁く通った。祈るためではなく、心を集中させるために。暗い夜の教会は墓地のように静まり返り、静謐さに包まれていた。そこを居場所と定めた精霊たちがみずからの価値を心得て、秩序を維持しているようだった。

ところで、ショベルをどうしようか？　ジープのトランクに入れておくのは、賢明とはいえない。処分するにしろ、緑深いこのあたりの丘や森には、捨てられない。みすぼらしい経《きょう》帷子《かたびら》に包まれたオルークに近すぎる。サン・ラファエルに戻る途中の、鬱蒼とした木立のなかがいいだろう。ハイキング中の人が見つけて、喜んで拾っていくかもしれない。

彼は空を仰いで、頰に霧雨を受けた。野良犬のようにぶるっと身を震わせ、ジープまでの五百メートルあまりの道のりを駆け足でたどった。

26

サンフランシスコ、クレイトン通り
日曜日の昼前

ブーザー・ゴードンはお世辞にもいかしたご面相とは言えなかった。顎から頬を通って耳まで続く黒い縫合跡は、片側だけ残った剛毛のようだった。顔をおおう痣は紫色に薄れてきているが、目元はいまだ黒ずんでいる。古びたフリースのバスローブをはおり、大きな足には厚手の黒い靴下。サビッチでも仰ぎ見なければならない、とびきりの大男だった。

「で、道化師の方々、なんの用だい？　日曜日だぜ。教会に行かないんなら、せめてフットボールを観ながらチップスをサルサソースで食べたらどうだ？」

シャーロックが十八番《おはこ》のキラースマイルを浮かべる。サビッチは思った。その笑顔が金髪のポニーテールと同じぐらい威力を発揮するかどうか、見せてもらおうじゃないか。

「ただの道化師じゃないわ」シャーロックは言った。「日々犯罪者に裁きを受けさせるべく奮闘してるＦＢＩの道化師よ。つまりあなたの目の前にいるのは、納税者のお金が具現化したものなの。昨日の襲撃事件について、あなたに尋ねたいことがある」身分証明書を提示し

た。それをじっくり眺めてから、ブーザーはサビッチを見た。「あんた、彼女の用心棒か？」

「そのとおり」サビッチは自分の身分証明書も提示した。

「なんてこった」ブーザーはため息をついた。「よりによってFBIの捜査官が日曜にお出ましとは。これでフォーティナイナーズが負けたら、いいとこなしだ。

悪いことは言わない、こんなの時間の無駄だぞ。この二日間、おれは清廉潔白、なにも起こしちゃいない。ご覧のとおりのありさまで、入院してた。クズ野郎にこてんぱんにされたのさ。しかもリングじゃなく酒場でね。ばか野郎四人が襲いかかってきやがった。ただし見くびってくれるなよ。ビール漬けになってなきゃ倒せたんだ」

「できあがってたの？」

「そうとも」ブーザーはシャーロックに笑いかけた。「二日酔い知らずなのだけが、救いさ」

まだ二十三歳だからだ、とサビッチは思った。いまにわかる。

ブーザーは後ろに下がって、サビッチとシャーロックを狭い玄関に通した。右手に細長いリビングがあり、びっくりするほど大きな窓の向こうにはわずかにゴールデンゲート・ブリッジが見えていた。

さらに驚いたことに、部屋は整理整頓が行き届いていた。肘掛けに美しいダークブルーの手編みのアフガンをかけた大きな黒いリクライニングチェアがあり、そのかたわらには〈サンデークロニクル〉が几帳面に積みあげられている。

ブーザーはふたりをペールグリーンのソファに導いた。背当てのクッションだけでなく、カラフルな装飾用のクッションまで置いてある。

「すてきなクッションだわ」シャーロックは褒めた。

「おふくろさ」ブーザーは言った。「おれがいないあいだにやってきて、植物に水をやったり、あれこれ片付けたり、クッションを持ちこんだり、シーツを交換したり、タオルを乾かしたりしてくんだ」

「アイビーもいい感じだ」サビッチが言った。「座ってくれ、ミスター・ゴードン。力を貸してもらいたい」

ブーザーが不審げな顔になった。「おれの力を貸せって？　言ったろ、おれはこの二日間、世間から断絶させられてた。おれは人を撃ったことなんかねえ。この二日間にそんなことがあったとしても、おれにはその真似ごとだってできやしなかった」大きなリクライニングチェアに腰かけ、足置きを押しあげた。アフガンを広げて膝にかけ、ヘッドレストに頭をつけた。

シャーロックとサビッチはアーティスティックに配置されたクッションの位置を崩さないように、そっとソファに腰をおろした。

シャーロックが言った。「金曜の昼までサンフランシスコ総合病院にいたんでしょう、ミスター・ゴードン？」

彼が頭を起こして、目をぱっちり開いた。「いいか、おれは病院で誰も傷つけちゃいないぞ。人を怒らせようにもそれができる状態じゃなかったんだ。そうさ、みんなによくしてもらってた」

シャーロックは言った。「そう聞いて嬉しいわ。わたしも親切なのよ。それでね、ミスター・ゴードン、いまからあることを思いだしてもらいたいの。あなたは金曜日、ひとり病室で横になってた。痛み止めを与えられて、いい気分になってたと思うんだけど」

「ああ、でも、それも長くは続かなかった。四時間ぐらいかな。そしたらまた痛みだした」

こんどはサビッチが言った。「とても重要なことなんだ、ミスター・ゴードン。きみが病院のベッドで横になってたときに、病院のスタッフがきみの血液を採取しにきたかい?」

この質問がブーザーを目覚めさせた。「おい、あのサディスト、おれの血液に文句をつけやがったのか? 鳥インフルエンザウイルスが検出されたんで、病院に言われてあんたらが派遣されたのか?」

「いいえ、あなたの血液は文句のつけようがないわ」シャーロックは言った。「ウイルスなんてひとつも。そのサディストについて話を聞きたいの」

ブーザーはふたりの顔を交互に見た。「なんでおれがそんなことしなきゃならない? あんたら警官だろ? 理由もなくおれを留置したばかどもの仲間だよな? マネージャーに保釈金を払わせたんだぞ。しかも、叩きのめされて痛い目に遭ってるのはおれを襲った四人組じゃなくて、おれのほうだってのに、どなられてさ。警察も病院に送るぐらいの情けはあったにしろ、なんであんたらに話をしなきゃならない？」

サビッチは言った。「きみの血液を採取した人物がジャッジ・ドレッドの殺害を二度くわだてたと思われるんだ」

ブーザーはアライグマのような目をぱちくりさせた。「ジャッジ・ドレッド？　おれをからかってんのか？　武道の学校にジャッジ・ドレッドがかつてそこで稽古してたってんで、ポスターが貼ってあった。おれの血液を抜いたおっさんが昨日エレベーターで彼を襲ったやつだっていうのか？」

「そうよ」シャーロックは答えた。「ジャッジ・ドレッドも今回は無事だったけど、またこんなことが起きる前に狙撃犯を見つけだしたいの。血液を採取した人のことをあなたはサディストって呼んだわ。その話をしてくれないかしら」

玄関のドアが開いて、とびきり美しい女性がつかつかと入ってきた。黒のパンツスーツにローヒールの靴をはき、ブロンドの髪に陶器のような肌、しかもおとぎ話のお姫さまのように華奢《きゃしゃ》だった。左脇に買い物袋を抱え、右手のトートバッグからはたたんだボクサーショーツらしきものがのぞいている。

「どういうことなの、ポール？　この方たちはどなた？　伝道グループの方かしら？　もしそうなら、おあいにくさま。ポールは敬虔《けいけん》なカトリック信者なのよ」

「やあ、母さん。この人たちは伝道師じゃなくて、ＦＢＩの捜査官だよ。ジャッジ・ドレッドを殺そうとした犯人を捜すのを手伝ってほしいんだって」

こんどは彼女が目を丸くする番だった。「まあ」ようやく声を出すと、差しだされたふたりの手を握り、彼らの自己紹介を聞きながら、身分証明書を見た。

ブーザーが言った。「えっと、そうそう、これがおれのおふくろの、シンシア・ハウエル。名字が違うのは性悪の酒飲みだったおれのおやじと別れて、ダニエルと再婚したからさ。この義理の父さんが去年のクリスマスにフォードの黒いワン・フィフティをプレゼントしてくれたんだぜ。私道にあったの、見ただろ？」

「いい車だ」サビッチが言った。

「あら、そういうことなのね」ミセス・ハウエルが言った。「うちのポールがほんとにお役に立ててるの？」

「母さん、どうやらおれがジャッジ・ドレッドを襲った犯人を病院で見てたらしい。そいつに血液を抜かれてさ」

「そうだったの。ポール、じゃあ、この方たちに知ってることをすべてお話しなさいな。痛み止めをもう一錠、持ってきてあげる。そうそう、あなたの好きなペパロニをたっぷり載せた自家製ピザを二枚持ってきたのよ。お腹がすいてるでしょうけど、十分くらい待ってちょうだい。オーブンで温めてくるわ」彼女はリビングを出て、キッチンに向かった。

母親お手製のピザ？　ペパロニたっぷり？　シャーロックの口に唾が湧いた。

ミセス・ハウエルは水を持ってすぐに戻った。グラスには氷が三つ浮かび、レモンスライスまで添えてある。ブーザーはその水で痛み止めをのみ、甘ったれた笑みを浮かべた。母親が息子の顔にそっと手を添える。「今朝は少ししましね。いまオーブンにピザを入れるから、わたしを待たなくていいのよ。あとで全部話してもらうもの」

シャーロックは言った。「スタッフが血液の採取にきたのよね？」

ブーザーは椅子にもたれかかり、天井を見た。「小男だった」

サビッチが尋ねた。「きみはそのとおり長身だからね。小男って、具体的にどれくらいの身長だったんだい？」

「そうだな、あなたより小さくて、百八十センチはなかったな。あんまり肉がついてなくて、がりがりだった」

あなたはばかでかいもの。彼から見たら、ディロンですら痩せすぎだ。シャーロックは言った。「顔のことを話して。どんな顔だった？」

「それが話せることがあまりなくてさ。手術用のマスクをかけてたんだよ。おれがなにかに感染してて、身を守らなきゃいけないみたいにさ。で、病院がなにか悪いものを見つけたんで、あんたたちがやってきたと思ったんだ」

サビッチは言った。「いや、ミスター・ゴードン。きみには悪いところなどないよ。で、彼の髪はどうだ？　何色だった？」

「手術用の緑色の帽子をかぶってた」

「髪はまったく見えなかった？」

「そういえば、帽子がでかすぎると思ったな。頭をすっぽりおおって、耳までかかってた。手にでかい針を持ってなきゃ、もっとぴったりの帽子をもらえないのかって、からかってやっただろうけど。実際は黙ってた」

シャーロックは言った。「あなたのお母さんの身長は、ブーザー？」

キッチンから愛らしい声が聞こえてきた。「わたしは百七十五センチよ、シャーロック捜査官。ポールの背が高いのは、わたし似なの」

シャーロックはブーザーに笑いかけた。「ベッドのかたわらに立つ彼の姿を思い浮かべてみて。あなたのお母さんより大きい？」

ブーザーは記憶を探った。「いや、同じぐらいか、ちょっと小さい」

「彼に会ったときに印象に残ったことはある？　あなた、彼のことをサディストと呼んでたわよね。いい人じゃなかったのね？」

「たしかにね。おれが薬でめろめろになってなきゃ、もっと痛い思いをしてたろう。なかなか針を血管に突き刺せなくて、腕を替えなきゃならなかったんだ。何度、突き刺されたかわかんないよ。薬でめろめろだろうとなんだろうと、殴り倒してやりたくなった」

「だが、そいつはやっとのことで血管を探りあてた」サビッチが言った。「採血管を何本使ったか覚えてるかい？」

ブーザーはぶるっと身震いすると、子どものように顔をくしゃくしゃにした。「見たくなかったんだけど、しばらくして見ちまった。紫色のストッパーのついた採血管が三本あった。なんのために血液を採るのか訊いたら、『先生たちは、内臓が顔ほどひどくやられてないのを確認したいらしい』とかなんとか言ってた。なんで覚えてるかっていうと、いやなこと言うなと思ったからさ。それきりなにも言わずに出てった。あの病院で感じが悪かったのはあいつひとりだったと思う」

サビッチはブーザーの顔を観察した。痛み止めが効きはじめている。緊張を解いてリクライニングチェアに腰かけ、アフガンの上にゆったりと手を置いている。サビッチは言った。「目をつぶってくれるかい、ミスター・ゴードン。リラックスして、彼がきみの血液を採取しているところを思い浮かべて。どこかおかしいところはないかい？」

「血管が見つからなくて、悪態をついてた」

「ほかには？」

「そうだな、出てくときにドアんとこで立ち止まって、こちらをふり返った」

「彼を見てくれ、ブーザー。いくつぐらいだ？」

「よくわからないけど、五十は過ぎてるかも。だいたいそのくらいだ」

彼の母親と年齢を比較できたらいいのだけれど。シャーロックは内心そう思ったけれど、口に出すほどばかではなかった。ミセス・ハウエルが顎を伝うチーズを感じるくらい熱々のペパロニ・ピザを載せた巨大なトレイを運んできた。

「オーブンにもう一枚あるから、全員で食べてもじゅうぶん足りるわよ。よかったらいかが、捜査官さん？」

「いま思いだした」ブーザーがこう言ったとき、彼の手にはピザがあった。「そいつは見るに堪えない指輪をはめてた。それとはべつに、小指にもでっかいダイヤモンドのついた指輪があった。やつが手術用の手袋を取りだしてはめるときに気づいたんだ」

ミセス・モーが、サウサリートでゾディアックを借りにきた男が小指にはめていたと言っていたのと同じダイヤモンドの指輪だ。

シャーロックはピザをひと口食べてから、ブーザーに尋ねた。「見るに堪えない指輪はどれくらいの大きさだったの？」

彼女の顔をしばらく眺めて、ブーザーは答えた。「顎にチーズがついてるよ、シャーロック捜査官」

シャーロックは笑いながらナプキンで顎をぬぐった。「ありがとう。おいしいピザだわ、ミセス・ハウエル。それで、指輪の話だけど、ミスター・ゴードン」

「宗教的な指輪みたいだったな。すごく古くてごつくて、まん中に濁った石がはまってた」

「どうして宗教的だと思ったの？」

ブーザーは肩をすくめた。「それを見たとき、なんとなくそう感じただけだけどね。薬でハイになってたんで、つい、『聖職者だったのかい？』と尋ねてた。なんでそう思うかと訊かれたんで、そいつの指輪を指さした。

そしたら、『いや、ポーカーに勝ってじいさんから奪った、ただの指輪さ』だって。それで話は終わった。おれもやつの手にある針が気になってて、早く終わらせてもらいたかったんで、それきり尋ねなかった」

二十分後、ピザが一同の腹におさまると、ミセス・ハウエルがふたりを玄関まで見送った。シャーロックは尋ねずにいられなかった。「おいくつだか、お尋ねしてもいいですか？ブーザーのお母さんというより、お姉さんにしか見えないわ」

ミセス・ハウエルはからからと笑った。「うちの夫に言ってちょうだい。わたしのほうが彼よりうんと若く見えるのが気に入らないの、変な人でしょ。美容整形のおかげなんだけど、ダニエルには言わないで。せっかくわたしのこと、完璧だと思ってくれてるんだもの。うちのポールってすばらしい子でしょう？」

ブーザーのアパートを出て、レンタカーまで来ると、サビッチは立ち止まって妻を引き寄せ、唇にキスをした。「やっぱり、ペパロニ味だな」

「あなたの分のペパロニまで食べたもの。ベジタリアン・ピザを持ってこなかったことを悔やませちゃって、ミセス・ハウエルには気の毒なことしたわね。で、見るに堪えない宗教的な指輪の件だけど、犯人はほんとにポーカーで手に入れたのかしら？」

27

イブ・バルビエリの自宅
サンフランシスコ、ロシアンヒル
日曜日

間隔を置いて四度ノックの音がした。イブがドアを開けると、ハリー・クリストフが立っていた。

「やっぱりあなただったか。違えばいいのにと思ってたんだけど」

「なんでだ？　郵便配達のほうがよかったかい？　今日は日曜だから、配達はないよ」

イブはどっと笑いだした。「そうじゃないけど、人と仲良くする気分じゃなかったの。午前中のミーティングに出なくて、ごめん。なにがあったか話してくれる？」

「いいよ。でも、その前になかに入れてくれないか。調子が悪いだろうと思って、お土産を持ってきた」ベーカリーの紙袋とテイクアウト用のカップを差しだした。焙煎したコーヒー豆の強い芳香が鼻をくすぐる。

イブはまず紙袋を受け取り、顔を上げて、「ありがとう」とお礼を言った。そのあと、「なんて気がまわるの、ハリー。コーヒーまで買ってきてくれて。いえ、気がまわるなんてもんじゃないわ、あなたは王子さまよ、クリストフ捜査官。グレーズド・ドーナツはある？」

ハリーは覇気のない彼女の顔を見おろした。ほどいた髪が肩にかかり、色褪せた赤いローブをはおって、裸足のままだ。「リアリティ番組に出てくるミス・キャンパスみたいだな。きみが午前中は眠れたと聞いて嬉しいよ。背中の具合はどう？」

イブは背筋を伸ばした。「ドーナツ三つにこのコーヒーをいただいたら、元気になれそうね。入って。キッチンに行きましょう。グレーズド・ドーナツは、ひとつじゃないでしょうね？」

「三つある。そのうちひとつはおれが食べるつもりだけど」言いながら、彼女についてキッチンに向かった。いまだ合理的ですっきりと片付いたこのキッチンに慣れない。カウンターは黒にも見えるペールグリーンの御影石《みかげいし》で、中央の小さなアイランドの上から銅製の鍋がいくつも下がっている。彼は言った。「うちのキッチンなんかまるで四〇年代だよ」

「清潔で機能的なら、いつの時代のものだってかまわないでしょ？　コーヒーにミルクを入れる？　あなたはグレーズド・ドーナツはいらないのよね？　わたしがグレーズドに目がないって、どうして知ってたの？」

「ああ、おれはスプリンクルつきのチョコレートのやつにしとく。本物の男だから」

「ドーナツはいくつあるの？」

「六つ」

イブが小さな食卓にすべてをセットすると、ふたりはコーヒーを飲みながらドーナツを食べはじめた。どちらもほぼ無言のまま食べ進み、最後にはふたりのあいだの紙皿にグレーズドでないドーナツがひとつだけ残った。イブはべたつく口と指を拭き、笑いながら身を乗りだして、彼の顎から赤いスプリンクルを払った。椅子に腰を戻して、満足そうにため息をつく。「ありがとう。あなたが来たときは、シャワーから出たばかりで、朝ごはんになにを食べようか迷ってたの。どれもぴんとこなくて困ってたら、あなたが現れてくれた」

コーヒーカップで乾杯のしぐさをする。

ハリーは尋ねた。「昨日の夜はよく眠れたのか？」

「アスピリン二錠と睡眠剤のカクテルの助けを借りて、天使の腕にいだかれてたわ。コデインには頼らないようにしてるの」体をぐっと伸ばして、そこで止め、ふたたびゆっくりと体を伸ばした。

ハリーは立ちあがった。「青痣がどうなってるか見せてくれ」

彼女が見あげる。「それ、わたしにバスローブを脱げってこと？」

「まあ、そうかな。でも、グレーズド・ドーナツを三つとも譲ったからって、お礼にショーをしてくれる必要はないよ。さあ、背中を見せて。おれのことを医者だと思えないんなら、タオルをかけた絵のモデルかなんかになったつもりでさ。さあ、バルビエリ、おれは襲いかかったりしないから、心配するな。そこまでやけくそじゃないし、はっきり言って、いまのきみはそんな気になれないぐらい哀れっぽい」

イブは立ちあがって、彼に背を向け、ウエストまでバスローブをおろした。ハリーはその必要もないのに彼女の髪を脇に押しやり、緑と黒と黄色のまだら模様になった背中を眺めた。

「きみは歩く現代美術か?」

彼女が首をひねって背中を見ようとする。「そんなにひどい?」

ハリーは青痣のひとつにそっと触れた。彼女がびくりとすることはなかった。「筋肉痛用の塗り薬はあるか?」

彼女がバスローブを戻した。「ええ、あるけど、役に立たないの。ひどい箇所に手が届かないから」

「持ってこいよ。塗ってやる」

彼女は顔をしかめながらもキッチンを出ていき、残されたハリーはコーヒーを最後まで楽しみつつ小さな裏庭を眺めた。高さ百八十センチほどの石塀に囲まれた庭には、イトスギが一本植わっている。いまはすべてが眠っているようだが、夏になったら色とりどりの花が咲き乱れるのだろう。

最後に残ったドーナツはチョコレートだったので食べた。

彼女は一分でキッチンに戻り、白いチューブを手渡した。新品だ。

「よく効くらしいわ。筋肉痛だけじゃなくて、打ち身にもいいそうよ。昨日買ってきたんだけど、塗ろうとしたら、痛いところまで届かなくて」

ふたたびバスローブをウエストまでおろした。肩越しに笑みをよこす。「いまのわたしって、そんなに哀れ？」

「そうでもないさ。髪を梳《と》かしてきたろ」

「まあね。鏡を見て、気絶しかけちゃった。多少は手を加えないとね」

ハリーは手にクリームを取って、彼女の長い背中を見つめると、しばし目をつぶって心につっかえ棒をしてから、彼女の肌に触れた。おれは頼りになる有能なプロで、これは仕事だ。彼女が哀れに見えればいいのに、と思った。ほんとうは全然違う。いま見ているのは連邦保安官助手の、緑と青に変色した背中だと自分に言い聞かせてみても、効き目がなかった。

「痛くないかい？」

彼女が顔だけこちらに向けて答えた。「ううん、いい気持ち」

「腹這いになったらどうかな？　頼りになるプロから同僚への提案なんだけど」

イブは笑い声をあげたあと、うめいた。「それはどうかしら。プロ同士だとしても。マッサージがすごくうまいのね、ハリー」

マッサージのうまいプロの手。彼女の背中に粛々とクリームを塗りこむうちに、鼻歌交じりになってきた。痛みがないとわかって力が入り、手が痣よりほんの少し下に向かったかもしれない。腰のあたりの筋肉が凝っているだろうから、マッサージしても害にはならない。

「もう痣が見えない」彼は言った。「チューブの半分を使ったから、背中が白くなってる」

「なんとなくわかるわ。温かくていい気持ち」

ハリーは不本意ながらそれでやめることにして、後ろに下がった。イブはゆっくりとローブを着なおして、ふり返った。「ありがとう。おかげでうめかずに体を起こせるようになったわ」

ハリーは流しで手を洗った。手が熱を帯びている。彼女も気持ちがいいはずだ。

「チェイニーとサビッチとシャーロックとのミーティングの話をもっと聞かせて」

ハリーは言われたとおりにし、彼女が納得するまで質問に答えた。携帯電話が鳴りだした。

「はい、ハリー」

「チェイニーだ。ミッキー・オルークが見つかった。ニカシオに住む子どもふたりが、彼が埋められる場面を目撃していた。犯人に見つからないよう黙っているだけの分別のある子たちで助かったよ。マリン郡のバド・ヒバート保安官はミッキーの写真をデスクに置いてた。それですぐに彼だと気づいて、電話してきてくれた。サビッチとシャーロックにはこちらから電話した。ブーザー・ゴードンへの事情聴取は終わったそうだ。バルビエリには電話しないほうがいいだろう。まだ腹這いでコデイン漬けになってるだろうから」

「じつは」ハリーは言った。「いま彼女といっしょでして。元気にしてますよ。彼女はこれから着替えなきゃなりませんが、なるべく早くそちらへ向かいます」

「いいだろう。イブに保安局の駐車場からシボレー・サバーバンを出すように言っておいてくれ。あの車なら五人いっしょに乗れる」

ハリーは携帯を切った。顔を上げると、イブが険しい顔でキッチンとの境に立ちすくんでいた。

「チェイニーの話は聞こえたかい？」

彼女がうなずいた。「ミッキーが死んだなんて信じたくない。胸が痛すぎて、頭から追いだしておきたい」唾を呑みこむ。「でも、覚悟はしていたのよ、ハリー。あの彼が――死んだなんて。怪物に殺されたのよ」

ハリーは言った。「ああ、怪物がオルークを殺した。だが、子どもふたりがその怪物を見ていた。目撃者がいるんだ、イブ。チェイニーから現場に出向けとのお達しだ。犯人を捕まえるぞ、なにがなんでも」

彼女は回れ右をした。寝室に向かいながら言った。「耐えられないわ、ハリー。わたしには耐えられない」

ハリーはミセス・オルークとまだ十代の彼の娘たちのことを思った。彼女らはこの四日間、不安にさいなまれ、魂をむしばむ恐怖と闘ってきた。そしていま、夫であり、父親である彼の死と向きあうことになった。

寝室から出てきたイブは、いつもの黒と赤の格好だった。髪はポニーテールにして、化粧はしていない。目は泣き腫らしていた。

彼女に近づいて、そっと頬を撫でた。「わかるよ、イブ。つらいな」

28

カリフォルニア州ニカシオ近辺
日曜日の午後

連邦保安局のシボレー・サバーバンのハンドルを握るハリーは、ハイウェイ101号線を西に降りて、バレー・ロードに入った。そこからさらに十五キロほど走り、右へ折れるとニカシオだった。

シャーロックは緩やかに起伏する丘を眺めた。馬や牛が放牧されている。「これだけ雨が降っても、このあたりは黄金色と茶色なのね」

チェイニーが言った。「今年は雨になるのが少し遅かったんです。三月には緑の丘になって、アイルランドと見まがうばかりですよ」ハリーがワイパーを作動させるのを見て、チェイニーは言った。「霧雨のままならいいんだが、本降りになると厳しい」手で合図を出し、ハリーが道を左に折れる。「あれがニカシオ、実際一ブロックきりの町で、自慢できるのは一八七一年に建てられた歴史的な建造物、赤い学舎ぐらいです」

ハリーが言った。「ここからさらに上に行くと、ニカシオ貯水池です。このあたりは少数の超高級住宅と田舎屋とむかしながらのヒッピーの溜まり場が混在してます」

イブが言った。「大都市サンフランシスコの近郊にこんな場所があるなんて、信じられないわ」

異常気候の景色について語りあいながら、そんな会話をしているのはミッキー・オルークが死んだからだ、とみんなが思っていた。

ハリーは間に合わせの駐車場らしき場所に車を入れて、外に出ると、ゲートを開けた。

「さあ、着きました。ランチ・ロードです」ふたたび車に乗りこみ、ゲートを抜けた。その先は未舗装の狭い道で、両脇には木立や、馬の美しい牧草地、それに牛が点在するなだらかな傾斜地が広がっていた。そのまま進むと、側面に緑色で保安官事務所のマークのある白のクラウン・ビクトリアが一台、端に寄せて停めてあった。

マリン郡のバド・ヒバート保安官は、痩せて背の高い、長距離走者の体型をしていた。豊かな灰白色の髪が、うっすらと降りかかった雨で煌めいている。日に焼けたごつくて荒れた顔からして、間違いなく五十代にはなっている。賢そうな黒い瞳は、どんなことでも見透かしそうだった。

「ＦＢＩの捜査官がどうやって連邦保安局のＳＵＶを?」ヒバートは尋ねながら、大きくて黒いサバーバンにうなずきかけた。

「はじめまして、イブ・バルビエリ連邦保安官助手です」イブは彼と握手を交わした。「わたしが仲介しました」彼女が一同を紹介すると、ヒバートもマリン郡市民センター局から来ていた保安官助手三人を紹介した。

ヒバートはチェイニーに話しかけた。「金曜の午後、あなたがミッキー・オルーク連邦検事補に関して配布された詳細な手配書を受け取りました。死体がオルークだとわかるや、すぐに部下をやって現場を保存させましたよ。鑑識も来るんですか？」

チェイニーがうなずいた。

ヒバートは言った。「犯人を目撃した子どもたちふたりですがね。ふたりが嘘をついてるんじゃないのはわかってました。なにせルフィノ・ラミレスの父親はポイント・レイズ支局勤務の保安官助手でして。このへんじゃこんな事件ははじめてですよ、捜査官。山中で殺人事件があるぐらいで。早くも町じゅう、噂で持ちきりになってます」

ヒバートが顔を上げた。「午前中ずっと降ったり止んだりでした。どうも本降りになりそうですね。それは避けられないんで、片付けてしまいましょう」彼は自分の車に向かって歩きだし、背中を見せたまま言った。「ラミレス保安官助手は、息子のルフィノとその友だちのエレノアを彼の自宅に連れて帰りました。エレノアの両親も電話で呼んで、親子そろってあなた方を待ってますよ。鑑識はあとどれぐらいで到着しますかね？」

チェイニーが答えた。「わずか数分の差です。鑑識班を率いるジョー・エルダーに電話をして、あなたと待ちあわせをした場所に保安官助手を待機させてあると伝えてあります」

ヒバート保安官はうなずいて、クラウン・ビクトリアに乗りこんだ。ゆっくりと車を進めて未舗装の道路を何本か通り過ぎ、四本めを左に折れると、鬱蒼と生い茂るオークと月桂樹の木立のあいだを進んだ。ほどなく道沿いの草地に、助手席を木立に押しつけるようにして停まる五、六台の車が見えてきた。道幅がせばまって、轍《わだち》の跡と同じくらいになった。

保安官はクラウン・ビクトリアを停めて、外に出ると、彼らを手招きした。「犯人はここから数メートル先に車を停めてました。タイヤ跡が見つかったんですよ。雨脚が激しくなる前だったんで、くっきり残ってました。いまうちの連中がタイヤ痕を採取してます。オルークの死体はそこから三十メートルほど奥の森に運ばれました。このあたりは私有地なんですが、ここからだと人家が見えない」

彼らは保安官について細い道を進んだ。枝が厚い天蓋《てんがい》を作っているせいで、黄昏時《たそがれどき》の森にいるようだ。ほぼ無風だが、空気は雨をはらんで重く、こぬか雨がしとしとと降りつづいている。小さく開けた場所まで来ると、シャーロックは思わず空を見あげた。望めないとわかりつつも、ちらりとでも太陽が見たい。現場が鑑識へ引き継がれるまで、本降りにならないことを願わずにいられなかった。

ミッキー・オルークの墓を取り囲むマリン郡の保安官助手たちは、コーヒーを飲みながら言葉を交わしていた。サビッチが見るところ、穴の深さは一メートル弱。この孤立した場所に何十年もミッキー・オルークを隠しておくにはじゅうぶんな深さだ。そう、ふたりの子どもがいなければ。その子たちに会いたい。サビッチは保安官助手にうなずきかけてから腰をかがめ、白い防水シートをめくった。一同の目が色を失ったミッキー・オルークの顔と首に走る悲惨な赤い傷口に釘付けになった。周囲にいた保安官助手たちも同じだった。

イブには耐えがたい光景だった。唾を呑みこんで、顔をそむけた。「ラムジーが聞いたらどんなに悲しむか。どうして彼が死ななきゃならなかったの？」

その問いに答えはない。

道を近づいてくる足音を聞いて、全員がふり返った。

「うちの鑑識だ」チェイニーはジョー・エルダーを見て、手を振った。

「おい、そんなとこに立って邪魔だぞ！」ジョーはまだ遠くからどなった。「その辛気くさい顔を動かして、わたしたちを通してくれ」

ジョーは定年退職を目前に控えていた。愚か者にはもちろんのこと、誰に対しても我慢がならず、近づいてくる人間がいると、誰彼かまわず威嚇する。

男女各々ふたりの部下に大声で指示を出し、たまたま近くにいた保安官助手たちを罵り、自分と部下たちにコーヒーを持ってこいとどなった。

ようやくミッキー・オルークが墓から運びだされると、一同は押し黙った。イブは子どものころからの習慣で十字を切り、祈りを唱えた。ハリーを見ると、石から削りだしたように固い顔をしている。手は両脇で握りしめられていた。

もう現場には用がないので、ヒバート保安官は彼らをラミレスの家に案内した。別の未舗装の道を一キロほど行くと、月桂樹の木立に押しつけるようにして小さな羽目板張りの家が立っていた。

玄関を入る前から、興奮した子どもたちの甲高い声が聞こえてきた。紹介を終え、誰も子どもたちを脅さないという確認が取れると、ジュリオ・ラミレスは子どもたちをキッチンから連れてきた。

ふたりは十一歳だった。エマと同じ歳だ、とシャーロックは思った。そして、スケートボードのように痩せていた。ふたりとも怖がりながら興奮しており、それは両親たちも同様だった。エレノアは小柄で華奢な母親にそっくりで、さいわいなことに父親とはちっとも似ていなかった。

ルフィノは保安官助手の父親に似て、端正な顔立ちの少年だった。将来は女泣かせになる、とイブは思った。

ラミレス保安官助手がほかの親たちを説得してキッチンに引き下がるまでに、さらに十分ほどかかった。ついにほかの大人抜きで子どもたちと古いマホガニーのダイニングテーブルを囲むことができた。子どもたちの前には、それぞれエレノアの母親が用意してくれたソフト・ドリンクとチョコレートチップ・クッキーの皿が置かれていた。

それから五分ほどすると、彼らのさりげない誘導でエレノアとルフィノの冒険譚は空き地へと近づいていた。

シャーロックはつとめて軽い調子を心がけた。「彼に声をかけなかったなんて、ふたりとも賢かったわね」

ルフィノが言った。「声を出しかけたんだよ。でもエリーがぼくの腕をつかんで、指さしたんだ。ショベルと大きな土の山があった。エリーも怖がって、ちびりそうになってた」

エリーが少年の腕を叩いた。「そう？　あんただって同じじゃない、ルフ」

シャーロックはふたり両方に笑いかけた。「わかるわ、その気持ち。その男の人がどんな服装してたか、教えてくれる？」

エレノアが答えた。「レインコート、茶色のやつでしょ、それにジャイアンツの帽子をかぶってた。雨がしとしと降ってたの」

ルフィノが続く。「ぼくたち、二重になった虹が見たかったんだ。見られなかったけどね。そいつの顔は見てないよ。ずっと背中を向けてたから。そいつ、大きな土の山を崩して、そのあと木の枝を引っ張ってきた——」

「お墓よ」エレノアは言って、ルフィノの手を握りしめた。「めちゃ気持ち悪かった」

ルフィノが言う。「ぼくたち、すぐにわかったんだ。それがお墓で、そいつはよくないやつだって。だからじっと静かにしてた」

あなたたちが生きていられるのは、犯人に気づかれないですんだからよ、とイブは思った。

もし見つかっていれば、間違いなく、ふたりとも殺されて、ミッキー・オルークといっしょに埋められていただろう。イブが前かがみになると、ポニーテールが揺れた。「そいつの顔、少しは見えた？　横顔とか？」

「ううん」ルフィノが答えた。「ずっと後ろにいたから。あいつのブーツ、泥だらけだったよ。ちっちゃい足でさ。うちの父さんみたいに」

ハリーが尋ねた。「身長は高かった？　それとも低かった？　太ってたかな？」

「高いほうだった」エレノアに迷いはなかった。「太ってなくて、ルフのお父さんと同じように痩せてたよ」

「あなたのお父さんと同じぐらいの身長だった、ルフィノ？」イブが尋ねた。

ルフィノにはよくわからなかった。かなり離れていたからだ。連邦保安官助手をがっかりさせるのはいやだけど、話を作るのはよくない。そんなことを思っていると、連邦保安官助手がそれに気づいて笑いかけてくれた。ルフィノも笑って返した。やっぱりこの子は女泣かせになる、とイブはあらためて思った。

イブは言った。「あなたから見ておじさんに見えた？　それとも若かった？」

「おじさん」ふたりが声をそろえた。

「あなたたちのご両親よりおじさん？」

どちらの子も答えられなかった。この年ごろだと、二十歳以上はみんなおじさん、おばさんに見える。

チェイニーが言った。「それで、どうなったのかな？」

ルフィノは残っていた炭酸飲料を飲み干し、手で口をぬぐった。「その人、お墓を木の枝でおおうと、かがんでショベルを拾った」

エレノアが言う。「なにかぶつぶつ言ってから、歩いていっちゃった」

ハリーは心臓の鼓動が速くなるのを感じた。「なんて言ってたか、聞こえたかい？」

エレノアが答えた。「聞こえたけど、ルフにもわたしにも意味がわかんなかった。ＲＩＰとか言って、そのあとに名前をつけたの。ミッキーだったと思うけど。怖くて動けなかったから、それから五分ぐらいはそこに座ってた」

ルフィノが言う。「車のエンジンがかかる音がしたよ。ずっと遠くからだったけど、でも音は聞こえた。これであいつが行っちゃうから、動いても大丈夫だと思った」

エレノアは小声を震わせた。「すごく怖かった。そこに座って、木の枝と黒い土をじっと見てた。その土の下には死体があるってわかってた」

ルフィノが体を寄せて、彼女の背中を撫でた。「大丈夫だよ、エリー、心配しないで」

チェイニーは言った。「いいかい、きみたち、きみたちはヒーローだ。きみたちがいなければ、あの埋められた男の人は永遠に見つからなかった。お手柄だよ」

ルフィノはふたたびエレノアの背中を撫でた。「きみは女の子のヒーローだから、怖がってもいいんだからね」少女の震えが止まった。

ふたりはもう一枚ずつチョコレートチップ・クッキーを食べた。子どもたちから聞きだせるのはここまでだと全員がわかっていた。ふたりとも興奮冷めやらぬようすではあるものの、疲れ果てている。そろってキッチンに向かい、子どもたちの両親にお礼を述べたうえ、賢くてすばらしいお子さんだと言い添えた。シャーロックの観察によると、ルフィノの父親は身長百八十センチ弱、体重七十五キロ前後。スーのほうが高いだろうか？

一同はヒバート保安官とともに死体の発見現場に戻り、空っぽの穴を見おろした。雨脚が強くなったために、土塊が泥となって穴のなかにすべり落ちていく。「ＲＩＰ、ミッキー。やつはミッキーの墓に向かって、そうつぶやいた」保安官は彼らをひとりずつ見た。「なんとしても捕まえてもらいたい」

わずかな沈黙をはさんで、シャーロックが言った。「殺人犯の特徴は、おおむねラムジーの狙撃犯に一致してるわ」

ハリーが言った。「同一人物なら、カーヒル夫妻とつながりがある。ただ、スーが女性の可能性もありそうですけどね」片手を拳にして、もう一方の手に押しつける。

サビッチがうなずいた。「そうだな。オルークの死亡推定時刻はまだ不明だが、死体の印象からして、殺されてあまり間がない。病院のエレベーターでラムジーの殺害をくわだてたあと、ミッキー・オルークを監禁しておいた場所に取って返して、彼を殺害したのか？」

ああ、そうだ。ハリーはうなずいた。

イブはヒバート保安官を見た。「だとしたら、この近くにミッキー・オルークを監禁してたのかも。どこかお心当たりはありますか、保安官？」

ヒバート保安官がうなずいた。「ラミレス保安官助手から聞いたんですが、この近くの森に古い納屋がある。開発業者が六年前に建てた新しい家の敷地内ながら、納屋自体は長いあいだ放置されてきたそうで。そこへ行ってみましょう」

保安官の車のあとについて、またもや未舗装の道に入った。轍だらけの道を二十メートルほどゆっくりと進むと、そこから先は車では行けなかった。

ヒバート保安官が窓から身を乗りだした。「ここからだと新しい家が見えませんね。未舗装のメーソンズクロス・ロードがオークと月桂樹の木立のまん中で直角に折れてるもんだから。残りは納屋まで歩くしかありません」

サバーバンから降りた一行は、降りしきる冷たい雨のなか、保安官について泥道を二十メートルほど歩いた。

保安官が立ち止まった。「あれです」

そこにあったのは荒れ果てた木造の納屋。ヒバートの両親よりも高齢そうな代物だった。

29

ヒバート保安官は手ぶりで彼らを下がらせた。拳銃を抜き、木製のドアを軋《きし》ませて開いた。彼が息を呑む音がした。

ヒバートが後ろに下がり、こわばった顔が薄明かりのなかに青白く浮きあがる。「惨憺《さんたん》たるありさまです」

ひと間きりの納屋は四メートル四方ほどの広さで、腐った床板が抜けていた。屋根も一部が崩れている。そんな状態になって、もう何年も経つのだろう。そこから雨が降りこんでいた。金属製の折りたたみベッドがひとつ、まだいくらか屋根の残った奥の壁沿いに置いてある。汚れたブランケットが垂れさがっているだけで、あとはなにもなかった。

ブランケットもマットレスも血を吸って、それが乾いて黒ずんでいる。血痕は床板にも、そして壁にも飛び散っていた。

チェイニーは携帯電話を取りだした。「ジョーか？　殺害現場を見つけた。こちらにも一部、人をまわしてくれ」ヒバート保安官に携帯を渡した。

「ラミレス保安官助手に行き方を尋ねてください。メーソンズクロス・ロードから入った先の納屋です。車は入れない」携帯をチェイニーに戻した。

全員が押し黙った。ミッキー・オルークは人生最後の三日間、このベッドにひとり縛りつけられ、自分の死を予感して過ごした。そしてその予感どおりになった。最後にはみずから死ぬことを望んだかもしれない。納屋のようすと飛び散った血痕から、彼が殴られたであろうことがわかる。訊きだしたいことがあったのか?

怒りと悲しみを切り離して、目の前の光景を虚心に眺めることはむずかしかった。シャーロックは言った。「遺留指紋があるかも」

イブが言った。「ここまではまったく証拠を残してませんが、まさかここが見つかるとは思ってなかったでしょうから、ありえますね」

ハリーはヒバート保安官に尋ねた。「この納屋が使われなくなって、どれぐらいになりますか?」

「最低でも二十年にはなりますね。自分が保安官になってから、誰かがここにいたという話は聞いたことがない。ときに放置された建物にホームレスが住みつくことはあっても、ここは遠すぎるんで、そんなこともなかった」崩れかけの屋根の、たわんだ屋根板を見あげる。「木陰で野宿したほうがまだ安全だ」ベッドを見る。「このにおい、たまらんな。死臭だ」

チェイニーは最後にもう一度、納屋のなかを見まわすと、みずからに言い聞かせるような調子で言った。「オルークの奥さんに彼の死に様をどう伝えるかは、わたしにかかってる。聖職者に同行してもらわないとな」ため息をついた。「それでどうなるもんでもないが」顔を上げて、続けた。「こんなことをしでかした野郎には、地上を歩く価値もない」言葉を切る。「女性はこういうことはしない。これがスーのしわざなら、スーは男だ」

ハリーの運転で街へと戻りながら、イブは車窓から外を眺めた。帰り道のほうが早く感じるのはなぜだろう？　つねにそうだ。

メトロノームのように単調なリズムを刻むワイパーの音に耳を傾ける。もはや雨のなかで濡れそぼっていなくてもいいことに、なぜかほっとして、慰められた。

見ると、チェイニーは膝で手を握りしめ、その手を凝視していた。ミセス・オルークと娘さんたちにどう伝えたらいいかを、考えているのだろう。少なくとも、すべてをありのままに語ることはできない。

ハリーはロボットのようにぎくしゃくしている。口を開いたら叫んでしまいそうで怖いのかもしれない。サビッチとシャーロックはのっぺりとした表情をしつつも、サビッチは開いた妻の手を自分の太腿に押しあてている。いったいこの人たちは、どれだけの恐ろしいものを見てきたのだろう？　うんざりするほど見てきたに違いない。そんなふたりが、いまなにを考えているのかが気にかかった。

イブは絶望が波となって押し寄せるのを感じた。納屋で血まみれの光景を見たからというだけではない。その光景がこの世の中には救いようのない悪人がいること、慈悲心のかけらもない人間、人間らしい感情を持ちあわせていない人間がいることの証になっているからだった。そうでなければどうしてああも無慈悲にミッキー・オルークを殺せよう。

安らかに眠れ《RIP》、ミッキー。わたしのこの手で犯人を殺してやりたい。

と、シャーロックと目が合った。シャーロックが言った。「背中の具合はどう、イブ?」

イブは物思いから引き戻された。「ハリーの手のおかげで楽になりました」つけ加えた。「今朝、ハリーがうちに寄ってくれたんです。それが、ほんとに上手で。あんまり気持ちがいいんで、思わずうめいちゃいました」

誰もなにも言わない。

わたしったら、なにを口走ってるの?　わたしが言いたかったのは、彼が筋肉痛用の塗り薬で背中をマッサージしてくれた——」

「気にするなよ、イブ」ハリーが言った。「誰もきみやおれの頭のなかにいかがわしい思いがあったとは考えちゃいないさ。あんな紫と緑の背中をして、引退した連邦保安官助手のおばあちゃんみたいによたよた歩いてたんだから」

イブは無性に大笑いしたくなった。

連邦ビルに到着すると、チェイニーが言った。「自分の車に聖職者を乗せて、ミセス・オルークに会ってくる。今日は日曜だ、きみたちは少し休んで、すべてをいったん手放してくれ。明日の朝にはまた脳をフル稼働させてもらわなきゃならない。たぶん朝一番で鑑識と監察医から話を聞けるだろう」しばらく黙りこむ。「わたしの幸運を祈ってくれ」

異論はなかった。みな、自分が今日の彼の立場に置かれていないことを感謝した。

イブは別れの挨拶をして雨のなかを歩きだした。数ブロックも行くと、歩くたびに背中が痛み、自分のあやまちに気づいた。タクシーを見かけ、たぐいまれなる奇跡でそれが止まってくれた。ウクライナ人の運転手に、ラーキンにある聖フランシス教会までと伝えた。百年近い歴史のあるこの教会は、ロシアンヒルの目印になっている。側面のドアを開けて、そっと入りこんだときには、雨が激しくなっていた。なかは暖かで、薄暗くて、古びていた。お香のにおいのするやわらかな空気を胸に吸いこむ。ここに来るとほっとする。しばらく椅子に腰かけて静けさに浸り、数多くある希望のシンボルを見つめた。ここの壁自体に希望が埋めこまれている。信者席で身を乗りだし、エレノアとルフィノが生きていてくれたことを感謝する祈りを捧げた。ミッキー・オルークを気まぐれに殺し、ラムジーの殺害をくわだてた男を見つけだせるようにと祈った。ただ、その男を殺させてくれとは祈らなかった。神さまにお願いするのは筋違いだと思ったからだ。そしてミッキー・オルークの魂のために祈った。

玄関ホールまで戻ると、ゴーチェ神父の姿があった。閉まったままの大きな両扉の前で腕組みをして、足元には乾かすために開いたままにした傘があった。この教会を任されて長いこの神父は、我慢強くて、やさしい話し方をする。神父はしげしげとイブを見た。「探しものが見つかったのならいいが、イブ。今日は教会に来ていなかったね。なにかあったのかい？」

ミッキー・オルークのことを話した。神父は彼のことを教区民としてイブよりもずっとむかしから知っている。その彼が無残に命を奪われた。具体的なことは言わなかった。

神父はイブの手を取って、しばし目をつぶった。「なんと痛ましいことだろう。ご家族の悲しみはいかばかりか。わたしたちにとってもです。安らかに眠りたまえ《レクイエスカト・イン・パーチェ》」

ふたりはしばらく黙って佇んでいた。ゴーチェ神父が言った。「濡れていますね」その声には朗らかさがある。

イブは言った。「それほどでもありません。なかはとても温かいので。おかまいなく」

ゴーチェ神父が立ち去ると、イブは携帯電話を取りだした。「ハリー、帰ったばかりのところに電話してごめんなさい。ラーキンにある聖フランシス教会まで来てもらえない？ まだ遅い時間じゃないから、いっしょに過ごせないかと思って。よかったらなにか作るわ」

「きみさえよければ」と、彼は言った。

30

シャーロック判事の自宅
サンフランシスコ、パシフィックハイツ
日曜日の夜

サビッチは完全に脱力して自分の肩に乗っかっているショーンの背中を撫でた。テレビの前で『サンデー・ナイト・フットボール』を観ているうちに、祖父母のあいだにはさまれて眠ってしまったのだ。

サビッチはショーンを自分たち夫婦の寝室の隣に運び、ツインベッドのひとつにそっとおろした。長いあいだ地下室にしまわれていた子ども用のベッドだ。ショーンは暖かくして寝るのが好きなので、恐竜柄のシーツとブランケット二枚を引きあげた。キスとともに子どものにおいを吸いこみ、体を起こした。シャーロックが腕にそっと触れるのを感じた。

「なんてきれいなの？　完璧だわ。それがわたしたちふたりからできたなんて」シャーロックがささやく。「びっくりだと思わない？」

サビッチはふり返って妻を抱きしめ、耳元でささやいた。「ショーンみたいに穢《けが》れがな

かったらどんなにいいだろうと、いま思ってたとこさ」目をつぶり、妻の髪に顔をうずめる。「ミッキー・オルークの顔が消えない。彼が殴り殺されたあの農場の納屋も」彼女を抱きしめる腕に力が入る。「人の命ははかない。いまここにいた人が、つぎの瞬間には消える。それきり戻せず、もはや変えることはできない」

シャーロックは夫の背中を撫でさすりながら、頬に顔をつけたまま言った。「ディロン、チェイニーが言ったことをずっと考えてたの。女性にはあんなふうにミッキー・オルークを殺せないって。わたしもそう思う。残虐な殺し方もさることながら、犯人はオルークを車まで運ばなきゃならなかったのよ。納屋から車まではかなりあったし、そのあと埋める場所まではさらに遠かった。ほら、エレノアとルフィノが言ってたでしょう？犯人がオルークの墓地を離れたあと、遠くから車のエンジンの音がしたって。スーは痩せ形よ。いくら上半身の力が強くても、どうしたらそんなことができるの？オルークは大男で、身長はあなたより高かった。つまり、どういうことかというと」

サビッチが答えた。「スーは女ではありえない」

31

イブ・バルビエリの自宅
サンフランシスコ、ロシアンヒル
日曜日の夜

背中の痛みがひどすぎて、イブは自宅にたどり着いたときには階段をのぼれる気がしなかった。だが、ハリーが肘に手を添えてくれると事情が一変した。「今夜いくらかでも眠れるように、ここにきみを導くべくハリーの手がある。とはいえ、その前に熱々のシャワーをゆっくり浴びないとな。風邪でも引いたらやっかいだ」

「まずはコーヒーでも淹れるわ」

「きみがシャワーを浴びてるあいだに、おれが淹れるよ。温まって、体を拭いたら、背中を見よう。〈フェン・ニアン・パレス〉に電話で中華料理の配達を頼み、テレビの前に寝そべって、フットボールの残りを観ながら、春巻きでも食べよう」

イブがシャワーを終えてリビングに移動すると、ニューイングランド・ペイトリオッツのクォーターバックであるトム・ブレイディがウェス・ウェルカーにパスを終えて、小さな歓声をあげたところだった。「ウェス・ウェルカーならいい連邦保安官になるわ」イブは言った。「力強くて敏捷で、しかも頭脳は高機能」ハリーを笑顔で見おろして、筋肉痛用の塗り薬のチューブを放った。ソファの彼の隣にそっと座り、肩からローブをおろして、体を前に倒した。ほどいた髪が背中に垂れる。しばしその髪を見てから、ハリーはそれを肩の前に押しやって、背中に塗り薬を塗りだした。そして試合終了のホイッスルが鳴るまでマッサージを続けた。ほんとうならいつまでもやってもらいたかったイブも、ついに言った。「あなたの手が痙攣しちゃうわ。ありがとう、よくなった。信じられないぐらい凝ってたみたいね。いやだ、もう九時近いじゃない。お腹がすいてるんじゃないの？」

「そろそろディナーが届くよ。気分はどうだい？」

「いい気分よ」イブは言った。「うんとよくなった」まだローブを下げたままなのに気づき、急いで着こんだ。前を合わせて、ベルトを締める。ふり返って彼を見ると、そっと腕に触れた。「親切にしてくれて、ありがとう、ハリー」

ハリーはさほど間を置かずに言った。「今日の十一時にミセス・ハウエルが息子のブーザーに持ってきたお手製ピザが絶品だったってシャーロックから聞かされたよ。でも、おれたちはピザばかり食べすぎだ。だから、今夜は四川料理にしたんだけど、よかったかな？」

「もちろん。素人が血管を探そうとして十回も二十回も針を刺すなんて、想像できる？　その男が顔と頭を隠してて、残念だわ」

「ああ、でも今日は運に恵まれた。あの子たちが目撃してなかったら、まだミッキー・オルークを捜してる」

「ええ、永遠に。ねえ、炒飯を食べるのになにを飲む？　ビールにする？」

ハリーは水を頼み、キッチンに向かう彼女を注視した。緊張が解けて、さっきよりのびのびと歩いている。「きみがシャワーを浴びてるあいだにチェイニーに電話したんだ。ミセス・オルークは気丈に対応したと、そのとおりの言葉で言ってたよ。取り乱すと思ってたんだろうけど、彼女は違った。娘たちには自分の口から伝えたい、と言われたそうだ。聖職者はその場に残ったそうだけど、チェイニーは帰宅してる」

「その人の伴侶が亡くなったことを伝える役回りなんて、できれば一生したくないわね。しかも、殺されたなんて」

「まったくだよ。マンカッソ巡査に電話して、テレビのコンセントを抜いてくれと頼んでおいた。なにかの拍子にラムジーが知ったらいけないからね。彼から看護師たちにも箝口令《かんこうれい》をしいてもらったよ」

「よく気がついたわね、ハリー。今日のモリーはラムジーの件で縮みあがって、意気消沈してたから、これ以上、今夜、心配の種を増やすようなことはしたくないもの」

「これで明日の朝までは波風を立てずにすむ」ハリーは言った。

イブは彼に水を手渡した。「わたしたちが追いかけてる犯人は、いくつかミスを犯したわ。

たとえば今日は子どもたちに目撃されてる。ミッキー・オルークの死体を発見されたくなかったでしょうにね。それに、ラムジーの殺害にも二度失敗した」

ハリーはサンペレグリノのボトルから水を飲んだ。「どう考えたって、おれにはまともなやつとは思えない」水を飲むのをやめて、頭を振った。「まったく、やってられないよ。もはやどう考えていいかおれにはわからないが、やつにとって大ヒットだったことはわかる。それがいまじゃ、この先いつニュースでミッキー・オルークが掘り返されたことを知ってもおかしくない。それを知ったら、やつはどうするだろう？」

イブは言った。「いい質問ね。あきらめないのだけは、確かだと思うけど。もしサビッチの言うとおりなら、犯人はスパイ業界にいる。よほど慎重じゃなきゃ、長くは生きられない世界よ。でも、二度にわたったラムジーの殺害に失敗したことを考えると、詰めが甘いわ」

ハリーは言った。「ミッキー・オルークの死体の処理には慎重を期したんだろうが、運が悪かった」

「あの納屋に遺留指紋があったかどうか、明日には鑑識の結果が出るわ。シャーロックの説どおり、前科があるんなら、犯人を特定できる」

イブはビールを飲んだ。「どうして奥さんと別れたの？」

呼び鈴が鳴った。料理が届いたのだ。

イブは言った。「チップをたっぷり払ってね、ハリー。猛烈に腹ぺこなの」

ふたりで酸辣湯《サンラータン》を食べながら、イブは謝った。「奥さんのことを尋ねてごめん。そんなつもりはなかったのに、質問が口から飛びだしちゃって」

「元妻だよ」ハリーはやんわり訂正して、ボトルの水を飲み干した。

「それにしても、わたしが首を突っこむことじゃないわ。あなたと知りあってまだ数日なのよ。びっくりだと思わない？　いろんなことがあったせいで、もっとずっと長く感じる」

彼は黙っていたが、そのとおりだった。不思議な感覚だ。

イブはソファの背にもたれるや、痛みに直撃されて、急いで体を起こした。「わたしは自分の思いどおりにならないのが大嫌いなの。父がやっぱりそうで、父が指揮官面して母に指図したがるたびに、母は父をやっつけなきゃならなかった。長いあいだずっとそんな調子だから、どちらももうなにがなんだかわからなくなってるわ。

わたしには男の兄弟が四人いるの。全員成人してるんだけど、いまでは父が威張ろうとすると大笑いするのよ」イブはビールを飲み干した。「父はすごい人なのよ。俳優のトミー・リー・ジョーンズを彷彿《ほうふつ》とさせるんだけど、彼が連邦保安官を演じた映画二本は、父があそこで勤務をはじめる前に公開されたものなの」

「あそこってどこだ？」

「シカゴ。あら、知らなかった？　父はシカゴの連邦保安官だったのよ。連邦保安官としてふたりの大統領に仕えたわ」

「連邦保安官は為政者が入れ替わるたびに替わるんだとばかり思ってた」

「ごくたまにだけれど、指名された連邦保安官の評価がきわめて高いと、そのままその地位に留まることがあるの。全米の連邦保安局のなかで一番の強者どもを訓練してきた、と父は言ってるわ。トミーの名誉を守るためにも泣き言は言えないとね」しばし口をつぐんだ。

「とても優秀だったのよ、父は」

「お父さんはきみをどう扱ってた？」

イブが満面の笑みで答えた。「ポニーテールには威力があるとディロンが言ってたでしょ？　父親に対しても例外じゃないのよ」

32

サンフランシスコ総合病院
月曜日の朝

ラムジーは自分を責めている。イブはヒゲを剃ったばかりの彼の顔にそんな気持ちを読み取った。案の定だ。

「手続きを中断したら、ミッキーの起訴手続きに問題があると思っていることをカーヒルなり彼らの協力者なりに伝えることになる。そんなことは火を見るより明らかだった。あの日はとりあえず公判前手続きを継続しておいて、彼とふたりきりで話す機会を持つことにしていたら、彼はまだ生きていたかもしれない」

イブは言った。「ただ座って列車が破壊されるのを眺めているなんて、あなたらしくないんじゃないですか、ラムジー？　あなたはご自分の信念に従った。これまでの経験と訓練にもとづいて行動されたんです。なにが起こるかなんて、誰にもわからなかったんです」

言う先からラムジーは顔をしかめ、首を振りだした。「いや、わたしがもっと熟慮すべきだったんだ。死刑相当事件なのだから、ミッキーを操っている人物がなにをしでかしてもおかしくないことに、気づくべきだった。彼が亡くなったのは、ほかの誰でもない、このわたしのせいだ」

イブは辛抱強く説いた。「ラムジー、ミッキーが仮にあなたを欺いて、カーヒル夫妻を不起訴処分にしたとします。その場合、彼らがミッキーを生かしておいたと思いますか？ミッキーが家族のことで怯えだした直後に亡くなったことを思えば、答えはあなたにもおわかりのはずです。彼があなたに助けを求めれば違う展開になったかもしれませんが、彼はそうはしなかった」

ラムジーがゆっくりと首を振っている。イブには打ちひしがれるラムジーが見ていられなかった。「直接彼と話をして、彼の信頼を得るべきだった。話してさえもらえれば、彼の身を守れただろう。彼の家族にもつらい思いをさせなくてすんだ」

イブはラムジーの腕をそっとつついた。「やめてください、ラムジー。いいかげんにしないと、怒りますよ。人間の皮をかぶった怪物のしわざなんです。いつまでもそうやって自分を責めるなら、元気になったとき、わたしからお仕置きされますよ」

けれどラムジーは笑顔にならなかった。「なぜわたしが撃たれたかも、当然ながら、考えた。わたしは判事だ。判事がちゃんと仕事をすれば、公正なやりとりの場を提供でき、陪審員に偏った影響を与えず、真実に到達する可能性が高まる。

では、なぜわたしが撃たれなければならなかったのか。公判前手続きはおおむねカーヒルに有利に進められてた。そして最大の疑問は、少なくともわたしの法廷での裁判は中断されたのに、そのあとわたしの殺害がくわだてられたことだ。もはやわたしは無関係になっていたのに、なぜなんだ？」

ラムジーは周囲の人を順繰りに見た。「それで考えついた答えがひとつだけある。連中はミッキーをさらう前に彼がわたしになにかを打ち明けたと思ったのかもしれない。事件そのものなり、ミッキーを脅して工作しようとしたことなり、彼らにとって外に漏れては困る情報をだ。それなら、土曜日に再度、狙われた説明もつく。まだわたしの調子が悪く、薬のせいでろくに話ができていないことを願ってのことだ」

「筋の通ったシナリオですね、ハント判事」ハリーが言った。「カーヒル夫妻には協力者がいると自分たちは見ています。おそらくプロで、その男は――とりあえずわたしたちはスーと呼んでいますが――正体がばれると失うものの多い人物なのでしょう。現実として、スーはオルーク検事補があなたになにかを打ち明けたかどうか突きとめようとして、彼を誘拐したのでしょう。けれど、オルークには提供できる情報がなく、そのまま命を奪われた」

ラムジーは言った。「スーが誰であるにしろ、この件にはカーヒル夫妻が深く関与しているんだろう。それ以外に説明がつかない」言葉を切り、目を細める。「モリーは昨日の夜の段階でミッキーが死んだことを知っていたんだろう？　知っていて、口をつぐんでいた」

イブが言った。「いいえ、わたしはモリーに伝えませんでした」

「テレビがつかなくておかしいと思っていたんだ。いったいなにをしたんだ、捜査官？　電源を抜いたのか？」

「警護員のひとりにテレビのコンセントを抜かせました、ハント判事」ハリーが答えた。

「無力感にさいなまれながらここに横たわっているのは、いやなものだ。みんなに守られ、庇《かば》われている。むかむかしてくる」ベッドを拳で叩いて、唾を呑んだ。

彼が落ち着くのを待って、イブは彼の顔を正面から見た。「わたしは無関係ですからね。すべてハリーが考えたことです」

いい度胸をしてる。ハリーは笑いだしそうになるのを、必死にこらえた。たいしたもんだ、頭の回転が速い。そんな彼女に内心うならずにいられなかった。彼女はハント判事の気分を変えるのに成功した。ハントの目には驚きと不信と、さらには愉快そうな表情が表れた。

ハリーは言った。「ええ、判事、そうなんです。わたしがバルビエリ保安官助手に口止めをして、この病院にいる者たち全員にこの件をあなたから遠ざけるように言いました。さもないと全員クビだと脅して」

「だが、それにしたって――」言いかけたラムジーに、イブがおっかぶせた。「罪を背負いたいんですか？　だったらわたしにもたっぷり分担させてくださいね。わたしの落ち度であなたがエレベーターで命を落としかけたのは、わずか二日前のことです」

ラムジーがしかめ面になる。「突拍子もないことを言うな、イブ」

「あなたにならったまでです。いいですか、判事。わたしたちはみな不十分ながらもベストを尽くします。それでもときには思いどおりにいかないことがある。土曜日の騒動で快復に支障が出てませんか？」

「いや、エレベーターでの件は影響してないよ、イブ。カルダク先生もわたしが身体的に優れているのを認めたから、安心して今朝、胸のチューブを抜いてくれたんだ。モルヒネの投与ボタンも取りあげられ、経口の鎮痛剤に切り替わった。おかげで頭の曇りが晴れて、明晰に考えられるようになった」イブからハリーに視線を移した。「きみたちふたりは、いいコンビのようだな」

「いや、べつにそういうのじゃありません」ハリーが答えた。「たちの悪い噂です」

「ほんとです」イブが言った。「もしわたしたちがコンビなら、ハリーはいまごろわたしに敬礼してるはずですから」

「なにを夢見てるんだか」ハリーが応じた。

ラムジーは笑わなかった。笑えば痛みがひどくなる。「では、スーというのは男性のコードネームだと思ってるんだな？　そうなると全体がかなりすっきりする」

「出発点にはなります」ハリーが言った。「あとは掘り進めるのみです」

「もしわたしたちがコンビなら、ラムジー」イブは続けた。「ここにいる坊やにどこを掘ったらいいか、わたしが指示を出せるんですけど」

こんどはラムジーも笑った。目をつぶり、突き刺さるような胸の痛みに浅い息をくり返した。チューブを抜いた箇所だ。ゆっくりと痛みを鎮めていった。「エマの演奏まであと十日ばかり、いま自分の体に泣き言を言ってないで、乗り越えろと叱咤してるところだよ。絶対に見のがしたくない」無理をしつつも笑顔になる。「こんなところに閉じこめられて、自分を痛めつける人間たちが出入りするのを眺めるのがどんなに苦痛か、きみたちにわかるかね？　しかも病院はそのことで金を請求する」ラムジーは話が振りだしに戻ったことに気づいた。「愚痴ばかりですまない。これじゃ負け犬だな。わたしを叩きのめしてくれ」

「いいえ」イブは言った。「あなたにやり返すだけの力が戻るまでは」イブはラムジーが疲れているのに気づいた。ハリーも察している。疲れているだけでなく、精神的にもまいっている。モリーと同じだ。モリーには、夫がミッキー・オルークが殺害されたことを聞いたら、そのことで自分を延々と責めるつづけるのがわかっていた。

ラムジーが目を閉じる。ささやくような声で言った。「こんなことをした無価値なけだものを捕まえてくれ」

イブは彼の手を握った。「ええ、ラムジー。かならず」

近くには連邦保安官助手ふたりと警官ふたりがいる。そのうちのふたりは病室の外だが、あとのふたりは室内だった。もちろん彼らも話を聞いている。自分とハリーが病室を離れたら、残された者たちでオルークが殺された件を話しあうだろう。そしてなにか思いつくかもしれない。病室の外で警護にあたる連邦保安官助手は優秀で、全力でラムジーを守っている。さっきここへ着いたときは、なにひとつ問題はないと言っていた。イブはその状態が続くことを祈った。

窓辺にいる警護員たちに話しかけた。「ねえ、ハント判事からまだポーカーに誘われてない？」

ラムジーがうめいた。

「あら、まだ彼らから給料を巻きあげてないんですか、ラムジー？」

「いえ、自分たちの給料はまだ」マンカッソ巡査が答えた。「うちの妻のために駐車違反切符をなかったことにしてくださいと頼んでるとこです」

ラムジーが言う。「それはできないと言ったんだ。わたしは連邦判事であって、州の判事じゃない」

マンカッソがイブにウインクする。「そんな言い訳が通りますか。連邦判事だったらそこらじゅうにご友人がおられるでしょうに」

「もしあなたが勝ったら、ラムジー、彼らからなにをもらうつもりですか？」

ラムジーは目を開けなかった。「コントラコスタ郡の彼らの仲間にディスカバリー湾にあるうちの主任判事のボートに違反切符を切ってもらいたい。主任判事は〈シラノ〉――というのは、彼のどでかいクルーザーなんだがね――ではめを外して、あまりにスピードを出しすぎた。さんざん魚たちを脅してきたんだ。違反切符の二枚や三枚、切られて当然だし、わたしを哀れと思ったら、もう少しここにいてくれてもよさそうなもんだ」

マンカッソは言った。「お言葉ですが、ハント判事、主任判事にもそこらじゅうにご友人がおられるんじゃないですかね」

33

サンフランシスコ、連邦ビルディング
月曜日の午前中

　鑑識を率いるジョー・エルダーと監察医のドクター・マーティン・マクルーアが会議室を出て、それぞれが愛する研究所と滅菌された静かな死体安置所に戻っていくと、チェイニーはまとめに入った。「鑑識のジョーから提供されたのはぼやけた部分的な手の跡で、オルークのものでないのがわかっている。これはひょっとすると犯人の特定につながるかもしれない」チェイニーは指を鳴らした。「また監察医によって、ミッキーが日曜の午前中早くに亡くなるまで、二日間にわたって縛りつけられ、殴打されていたことが判明した。犯人は鋭利な刃物でミッキーの喉を切り裂いた。ぱっくり開いた切創は二十センチに及び、右から左にできている。つまり、犯人が左利きであることを示している。そして最後に、ヒバート保安官がタイヤ跡のパターンから使い古したグッドイヤー・オールウェザー・タイヤだったことがわかったと知らせてきてくれた。多くのＳＵＶで人気のある交換タイヤだ。つまり、ここまでたいしたことはわかっていない」

サビッチが言った。「ダッジ・チャージャーを追ってたハマースミスは、なにもつかめなかったのか？」

「なにもわからなかったそうです」チェイニーは言った。「市内のどのホテルからも、その車を運転していた男——あるいは女——について、有益な情報は入ってきてません」

サビッチは言った。「ミッキー・オルークの殺害の手口が判明したいま、もはや犯人を女と推定するのはやめるべきだ。みんなきみと同意見だよ、チェイニー。オルークを殺害したのは男だ」

バート・セングが述べた。「そうは言っても、恐ろしく力持ちの女性ということもありうる。ほら、ここにいるイブならずっしり重たいものでも運べるぞ」

「そうでもないわよ」イブは言った。

サビッチが言う。「ミッキー・オルークは体重が百キロ以上あったし、目撃者たちは被疑者が痩せ形で大きくもないと証言してるから、きわめて壮健な男だと思って間違いない」

ハリーが言った。「ですね。ポニーテールにだってできないことはある」

「わたしにはできないから、男よ。間違いない」イブも言った。「そのうえで、シンディがスーっていう名前をでっちあげてわたしたちを騙したとも思えないの。あまりに自然で、ぽろっと出たから。スーが誰かはわからないけれど、でも、オルークを殺害したのがスーじゃないという意見には賛成。共犯者ではあるかもしれないけど、実行犯だとは思えない」

シャーロックが言った。「ブーザー・ゴードンもはじめから男として証言してて、その点に疑問の余地はなかったみたい。だから、女のスーとはお別れしてもいいかもね」

「あの子たちがいなかったら」ハリーが言った。「ミッキー・オルークの死体は見つからなかった。しかも、さらに重大なことに、いまだ被疑者を女と仮定していた」

チェイニーは言った。「あの子たちにフォーティナイナーズの試合のチケットをプレゼントしないとな」

サビッチがゆっくりと本題に戻った。「もしスーが共犯者なら、実行犯がミッキーを殴っているときにいっしょにいて、ミッキーから情報を聞きだそうとしたのか？　ミッキーの喉を切り裂くように命じたのはスーなのか？　もしそうなら、埋めるのに同行しなかったのはなぜだ？　スーの役割が見張り役にしろ、助っ人にしろ、スーは同行していない」サビッチはぴたりと口をつぐんで思案顔になると、黙ったまま、MAXのキーを素早く打ちだした。

夫の閃きの表情をよく知っているシャーロックは、彼のほうに首をかしげた。サビッチはなにかとてつもなく大きなものをつかんだようだ。シャーロックは言った。「わたしたちはブーザー・ゴードンから提供された情報を追ったわ。ブーザーの血液を採取しようと男が使い捨ての手袋をはめるとき、ブーザーは彼が指輪をふたつはめているのに気づいたの。小指にはめたダイヤモンドの指輪のほうは、ミセス・モーがゾディアックを貸したときに狙撃手がはめていたという指輪にそっくり。もうひとつのほうを、ブーザーは〝宗教的〟な感じがしたと言ってて、実際、ブーザーは男に聖職者なのかと尋ねてるの。男は違う、ポーカーに勝ってもらった、と答えた。でも、そんな嘘ならいくらでもつける。ふつうにはめるには奇妙な指輪なんだから、なにか重要なもの、大切なものである可能性はある」

イブが言った。「カトリックの教会では、司祭は指輪をはめないわ。司教ははめるけど」

シャーロックは彼女にうなずきかけた。「それでブーザーのところに似顔絵担当を派遣して、指輪のスケッチを描かせたの。ここにあるのがそれなんだけど、ブーザーの記憶を最大限に再現したものよ」

一同の視線がスケッチに集まるなか、シャーロックは続けた。「かなりラフなスケッチだけど、それをワシントンの本部に送ったの。わたしがインターネットで宗教にかかわる指輪を見たかぎりでは、ブーザーの言う指輪もそう突飛ではないみたい。本部でなにか見つけられるかどうか、答えが出るのにそう時間はかからないかもね」だが、表情からして、シャーロックはあまり期待していないようだった。

ハリーがスケッチを指さした。「多少は宗教色のある指輪だけど。あなたの言うとおり、犯人にとってなんらかの意味で大切なものならいいんですけどね」

「さてさて、これを見てくれないか」サビッチだった。ふたたびMAXを見おろし、全員に笑いかけた。「スーに関して語るあいだ、おれたちはスーをアメリカ人女性とみなしてきた。スーザンの短縮形として、アメリカではありふれた名前だからだ。だが、ほかの言語にもスーと聞こえる名前があるんじゃないかという疑問がふと湧いてきた。なんといっても、今回の事件はスパイ活動に関係がある。それでMAXで調べてみたところ、中国語にスー、あるいはそれに近い発音の名前があることが判明した。一番可能性が高いのはアルファベットでXuあるいはSuと書く名字のスーだ。どちらも名字だから男女どちらでもありうるが、それでも、おれはスーが男で、中国人である可能性がきわめて高いと思う」

チェイニーがすっと立ちあがり、拳でテーブルを叩いた。「それだ！　それ以外に考えられないぐらい、すべてのつじつまが合います。これでわかった。カーヒル夫妻にはスーという名の中国人の教唆者《きょうさ》がいて、その男が彼らをスカウトしてマーク・リンディの持っていた極秘情報を入手させたんだろう。問題は、なぜスーがまだ国内にいるかだ。カーヒル夫妻が逮捕されて八カ月にもなるのに、どうしてまだうろついているのか？」

「出国する前に片付けておきたいことがあるとか」ハリーが言った。

イブが言った。「八カ月以上滞在してるとしたら、中国の手先にしろそうじゃないにしろ、アメリカの市民権がいるわ。じゃなきゃ、できのいい偽造書類を持ってるかね」

ハリーは言った。「そしてスーがまだここにいるのは、カーヒル夫妻に正体を知られていて、いつ世間に公表されてもおかしくないからだ」

サビッチは言った。「仮にスーが中国の工作員だとしよう。中国としてはマーク・リンディが持っていた情報を入手させる、それも世間を騒がせることなくこっそり盗ませるつもりでいた。それが、連邦政府のために働いていた米国民の無残な殺害事件に発展したとあっては、心穏やかではいられないだろう。中国の工作機関の関与が漏れて、マスコミがその情報をつかみでもしたら、いくつクビが飛ぶかわかったもんじゃない。スーが雇い主から見て有益な存在として生かしておいてもらえるかどうかは、カーヒル夫妻が秘密を守るかどうかにかかっている。つまりスーには残る以外の道はなかった」

チェイニーは言った。「とすると、スーとしては保身のため、カーヒル夫妻を自由の身にする、あるいは彼がそうするだろうと夫妻に思わせるしかなかった。疑問なのは、CIAがすでに中国の関与を疑っているかどうかだ。疑っているんなら、とっくにこのスーのことを知らせてきているはずなんだが」

サビッチは言った。「CIAのビル・ハモンドにまた連絡して、注意喚起をしておこう。まだつかんでいないんなら、この先、急いで追跡してもらったほうがいい」

「あなたに真実を話すと思いますか?」イブはサビッチに尋ねた。

「その点はなんとも。ただハモンドは、カーヒル夫妻がリンディのコンピュータでどんな情報を探っていたのか尋ねても、だんまりを決めこんでた」

「知らない可能性もあります」イブは言った。「フォーティナイナーズがそのシーズン、勝ち越すかどうかなんて、誰にもわかんないのといっしょで」

ドアをノックする音で、話が中断した。

「どうぞ」チェイニーが声をあげた。

開いたドアの向こうにはアンドレ・デベロー捜査官がおり、その後ろにモリー・ハントが立っていた。

「あなたに面会したいとのことだったので、チェイニー、お連れしました」チェイニーはうなずき、デベロー捜査官はモリーの背後でドアを閉めた。

イブは立ちあがった。「モリー、どうしたの？　大丈夫ですか？」

モリーはジーンズにスウェットを着て、スニーカーをはいていた。鮮やかな赤毛が化粧気のない顔を縁取っている。一見するとティーンエイジャーのようだ。

モリーはイブに言った。「三十分前に電話があったの。あなたから電話には絶対に出ないですべて録音しろと言われていたから、そうしたわ。家で待っていられなくて、すぐにこちらに来てしまった。イブ、わたしのうちに電話して。留守番メッセージの暗証番号は一五五九よ」

イブは有線電話を手に取り、スピーカーホンのボタンを押して、モリーの自宅の番号をダイヤルした。部屋にいる全員が呼び出し音を聞き、暗証番号が押される音を聞いた。日付と時刻に続いて、くぐもったしゃがれ声が聞こえてきた。

「ミセス・ハント、あんたの左腿の裏にあるホクロ、とびきりセクシーだぜ。人殺しの旦那があっちに行っちまったら、あんたといっしょになってもいいな。おれとあんたとエマでさ。

あの娘はおれにピアノを教え、おれはあの子に教えてやる——なにをさ。人殺しのクソ野郎も、そう長くはないぜ、モリー。なあ、モリーって呼んでいいだろ？　約束だ、そのうち迎えにいってやるよ」

イブは人に聞こえるほど大きく息を吸ったのを意識しながら、停止ボタンを押した。

モリーは背後の湾から立ちのぼる朝霧のように青白い顔をして、両脇で手を握りしめていた。だが、しゃべりだすと穏やかだった。「どうしてラムジーのことを人殺し呼ばわりするのか、わからないわ」

「二度言ったわね」シャーロックだった。「ラムジーが死刑相当事件を裁く法廷を取りしきるからかしら——つまり、カーヒル夫妻の裁判を」

イブはモリーに近づき、肩に手を置いて、目をのぞきこんだ。「モリー、どうしてこの男はあなたの裸を見たことがあるの？」

モリーは下唇を舐めた。「バスルームのジャグジーのすぐ脇に、海に面した大きな窓があるのよ。ラムジーとわたしはそこで——」言葉を切って、唾を呑む。「ブラインドはあるんだけど、いつも開けっ放しだった。ご近所の目はないし、窓の外には海と岬しかないから」

ハリーは言った。「双眼鏡を使ったとしても、海からじゃホクロは見えません。とすると、こっそり家の裏手にまわって、のぞいてたのかもしれない。ラムジーが撃たれる前という可能性もある。考えてみてください、モリー。なにか記憶にありませんか？　よくわからない物陰とか、視界の隅をよぎったなにかとか」

モリーは首を振った。「昨日の夜の入浴中は、雨が降っていたわ。窓を見たけど、見えたのはガラス面を伝う水滴だけだった。確かよ」

「家を警護している保安官助手たちの目を盗んで、窓に近づいたのかも」イブが言った。「あれだけ敷地が広くて、出入りする場所が多いと。崖をのぼってきてもいいし、隣人のスプロール家の庭を抜けてきてもいい。でも、かなりのリスクだわ。一週間とか二週間とか前の、ラムジーを狙撃する計画を立てている段階だったのかも」

シャーロックは言った。「モリー、警護してる連邦保安官助手たちには伝えた?」

モリーがうなずく。「ええ、厳しい顔をしていたわ。すぐに家の周囲を調べてくれたけど、なにも見つからなくて。ほら、ずいぶんな大降りだったから」

モリーは一同を順繰りに見た。「あなたたちが見つけてくれないかぎり、この男はまたラムジーの命を狙うわ。これからも失敗が続くとはかぎらない。自信たっぷりの声で、約束すると豪語してた。ラムジーを殺すつもりなのよ」

モリーの声の暗い響きに胸を痛めて、サビッチは彼女の平常心を呼び戻すべく発言した。「モリー、ラムジーが撃たれた木曜からずっと、毎晩入浴してたのかい?」

モリーがはっとした。「いいえ。すごく疲れてたから、簡単にシャワーですませてたけど、昨日は――」かすれた笑い声をあげた。「昨日の夜は、子どもたちのためにしゃんとするため、神経を鎮めたかったの。三十分は湯に浸かってたと思う。たぶんそのとき外にいて、わたしを見てたのよ。そんなこと知らなかった――湯船で寝そべって、目をつぶり、エレベーターで襲われながらもラムジーが生きていてくれたことに感謝していた――」誰を見るともなく、周囲に目を向ける。「そうよ、そこにいて、わたしを見てた。ずっと、わたしを監視していたんだわ」

彼女の周囲にいた者たち全員が思った――つまり、昨夜、犯人がその気になっていれば、外の連邦保安官助手たちに悟られることなく彼女に襲いかかることができたということか？

シャーロックは心を鎮めつつ言った。「犯人にはあなたを襲うつもりはなかったみたいね。目的はあなたを怖がらせて、あなたの注意をそらし、ひいてはわたしたちの注意をそらすことよ。あなたとそしてわたしたちの心の平安を考えたら、あなたと子どもたちには当面、避難してもらうのがいいでしょうね」

チェイニーがうなずいた。「手配しよう」

モリーが言った。「まるで映画ね。現実離れしすぎていて、信じられないわ。それにラムジー――」彼女は言葉に詰まった。気を取りなおして、咳払いをした。「わかった。いいわ。坊やたちにはちょっとした息抜きに動物園の近くに行くとでも思わせようかしら？　でも、エマのピアノを運ばないと。一週間半後にはデイビスホールでの演奏会なのよ」

「隠れ家にピアノを運ぶより、借りたほうがリスクが低くなります」ハリーが言った。

「それはだめよ。エマにとってのピアノは……。ラムジーが撃たれて以来、命綱のようなものだもの」

チェイニーが言った。「心配いりません。こちらでなんとかしましょう」

「助かります。これから家に帰って、準備に取りかかります。でも、犯人がうちを見張っていたら？　わたしたちが出ていくのを見て、つけてくるかもしれない。きっとその男には、わたしたちがよそにやられるのがわかってしまう」

サビッチは言った。「いや、モリー、きみたちの居場所がばれることはないよ。いいかい、そいつはべつにスーパーマンじゃないんだ。すべてを知ってるわけでも、見てるわけでもない。ただのひとりの男だし、こういうことは、前にも経験がある。大丈夫、これでやつを振り切れる」

でも、それも長くは続かない、とイブは思った。犯人がどんな心づもりでいるか、その心づもりのなかにラムジーの殺害計画がまだ含まれているのかどうか、誰にもわからないのだ。だが、それはモリーに話すことではない。犯人はモリーへの電話を捜査関係者が聞くのを知っている。その結果なにが起きるかを考えていないとは思えない。当然考えているはずだから、モリーたち親子の移動には細心の注意を払わなければならない。

モリーはゆっくりとうなずいた。「このことはラムジーには話せないわ。話してどうなるものでもないし。彼がなにもできないときに、そんな彼の胸の内を案ずるのはつらすぎる。

わたしたちを守れないと知ったら、あの人は壊れてしまう。そうね、いますぐ学校までエマを迎えにいってきます」

34

サンフランシスコ、カリフォルニア通り
月曜日の昼前

世界でも有数の弁護士であるわたしに向かって、なんだあの女のあの目つきは。よくものわたしにこんな思いをさせるものだ。

ミロ・サイレスはいま一度エレベーターのボタンを押し、そのあとさらに何度か念のために押した。エレベーターのドアが開き、なかに乗りこむ。ほかに八人いて、その大半が彼より背が高い。そんな連中に取り囲まれ、おなじみの閉所恐怖が押し寄せるのを感じる。目をつぶり、グローブボックスに残してきた三八口径を思った。口実をつけて、所持の許可を取りつけた拳銃だ。サンフランシスコでは容易なことではない。置いてきてよかった。手元にあればあの身勝手な雌牛と強欲な低俗弁護士を撃っていたかもしれない。まぬけな判事から指示されて、まぬけな仲介者とクランダル・ビルの十二階にある妻の弁護士の会議室で会って、妻の弁護士から妻が身勝手で自己中心的な人生を送るあいだずっと毎年欠かさず五十万ドルを支払えと要求されることの、なんと屈辱的なことか。加えてクレアモントの家とソノ

マのぶどう園の一部、さらには息子ふたりが十八歳になるまでの養育費まで求められた。

年に五十万ドルだと、ふざけるな。

ミロは近々元妻になる女の法外な要求に憤慨するあまり、自分の弁護士をどなりつけそうになった。すると、なんとそのさしでがましい仲介者の雌牛は、全員目をつぶって深く腰かけなおし深呼吸をしましょうとのたまった。で、どうする？　みんなでゴスペルでも歌うのか？　サンフランシスコなら、そんなことを言う弁護士がいても、おかしくはない。

ミロは言われるがまま深呼吸をして目を閉じ、おかげで少し楽になった。まぶたの裏にたくさんのゼロが点滅したからだ。グランド・ケイマン諸島にある自分の持ち株会社名義で、一千万ドル近く預金してある。マージョリーや彼女の弁護士に見つかる心配はない。長年、慎重には慎重を期して、誰がどう調べても、その口座から自分が割りだされることはないようにしてある。

ミロはひとりほくそ笑んだ。この仕事でまとまった金を手にするために危ない橋を渡ったのだから、緊急脱出口を作っておいたほうがいい。カーヒル夫妻の裁判のなりゆきは悲惨だが、少なくとも彼らのおかげで虎の子がいい額になり、かねてからの望みどおり、まとまった財産になった。本来、カーヒル夫妻がへまをして殺人罪で起訴されたとき、無価値なふたりの弁護をするのは危険だった。最初から勝てる見込みなどないのだから。ふたりをおとなしく待機させておいて、その間に行動を起こすには、金には換えられないほどのリスクがあった。だが、すべてを合意どおりにやり遂げたいま、自分にはその金を受け取る資格がある。だいたいここまでしなければならなくなったのは、マージョリーが湯水のように金を使ったせいではないか？

テーブルをはさんで自分を見つめる妻の姿が浮かんできた。つねに毛抜きで整えていなければならない濃い眉の下で細められた、彼女の目。苦いものが込みあげてきた。このだらしない女を十七年にわたって支えてきた自分に対して、あいつはなにをした？　主婦でいることか？　愛すべき妻として家を整え、子どもたちを育て、たまに夕食の支度をしたとでもいうのか？　冗談はたいがいにしてもらいたい。マージョリーにはメイドと料理人と庭師がいた。息子たちが幼いころは子守りもだ。有益なことはなにひとつせず、自分と自分の思う楽しみのために時間を費やしてきた。おそらく恋人の数も片手の指では足りないだろう。いずれも彼女よりは二十歳は若い、筋骨隆々の男たちに違いなく、そいつらを養っているのも自分なのだ。ミロが彼を嫌っていることを隠そうともしない青白い顔色のレズビアン弁護士との調停の場を離れると、マージョリーがすっと背後にやってきて、耳元にささやいた。いまいましいことに彼女のほうが五センチは高いので、そんなことも簡単にできてしまう。「あなたが思ってる以上にわたしはカーヒル夫妻の裁判について知ってるのよ、ミロ。会社に嘘をついてることもね。ね、あなた、考えてみてよ。年に五十万ドル払うほうが、クライブと同房になるより、うんといいんじゃなくて？」

ミロは妻をふり返った。言葉にならないまま、口を動かした。「おまえの好きにしたらい。こんなことをしてなんの得があるんだ?」

彼女はからからと笑った。「トム・クルーズと別れるにあたってどう感じているかと訊かれたときのニコール・キッドマンの台詞を紹介させてもらうわね――これでもうヒールのない靴をはかずにすむわ」

思わず彼女を殴り倒しそうになった。

トム・クルーズは決して背が低いわけではない。自分だって。

ミロはエレベーターのドアに拳を叩きつけたくなったが、衆人環視のなかでわれを失うわけにはいかない。マージョリーが別れたがっているのは、彼女から見るとわたしがチビだからなのか?

そんなことで動揺している場合ではない。クライブとの会話をあいつに聞かれたのか? そんな会話をした覚えはないが、不注意であったことは間違いない。ただ、彼女も沈黙を守るはずだ。警察に打ち明ければ、リコ法を盾にFBIに全財産を没収され、彼女の懐には涙がねも入らなくなる。してみるとクライブと同房になるのも、悪くないかもしれない。あいつを働かせられるなら。あいつのお気に入りのショッピングモールの外にある物売りブースで、ベーグルでも売ればいい。

ミロは自分の事務所のあるメーソン・ビルまで一ブロック歩き、そこから直接、BMWを停めてある地下のガレージまで行った。高速エレベーターはすぐ隣だ。真新しい愛車の美しい曲線にしばし見惚れ、ポケットに入れたままのキーフォブが自分のためにドアを開けてくれることにいまだ興奮を覚える。運転席に乗りこんだとき、またもやマージョリーの笑顔が浮かんできた。開けっぴろげに笑いすぎると、奥の金歯が丸見えになるのに、それを入れ替えようともしない。ミロはダッシュボードを叩いた。悪いのは自分ではない。自分はなにひとつ悪いことはしていない。一家の大黒柱としてがんばってきた。そしていまなお、息子たちを自分の母校であるプリンストンに進学させようとしている。

シートベルトを締めて、どこまでも深い灰色の革製シートに身を委ね、魔法のボタンを押した。次男はこのボタンのことをイグニションと呼んでいる。そうだ、息子たちのことは案じなくていい。あの子たちなら乗り越えてくれる。もう理解できる年ごろなのだから。理解してもらうしかない。

愛車が息を吹き返した。いいか、落ち着け。あの魔女に年に五十万ドル渡したからといって、それがどうした？　それだけの余裕はある。だが、自分が苦労して稼いだ金を彼女は自分のための旅行に使ってしまう。息子たちや、くだらない友人たちとの楽しみに。違ったのは最初の五年だけだった。たしかに、自分はいつも忙しくしていた。それもこれも、家族を養うためだろう？　ガイドブック片手に歩きまわる旅行者の仲間入りをすることには興味が持てなかった。連中は誰にも意味のない、ばかげた写真を撮るため、しょっちゅう携帯電話を取りだしている。

ガレージを出て、車の流れに乗った。十二分後にはゴールデンゲート・ブリッジを渡り、北のベル・マリン・キーズに向かった。そこには羽目板張りの小さくてきれいな別宅があり、船をもやったプライベートドックと、ひとりの住人、ピクシーがいる。彼女なら慰めてくれる。親身に話を聞いて、今日、自分が受けた苦しみを理解してくれる。この気持ちを受け止め、妻のやり口に憤慨してくれる。

雨は降っていないが気温は低く、どんよりと曇った空が雨の到来を予告していた。冬の入り口にあたるこの時期、コンバーチブルではなくクーペにしておいてよかったと、あらためて思う。なんといっても、ここはサンフランシスコなのだから。

35

サンフランシスコ、連邦ビルディング
月曜日の午後

　ＣＩＡのビル・ハモンドが信頼に足る男だとしたら、ＣＩＡはスーがＸｕというスペルの中国人だとは思っておらず、マーク・リンディの持っていた情報の窃盗の背後に他国の政府がいたことも知らずにいたことになる。ハモンドは可能性を調べ、外交の衣をまとったスーという発音に近い中国籍の人物を片っ端から探ってみると約束した。

　包括的な捜査を行うべく、八カ月前にサンフランシスコに乗りこんだＣＩＡの工作担当官ふたりが、国までは特定できないまでも、他国の政府の関与そのものを疑うことなくこの地を去ったなどということが、あるだろうか。その疑問は残しつつも、もはや関係がないとサビッチは思った。これで潮目が変わった。自分たちが対象の名前を知ったいま、ＣＩＡはふたたび捜査という名のパーティに戻り、ケーキの争奪戦に参加しなければならない。ＣＩＡの工作担当官がふたたびやってくる前に、いま一度、カーヒル夫妻をつついてみたい。スーのことを知っているのは彼らしかいない。リンディのコンピュータから奪われた情報の行方

も、スーをのぞくと彼らだけが知っている。

サビッチはふたたびイブとならんで、同じ取調室の傷んだテーブルについた。「きみがまたポニーテールで嬉しいよ」サビッチがそう言ったとき、シンディとクライブが看守に連れられて入ってきた。

ふたりを見ると、クライブは開口一番に言った。「わたしたちにまた会いたがってると看守に聞いたよ、サビッチ捜査官。信じられないだろうが――いや、信じるかな――わたしたちが金曜にミロ・サイレス抜きであんたたちと会ったと知ったときの、やつの言葉遣いときたら。二度とそんなことはしないと約束させようとした。だが、シンディとわたしはミスター・サイレスに対していささか疑問を感じはじめてる。で、またやつ抜きであんたたちに会うことに合意したんだ」

サイレスが味方でないことにそろそろ気づいてもいいころだぞ、とサビッチは内心思った。「なんなら、クライブ。おれたちと話をしたあとで、ミスター・サイレスに相談することもできる」

夫妻は目を見交わし、クライブがゆっくりとうなずいた。「聞くだけなら害はないだろう。少なくとも、退屈しのぎにはなる」彼はイブを見た。「それにしても大殊勲だったな、お嬢ちゃん。ハント判事の命を救ったと、どこのニュースもあんたの話で持ちきりだ。エレベーターのなかで判事の上に身を投げだし、背中に三発喰らったんだって？　近ごろの防弾チョッキの性能には、驚くばかりだ。まだ痛むか？」

イブは笑顔を返した。「まあね」

シンディが言った。「もうちょっと射撃の腕があれば、あんたの脳みそを判事に浴びせかけてやれたのにね」

イブは笑顔をシンディに向けた。「そうならなくて、わたしの脳みそはホッとしてるわ。まだ痛みはあるけど、でも、あなたを見たら、泣き言なんて言ってられないわね。いまだ鎖につながれて、指で歯を磨いてるんだもの」

「いや」クライブは言った。「ここはお上品な場所でね。歯ブラシだって手に入る。ただ、電動じゃないという意味なら、あんたの言うとおりだがね」

イブはそれ以上深入りしなかった。いまの段階ではどちらとも揉めたくない。

シンディがサビッチの視線に気づいて、軽く身を乗りだす。「おやさしいことだと思わない、クライブ？　こちらにおられるポニーテールのミス・お日さまの慈愛に満ちたこと。人命救助のあとで、哀れな囚われ人であるわたしたちを訪ねてくださったのよ。相棒のミスター・タフガイを引き連れてね」

サビッチは言った。「スーという名前を教えてくれた感謝をじかに伝えたくてね。で、スーの綴りは？　Xuか、Suか、それともSooかな？　なんにしろ、その男は中国人で、きみたちに指図する立場にあった。英語に堪能な人物なのはわかってる。アジア人だという証言が出てこないところをみると、扮装をするのがうまいか、見た目にもアメリカ人かだ。そいつはアメリカ人なのか？」

シンディもクライブも緘黙《かんもく》した。

サビッチは続けた。「おれたちがそいつを見つけるのは時間の問題だ。おれたちが自力で見つけたら、おまえたちには取引の材料がなくなる」

「スーなんてまったく記憶にないわね」シンディが言った。「スーねえ。いったい誰なんだろ。クライブ、あなたには心当たりがある？」

「いやあ、誰も思いつかないな、スイーティ。今日もきれいだな。会いたかったよ」顔を寄せてキスしようとしたが、ドアにはめこまれたガラスが鋭く叩かれる音がすると、どちらも身を引いた。看守はどうするつもりなのだろう、とイブは思った。入ってきて物理的にふたりを引き離すだろうか？　かもしれない。いつ暴力沙汰になるかわからないから、その危険はなるべく排除しておきたいはずだ。

サビッチが言った。「ミッキー・オルークが見つかったのは知ってるな。おまえたちの検事が昨日、死体で発見された」

「聞いたわよ」シンディが答えた。「監獄では噂が光の速さで広まるの。以前のご近所づきあいがスローモーションに思えるくらい。オルークが殺されたと想像してみて。テレビに出てた警官が出し惜しみしたせいで、詳しいことはわからなかったの。不正行為の被害に遭ったとだけ。この不正行為っていう言いまわし、むかしから腰抜けな言い方だと思ってたのよ、サビッチ捜査官」

そしてもう一度、言った。「不正行為だなんて、フットボールのゲームで罰金でも払うみたい。クライブ、かわいそうなオルークさんが殺された話、あなたは聞いてた？　誇らしげに法廷に入ってきて、偉そうに歩きまわってたのに、結局は判事のご機嫌を損ねたあのまぬけな男のことよ」

クライブは唇を引き絞って、うなずいた。「死因は？」

イブが答えた。「スーに喉をかき切られたのよ」

無意識にクライブの手が首に移動する。軽く皮膚に触れている。「それはひどいな」

「ああ、まったくだ」サビッチは椅子の背にもたれて、ふたりを眺めた。「もはやおまえたちを自由の身にするのは、規定方針ではないと思ったほうがいい。おれが思うに、スーは邪魔を切り捨てにかかっている。自分の正体を知っている人間を消そうとしてるということだ。あと残った大きな厄介者が誰だか知りたいか？」ふいに身を乗りだし、まずひとり、つぎにもうひとりを指さした。「おまえとシンディだよ」

夫妻の視線が一瞬交わるや、シンディが笑いだした。「いくらなんでも飛躍しすぎじゃないの、サビッチ捜査官？　そんなの信じられない。わたしたちがご機嫌な施設に入って八カ月と十四日——」

「十三日だ」クライブが訂正した。

シンディが首を振る。「わたしが十三って数字が嫌いなのを知ってるでしょ、クライブ。だから、今日は十四日め。ここにいればラッシュアワーにハイウェイ101を飛ばすあんたたちふたりよりも安全よ。もしわたしがあんたの言う謎のスーとやらだったら、煙みたいなもんで、あんたには捕まる気がしないけど」

「煙か。スーが自分のことをそう表現したのか？」サビッチは尋ねた。

シンディが満面の笑みになる。「だから、スーなんて知らないって。あんたたちは彼に鼻面を引きまわされてる。わたしはそれしか言ってないわ」

イブが言った。「スーはさっさと立ち去った。でも、煙？　彼を捕まえたら、自分をどう表現したかったのか尋ねてみないとね」

クライブが言った。「ああ、おまえらなど彼とならんだら無能なまぬけに見えるだろうよ。おおっと、口がすぎたかな？　あんたが水責めを指示したらことだ」

イブが前のめりになった。「わたしたちが彼を傷つけたかもしれないことを、知らせておいたほうがいいかもね」事実とは異なるけれど、似たようなものだ。「彼のＤＮＡが手に入ったの。それを照合したら、スーの正体がわかる。ＣＩＡには彼のデータがあるはずよ。スーというのがおろしたての偽名だとしてもね。だからサビッチ捜査官が言ったとおり、あとは時間の問題なの」イブは体を引き、腕組みをして、言葉を継いだ。「近々ＣＩＡがあらためてあなたたちに話を聞きにくるわ」仰々しく肩をすくめた。「水責め？　その手法はもう時代遅れ、使ってないと聞いてるけど。CIAになら、もっといい手法がありそう。彼らにはあなたたちが知っていることを探りだそうとする、もっともな動機がある。マーク・リンディが担当していたプロジェクトが機密扱いだったからよ。わたしたちでさえ、内容を教えてもらえないくらいなの。いい？　誰も彼もが国外逃亡前に彼を捕まえたがってる。で、サビッチ捜査官とわたしは連邦検事に話をつけたのよ。あなたたちが知っていることを話してくれたら、取引に応じてもらえるようにね」

カーヒル夫妻はふたたび黙りこんだが、ふたりのあいだに微妙な空気が生じていた。スーから口を封じられる恐怖か？

サビッチが話を引き継いだ。「仮に奇抜な方法で外に出られたとしても、罠である可能性がある。スーにはおまえたちを殺すれっきとした動機があるからな」

イブが肩をすくめる。「わかってるでしょうけど、CIAの登場を待ってたら、彼らがすべてをおじゃんにするかもしれないわ。さもなきゃスーが捕まるなり、殺されるなりするか。どちらにしても、そのときはもうわたしたちにはなにもしてあげられない」

シンディがあくびをした。手を挙げて口に運ぶと、手首の鎖が鳴った。彼女がびくりとする。絶妙な演技なはずが、がたつく鎖のせいで台無しだった。

シンディは言った。「サビッチ捜査官、わたしにはあんたたちの話がちんぷんかんぷんなんだけど。わたしたちは合衆国の国民で、いかなる罪でも有罪を宣告されてないの。まさかわたしたちがＣＩＡによってグアンタナモ湾の米軍基地に連れていかれると思っちゃいないわよね？」

「それにわたしたちはなにも盗んでない」クライブがシンディの声音を真似て言った。彼の弁護士と同じくらい、説得力がある。「大混乱になってるが、シンディとわたしは一貫して無罪を主張している。スーのことにしたって、オルークのことにしたって、ハント判事の殺人未遂にしたって、わたしたちにはなにひとつわからない。監獄にいたんだぞ、なにを知ってるっていうんだ？　いいかげんにしてくれ」

「退屈してきちゃったわ、クライブ」シンディは言った。

「わたしもだよ、スイーティ」と、クライブ。「それでも、少なくともお互いの顔は見られた」

ふたりが容易には屈しないのがイブにはわかった。ここは念入りに脅しをかけたほうがいい。イブは言った。「利口なあなたたちのことだから、いまある証拠の半分でも有罪になるにはじゅうぶんだとわかってるわよね。夫婦そろって裁判に負けて、薬殺刑に向かってまっしぐらってわけ」

クライブが笑顔で応じた。「ＣＩＡに連行されて、二度と日の目を見られないんじゃなかったのか？」

イブはシンディに話しかけた。「ねえ、シンディ、これから五年後、十年後に自分がどうなってるか想像できる？　十五年後、腕に注射を打たれる間際の自分の姿はどう？　わたしにはこんな姿が見えるわ。これから一年かそこらはあなたも体型を保つために運動を続けるでしょうけど、所詮、負け戦よ。炭水化物と脂質を大量に与えられて、体重が増えてくる。閉じこめられていたら、食べるぐらいしかすることがないものね。そのうち、運動もやめてしまう。だって、続ける意味がある？　褒めてくれる人もいないのに？　あなたの周囲にいるのは、あなたがきれいすぎるからっていう理由で、あなたを毛嫌いしていじめるような女たちよ。

あまり日に当たれないし、美容にいいクリームもないから、肌が青ざめて萎《しな》びてくる。五年もするとだらしのないデブになり下がって、誰もあなただとわからなくなる。クライブだって例外じゃないわよ。あなたへの気遣いは残ってるかもしれないけど、吐かないでいるのがせめてもの情けになる。

そして注射を打たれるころには、すっかり落ちぶれて、注射によって惨めさから救いだしてもらうような状態になってる。最後に残るのは名前と、捨てる以外に使い道のない亡骸《なきがら》だけよ」

イブは黙ってなりゆきを待った。卑劣な脅しだが、もはやこれしか手がない。シンディ・カーヒルの苦しげな呼吸の音を聞き、彼女の目を見た。将来を垣間見てぞっとしているのがわかる。シンディはすぐにその表情を消したが、あとに続いた怒りを隠すことはできなかった。点滅する誘導信号のように、目から怒りを放った。「あんたみたいなすべた、スーに殺される前に顔を切られればいいのよ」

「夢みたいなこと言ってないで、わたしの話を聞くのね。スーとスーが持っているもののことを話してくれたら、彼のことで気を揉まなくてよくなって、ここで死ぬ心配もなくなる」

沈黙が重い塊となって居座るなか、ふたりはにらみあっていた。クライブが妻に向かって小さく首を振る。

イブはサビッチに膝を叩かれるのを感じた。サビッチは言った。「おまえについてすごいと思うことがあるのを知ってるかい、クライブ。本物の勝負師だってことさ。おまえは完璧なカモを見つけだして、そのカモを自分の思いどおりに動かすにはどうしたらいいかを心得てる。で、見つかったのがシンディなんだろ？　彼女なら思うがままに操れる」

クライブは言った。「だとしたら、賢いわたしには、自分が標的になったときもわかるってことかな、捜査官？」

「そうとも。刑務所ではいろんな勝負が行われるぞ、クライブ。ただ、おまえが勝てることはそう多くない。おまえ自体が標的にされて、はなから勝負させてもらえないこともある。囚人たちはおまえがファッション誌に出てくるような洒落者で、贅沢な暮らしをしてきたこと、そして自分たちを野蛮なならず者集団だと思っていることをすぐに察知する。ああ、一瞬にしてわかる。で、おまえは色男であることを後悔させられるわけだ、クライブ。最初は贈り物扱いしてもらえるだろう。少なくとも、しばらくはな。だが容姿が衰えてきたときどうなるかは、連中の退屈の度合いと残酷さによって違ってくる」

イブはクライブの声に緊迫感を聞き取った。「おい、いまどきそんなことは起きないぞ。ここに来て八カ月になるが、そういう目には一度も遭ってない。そりゃ、いざこざはあるが、暴力沙汰になったり、性的な意味で襲われることはなかった」

サビッチは首を振った。「ここは地方の留置場だぞ、クライブ。おまえがこの先送られる大規模な連邦刑務所はそうはいかない。ミロ・サイレスから、有罪になったときはB級の重罪犯として連邦のカントリークラブに送られるとでも聞かされたのか？　もしそうなら、やつは嘘をついてる。そう、おまえが送られるのは、おまえみたいな人間のために用意された場所、暴力的な犯罪者や冷酷な殺人者が処刑されるまでの日々を送る場所だ。

おまえは頭を使って考える人間だ、クライブ。さっきも言ったとおり、その点はおれも認めてるが、タフガイではない。おまえには自分の身は守れない。それに、悪い状況を抜けだすのに使える金もない。

正直な話、独房に入れてもらえないかぎり、おまえが最後まで上訴しつづけられるかどうか、疑わしいかぎりだ。少なくとも独房なら、石鹸の塊を喉に押しこまれるような目には遭わずにすむからな。とはいえ、コンクリートの箱のなかでひとり一生を終えるのも、どうかと思うが」

狭い取調室のなかにクライブの引きつった呼吸の音だけがしていた。

クライブは咳払いをした。「それで、そっちはなにが提供できるんだ？」

シンディが彼を黙らせようとするが、クライブは妻を見ようとしなかった。

サビッチは言った。「死刑はなくなる。二十五年は喰らうが、緑色の死体袋で運びだされることのない快適な刑務所に送ってもらえる」

クライブはシンディを見たが、彼女の目はサビッチに据えられていた。「罠よ、クライブ。こいつらの話を聞いちゃだめ。わたしたちを騙そうとしてる」敵意したたる声で、こんどはイブに話しかけた。「自由の身になったら、わたしの命を懸けてでも、殺してやるから」

イブが眉を吊りあげた。「わたしがなにをしたのよ？　掛け値なしの真実を語っただけなんだけど」椅子にもたれて、ポニーテールに触れた。「わたしに逆恨み？　わたしが健康で清潔で息がきれいで、毎朝だって〈スターバックス〉のコーヒーが飲めるから？　謙虚になったらどうなの、シンディ。マーク・リンディを殺してここにいるのは、わたしじゃない。真実を話したらどうなの。そしたらいつか外でお日さまをおがめるかもよ」

クライブは妻に身を寄せたものの、はめ殺しの窓を叩かれると、身を引いた。唇を舐めている。乾いて、唇の皮膚がめくれていた。色男が台無しだ、とサビッチは思った。

シンディが鎖をジャラジャラいわせて立ちあがった。「二十五年は長すぎる。減刑のうえ仮釈放の可能性までつけてくれたら、考えてもいいけど。クライブ、あなたは黙ってて」

　クライブはうなずきつつも、ひっきりなしに唾を呑みこんでいる。うまくいった、とイブは思った。びびらせてやれた。びびってしかるべき状況なのだ。

　シンディにしても同じ、演じるのがうまいだけだ。サビッチには連邦検事をさらに譲歩させることができるだろうか？　この残酷で強欲なふたりがしかるべき罰を受けてほしいと思う反面、ラムジーの身の安全はすべてに優先する。

　サビッチは看守に連れられて遠ざかるふたりを見送った。もはやどちらの口からも今回の申し出がミロ・サイレスに伝わることはないだろう。

36

サンフランシスコ、セント・フランシスの森

三人の大男たちは、エマにまとわりつかれながら、黒光りする貴重なスタインウェイをそろそろと輸送用のトラックからピアノ運搬用の特大ローラーボードに移すと、私道をしずしずと進んで、板石敷きの歩道へと入った。

小降りながら雨がいったん上がってくれて助かった、とモリーは思った。エマは防水布におおいかぶさってでも、ピアノを濡らすまいとしただろう。

そしてエマの顔からこわばりが取れたことにも、モリーは安堵を覚えていた。さっきレイク通りにある学校の校長室に入ってきたときのエマは、母親が笑顔でそこにいるのを見るまで恐怖に顔を凍りつかせていた。モリーはすかさず言った。「お父さんは大丈夫よ、エマ」震える娘を抱き寄せて、さらに念を押した。「大丈夫、お父さんは元気にしてるわ。それでね、しばらくうちを離れようと思うの。セント・フランシスの森にあるきれいなお宅へよ。ほら、覚えてないかしら？　前に近所を車で走ったとき、うちみたいに古くて、大きな庭のあるお宅がならんでて、すてきねって話をしたことがあったでしょう？」

エマが顔を上げた。「警察の人たちは、あたしたちの命が狙われるのを心配してるのね？」もはやこれまでか。ごまかしは利かない。「みなさんがわたしたち家族を保護したがってるの。それだけのことよ」

エマは辛抱強く言葉を継いだ。「ママ、あたしはもうすぐ十二よ。なにがあったか話して」

一瞬ぐらりと来たが、電話に残されたメッセージのことは話せない。「べつになにも。ただ、家族そろって安心したいだけよ」

「あたしに弟たちの面倒は任せるのに、真実は話せないの？　いまどうなってるのか教えてよ。これからなにかが起きたときに、驚かなくてすむように」

いいところを突いてくる。「昨日の夜、うちの敷地に侵入者があったかもしれないの。その男を捕まえられるまで、自宅を離れていてもらいたいと言われたわ」

「警護の人たちはその男を見てないの？」

「あなたにもわかると思うけど、うちには入りこむ隙がたくさんあるし、崖をよじのぼってくることもできる。それでも、その人が玄関側にまわってこないかぎり、誰の目にも触れないわ。これから移動する先のお宅のほうが、誰にとっても都合がいいのよ」

エマは母親を抱きしめた。「大丈夫よ、ママ。いっしょに切り抜けようね。弟たちは楽しいゲームぐらいにしか思わない。あたしも手伝う」

モリーは宝物としかいいようのない娘を抱きしめて、髪にささやきかけた。「あなたのピ

「アノは運ぶからね」

その短いひとことで、娘の顔には一瞬笑みが浮かんだ。

モリーが見守るなか、男たちはエマのピアノを地中海様式の屋敷前にある階段の下へと導いた。階段は三段あった。


サビッチはハリーに目配せをした。ふたりして階段を運ぶのに手を貸すつもりだったが、リーダー格の男性に断られた。「お気持ちはありがたいんですが、お怪我があるといけないんで、わたしたちに任せてください」

若い部下の片方、モヒカン刈りにした赤い髪を高く突き立てているほうが、うめき声の合間に言った。「保険のことを心配してんですよ。でも、手を出さなくて正解です。なんたって重いんだから」

エマは一歩下がりながらも、目を皿のようにして見守っている。玄関の内側にいるモリーは、片方の目でリビングの探索に余念のない双子を監視しつつ、残る目でエマを見ていた。このスタインウェイは五年前、シークリフの自宅に恭《うやうや》しく設置されて以来、一センチとしてその場を動かずにきた。今回の移動は、なにはさておき、エマにとっては一大事に違いなかった。エマは挫けずに対処して、九日後にデイビスホールでたくさんの観衆を前に演奏できるだろうか？　エマのためにわざとうなって見せている赤いモヒカンの若者に笑いかける娘を見ながら、モリーは祈るような心持ちだった。

ピアノが玄関に運びこまれると、赤いモヒカンは笑顔でエマを見おろした。「きみのお母さんから聞いたけど、きみは大物で、サンフランシスコ交響楽団と演奏するぐらい、ピアノがじょうずなんだってね。ほんとなの？」

エマは人からこういうことを言われるたびに臆してきた。母親がこちらを見て、代わりに答えようとしているのがわかる。けれど、もう大きいのだから自分で答えたほうがいい。

「今回は交響楽団といっしょに演奏するわけじゃなくて、あたしがひとりでジョージ・ガーシュインの『ラプソディ・イン・ブルー』を演奏するのよ。水曜日から一週間後で、まだチケットが残ってるかどうかわからないけど、よかったら手配してみる。あなたのお名前は？」

青年は笑い声をあげて、突っ立った髪に触れた。「モヒカンと呼んでくれればいいよ。きみの手の大きさを見せて」エマは両手を挙げた。青年はしげしげと見てから、自分の手を重ねた。「すっごいな」

リーダー格が言った。「わたしの名前を知ってるかい？　サム・デイビスっていうんだ。関係はないけどね」

エマは男を見つめた。なんのことだか、さっぱりわからない。

「サミー・デイビス・ジュニアのことさ。あの有名なエンターテイナーの」男は説明を加えたが、それでもエマにはちんぷんかんぷんだった。

男はにっこりした。「お父さんかお母さんか、それでだめならおじいちゃんに訊いてごらん。誰か知ってるから」

ピアノはふたたびローラーボードに載せられ、エマは男たちについてリビングへ向かった。「ここよ」彼女は指示を出した。「膨らんだほうを外にして、この角に置いてください」

ピアノが置かれると、赤いモヒカンはピアノ用の椅子を運んできて、鍵盤の正面に据えた。

エマは男たちを順番に見た。「あたしのピアノをやさしく扱ってくださって、ありがとうございました」

赤いモヒカンが言った。「お礼がしたかったら、演奏してよ」

母親にがっちりと手を握られたゲージが叫んだ。「エミー、『スター・ウォーズ』のテーマやって」

カルが負けじと叫ぶ。「だめ。『ジョーズ』のテーマがいい！」

エマは弟たちに笑顔を見せてから、椅子に腰かけて、『007』のテーマを弾いた。拍手や喝采、それにカルとゲージからはブーイングが起きた。

輸送業者が帰ると、エマはゲージとカルを二階へ連れていって、新しい寝室を見せた。ふたりは自分たちがなにを話しているか知られたくないときに使う双子語でぺちゃくちゃやっている。

モリーはリビングで手をめぐらせた。「とてもすてきだわ。こんな短期間に、どうやってこんな美しい家を手配できたの？」

サビッチが答えた。「この家はいま売りに出されてるんだ。持ち主はジャッジ・ドレッドが家族のために隠れ家を必要としていると知るや、すかさず連絡してきてくれた」

「うちに雰囲気が似てる」モリーは言った。「古い建物をきれいに改装してあって」声を詰まらせ、急いで言い足した。「こちらに来て、コーヒーを淹れるわ。あなたにはお茶ね、ディロン」手でシャーロックを押しとどめる。「いいえ、わたしにやらせて。コーヒーを淹れるぐらいの平常心はまだ残っているんだから」

よくできたチッペンデール風のダイニングテーブルに全員がつくと、モリーは言った。

「この部屋がやけに穏やかな印象なのは、赤とクリーム色の壁が重厚な調度によく合ってるからね。わたしたちのためにわざわざ来てくれて、ありがとう。おかげで心細い思いをしないですんだわ」

シャーロックが言った。「裏庭には塀があるから、坊やたちも安心よ。この家の持ち主がもう孫娘たちが使わなくなったからって、カルとゲージにジャングルジムを送ったそうよ」

携帯が鳴ったので、電話に出るため、サビッチが席を立った。

シャーロックが説明した。「クライブ・カーヒルが取引に応じると言ってくるのを待ってるの。一時間ぐらい前にディロンとイブとでふたりに話をしにいったのよ」

「シンディじゃなくてクライブなの？」モリーが尋ねた。

シャーロックは答えた。「ディロンはクライブのほうがやわだと見てるわ。より現実的とハリーがうなずいた。「イブもお金を賭けるならクライブだと言ってた。イブは指を重ねて祈ってますよ。ここへ来たがってましたが、いまごろメイナード連邦保安官と顔を突きあわせて、ハント判事の警護計画の検討中です。最後に見たときは、耳に携帯を押しつけてました」

モリーが尋ねた。「カーヒル夫妻は自白しそうなの?」

シャーロックが答えた。「その答えはまもなく出そうよ。彼らの弁護士のミロ・サイレスに連絡したんだけど、秘書によると、今日の午前中は奥さんとその弁護士といっしょに離婚調停だとかで、まだ事務所に戻ってなかったの。たぶん憤慨しすぎて、それが鎮まるまで携帯は切ったままだろうって、秘書がぼやいてたわ。それでもディロンは電話したんだけど、すぐに留守電に切り替わったそうよ」

モリーは重ねて尋ねた。「あなたはどうなってると思う?」

シャーロックは答えた。「腹を立てて、どこかの飲み屋さんでむっつりお酒でも飲んでるんじゃないの?」

ダイニングに戻ってきたサビッチは、チェイニーからの電話で、彼のもとにマリン郡のバド・ヒバート保安官から連絡が入ったと告げた。

いい知らせではなかった。

37

カリフォルニア州ベル・マリン・キーズ
月曜日の夕方

　マリン郡の黄金色の丘は、厚く冷たい霧にくるまれて灰色に霞んでいた。ゴールデンゲート・ブリッジが近づいてくると、ラッシュアワーの渋滞に巻きこまれた。ハリーがチェイニーに緊急走行時のパトライトを手渡し、チェイニーは窓から腕を突きだして、底の磁石でルーフに固定した。ありがたいことに、通行中の車がせいぜい道を譲ってくれる。パトライトがあると、紅海をふたつに分けたモーゼの気分が味わえる。ハリーはそのたびに興奮を覚えた。

　チェイニーは言った。「ピクシー・マクレイの経歴を語らせてもらうよ。ミロ・サイレスの秘書から聞いた情報も含まれてる。ピクシーは離婚歴あり、子どもなし、〈ミフリン・ラロシェット・アンド・ケント〉という、ミロが長きにわたって何度も争ってきた企業の弁護士秘書だった。これがふたりのなれそめだ。いつから交際しているかわからないが、捜査の結果、四年半ほど前にミロがピクシーのために家を買ったのがわかった。そのとき、シー・

レイ・サンダンサー号という、水泳用のプラットフォームまである贅沢な高速ヨットも手に入れて、ラグーンのプライベートドックに係留していた」

「ピクシーって、すてきな名前ね」シャーロックは言った。「亡くなってしまったけれど。ミロ・サイレスが訪ねてきたばっかりに、道連れにされて」

サビッチは言った。「ミロの奥さんがピクシーのことを知ってるのかどうか、気になるな」

「サイレスの弁護士によると」チェイニーが答える。「彼女は離婚の条件をよくするために写真を持ちだしたそうですが、自分が思うに、この五年くらいはどちらも相手の行動に関心がなかったんでしょう。弁護士の話からはそんな印象を受けました。ミロは今回の話しあいで奥さんからの要求にいたくご立腹だったらしい。それが彼の姿が確認された最後です」

シャーロックは尋ねた。「スーはどうやってピクシー・マクレイのことを知ったの？」

チェイニーがちらっと彼女を見る。「おかしなことに、秘密じゃなかったんですよ。ベル・マリン・キーズの家はシー・レイ・サンダンサー号ともどもミロの名義で、その気になれば探りだせた」

シャーロックは言った。「その家とヨットは奥さんから要求されてなかったのよね？」

ハリーがこともなげに言う。「ミロ・サイレスの妻のほうも、当然のように浮気相手がいて、夫同様、その相手と長く関係が続いていた可能性すらある。で、どちらも害がないから放置という態度だったんでしょう」

シャーロックがつと目を閉じた。どうしたらそんな暮らしができるの？　カーヒル夫妻がスーのことを語りすぎたから、ミロ・サイレスと愛人のピクシー・マクレイは命を落としたの？　ミロがスーを脅迫しようとしたから？　それともスーの正体とその所業を知っているという単純な理由から、死刑執行命令書に署名されてしまったのだろうか。

シャーロックは言った。「サイレスに隠し口座がないかどうか、引きつづき調べないと。スーが口封じのために彼にお金を払って、それが彼を殺す動機になったかもしれない」

サビッチがうなずいた。「本人名義の隠し財産があるとしたら、かなり手の込んだことをやってるはずだ。時間はかかるだろうが、いずれMAXが探りだしてくれる」

「口座が見つからないことを祈るわ」シャーロックは言った。「もしあったとしたら、サイレスはスーとじょうずに渡りあえば無傷で切り抜けられると信じるほどばかだったってことになる」

その結果、おそらくはなにも知らず、誰にも無害であったろうピクシー・マクレイまでが命を落とすことになった。

チェイニーは101号線のベル・マリン・キーズ出口を東側に降りるまでパトライトを点滅させつづけた。工場地帯から湿地帯に抜けると、道の両側にヤシの木がならびだした。サンパブロ湾に近づくにつれて、水路が無数に張りめぐらされているために、霧が濃くなる。ラグーン周辺は車道が縦横に走り、霧と水面の境がおぼろに溶けあって、幻想的な絵画のようだった。雨が激しくなったぶん、陰鬱さも強まる。あたりはほぼまっ暗だった。

「天気がよければ、きれいなところです」チェイニーが言った。「ノバト・クリークというラグーンの両岸にたくさんのうちが立ちならぶ、豊かな地域です。すべてのラグーンがサンパブロ湾とサンフランシスコ湾につながっているから、船もこれだけ多い。じつはピクシーの家と同じ通りの、さほど遠くないところに友人が住んでましてね。ひょっとすると彼はピクシーを知ってて、彼女の家に出入りするミロ・サイレスを見かけてるかもしれない」

チェイニーはベル・マリン・キーズ大通りを左に折れて、カリプソ・ショアズに入った。家が軒を寄せあうように立ち、穏やかで手入れの行き届いた景色が広がった。子育て世代と退職世代のどちらにも適した住宅街だ。チェイニーはイブのサバーバンを路肩につけた。ピクシーの家まで半ブロックほどあるが、そこが車が停められる一番近い場所だった。家屋にさえぎられてラグーンや船着き場は見えないものの、道の突きあたりの先に水面がのぞき、水門を行き来する船が垣間見えた。一同は傘の下で身を寄せて、現場に急いだ。半ダースほどのクラウン・ビクトリアが停まっている。路肩に寄せてあるものもあるが、数台は私道に無造作に乗り捨てられ、一台は芝生に乗りあげている。郡の検視官のバンと郡の犯罪検証課のバンは通りの中程に停められて、車の往来を妨げていた。

近所の人々が遠巻きにして、ようすをうかがいながら話をしている。おおむね恐ろしそうに傘の下で肩をすくめて、降りしきる雨を避けていた。

白い木造の家は平屋建てで、屋根に大きなソーラーパネルが設置されている。築三十年といったところか。いまだしゃれた外観を保っており、表の庭に植えられたヤシの木がささやかながら南国趣味を添えていた。

バド・ヒバート保安官が玄関で出迎えてくれた。「早くてもつぎにお会いするのは、クリスマスパーティの席上だと思ってましたよ。それが、まあ、なんと手回しのいい男か——まいりますよ。被害者は寝室です」

一同は傘を玄関ポーチに置き、鑑識ふたりと保安官助手をよけて、女性らしさのあるカントリー風のリビングから、ダイニングエリアが隣接する狭いカントリー・キッチンを抜け、カーペット敷きのホールを廊下の突きあたりまで進んだ。

ヒバート保安官は撮影の担当者にしばらく下がっているように指示すると、キングサイズの大型のベッドの周辺に彼らを呼び寄せた。シャーロックは現場の陰惨さに目をみはった。血みどろではないか。毎回、そう思う。ときには、いったい人体にはどれだけの血液が入っているのだろうと、不思議になることもある。

保安官は言った。「死体には誰も触れさせてませんよ。現場は近所からの通報を受けて保安官助手が駆けつけたときのままです。ピクシーの犬があんまり吠えるんで、不審に思って見にきたそうで」

全員が自分の意に反して、かつては生きて呼吸をしていた人たちに目を注いだ。ふたりの喉はスーによって切り裂かれていた。

「着衣はそのままです」保安官が説明する。「ですからベッドには横になったが、性行為はまだはじまっていなかった。血液の飛散状況と、ふたりの最後の姿を見てください。サイレスの頭はベッドの手前側に落ちかけ、彼女の頭は向こう側に落ちかけている。なにがあったんだか、わたしも思い浮かべようとしてるんですが」

サビッチはベッドの足元に黙って佇むシャーロックを指さした。特殊な能力を用いて、頭のなかですべてを組み立てようとしている。犯行現場を見てそれができる人間は、決して多くない。

「シャーロック？」

「彼は黙って入ってきて、ふたりを見た」シャーロックが話しはじめた。「素早くて、静かで、利口な男。だからふたりにそれと悟られることなく、ピクシーの飼っていたテリアを外に出せた。最初はミロだった。ミロの髪をつかみ、頭を後ろに引いて、喉を切った。今回も右から左に。そこまで一秒とかけずに。ミロを放りだし、その奥にいたピクシーの髪をつかんだ。彼女の頭を前後に振って首を折り、喉をかき切るときは彼女を見おろしていた。死を自覚した彼女の目を見ていた。検視で直接の死因がわかるかもしれないけど、当人たちにはもう関係ないわね。

見て、ミロの頬には乾いた涙のあとがある。ピクシーの肩に頭をあずけて、泣いてたんじゃないかしら。彼女はそんな彼を慰めてた」

ヒバート保安官はしばらくシャーロックを見つめていた。おもむろに口を開く。「なるほど、これでわたしにもわかった。助かりました」

チェイニーが言った。「ミロは慰めを求めてここへ来て、そのせいで彼女は命を失った」

ヒバート保安官が言った。「さて、ここを出ますかね。検視官とCAUの人間に仕事をさせなきゃなりません」

シャーロックがそこで引っかかった。「CAU？」

「ええ、犯罪検証課の略でして。うちでは鑑識のことをそう呼んでます」

シャーロックは言った。「そうなの。わたしたちはワシントンのCAU、犯罪分析課に所属してるのよ」

ヒバート保安官は一同を水路と船着き場のある家の裏手に導きながら、話を続けた。「ご近所のミセス・ディー・コッターがピクシーが飼っていたテリアのボブを見かけましてね。ボブが家から閉めだされてたんで、こんな雨降りの日にと、驚いたそうです。ドアをノックしてみたら、鍵がかかってなかった。で、ふたりの発見につながったわけです。彼女によると、ミロはピクシーの家に二週間に一度現れる人物、長いつきあいの恋人だった。物腰がやわらかで、話しかけてくる隣人とは言葉を交わし、ピクシーを喜ばせていた。ミセス・コッターによると、トイレの便座がいつも上がっているのに我慢してまで男性と結婚する意味があるか、というのがふたりのあいだの冗談になっていたそうです。近隣の住民は、ミロが既婚者だということを知りませんでした。

ボブはミセス・コッターが連れていきましたよ。最後に彼女を見たときは、ぼろぼろ泣きながらボブの体じゅうにキスしてました。

ほとんど日の暮れたこの状態じゃ、近所を捜してまわるのも骨が折れる。それに加えてこの雨だ。犯人がここに到着したときにはまだ降ってなかったでしょうから、うまくすると、よそ者なり車なりの目撃者がいるかもしれない。

カリブ・アイル——水上に渡された細長い土地なんですが——にも部下をやって、通り沿いの住民に聞きこみをさせてます。その土地の端にこぢんまりした公園と、狭いビーチがありましてね。そこからだとピクシーの家を含む、このあたりの家の裏手がよく見えるんです。途中雨が上がってたとしても、公園なりビーチなりに出かけてた人がいたかどうか。いまのところはなにも出てきてませんがね」

サビッチが悪態をついた。びっくりしたシャーロックは、幅の広い裏のポーチに置いてあったシャコバサボテンの鉢につまずきそうになった。

サビッチは言った。「いま気づいた。スーには片付けるべきことがふたつある。カーヒル夫妻だ。曲がりなりにもラムジーの身の安全が確保されているいま、やつの狙いは夫妻に向かう」

最初の呼び出し音で、イブが電話に出た。「はい、バルビエリ」

「やつはつぎにカーヒル夫妻を狙う。間違いない、監獄にもパイプラインがあるはずだ。サイレスを片付けたいま、つぎにカーヒルが問題になることがスーにはわかっている。イブ、監獄までいって、ふたりの安全を確保してくれ」

サビッチは携帯を切った。「イブがカーヒル夫妻を二十階にある裁判前の待機房に移してくれることになった」

幅の広いポーチに立って、カリブ・アイルのある海側を眺め、船着き場に打ち寄せる波の音を聞いた。鬱々とした暗い夜で、滝のような雨が降っている。保安官助手がひとり、黒い傘を差して隣家の裏庭から大股でやってきた。

「保安官、見つかりました!」

小さな公園沿いにある狭い砂浜を散策していた年配の紳士が見つかったのだ。彼はピクシー・マクレイの家の裏手と船着き場が直視できる場所にいた。空のパイプをくわえながら彼が保安官助手に証言したところによると、また雨が降りだすのがわかっていたので急いでいたという。彼のブルドッグのポーリーは、雨のなかで用を足すのが嫌いだからだ。そして四時近くに船外機付きの小型モーターボートが水門を抜けてやってきて、左に折れ、ピクシーの家の船着き場に接岸した。その男が下船して、家に入るのを紳士は目撃していた。

立ち去るときも、見ておられましたか、という問いに対して、紳士は、いいや、また雨が降りだしてたんで、用足しを終えたポーリーを自宅に連れて帰ったよ、と言った。

では、スーは船を使ったのか。ゾディアックでシークリフまで来て、ラムジーを撃ったあの夜と同じように。

そのあとピクシーの隣に住むミセス・コッターに話を聞きにいったが、彼女はショックで茫然自失していた。ふたたび泣きだし、ボブを抱きしめた。いままで事件らしい事件のなかったベル・マリン・キーズでこんなことが起こり、その恐怖と衝撃とが体の震えとなって彼女に取りついていた。

38

サンフランシスコ、裁判所前
月曜日の夜

縞模様の日除けがある、七番通りの〈モリーズ・デリ〉の軒下で、スーは雨越しに通りの向かいにある裁判所を見ていた。こんなところに突っ立っていても、できることはない。だが、自分には制御できないにしろ、これからあることが起きようとしている。その近くに身を置いていたかった。

無能感には耐えがたいものがある。ろくに知らない人間たちに計画の実行を任せるという、失敗の秘訣のような手段を採るしかなかった。ミッションの根幹をなす仕事は他人に任せるなと、長年、中国人教官たちから頭に叩きこまれてきた。そしてカーヒル夫妻を今夜殺すことほど、根幹をなす仕事はなかった。

こんなときだ。あのままジョー・キーツを名乗っていたら、自分の人生はどうなっていただろうかと思うのは。その名前を選んだのは十八歳のとき、インディアナ州ランポで無教養なクソガキどもにシャン・スーという名前が女みたいだといじめられたりからかわれたりするのに疲れた果てのことだった。ジョー・キーツならば誰も発音を間違えない。ただし、北京でともに訓練を受けたうるさいばかどもは別だが。そいつらにしてみたら、中国人の父親を持ちながらアメリカ人の名前を名乗るのは恥知らずな行為だった。

深呼吸をして心を鎮めた。できるだけのことはした。計画どおりにいかなければ、逃げるまでだ。ＦＢＩから、そして必要とあらば中国の諜報部から逃げてでも、生き延びなければならない。

ジョイス・ヤン、自分を影の世界に引きこんだ少女。彼女の話し声とかすれた笑い声がスーを欲望の虜《とりこ》にした。まだ二十歳だったのだから、無理もない。あの遠いかつての日々、スーは彼女のことを全身全霊で愛していた。少なくとも、彼女が中国諜報部で中堅どころの工作員だったリ・ハンと組んで、自分を裏切るまでは。スーは彼女の喉をかき切り、その亡骸を彼女の大切な故郷である北京近郊に埋めた。いつか骨が発見される日まで、彼女の墓はゴビ砂漠から流れてくる息苦しいような砂に痛めつけられる。彼女にぴったりの場所だと、当時の彼は思った。かくあるべしという容姿――どこをとっても中国人――をしたリ・ハンのほうは、喉をかき切ったのち、その死体を北京のいかがわしい地区の路地に遺棄した。頻繁に人が殺され、米ひと椀のために少女たちが春をひさぐような場所だ。あの少女たちの子どもは、自分と同じ白人のような容姿をしているのか。それとも母親に似て、生粋の中国人に見えるのだろうか。

スーは腕時計を見た。雨のサンフランシスコの夜九時二十分。あと少ししたら、〈フェアモント・ホテル〉でスコッチにありつける。飲みながら、スポーツバーの巨大フラットスクリーンテレビで月曜夜のフットボールゲームの締めくくりを観戦といこう。

口笛を吹いたら、口のなかがからからだった。自分は十二年にわたって生き延びてきた。ただ生き延びてきたのではなく、中国諜報部のアメリカ支部で工作員として成長してきた。彼が成し遂げてきたことを称えて、仲間内で明星《ミンシン》の異名を取るまでになった。仲間から一目置かれる冷酷さを身につける一方で、人に支払小切手を切らせるだけの魅力を備えている。ひょっとすると黒髪が少しごわついていて艶がありすぎるかもしれないが、全身どこを取ってもアメリカ人にしか見えないし、それはランポ・ハイスクールでアメリカ史を教えていた母のアン・スーも同じだった。でぶのバック校長は、友人たちと違って、スーをからかわなかった。スーが学校のサイバーセキュリティを担っていたからだ。校長はコンピュータサイエンスで、バークレーの奨学金まで取りつけてくれた。いまでもたまに、バック校長を懐かしく思うことがある。いまスーはほほ笑んでいる。あのいかにもアメリカ人らしい自負心とうぬぼれの塊であった校長には、自慢の生徒が彼の監督下で三人の生徒を殺していたことなど、知るよしもなかった。すでに当時から、スーは人を行方不明にするのが得意だったのだが。

ふたたびジョイスが記憶の表に浮かびあがってきた。アーモンド型の美しい瞳をした彼女は、完璧な英語で彼の耳にささやいた。あなたが苦もなく白人として通用することにわたしの教官たちはびっくりしているわ、と。スーと同じで、彼女もアメリカ生まれだった。バークレーから三十キロと離れていない町だ。ああ、バークレーでの日々。あのころは中国の国旗を掲げ、中国人がいかに優秀で道義心の高い国民か、そしてアメリカ人がいかに不道徳で堕落した国民であるかを、運動仲間たちとともに声高に叫んでいた。だがその後、堕落の分野を市場で独占しているのは中国人であることを学んだ。スー自身はそんな中国人たちと一線を画して堕落を避け、与えられた課題を素早く手際よくこなしてきた。それがどうだ、わずか五日のあいだに自分の人生が螺旋《らせん》を描いて便器に吸いこまれていくのを驚愕の面持ちで眺めるしかなくなっている。

おまえは任務に失敗した、と上司たちはスーに申し渡した。問題のある道具を選んだからだと言われたが、シンディ・カーヒルが本気になればマーク・リンディなど彼女の意のままになるとスーが請けあったときには、諸手を挙げてその計画に賛成したのだ。案の定、リンディは彼女の魅力にあらがえず、それは上司たちがリンディが開発に取り組んでいたスタックスネット・ワームの最新世代を入手しようとせずにいられないのと同じだった。元となったイスラエル製のワームでさえ、イランのコンピュータの六〇パーセントを汚染して、年単位で核燃料の開発を遅らせるという成果を上げた。リンディの仕事上のアクセスコードを入手することは、産業セキュリティ上の重要さでいえば、水素爆弾を入手するに等しかった。

しかし、あのシンディとクライブという、ふたりのできそこないに関しては、結局、上司たちが正しかった。カーヒル夫妻は自分たちの無能さをごまかすため、リンディはマタ・ハリにつまずくには慎重で賢すぎる、パスワードの管理には細心の注意を払っていると言いだしたのだ。

あれから八カ月以上になる。シンディが錯乱状態で電話をかけてきたときのことは、昨日のことのように覚えている。リンディが死んだ、自分のせいじゃない、とシンディはわめき散らした。彼のところになんらかの事件対応チームがやってきて、あるプライベートネットワークにアクセスしたのではないかと彼に尋ねた。身に覚えのないリンディから、自分のコンピュータでスタックスネット・ワームを呼びだしただろうと責められたシンディは、クライブを呼びつけて、彼にリンディを押さえつけさせておいて毒薬を喉に注ぎこんだ。ふたりして、なんと救いようのない愚かさだろう。捕まえてくれと言っているようなものだし、事実、そうなった。

北京の上司たちが望んでいたのは、スーが情報を盗みだして国外に出ることであり、可能であれば誰にも知られないことだった。彼らは、サイバーセキュリティを専門とする高位のアメリカ人諜報員が亡くなったことで、スーを責めた。これ以上の殺人は望まないと彼らに言われたので、スーはカーヒル夫妻と取り引きをして、ふたりを黙らせておくためにミロを雇い、オルークを脅しておとなしくさせた。

しかしすべてが台無しになった。パニックを起こしたオルークは、あのいまいましい判事が手続きを中断すると、すべてをぶちまけようとした。その問題については片付けたものの、ハント判事がどこまで知っていて、なにを疑っているかまではわからなかった。

オルークの喉をかき切った時点から、スーは単独行動に走っている。つまりその時点を境に、組織はスーを助けるより、彼の逮捕を避けるために命を奪いたいと思っているはずだ。だが、今夜成功すれば、組織もスーがただの私利私欲ではなく組織の利益を最大限に考えて行動していることを理解してくれるだろう。

大丈夫、スー、あんなくだらない子たちにからかわれたって、どうってことないのよ。あの子たちのほうがばかを見るだけ。母はそう言って、まだ幼かったスーを慰めてくれたし、スーもそんな母の言葉を信じた。だが、いつしかふつふつと怒りを感じるようになり、その怒りがトンネルのように自分を包みこんで、自分をからかった子どもたちに対する殺意を自覚した。そして十四歳になったとき、免許を取ったばかりのいじめっ子のひとりが交通事故で死んだ。少なくとも、表向きは。母親が自分を見ていたのを覚えている。スーのやったことを知っているような顔をしていたが、なにも言わなかった。だが、いまになってみると、母はそれ以来、注意深くなった。つねに目を光らせていた。ほかのふたりを処理するときは、より慎重にことにあたった。

スーは頭を振った。なぜいま母親のことを考えるのかわからない。母はいまでも、おまえは賢い、失敗を切り抜ける方法を見つける、なんの心配もいらないと言って、自分を慰めてくれるだろうか。母には自分がまた人を殺すのがわかっていたのか。そのあともまた?

父親のほうは負け犬のような男だったものの、その負け犬にふたつ感謝していることがある。北京語の習得を無理強いしたことと、北京の祖父を訪ねさせたことだ。祖父はスーが十七歳のとき、最後の訪問中に突然死した。

スーはもう一度、腕時計を見た。左手首に血がついている。なぜ見落としたのか? 乾いた血が剝がれ落ちるまで手首をこすった。サイレスの血、それともあの女の血か? なんという名前だったろう? そう、ピクシーだ。ティンカーベルの紛い物のような名前。

それがどうした。あと少ししたらビリー・コクランがクライブ・カーヒルを地獄送りにする。スーの知るコクランは殺人歴のある短気な男で、三度の重罪歴で明朝にはサンクエンティンに移送される予定だ。コクランには失うものがほとんどないうえに、刑務所暮らしが長いので、人目を盗んでクライブを殺せるだけの経験がある。スーが話を持って面会に行くと、それを進んで引き受けた。なにがなんでも金を必要としている年老いた祖母がいるからだ。コクランは常習的な犯罪者で、もはや良心のとがめも感じないだろうが、やり遂げられるかどうかはまた別問題だ。結局、三度も逮捕されている。自分で手を下したい、とスーは思った。だが、それはかなわない。

九時二十九分。あと一分でコクランがクライブを殺す。時間を決めたのはスーだった。その時間になるとテレビが切られ、収監者たちは各自の房に戻される前にシャワー室へと追いやられる。

九時三十分ちょうど。いまごろコクランによって飛びだしナイフで背後からひと突きにされたクライブが、声ひとつたてずに死んで転がっているはずだ。彼の血が湯といっしょになってシャワーの排水溝を流れていく。コクランは翌朝にはいなくなり、あのばかがいなくなったのを惜しむ人間はいない。スーは大きな窓から〈モリーズ・デリ〉をのぞきこみ、ライ麦パンの塩漬け肉載せのことを思った。そういえば、朝からずっと食べていないが、もう少し、まだ早い。

シンディ殺しのほうが問題が多そうで、しかも正直に言って、惜しかった。シンディと最後にセックスしたときのことを思いだす。彼女がビキニに指をかけて下ろしていったときのあの嬉しさときたら。やっぱり、惜しい。もうずいぶん前のことではあるが、一度は、また組んで仕事ができるかもしれないと思った女だ。

なんとか見つかった人材は、身長百五十センチ、体重四十五キロほどの小柄で怖がりのアジア女だった。シンディに話しかけて信頼を勝ち取れと指示してある。リン・メイは保釈中のところをスーがみずから見つけだした。まだ幼い息子がいることもわかっている。彼女はシンディほど力が強くなく、直前にシンディが刃物に気づくと、その点が障害になるかもしれない。だが、スーはコクラン以上にリン・メイに信頼を置いていた。まっすぐにリン・メイの目を見て流暢《りゅうちょう》な北京語で失敗したら息子の命はないと告げたとき、移民である彼女がその言葉をまともに受け止めたのは確実だった。

九時三十五分。どちらにしろ、もう終わっている。雨に濡れた夜に目を凝らし、花火を想像した。裁判所の上から煌めく赤い火の玉が飛びだしてくる。

悪夢に決着がついたことを祈るばかりだ。

バーバリーのレインジャケットの襟を立て、七番通りをベイショア・フリーウェイに向かって歩きだした。アウディはそこの地下駐車場に停めてある。

車のエンジンをかけると同時に、ライ麦パンの塩漬け肉載せを食べそこなったことに気づいた。警官の立ち寄り所でもあるあの店なら、たぶんうまかっただろうに。

39

ハリー・クリストフの自宅
サンフランシスコ、メイプル通り
月曜日の夜

ハリーは愛車のシェルビーを私道に入れてエンジンを切ると、ふり向いてイブと向きあった。イブはベル・マリン・キーズの殺人現場のようすをことこまかに尋ねた。ふたりはむごたらしい殺人を冷静かつ淡々と語ろうと心がけたが、それは容易なことではなかった。

イブは言った。「少なくとも、明日の朝、サビッチはカーヒル夫妻の不意を衝いてやれるわね。ふたりは連邦保安局の待機房に入れて外からの情報を遮断してあるから、サビッチから聞かされるまで、ミロが殺されたことを知りようがないわ。スーがふたりの弁護士を殺したとなれば、こんどこそどちらかが口を割るかも。ミロはスーの唯一の仲介者で、釈放の望みを彼に託してたわけだから。しゃべる以外に方法がないと思わない?」

イブは車のドアと傘の両方を開けて、傘の下に頭を突きだした。私道に出て、はじめて訪れたハリーの家をじっくりと観察した。暗くて雨の降りしきるなかでも、はっとするほど大きい家だった。冷えこみの厳しいいまの不動産市場でも、かなりの値段がつくだろう。板葺《いたぶ》きの屋根と、大きな窓が気に入った。円柱がなくともコロニアル様式の雰囲気が醸しだされている。ハリーのシェルビーから玄関まで雨のなかを突っ切った。明るいポーチの照明が歓迎のかがり火のようだ。ポーチの天井からは鉢植えのシダが下がり、感謝祭が間近に迫っているというのに、いまだ青々としていた。庭にはたくさんの木が植えられているので、春夏には見応えがありそうだ。

「すてきなお宅ね。このあたりの住宅を代表する展示場みたい。どうやって手に入れたのか、教えてもらわなきゃ」

彼は黙ってそっけなくうなずいた。なぜかハリーは自分をここへ連れてくるのがいやなようだった。だが、彼のほうはイブの自宅を訪れている。こんどはあなたの住みかを見せてもらう番よ、とイブは言った。

妻の住みかだ、と彼はイブのほうを見ずに答えた。

イブはサバーバンを連邦ビルの駐車場に停め、ハリーから言われるがまま自宅まで送ってもらうことにした。ただそのときのハリーは、自分の自宅に立ち寄ることになるとは思っていなかっただろう。

「どこもかしこもきれいだわ。庭師を入れてるんでしょ?」

彼がうなずく。「ミスター・サンチェスっていうんだ。週に一度の庭仕事を頼んで六年になる。いまじゃその息子も手伝ってるよ」ハリーは立ち止まってドアに鍵を差し入れ、顔だけイブのほうに向けた。「彼のファーストネームを知らないのに、いま気づいた。おれにとってはずっとミスター・サンチェスだった。息子のほうはジュニア・サンチェス」にこっとする。「サンチェス・ジュニアじゃなくてね」

ドアを押し開け、警報装置を解除して、イブに道を譲った。「入って」

イブは水滴をふり落とした傘を閉じて、銅製の傘立てに立てた。そこは小さな四角いホールだった。手紙や花を置くための曲線の美しいモダンなテーブルがあり、その上に鏡がかけてある。だが、イタリア製の美しい飾り鉢は空っぽだから、ここは庭師の管轄外なのだろう。

ハリーにうながされてリビングに入ると、大きな安楽椅子とオットマンに加えて、部屋のまん中正面に大画面のテレビが据えられ、安楽椅子の脇の床に適当に積まれた新聞の山があった。いずれもイタリアンカントリーテイストの、ソファも椅子もコーヒーテーブルもあったが、彼がそれらを使っていないのは一目瞭然だった。そんななか、新聞の山だけが場違いだった。ビールの空き缶も、ランニングシューズも転がっていない。〈スポーツ・イラストレイテッド〉誌が二冊コーヒーテーブルに載っているが、どちらも水着特集でないと確認して、イブは彼に対する評価を上げた。

それでも、全体的にいかにも男所帯で、思わず笑みがこぼれた。壁に目をやると、額入りのポスターがところ狭しと飾られている。コモ湖や、アルプス山脈、テムズ川と国会議事堂など、いずれもフルカラーの写真が、写真のなかに入っておいでと手招きしているようだ。イブは手で写真を指し示した。「旅行が好きなの、ハリー？」

「ああ」

ハリーを見た。「説明はないわけ？　この写真はどこも行ったことのある場所だとか、世界で一番好きなのはどこどこだとか？」

「それを言うなら、コモ湖かな。湖畔のハイキングは最高だった。ハイキングするなら、インバネスもいい」

「インバネスには行ったことがないわ」

「荒涼としてて、曇りがちで、雨も多い場所だけど、ひりひりするくらい生きている実感を感じられる場所なんだ。コーヒーを飲むかい？」

イブは腕時計で時間を確認した。「こんな時間にコーヒーを飲むなんて、ばかよね。ノンファットミルクと人工甘味料《スプレンダ》はある？」

どちらもあった。

イブは彼がコーヒー豆を挽き、それをフィルターに移して、流しの蛇口から水を入れるのを見ていた。

ハリーは言った。「サビッチの話、変だったよな。ほら、ラングレーにいるビル・ハモンドっていう、彼の友人のＣＩＡの情報員のことだけど。サビッチとは百年にもなるぐらいの長いつきあいだっていうのに、スーがどんな情報を入手したか、あるいは入手したがってたか、まったく明かさなかったんだろ？　秘密主義もそこまで行くと、息が詰まりそうだ」

「謝るだけの慎みはあったみたいだけどね」イブは言った。「そこまで沈黙させられるんだから、そうとう微妙な問題なのよ。賭けてもいいけど、CIAのほうじゃどんな情報にアクセスがあったか、正確に把握してるはずよ。彼らのサーバーに履歴が残されてるもの。ただ、誰にも知られたくないだけ。FBIにもね」

「サビッチによると」ハリーは言った。「向こうさんはカーヒル夫妻の事情聴取にあまり乗り気じゃなかった。スーがアクセスした情報をふたりが関知してないか、あるいはその価値を知らないことがわかってるんだろう。ただ、あのふたりがスーを捜しだす手がかりを与えてくれる可能性はある」

「わたしたちが彼らに期待するのは、そこだけよね」

そのとき突然、ふたりでキッチンに立ったまま、彼がイブを凝視した。コーヒーの落ちる音を聞きながら、首を振っている。

「なに？　わたしの鼻の頭に雨粒でもついてる？」

「はじめてきみに会ったとき、きみのことを中西部のミス・キャンパスで、誕生日パーティで子どもたちに砂糖がけのカップケーキを配ってそうな女だなと思ったんだ。そんな女がなんで連邦保安官助手になったのか、不思議だった」また首を振る。「そんなことを思うぐらい、きれいってことだけどね」と、その言葉を追い払うように、両手を振った。

ハリーがそんな発言をしたことを悔やんでいるのがわかったので、イブはキャビネットを両手で指し示した。「うちのキッチンが好きだと言ってたわよね。じつは去年、改装したばかりなのよ。すごくいい業者が見つかって、予算どおり、期日どおりにしあげてくれたわ。あなたも連絡してみる？」

「いや、機能的にはじゅうぶんだからね。たまに流しが詰まるけど、それだけだし」

イブはにたっとした。「そうね。四〇年代のキッチンで調理しても、悪いことはひとつもないわ。そうよ、あと数年もしたら、レトロとか言ってこのキッチンのしつらえがはやるかもしれないし。ただし、あの緑がかったキャビネットはいただけないけど」

ハリーはコーヒーをついだマグカップを渡すと、冷蔵庫からノンファットミルクを取りだし、引き出しからスプレンダの包みを探しだした。

コーヒーを混ぜながら、イブは言った。「さっきのあなたの話だけどね、ハリー。兄や弟たちからもいつも同じことを言われてるの。わたしのことをいまだにミス・スージーQって呼ぶのよ。ほら、あの有名なポールダンサーの。

わたしが父に、お父さんみたいな連邦保安官になりたいと打ち明けたとき、父はわたしの頭から足先までを眺めまわして、こう言ったわ。『そうなってくれたら、鼻が高いよ、イブ。おまえにはぴったりの職業だ。きっといい保安官になれる』って」しばらく黙って、コーヒーマグを見つめた。「そう、父はなんのてらいもなくそう言ってくれた。忘れられない」咳払いをして、コーヒーを飲む。「すごくおいしい、ハリー。料理はするの？」

「必要とあらば。お母さんからはなんと言われたの？」

イブはもうひと口コーヒーを飲み、カフェインの刺激を楽しんだ。夜中の二時には自分を罵ることになろうとも。「わたしの話を父から聞かされると、母は笑い声をあげた。大笑いしたのよ、嬉しくて。そのあと父にキスして、首を振りながら、リンゴは木の近くに落ちるものね、とか言ってたって。

わたし、外見は母にそっくりなの。だからさっきのあなたの話はおもしろかったわ、ハリー。だってうちの母は大学時代チアリーダーだったんだから。それにいまだにわたしたちの誕生パーティでケーキを切り分けてくれてた姿を忘れられないし、子どもたちの先頭に立って大声で歌ってる声が聞こえるようよ。この際だから言うけど、母はみんなの憧れだった。きれいで、生き生きしてて、楽しい人だったから。いまもそうだけど」

ハリーは言った。「じゃあ、きみというリンゴは両方の木の近くに落ちたんだな。きみのお父さんはシカゴの連邦保安官だったんだろ？」

「そう。前にも言ったとおり、父には特例が適用されたの。父はふたりの大統領に仕えた。国内に九十四人いる連邦保安官のなかで、そんな人はごく少数だった。あなたのご両親のことを聞かせて、ハリー」

「両親はロンドン在住だ」彼は肩をすくめた。「一年のうち大半はね。ふたりして旅好きなんで、しょっちゅうおれを連れて旅行してた。おれの旅好きは両親譲りだ」

イブには呆然と彼を見つめることしかできなかった。ペンシルベニア州のハリスバーグとか、フロリダ州のミネオーラとかいうならわかる。それが、イギリスのロンドン？「どうしてロンドンに住んでるの？」

彼は尋ねられて疎ましそうな顔をしたが、結局は答えた。「おやじは資金調達係なんだ。資金調達係なんて、古くさい響きだろ。でも、本人がそう言ってる」

「どんなものを扱ってるの？」

「というか、〈ウィレット・ハバシャム・アンド・ベール〉を経営してる」

イブはヒューーっと口笛を吹いた。「わたしですら知ってる国際的な企業じゃないの。しかも、わたしが聞いた話だと、世界じゅうの銀行がひどい蛮行に走ったときも、あまり手を汚すことなく切り抜けたんでしょう？　あなたのお父さんはＣＥＯなの？」

「いや、そうじゃないけど。会長なんだ。じつは、父自身が〈ウィレット・ハバシャム・アンド・ベール〉と言っていい」

「でも、あなたの名字はクリストフでしょ？」

「ウィレットとハバシャムは父のファーストネームとミドルネームなんだ。ミドルネームは父の父の名前で、ベールは父の親友の名前さ。おやじはその響きを気に入ってたんで、社名に採用したんだ。気取っててイギリス風で、むかしの弁護士事務所みたいだろ？」

「じゃあ、あなたのお父さんはウィレット・ハバシャム・クリストフなの？　あなたのフルネームは？」

「臨終の床で教えるよ」

「そんなにひどいわけ？　イギリスの公爵みたいな名前とか？　わかった、楽しみにしておく。お兄さんとか、弟とか、お姉さんとか、妹とか、いるの？」

「ひとりっ子だ」

「そう、でもそれでわたしがあきらめると思ったら大間違いよ。お母さんは？」

「シルビアといって、ファッションコンサルタントをしてる」

イブは目を丸くした。「嘘でしょう」

彼が肩をすくめた。「もし母にきみを見せたら、母はきみをひと目見るなり〈ヴォーグ〉のカメラマンのところへ引っ張ってくだろうね。母の気持ちがわかるよ。あなたはカメラに愛される、と母なら言うだろう。抜群の骨格だからね」

「なんであなたにそんなことがわかるの？」

「よく母に写真撮影に連れてかれて、人の顔の微妙な部分の違いを教えられたんだよ。その知識が警官になったとき、とても役に立った」

「そんなご両親がいて、どうして警官になったの？」

ハリーは間髪を容れずに答えた。「母の弟のロイがＦＢＩの捜査官なんだ。六歳のとき、その叔父からおまえは警官魂を持ってる、と言われた。叔父は正しかったよ」

ハリーの携帯が鳴った。「はい？」

表情は変わらなかったものの、目つきが厳しくなった。「十二分ほどでそちらに行きます」

「どうしたの？」

「きみはカーヒル夫妻を連邦ビルディングの待機房に入れたんだよな？　何者かがふたりをサンフランシスコ郡監獄に戻した。チェイニーが電話をかけて聞くと、今夜の八時四十五分に戻されたそうだ」

「嘘よ、そんなことありえないわ。どういうこと——なにが起きてるの？」

40

サンフランシスコ郡監獄
月曜日の夜

きつすぎる制服のズボンをはいたデブのアネッテによって手首の鎖が外されると、シンディ・カーヒルは血のめぐりを戻そうと両手を振った。「お早いお帰りで」ヘビのように意地の悪いアネッテが言う。「連邦ビルにはたいしていられなかったね。どういうことだったんだい？」

シンディは首を振った。「説明もなく引っ張ってかれて向こうでクライブに会ったと思ったら、ふたりともまた戻されたのよ」

「旦那は元気だったかい？」

「第三次世界大戦が起きたって、クライブならへこたれやしないわ」シンディとクライブが二十階の待機房に連れていかれたのは、サビッチによる脅しだろう。スーが監獄に忍びこんでふたりの殺害をくわだてる可能性があると思わせたかったのだ。ＣＩＡとは関係ない。もちろんそれを口に出して言う人はいないけれど、シンディには骨の髄までわかっていた。なんであのバルビエリとかいういけ好かない連邦保安官助手は、そう説明しないのか。あの女がただの働き蜂で、働き蜂というのは答えを知っていても、黙っておくものだからだ。

アネッテは膝をついて足首の鎖を外しながら、言った。「ひょっとすると、今回の行ったり来たりは、今日の午後、あんたたちの弁護士がベル・マリン・キーズで殺されたことに関係があるのかもね。恋人ともども殺《や》られたらしいよ」

シンディの心臓が止まり、息が詰まった。転びそうだったので、壁に手をついて体を支えた。ミロが死んだ？　しかも、殺された？　もちろん殺したのはスーに決まっている。それはわかっているし、それはつまり彼が大掃除を開始したということだ。オルーク検事補とハント判事とミロ。残るは自分とクライブだけだ。ハント判事は生きながらえているとはいえ。シンディにはスーがどうしてあの判事にこだわるのか、わからなかった。判事にはなんの関係もない。ミロはどうなの？　スーを脅して金を巻きあげようとするほど、ばかだったってこと？　それとも、出国準備を進めるスーが、名前とか事件とか、自分にかかわることが明るみに出るのを嫌ってのこと？

そしていまやスーをなにかに結びつけられる人間が残っているとしたら、自分とクライブしかいなかった。オルークを殺したのもひどいとは思うけれど、反面、彼があわてふためいて判事に泣きつこうとしたのだからしかたがないとの思いもある。それはシンディにも納得がいった。そしてシンディもクライブもスーが自分たちを自由の身にする別の手立てを考えだしてくれると信じていた。でも、ミロを殺した？　この数日、自分たちもミロに対して疑いをいだきはじめていた。ミロはなにかというとシンディをなだめ、シンディに主導権があるように思わせようとした。そして、背後には大金を持ったスーがいて、必要なだけそれを使ってくれるとにおわせた。それにスーとは体の相性も悪くなかった。

そのスーがこんどはミロを殺した。

「あれ、聞いてなかった？　驚いたね。ここは副所長がげっぷをしたら、彼が食事を終える前につぎに出されるのはミートボール・サンドだとわかるような場所なのにさ」

「ええ、知らなかったわ」シンディは答えながら、二十五年がなによ、と思った。突然、長い刑期を受け入れる心境になったのだ。外に出られるチャンスがあるなら、それだけでいい。自分とクライブはここにいてほんとに大丈夫なの？　スーにはその気になれば自分たちを殺す方法があるんだろうか？　恐怖が突き刺さり、胃がひっくり返りそうだった。

「電話しなきゃ。ＦＢＩのサビッチ捜査官に」

アネッテは彼女お得意の〝あんたに関してはあたしの胸三寸で決まるんだよ〟顔になって、首を横に振った。「だめだよ、お嬢ちゃん。サビッチ捜査官に電話するのは明日のビジネスアワーにしてもらう。ここはホテルじゃないんだから。さあ、シャワーを浴びてベッドに入る時間だ」

「でも緊急なの。生死にかかわる――」

アネッテは鼻でせせら笑って、取りあわなかった。「だから、シンディ、ここはホテルじゃないっての。さあ、行くよ」

説得できないとわかったので、うなだれてシャワーまでついていった。サビッチには明日の朝一番で電話をしよう。

看守に裸を見られることにはもう抵抗がなかった。もはやほとんど意識すらしていない。明かりが消える前のシャワー室には、ほかに五、六人の女がいた。むっつり静かな女もいれば、口汚くて騒々しいのもいる。シンディはいつしか物静かな女たちに混じり、意地の悪い何人かの女たちからちょっかいを出されないようにする術を身につけていた。

スーを怖がっていることをサビッチに知られてしまったいま、どうしたら十五年の禁固刑で手を打ってもらえるだろうか。

ちびた石鹸でどうにか泡を立てながら、サビッチにどう話を持っていくか考えた。クライブのことは置いておいて、向こうは向こうで取り引きをさせたほうがいい。昨日のクライブは知っていることを洗いざらい、それこそスーの靴下のサイズまでサビッチとバルビエリに話したがっていた。それを止めたのは自分だが、間違いだっただろうか？　いや、明日の朝でじゅうぶん間に合う。サビッチのことだから、自分と話をした直後にクライブから話を聞いて、ふたりの話を照合するだろう。

シンディは十五年で交渉することにした。十五年以上はなし。一生に比べたら短い。切り抜けられるし、切り抜けるしかない。マーク・リンディが気づかなければよかったのに。そうしたら怯えることもなかった――

シンディは石鹸を棚に戻して、小柄なアジア女を見た。昨日から礼儀正しく穏やかな物腰で近づいてきては、自分を会話に引きこもうとした。なんという名前だっけ？　シンディには思いだせなかった。いま女は手になにかを持って、裸で前に立っている。と、ぼんやりと刃物が見えた。シンディはとっさに飛びのいたが、間に合わなかった。胸に刃が刺さったのを感じながら、足をすべらせ、濡れたタイルの床に後ろざまに倒れた。女を見あげて、ささやいた。「なぜこんなことをするの？」

「堪忍して、息子のためなの」

スーだ、とシンディは思った。スーが手をまわしたのだ。最後に脳裏をよぎったのはクライブのこと――あの人も死にかけているのだろうか？

41

サンフランシスコ総合病院
月曜日の夜

クライブ・カーヒルは殺され、シンディ・カーヒルは手術室のなかで生死をかけた闘いをくり広げている。くだらないミスのせいで。ほかの誰でもなく、悪いのは自分だった。

ハリーとともに待合室にいるイブは、〝もし、たら〟ごっこに余念がなかった。もしカーヒル夫妻ともうしばらく連邦ビル二十階の待機房にいたら、もしサンフランシスコ郡監獄から発行された夫妻の移送書類に目を通そうとしていたら、ふたりがスーに見つかることはなかったかもしれない。

そう、ミス・才気煥発は移送書類を読むのに片方の目と半分の脳しか使わず、カーヒル夫妻がサンフランシスコ郡監獄に戻される原因となる記述があることに気づかなかった。書類にざっと目を通すと、足取りも軽くハリーと外に出た。いよいよ彼の自宅が見られるのが嬉しくて、気もそぞろだった。ダブルチェックすら忘れてハリーのシェルビーに飛び乗り、それきりカーヒル夫妻の身辺の安全など考えもしなかった。わたしのミスだ。もし自分が自分の上司なら、今回の一件でクビにしている。

チェイニーがシャーロックとサビッチを引き連れて、手術の待合室に入ってきた。イブやハリーが口を開く間もなく、チェイニーが言った。「クライブ殺しの被疑者はまだわからない。誰にもそれと悟られることなく、手際よくいっきに殺られた。看守が叫び声を聞いたときには、シャワー室の床でクライブが事切れていて、その隣では転がったナイフが水を血に染めていた。

シンディのほうは、リン・メイという名のアジア人女性が彼女を見おろして泣いているところを発見された。手にはまだ血まみれのお手製ナイフがあった。胸をひと突きして、すぐに抜かれたのが、シンディにはさいわいした」

イブが尋ねた。「女は殺害の動機を言いましたか？」

サビッチが答えた。「シンディ・カーヒルが病院に緊急搬送されているあいだに、サンフランシスコ郡保安官事務所留置課のクラーク保安官助手が彼女の取り調べをした。彼女は薬のせいか、あるいはショックのせいかで、蚊の鳴くような力ない声で自供したそうだ。その自供によると、アメリカ人らしき男が流暢な北京語で話しかけてきた。その男はシンディ・カーヒルを刺し殺さないとおまえの息子の喉を切り裂くと落ち着きはらった声で言って、道端で友だちとバスケットを楽しむ息子の写真を彼女に見せた。そして、今夜、刺殺に使う刃物が女性用のシャワー室の隣にある配水管にあると伝えた。彼女はただの脅しじゃない、シンディを殺さなければ息子が殺《や》られる、と思ったそうだ」

シャーロックは言った。「まさかと思ったんだけど、スーはアメリカ人に見えるようね。彼を目撃した人はひとりとして彼をアジア人だと思ってない。ただ、これまではつねにサングラスをかけてるけど。つまり彼は白人の容姿をした中国系アメリカ人ってこと」

イブが言った。「それで、スーはそのアジア人女性を刑務所に訪ねたんですか？」

サビッチが首を振った。「クラークに聞いたんだが、リン・メイは昨日まで保釈されて外にいたそうだ。そのあと、どうやらわざと出廷日に欠席しておいたうえで姿を現し、裁判所から任命された弁護士から数日後に判事と会うことになるという説明を受けて、身柄を拘束された。スーは〈ホールフーズ〉のベーカリーで働く彼女に近づいた。休憩時間になるのをおとなしく待って、彼女の前に進みでた」

サビッチはふたたび首を振った。「彼女がなぜ逮捕されたか知ってるか？　中国系ギャングとトラブルを起こした弟を救うためだ。金がなかったんで、空手形を切った。その彼女がいま殺人容疑で訴えられようとしてる」

イブは言った。「軽減事由ありの殺人未遂になるといいんですが。捕まったら自分と息子がどうなるか、考えなかったのかしら？」

チェイニーが言った。「それよりなにより、彼女はシンディを刺したことを隠そうともしなかった。自分のしでかしたこと、人を殺そうとしたという事実に圧倒されてる。クラークによると、自分の犯行とその理由を自供しおえた彼女は、白目をむいて気絶したそうだ。そして目を覚ましてからは、黙秘している。クラークはなぜ看守に訴えでなかったのかとくり返し尋ねたが、彼女は黙って、ただひどく悲しそうな顔をしていたらしい。そのあと彼女はここ、救急救命室に連れてこられた」

イブは顔を上げ、戸口に立つ上司のカーニー・メイナード連邦保安官を見た。疲れて、打ちひしがれていた。当然だ、とイブは思った。メイナードは言った。「シンディ・カーヒルのようすがわかる看護師はいなかった。まだ生きてるのか？」

「まだ手術室です」イブは答えた。「オペ室の看護師に言えるのは、それだけでした。手術後、執刀医から説明があるそうです。もうすぐ夜中の一時ですよ、保安官。ご足労いただかなくてよかったのに」なにを言っているの？　来るしかないじゃない、このばか。あんたのせいよ。

メイナードが言った。「いや、来ないわけにはいかないよ、イブ。シンディ・カーヒルがここにいるのは、うちの不手際のせいだからね」

うまい説明のしかただ。「いいえ、保安官、うちのせいじゃありません。不手際があったのはわたしで、みんなじゃないんです」イブは保安官の目をまっすぐ見た。「みんなの前でそう言ってください。そうされて当然です」

カーニー・メイナード連邦保安官は彼女の顔を注視した。「世界を仕切るのは自分だと、なぜそう思うようになったのかね、バルビエリ保安官助手？」

「保安官、じつはわたしは移送書類をおざなりにしか見ていませんでした。カダフィ大佐の身柄を合衆国に運ぶための書類と同じように、慎重に確認するべきだったんです」

メイナードは手を振って、彼女の発言を退けた。彼は疲れているというより、精神的にまいっていた。そこへきてバルビエリが捨て身になって、すべての責めを一身に背負おうとしている。彼女にすべておっかぶせてしまえば楽かもしれないが、それはできない。「ことわざにもあるとおり、責任を負うのはわたしだぞ、バルビエリ保安官助手。重要な移送であることはわたしも認識していたのに、月曜夜のフットボールの試合を観ていた。典型的なへまだ。わたしの監視下でかくも破滅的な結果を招くへまが起きたのは残念だが、なかったことにできない以上は、その結果に向きあうしかない。だからそうむきになるな、イブ」メイナードは笑い声をたてた。「FBIの代表団に見せ場をやったと思えばいい。こういうことだったらしい。押送用のバンを運転していたのは新任の保安官助手だった。彼の相棒は書類をよく見ていなかったんで、いつもと同じように車を走らせて、クライブとシンディを待機房からまっすぐサンフランシスコ郡監獄へ戻した。それだけのことだったんだ。いや、イブ、きみは自分の仕事をした。わたしはしていなかった」

シャーロックが口をはさんだ。「責任の引き受けあいをしても、なんの得にもなりませんよ、メイナード連邦保安官。FBIの代表団にもね」

キャンプ看護師がドアからなかをのぞきこんだ。「エルバ先生の手がまだ塞がってるんで、わたしからお話しするように言われました。シンディ・カーヒルの手術が終わりました。先生によると、助かるかどうかは五分五分です。ただ、出血がひどくてなかなか凝固せず、まだ完全には止血できていません。さっき回復室に移しました。話ができるのは明日の朝です、いいですね？」

ハリーが尋ねた。「別の患者について調べてもらえないか？　ミセス・リン・メイといって、精神鑑定を受けているはずなんだが」

キャンプ看護師が答えた。「わたしの管轄外です、捜査官。受付にお尋ねいただけば、探すのを手伝ってくれると思いますよ」

イブは看護師にお礼を言い、サビッチがＣＩＡのビル・ハモンドに電話をするのを見守った。男の声が大きくはっきり聞こえる。「どういうつもりだ、サビッチ？　朝の四時だぞ！」

ハリーとイブは顔を見あわせた。その先の会話を聞きたくなくて、待合室をあとにした。帰宅する前にラムジーのようすを確認しておきたい。エレベーターに乗って四階に向かった。同じエレベーターではない。くだんのエレベーターのほうは、各階のドアが現場保存のための立ち入り禁止テープで封鎖されていた。生きているかぎり、二度とそのエレベーターには乗りたくない、とイブは思った。

42

シャーロック判事の自宅
サンフランシスコ、パシフィックハイツ
火曜日の午前中

コールマン・シャーロック判事は翌朝、食卓のテーブルの向かいに座る義理の息子に言った。「そうとう溜まってるな、ディロン。昨夜あんなことがあったのだから、無理もない。ユニオン通りにあるパシフィックハイツ・クラブのメンバーカードを貸すから、たっぷり汗を流してきたらどうだ？　わたしからミスター・エディに電話をしておこう。彼はつねにそこにいて、人と手合わせするのを楽しみにしている。きみより十キロは重く、それがすべて筋肉でできている。年齢こそきみより上ながら、屈強で食えない禿頭だ」

サビッチは是非とも手合わせ願いたかった。汗まみれで体を動かす以上に、いま必要としていることがあるだろうか。だが、首を振った。「ミスター・エディとの手合わせはまたの機会にするしかありません。レーシーといっしょになるべく早く病院に行かなければならないんです。シンディ・カーヒルがかろうじて目を覚ましましてね。彼女と話す最初のチャンスです」

五分後、チェリオスを平らげたショーンは、まだ開園もしていないのに祖母が連れていくと約束していた動物園に行こうとねだりだし、シャーロックはレンタカーに乗って街の反対側にあるサンフランシスコ総合病院に向かって走りだした。

マーケット通りに向かいながら、サビッチがＭＡＸを起動した。「チェイニーは手回しよく、リン・メイの自供をもとにスーの似顔絵を描かせてる。早々にハマースミスの手に渡るようにすると言ってたが、まだ発表されてないようだな。シンディがどんな顔をするか、気になるよ」

「彼女が話のできる状態であることだけを祈ってるわ」シャーロックは言った。「チェイニーによると、あまり経過がよくないみたいだから」

「彼に殺されかかったんだ。体調さえ許せばスーについて知ってることを洗いざらい話してくれるのは確実なんだが」

サビッチはシートにもたれて、目を閉じた。「ミロ・サイレスが殺されて彼のゲームプランが明らかになったからいいようなものの、それまではやつの動きを読もうにも先がまっ暗だった。冷静で論理的かと思うと、そうでなくなる。昨夜の件は彼にも制御不能な、破れかぶれの攻撃だった。彼の思惑どおりになったのは、運がよかったからだ」

シャーロックは１０１号線南向き車線に入った。「エレベーターの点検口の蓋を持ちあげて発煙筒を投げ入れ、連邦保安官助手の一群に守られるラムジーに向かって発砲するのだって、論理的で制御の利いた行為とは言えないわよ。なんだったのか、いまだにわからないわ」

「おれもだ。極端だし、スーのキャラクターに合ってない。なんでああも特異な手段に訴えてまでラムジーを殺したがるんだ？　基本、スーはスパイなわけで、しかもスパイになって長いはずだ。スパイたるものの第一のモットーは、慎重さじゃないのか？　現にミッキー・オルークの死体は、子どもたちが居合わせるという災難はあったにしろ、人目を避けて埋めている。

ところがそのあとミロ・サイレスとピクシー・マクレイを、誰に見咎められてもおかしくない昼日中に殺害した。理性を失ってる証拠だ」

シャーロックは言った。「ミロに関しては、逮捕をまぬがれるために大急ぎで排除したっていうことで説明がつくと思うけど。でも、あなたが言うとおり、捨て身の行為ではあるわね。可能であればミロがひとりになるのを待ち、ミッキー・オルークと同じように深く穴を掘って埋めたかったんじゃないかしら。あなただから言うけど、ディロン、頭が痛くなってきちゃった」

サビッチがにやりとした。「いっそスーがＩＣＵにいるシンディの殺害をくわだてるぐらい追いつめられて、捨て鉢になってるといいんだが。彼女の警護を二倍にした。ラムジー並みの警護態勢だ。これでもしスーが現れれば、確実に逮捕できる」

「スーならやりかねないと思ってるのね。シンディがわたしたちに話すことだけは避けたいでしょうから。でも、彼女の殺害をくわだてた以上は、彼女が話すことはわかってる」

「似顔絵がアップされたぞ」

シャーロックはＭＡＸの画面をのぞきこみ、男の顔を見た。「あまり特徴がないわね。髪が黒くてふさふさしてる以外、アジア人らしいところもないし。緑色の瞳に、面長な顔。歳は三十五歳ぐらい？」

サビッチは言った。「ああ、そんなところだな」似顔絵の男を見つめながら、いつしかスーがなぜ中国政府の手下となって生まれた国を裏切ることになったのかを考えていた。自分のことをアメリカ人である以上に中国人だと感じたのか、それともただの金銭目的か？　サビッチにはそのどちらも万全な答えでないことがわかった。事実は、スーがたまたま半分中国人の血を引くサイコパスであり、喜びを感じられることで金を儲けられる職業にぴったりはまったというにすぎない。

43

サンフランシスコ総合病院
火曜日の午前中

外科ICUのシンディ・カーヒルが入れられていた小部屋は、彼女の殺害を指示した男に撃たれたラムジーが生き延びようと闘った小部屋のすぐ隣だった。近づいていく彼らを見て、シンディの小部屋の前にいたコリー巡査が笑顔になった。彼はラムジーがここにいたときも、交替で警護にあたっていた。

「こんにちは、サビッチ捜査官、シャーロック捜査官。つい数分前から、クリストフ捜査官とバルビエリ保安官助手がなかでお待ちですよ。医者と看護師の出入りがやけに激しいんで、状態がよくないんでしょうね」彼は携帯を掲げて、スーの似顔絵を見せた。「いま送られてきました」シャーロックにうなずきかける。「影も形もありませんよ。野球帽のあるなしにかかわらず、こいつに似たやつが現れたら、ロビーで足止めされて、徹底的に身体検査されるでしょう」

シンディは死体のように青ざめていた。閉じたまぶたが黒ずみ、髪はべたついて張りがない。プラスチックの酸素マスクをはめられ、息をするときは、重労働でもあるかのように苦しそうだった。体にかけられた一枚きりのシーツは胸に触れた部分がピンクに染まり、その下には音を立てるチューブとパックとやはり一部がピンク色に染まった圧迫包帯の迷路が横たわっていた。点滴のひとつは血液で、ゆっくりと血がしたたって腕に入っていく。化粧なし、虚勢なしで、強烈な性格を発揮できないとなると、いつもより幼く頼りなさげで、しかもとびきり体調が悪そうだった。

サビッチはイブとハリーにうなずいた。「きみたちが来てからずっと寝てるのか？」

イブが頭を振った。「起きてます。ただ、痛みと投与されてる薬の影響で朦朧《もうろう》としてるんです。意味のある会話ができるようになる保証はないと、医者に言われました」

シャーロックが言った。「試してみるしかないわね」

「あ、目を開きました」イブはシンディの上に身を乗りだした。「おはよう、シンディ。あなたがそこにいるかどうかわかるように、まばたきしてくれる？」

シンディ・カーヒルはまばたきした。「いるわよ」ささやくような小声。

「痛むか？」サビッチが尋ねた。

信じられないことに、彼女はほほ笑んだ。「バリ島で日光浴しながら泳いでるような気分じゃないって意味なら、そうね。いつかバリ島に行きたかったのに、こうなると、むずかしいかも。あの女がわたしの胸にナイフを突き刺したあと、謝ってたのを知ってる？」

みな一瞬、哀れみを覚えたものの、つぎの瞬間、シンディは悪意のしたたる声で言った。「で、あの痩せたゲス女の話し相手になってやったのよ。ほかにやることもなかったから。そしたら、あの女いい気になって、べらべらべらべら息子のことを話しやがって」体調が悪いにもかかわらず、ふいに本物のシンディがいつもの態度で戻ってきた。

ハリーはにやりとして、「いつもの調子が戻ったな、シンディ」と言い、その状態が保たれることをひそかに祈った。

「戻るわけないでしょ。これを見てよ。ま、あのゲス女に命だけは取られずにすんだけど」

「あの人、リン・メイというのよ」シャーロックが口を出した。

「あんた誰？」

「FBIの捜査官よ」

シンディは言った。「その髪、すてき。わたしも一度だけ赤毛にした、っていうか赤褐色だったんだけど、そんな巻き毛じゃなかった」そして、イブに視線を投げた。「わたしが嫌いなのは、金髪のポニーテール。時代遅れだし、かまととぶっててていじましい」

イブは言った。「リン・メイがあなたを殺そうとしたのは、そうしないと息子を殺すとスーに脅されたからよ」

痛めつけられ、薬漬けになっているにもかかわらず、シンディが計算をはじめたのがわかった。「その子ももう死んでるわ。母親が失敗して、わたしが生きてるんだから。スーならすぐに気づく」

「彼女の息子さんは保護されてるわ」シャーロックは言った。「だから心配ないのよ」

イブが続いた。「リン・メイがショック状態で、ここの精神科に運ばれたのを知ってる?」

「たぶん演技でしょ。痛い目に遭ったらいいのよ」シンディの手が握りしめられる。「わたしはあの女の話に耳を傾けてやったんだよ! 多少は親身にもなってやった。その見返りがこれだなんて!」

サビッチが言った。「きみよりもスーを優先した彼女が賢いのは認めるだろう? 警察には息子を守れないと思ったんだ」

「ええ、そうね、あの女は賢いからスーの言葉を真に受けた。そりゃそうよ。ハント判事を狙撃し、ミッキー・オルークと、愚かにも欲をかいたミロを殺した男だから。ちょっと待って——」シンディがふいに目を血走らせた。「クライブは? クライブはどこ?」

サビッチはまだこの段階でその話をしたくなかったが、シンディは顔を紅潮させて一心にこちらを見ている。言わないわけにはいかない。「スーが受刑者を雇ってシャワー室で彼を刺させた。リン・メイにきみを刺させたのと同じだ。気の毒だが、シンディ、クライブは助からなかった」

シンディの顔からいっさいの表情が消えた。首を振りたいのに、頭を動かせないようだった。目をつぶって押し黙り、息を荒らげている。まぶたの下から滲みだした涙が白い頬を伝った。

彼女にとって、クライブはただの道具じゃなかった、とイブは思った。

サビッチが言った。「もうクライブは救えないが、きみは救える。連邦検事から取引の約束を取りつけてきた、シンディ。スーについて話す準備はあるか？」

シンディは目を閉じたままささやいた。「わたしの希望は十五年なんだけど」

「ああ、スーは連続殺人鬼だ。逮捕に協力してもらえれば、十五年になる」

「書類にしてくれた？」

「時間がなかったんだ、シンディ。いまもだ。こうして話しているあいだにも、彼は国外に出てしまうかもしれない」

「あなたは信用できる人なの、サビッチ捜査官？」

サビッチはかがんで、顔を近づけた。「信じてもらっていい」

シンディは目を開き、彼の顔を見て、小声で言った。「スーのファーストネームはXianと綴って、シャンよ。クライブよりうんと若いけど、歳を教えてくれたことはないわ。さんざんつついてやったら、十八のときに出身地のインディアナから出てきたなんて、適当なこと言ってたけど。本人が言うには、ジョー・キーツって名前に変えて、仕事をするときはスーなんだって。いまもジョー・キーツを使ってるかどうかは知らない。パスポートを見たことないし。たぶん偽名なんかはいて捨てるほどあるんでしょうね」

「この絵だけど、彼に似てるかい？」サビッチは携帯に表示されたスーの似顔絵を見せた。

「いい線いってる。きれいな緑の瞳で、実物のほうがハンサムだけどね。まつげは母親のアン譲りだそうよ」

「いまどこにいるか知ってるかい？」

「さあ、聞いたことないから。好きなときに現れるだけ。たぶんあちこち移動してるのよ」

「スーはマーク・リンディのコンピュータのなかのなにを狙ってた？」

「それも聞いたことない。知ってることが少ないほど、誰にとってもいいからって。リンディは自分のことをコンピュータのワームやウイルスなんかの専門家だって言ってたけど。セックスのあとわたしに乗っかったまんま、イランの核開発計画を遅らせた技術者のひとりだって自慢してたこともある」

シンディに取りつけられた電子モニタのひとつが警報音を放ちだし、看護師と研修医が駆けこんできた。「すぐ出て」研修医が言った。「応急処置しないと」

四人は足早にシンディ・カーヒルの小部屋を出て、外に佇んだ。「命が危ないのかしら？」

それに答えられるものはひとりもいない。

サビッチがエレベーターのボタンを押し、全員が無言で乗りこんだ。サビッチが言った。

「シンディに関してできることはないから、どこかで腰を落ち着けて、彼女から提供された情報をＭＡＸにかけてみよう」

カフェテリアに向かいながら、イブが言った。「彼女には生き延びてもらいたい。クライブの件で動揺するのを見たときは、正直、驚きました。彼のことを父親代わりかなんかにして、利用してるだけだと思ってたので。そう、ただの、役立たずだと」

サビッチが首を振る。「他人には奇妙に見えても、あれで相互に依存しあってたんだろう」

イブはうなずいた。「それでいて、彼を軽視する気持ちもあったんだと思います。クライブのほうが彼女より弱いから。でも、つねに自分のためにそこにいてくれる彼に依存してた。その人を亡くした彼女は、どうなるんでしょう」

44

病院のカフェテリアに席を移したシャーロックはコーヒーカップを置いて、ディロンの肩越しにＭＡＸをのぞきこんだ。スーはインディアナ州ランポで生まれ育った。白人の母親はアン・スーといい、ランポ・ハイスクールの歴史の教師だった。中国人の父親は移民してきた直後はフロリダ州パキシコというメキシコ湾岸の町に住んでいたが、その後インディアナに移り住んでガソリンスタンドを購入した。

スーが十八歳のとき、彼と両親は長い夏期休暇を取った。スーの母親は、ランポから八十キロ離れたブロンソン湖に出かけてくる、と近隣の人たちに言い残していた。

一家はそれきり戻らなかった。スーの父親が経営していたガソリンスタンドはそのまま放置され、ランポ・ハイスクールの歴史教師の席は、アン・スー不在のまま秋学期を終えたのちに補充された。息子の行方は杳《よう》として知れなかった。通り一遍の聞き取り調査は行われたものの、休暇旅行に出たきり、スー一家の消息は途絶えた。両親の親戚を知る人がいなかったこともあって、一家はやがて人々の記憶から葬り去られた。

シャーロックが言った。「スーが両親を殺したのかしら？」

「だろうな」サビッチが答えた。「以来、スーの痕跡は消えた。もし正式にジョー・キーツに名前を変えたんなら、見つかるはずだ」

確たる成果として挙げられるのは、スーがインディアナで取得した最初の運転免許証が見つかったことだ。十六歳当時の彼の写真がついていた。およそ二十年後の現在の姿を再現させるため、すでにその写真はサビッチの指示でFBI本部の画像処理ラボにまわされた。リン・メイの証言によってできた似顔絵と比べるべく、そのできあがりを待っているところだ。手元に届きしだい、グリフィン・ハマースミスたちにも転送することになっている。

「顔立ちはまるで白人ね」シャーロックは免許証を見て、言った。「この緑の瞳を見てよ。中国人の父親にはまったく似たところがないわ。ふたりとも多少、華奢なことをのぞけば。ハンサムな少年だと思わない？」

「よく見ろよ」サビッチは言った。「頭の傾け方に早くも傲慢さが出てるし、醒めた目で相手をまっすぐ見てる。他人の思いや考えを斟酌しない人間の目つきだ」

メッセージの受信が告げられ、ふたりはほどなく同じ顔を見ることになった。口元や目元はより精密になり、眼差しは鋭さを増しているが、変わらぬ醒めた目つきが容易に見て取れた。サビッチはそれをハマースミスに転送して、数秒待ってから、スピーカーホンに切り替えて電話した。「グリフィン、いまスーの写真を送ったが、届いたか？」

「いまネットワークに載ってばらまかれようとしてますよ。スーの動きについてですが、自分の考え違いでした。アサトンあたりのB&Bも、ロンバード通りとフィッシャーマンズワーフにあるそこそこのモーテルも、テンダーロインのモーテルも、すべてあたってみましたが、見つかりませんでした。

ですが、こちらが身元を確定したのを知らないまま近くにいるはずです。こちらの裏をかいて、超一流ホテルに泊まってるのかもしれない。〈スタンフォード〉とか〈フェアモント〉とか〈マンダリン〉とか。ぼくは〈フェアモント〉が怪しいと思います」

「なぜ〈フェアモント〉なの？」シャーロックが尋ねた。

沈黙をはさんで、グリフィンが答えた。「ただの勘です。裏付けはありません」

それでいい、とサビッチは思った。

「それに、スーとその周辺からわかるとおり、彼は金には困っていませんから、快適にして悪い理由がありますか？」

「だったら、最初にハント判事を殺しにきたとき、アサトンのB&Bに泊まっていたのはなぜなの？」

「わかりません。ただ、わかったのは、そう簡単に把握できる人物じゃないってことです」

グリフィンはため息をついた。「ミッキー・オルークが殺されるまでは、異なる人物像を描いてました。今回はスーの写真を持って、ありとあらゆるホテルを訪ね、フロントのデスクの背後に写真を貼ってもらいます。いまも野球帽をかぶって、サングラスをかけてるかもしれませんが——こちらとしては、警告を与えることしかできませんからね」

「グリフィン、お願いがあるんだけど」

「どうぞ、シャーロック、なんなりと」

「用心してちょうだい。とても危険な男よ。それを忘れないで」

「わかりました。あの、〈フェアモント〉のことですが、ぼくの思い違いかもしれません」

「そういうことはめったにないと聞いてるぞ」サビッチは言った。「なにかあったら電話してくれ」


ハリーとともに四階でエレベーターを降りたイブが顔を上げると、廊下で警護にあたる警察の巡査と連邦保安官助手がひとりずつ、ふたりを見て立ちあがった。

ふたりがラムジーの病室に入るなり、ハロラン連邦保安官助手が尋ねた。「どうしました?」

「とんでもない失敗をしちゃったわ、ジョー」イブは言った。

ハリーは彼女の腕を握った。「シンディ・カーヒルの経過がよくないからな。だが、ついに有益な情報がもたらされたかもしれない。結果はじきにわかる」

なんと、イブが驚いたことに、ラムジーはスパイ小説を読んでいた。こんなに完璧な偶然があるだろうか。スーはスパイであり、ラムジーを殺そうとした冷血な殺人鬼だ。そのスーについて、サビッチはなにを探りあてるだろう？

イブはかがんで、ラムジーの頬にキスした。「今日はいちだんとセクシーですね、判事」

それに、やつれた顔をしている。けれども切れ味の鋭さや、厳しさ、それにいつものジャッジ・ドレッドを地でいくキラースマイルが復活している。「わたしがセクシー？　うちの奥さんと同じくらい嘘つきだな。嘘つきでもなんでも、きみに会えて嬉しいよ」言葉を切る。「イブ、嘘をつこうなど百年早いぞ。なにかあったんだろう？　なにがあった？」

イブは言った。「シンディ・カーヒルの証言で、あなたを殺そうとした男の名前がシャン・スーとわかりました。インディアナ州で生まれた中国系アメリカ人で、外見は白人そのものです。ディロンとシャーロックがいま追跡しています。その名前にお心当たりはないですよね？」

「ただのスーと同じく、ないよ」ラムジーは言った。「その男が見つかったら、ここを出て、仕事に復帰するめどが立つかもしれないな」

「逮捕まであと一歩です、ハント判事」ハリーが言った。「二度とあなたが狙われることはありません」ラムジーが思案顔で、ハリーからイブに目をやる。イブは言った。「ひょっとして、感謝祭までにご自宅に帰るおつもりですか？」

それでラムジーは痛み止めの影響が脳だけでなく、聴覚にまで及んでいることに気づいた。

一瞬、イブの話し声が鈴を転がすように聞こえたのだ。感謝祭のこともなにもすべて忘れ、その声のことで頭がいっぱいになった。イブを見あげた。「ボイスレッスンを受けたことがあるのかい？」

「わたしがですか？　よしてください、わたしの声帯じゃ、錆びたのこぎりを挽《ひ》くようなものです。ラムジー、痛み止めをのんだばかりじゃないですか？」

「ああ、つい数分前に。わたしがまだ起きているうちに会えて、きみは運がよかった」

イブは彼の手を握った。「ねえ、ハロラン、ハント判事とポーカーをやるんなら、いまよ」

シャーロックとサビッチはロビーの外れにある警備室で、グリフィンの電話を受けていた。ひどく高ぶった彼の声を聞いて、シャーロックは彼がハンドルを握っていないことを祈った。

「発見しました！　写真一枚で大違いですよ！」

シャーロックは言った。「スピーカーホンに切り替えさせて、グリフィン。さあ、いいわよ、いい話を聞かせて」

「スーはここ、〈フェアモント・ホテル〉にいます。勤務中のフロント係の女性が、写真をじっくりと見て、気づいてくれました。サングラスと野球帽の姿を見慣れていたせいですが、今朝の朝食のあと、レストランから他のお客さんたちとぞろぞろと出てきたついでにコンシエルジュに質問したとかで。彼女がおはようございますと挨拶すると、彼も笑顔で挨拶を返したそうです。とてもすてきな笑顔でした、と言ってましたよ。どうやら、今朝のわれらがミスター・スーは、サングラスを忘れたか、さもなければ詮索好きな目から顔を隠す必要を感じなかったかしたらしい。長居をする気がないからかもしれません」

グリフィンが思わず笑顔になるほど、ふたりは大きな歓声をあげた。ビデオの前にいた病院の警備員がふり返り、世界じゅうの人たちを相手にハイタッチをしそうなふたりを見て、コーヒーカップを掲げて乾杯のしぐさをした。

シャーロックは言った。「グリフィン、あなたは天才よ。あなたの足元にひれ伏すから、なにもかも話して聞かせて」

「スーはいまは出かけてます。フロント係によると、最後に見たときは、ホテルの玄関に向かっていたそうです」

サビッチは尋ねた。「グリフィン、フロント係はスーが荷物を持っていたかどうか見てたか？　たとえば旅行鞄とか？」

「その点は尋ねてないんで、ちょっと待ってください」二分後、グリフィンが電話に戻ってきた。「荷物を見た記憶はないそうです」

サビッチは言った。「シンディが死んだと思ってるんなら、ここでの仕事は終わったつもりになって、朝食の前に鞄を車に運んでるかもしれない。グリフィン、スーがどんな質問をしたか、コンシエルジュに訊いてくれ」

一分後にグリフィンが電話に戻った。「スーと話したコンシエルジュは今日、休みでした。携帯に電話して、スーからなにを尋ねられたか訊き、わかったら電話します」

「グリフィン、ロビー周辺を離れるなよ」サビッチは言った。「スーが戻ったら、電話しろ。ただし、逮捕しようとするな。いいな。いまそこに捜査官が何人いる?」

「自分を含めてふたりです」

「気楽な旅行者のふりをしてろ。チェイニーかおれが電話する」

サビッチは携帯を切った。「単純明快に行こうと思う。やつの部屋で待ち伏せするんだ。それなら周囲の人たちを巻き添えにしないですむ」

シャーロックは小首をかしげた。「ひょっとして、もう旅立ってたりして?」

「わからない。利口かつ慎重な男だ。今朝ホテルを出たときはチェックアウトしてないが、旅行鞄を車に載せていたのなら、もう戻らないかもしれない」

「賭けてもいいけど、スーはもうシンディが生存してることを知ってるわ。ラムジーが生きてることは、いわずもがなよ。そのままあきらめて、逃亡すると思う?」

「やつならなにをやってもおれは驚かない。出没しそうな場所は三カ所しかない。〈フェアモント〉か、どこかの空港か、じゃなきゃここ、病院だ」

「わたしたちがここで待機してるのは、彼にもわかってるわ、ディロン。ラムジーとシンディ・カーヒルが厳重に警護されてることもよ」

「エレベーターのラムジーもそうだった。イブに電話して、ラムジーを警護してる保安官助手に気を引き締めろと伝えさせてくれ。今日なにか大きなことが起きる。どこで起きるかはわからないが」

ふたりが駐車場に向かっていると、サビッチの携帯にＩＣＵから電話が入った。

あのあと痙攣発作に陥っていたシンディ・カーヒルは、そのまま命を落としたとのことだった。

45

スーはきびきびとした足取りでサンフランシスコ総合病院の敷地を抜け、ポトレロ・アベニューに出た。右に折れて、二二番通りに入る。その静かな住宅街にアウディを停めてあった。

サンフランシスコの空気はひんやりとして清々しく、灰色の空を雲が早足で移動していく。ようやくその雲に目をやって、ほっとため息をついた。自然と笑みが浮かぶ。大きな危険を冒して病院まで来たが、シンディがいまになってわきまえよく死んでくれたおかげで、みずからの手で彼女を殺すという最大の危険を冒さずにすんだ。

リン・メイとかいう、あの小柄でしけた女が結局は人殺しになった。

スーにはそれが気がかりだった。いまやシンディにはFBIに暴露するれっきとした理由があり、知っていることを彼女が話せば、シャン・スーがジョー・キーツになったことがいずれ明らかになる。ジョー・キーツという人物が中国の諜報部と通じている記録は国家安全保障局にはないにしろ、二度とジョー・キーツ名義を使えなくなる。殺人犯として国際手配され、仮に泳がせてもらえるにしても、生きられるかどうかは中国しだいになる。

シンディは彼女が死ぬ前にＩＣＵを出ていったあのＦＢＩ捜査官たちに話をしたのか？　確実なことはわからないが、可能性は低そうだった。彼女は大手術を受け、今朝まで喉にチューブを通されていた。意識を取り戻したとしても、そう長くはなかったはずだ。モニタから激しいビープ音が鳴り響くのを聞いたし、小部屋に駆けこむ医療スタッフも見た。彼らはなかなか出てこず、出てきたときには、その表情からシンディが死んだのがわかった。

シンディは正体不明の創造主のもとへおもむき、スーの秘密をいっしょに持っていった。死に際の彼女を思った。死ぬのを意識していたのか、それとも薬が効きすぎてわが身に起きたことも認識できなくなっていたのか？　そして意外にも、母の顔が浮かんできた。スーは息を荒くする母を前に佇み、血まみれのナイフを手にして、休暇用の小さな別宅のキッチンで母が苦しげに喉をつかみつつ、床にへたりこむのを眺めていた。

スーは足を速めた。母が死んだのはむかしのこと、遠いむかしの、すでに済んだことだった。スーはおのれの役に立たない記憶を遮断して、目前の重要事に集中するよう訓練されている。過去にこだわって、変えられないことをほじくり返してもしかたがない。当面求められているのは、北京にいる上司、前歯に金歯のある強靭な小男、イン大佐のもとへ戻ることだ。もはや自分たちを傷つける目撃者はいないこと、それゆえ今回のことが大佐率いるサイバー・インテリジェンス課に結びつけられないことを、予行練習したうえで大佐に伝えなければならない。詰まるところ自分は、アメリカにおけるスタックスネットの最新の研究成果の、少なくとも大半を、持ち帰ろうとしている。組織に害が及ばなければ、自分が手を汚したからといって、誰がそのことを責められるだろう。もちろんそれを判断するのは上層部だけれど、願わくは、捨てるには惜しい人材であると認めてもらいたい。

八カ月かけてようやく事態が好転したので、もはや留まる必要はなかった。〈フェアモント〉で旅行鞄を持ったら、アウディで六時間かけてロサンゼルス国際空港に向かう。近くのサンフランシスコ空港を使うほど愚かではない。ホノルルへと向かう一万メートルの上空から引きつづき自分を捜しているＦＢＩの捜査官たちに手を振ってやろう。

十分後にアウディまで来たときは口笛を吹いていた。キーフォブでドアを開け、運転席にすべりこむ。そこでひと息ついて、前方を見つめた。雲間から、赤々と燃える太陽全体がのぞいている。スーは清らかな霧がゴールデンゲートから押し寄せては去るこの美しい街が大好きだった。北京などひどいものだ。肺が腐るほど汚染された大気に、ゴビ砂漠から吹き寄せる砂嵐。空は茶色に染まり、マスクをしていても息が苦しい。何百万という人の大群が生き延びようとしのぎを削り、刻一刻と高さを増していくビル群は、手抜きがはなはだしすぎて翌日には崩れはじめる――それも、たちの悪い地元役人からその前に立ち退かされなければの話だ。

街を北へ向かいながら、バークレーでの学生生活を思いだした。無知で過激な仲間たちとともに抗議活動に走り、退廃したアメリカ社会の諸相が日々入れ替わる抗議の対象となった。恋人のジョイス・ヤンの存在もあって、そんな日々を楽しんでいた自分を思い返すと、笑みがこぼれる。ふたりは熱心な若き共産主義者《コミュニスト》だった。ジョイスのほうがうんと熱心ではあったけれど。そして北京に住むようになってはじめて、中国政府が腐敗におけるあらゆるレベルにおいてここアメリカのばかどもに教えてやれることを知った。あまねく染み渡ったむなしいまでの官僚主義と欺瞞に溺れて、スーの理想主義は死に絶えた。抗議する人たちの群れを見た。くだらない真実を声高に述べて、中国政府に首根っこを踏みつけにされる人たちを。口にする食べ物や、吸いこむ空気すら信頼できない社会にあって、なにを信じつづけることができるだろう。中国にいて信じられるのは自分の家族だけであり、スーにはその家族がなかった。

その地で一年半ほど暮らすうちに、そこで生きていけたらと思うようになったが、紫禁城の近くに与えられた豪華なアパートメントを出ると言ったら上司たちを驚かせるだろう。一年か二年して、すべてが過去のことになったら、独立することを考えてもいい。すでに力のある男たちのあいだで、ある種の評判を得ている。悪くない。

割りこんできたドライバーにクラクションを鳴らしつつ、カリフォルニア通りに入った。このあたりの車の運転はまともじゃないと地元民が思っているのは知っているが、スーに言わせればお笑いぐさだ。ロサンゼルスといえども北京にはかなわない。世界に名だたる交通渋滞の街では、自転車が滞った車のあいだを次々と縫っていく。厚みのある石塀の上を自転車で走り抜ける痩せた子どもを見たこともある。

スーは歩道を歩く人々を眺めた。その多くが携帯を耳に押しあてて、自分たちのちっぽけな人生のちっぽけな問題に忙殺され、彼らを取り巻く世界でなにが起きているか気づいていない。

北京に戻って、身の証を立てるときが来た。オルークを殺して以来、連絡を取っていない。だが、あせりは禁物。一対一で話をするのが一番だ。

口に恐怖が広がる。粘ついていて、腐敗臭がして、ミッキーの喉からあの荒れ果てた納屋の壁に飛び散った血を思いださせた。

スーはふたたび口笛を吹きはじめた。これから十分のうちに〈フェアモント〉に入って出てきたら、あとは一路、桃源郷に向かうのみ。

46

フェアモント・ホテル
サンフランシスコ、カリフォルニア通り

スーはアウディを駐車場係に託した。十分で戻ると告げて、十ドル札を握らせた。きれいな娘だ。黄色い御影石の円柱が立ちならぶ優美なロビーには、大きなヤシの木がそここに置かれ、椅子やソファが芸術的に配置されている。そこを通り抜けて、エレベーターまで行った。最上階の六階のボタンを押した。同じエレベーターにお互いに知りあい同士のふた組のカップルが乗っていた。男たちがショッピングバッグを持ち、女たちは生き生きと幸せそうにランチの話をしていた。

どちらのカップルも五階で降りた。彼らの部屋からも自分の部屋ほどの絶景がのぞめるのだろうか。はるか後景にゴールデンゲート・ブリッジを眺めながら、東側の眼下には繁華街が広がり、複雑に重なりあった建物が明るい午後の日差しを照り返している。

スーはエレベーターを降りて、絨毯を敷き詰めた美しくて広い廊下を一番奥にある自分のスイートまで行った。向かいの部屋の前でメイドがひとり、カートの脇に立っているが、そ

れ以外には人影がなかった。見かけない顔だ。慣れない場所にいるときは、つねに周囲の顔に気を配るようにしている。スタッフも例外ではない。

メイドは顔を上げ、笑顔でうなずきかけてきた。「ご用はございませんか、お客さま?」

スーはかぶりを振って感謝を述べ、彼女がタオルの山をいじるのを見た。彼女のなにかが気になる——どこか、ふつうと違う。新人なのか? いつもと違うシフトで働いているからという、それだけの理由か? そう、はじめて見る顔だから。スーは笑顔を返した。「楽しくやってるかい?」彼は尋ねた。

「はい、ありがとうございます。雨が上がって、いい日になりましたね」スーに背を向けて、向かいの部屋のドアを開けた。

やはりおかしい。なにがだ? だが、自分の正体がばれるとは思えない。それはありえないことだ。だが、この十二年、うかうかしていたら生き延びてはこられなかった。上着のポケットから小さな缶を取りだし、リングに指を通して、太腿に押しあてた。カードキーをスロットに通すと、緑の明かりが点灯して解錠された。いつもどおりに静かでスムーズだ。ドアを薄く開いた。

きわめてモダンなリビングに入ると、目の前に街の景色が広がった。

男の叫び声がした。「FBIだ! 手を挙げろ! さあ!」

「撃たないでくれ!」スーは言うなり両手を挙げ、セイフティリングを手に残したまま、缶を床に叩きつけた。耳をろうする爆音がとどろき、もくもくと吐きだされる煙で目の前に黒いカーテンができる。炎が幕となって高く燃えあがるなか、スーは床に転がった。投げつけるときは、目をつぶり顔をそむけていたが、それでも光が見え、轟音に鼓膜が震えた。

叫び声が聞こえ、炎と煙を突き抜けて銃弾が飛び交いだした。向こうにもこちらは見えない。光に目を直撃されて耳鳴りがする状態ではなおさらだろうが、早急に手を打たないと焼け死んでしまう。そのとき、腕に銃弾が突き刺さるのを感じた。痛みをものともせずに入り口まで這い、廊下に転がりでた。最後に室内を見ると、立ちのぼる炎のなかでＦＢＩの捜査官たちがどなりあっていた。

立ちあがってふり返るや、さっきのメイドがシグを突きだした。「動くな！」

ひとつ叫び声がして、煙のなかから三発の銃弾が飛んできた。彼女の頭のすぐ近くの壁に当たる。彼女が一瞬怯《ひる》んだ隙に、スーはシグを蹴り飛ばし、手の甲で彼女を床に叩き倒して、もよりの階段に走った。左腕に激痛を覚えつつも、一段飛ばし、二段飛ばしで階段を急ぎ、顔から落ちないように体をはずませた。片腕が使えないので、転べば骨を折るかもしれない。そしてロビーに入る前に速度を落とした。着衣の乱れをなおして、息を整える。血はジャケットの袖に染みていた。さいわい黒っぽい生地なので、一見したところわからないが、痛みのほうは半端ではない。圧迫しなければまずいけれど、その時間がなかった。

走ってはならない。歩いてロビーを横切り、表に面した小さめのドアに向かった。警報装置が鳴りだし、ロビーにいる人たちが不安げにきょろきょろしだす。スタッフが彼らを外に出そうと配置につくなか、どうしたらいいかわからずにいる。まもなく修羅場になるのがスーにはわかっていた。ＦＢＩの捜査官といえども、その狂乱状態のなかでは自分の身を守りつつ、罪のない客たちを保護することに追われて、スーを逮捕するどころではなくなる。警報音に負けじと、背後から大声がした。「スー、止まれ！　ＦＢＩだ！」

足を止めることなくポケットに手を入れて、携帯であらかじめ設定しておいた番号を押した。大きな爆発音とともに、人々が悲鳴をあげながら逃げまどいだした。これで地獄の釜が開いた。ロビーを追ってくる捜査官は人波に呑まれる。

腕を押さえながら、駐車場係の待機場に向かった。車は見えるのに、さっきの娘もいなければ、ほかの駐車場係もベルボーイもいない。と、さっきの娘が目に入ったが、ドアマンになにかを叫びながらロビーへと走っていく。おれのアウディのキーはどこだ？　わからないし、待ってもいられない。とにかく外に出て、タクシーをつかまえなければ。タクシー乗り場はどこにある？

通りの向かいに黒っぽいバンが停まっているのに気づいたのは、ドアが開いて、赤毛の女が飛びだしてきたときだった。女は体側に拳銃を押しあてていた。またもやＦＢＩの捜査官だ。女は走りだし、こちらに向かってきた。

スーも走りだし、パニックを起こして歩道で立ち往生している人たちのあいだを縫って進んだ。遠くにサイレンが聞こえる。どうしてＦＢＩに見つかったんだ？　なぜ？　シンディだ、あの女が話したに違いない。

女の足音が聞こえる。近づいてくるのがわかる。相手は女、近づきすぎるというあやまちを犯せば、即座に殺せる。いまやにおいまで嗅げそうだ。甲高く尖った声で、行く手を阻む人たちを押しのけている。

爆発音を聞いて、シャーロックの心臓は止まった。最上階を仰ぎ見ると、窓が外側に飛んで割れたガラスが降りそそぎ、それを追うようにして炎と煙が吹きだしてきた。

スーの部屋だ。なにがあったの？　イブとハリーとグリフィンとハマースミスがその部屋でスーを待ち受け、ウィラ・ゲインズ捜査官はメイド姿で廊下にいる。まだそこにいるのだろうか？

ホテルの荷物搬入口から飛びだしてきたのがスーだとは、にわかには信じられなかった。その背後に逃げる客たちが続く。彼らの悲鳴を耳にして緊迫感に胸が締めつけられた。

バンのドアを開けて、飛び降りた。ホテルの出入り口を監視していた捜査官ふたりが叫んでも、ふり返らなかった。全速力でスーを追った。スーは足が速いが、周囲にはなにごとかと興奮して上階を見あげる人たちがひしめいている。

一瞬、彼の姿を見失った。シャーロックは幾組かの旅行者のあいだをめぐって、歩道に血痕を見つけた。よし、スーは負傷している。ほかのみんなは無事なの？　いや、いまは集中しなければ。ふたたび腕を抱えて走るスーが見えた。シャーロックは歩道のまん中で上階の炎を呆然と見あげるふたりの民間人の脇をすり抜けて、彼の背中に飛びかかり、首に両腕を巻きつけた。その圧力に屈して、スーが膝をつく。負傷しているとはいえ、体の大きさや力ではシャーロックのほうが劣るものの、訓練を積んでいるし、アドレナリンのレベルが跳ねあがっている。彼を組み伏せて、歩道に顔をすりつけてやらなければならない。

負傷している腕を拳で殴りつけると、スーが絶叫した。腹這いに倒れつつも、怒りと痛みにわめき散らし、悪態をつきながらシャーロックをふり落とそうとする。引きずりおろそうと負傷していないほうの腕を伸ばしてくるが、負けてはいられない。

いまや周囲にわけのわからないまま好奇心に駆られた野次馬が集まってきている。シャーロックは叫んだ。「ＦＢＩよ、下がって！　この男がホテルに爆弾をしかけたの！」

シグを掲げて、後頭部に銃口を突きつけると、スーがおとなしくなった。シャーロックは彼の耳元に顔を寄せた。「口実をくれないかしら、スー。さあ、身じろぎするなり、指を動かすなりしてくれたら、脳を吹き飛ばしてあげる」

「なぜわかった？」

「こちとらＦＢＩで、あなたはそうじゃない」上体を起こして、彼の右手首に手錠をかけた。

「それに、あなたは自分が思ってるほど優秀じゃないのよ。あなたには黙秘権がある。あなたには――」負傷したほうの腕をつかみ、手錠をかけようと背後に引く。スーの怒りに満ちた叫び声が聞こえたその瞬間、脳が発砲音を感知した。目の前に閃光が走るや、すべてが闇に落ちた。

47

なにかがおかしい。サビッチはトーラスを二重駐車すると、〈フェアモント〉の向かいに停められていたFBIのバンに入った。シャーロックとほかふたりの捜査官が待機していたバンだ。さっき爆発音がするや、六階からガラスが外に降りそそぎ、そのあと炎と煙が吹きだしてきた。

続いてシャーロックが逃げまどう人たちを縫って走りだした。人混みを突っ切ったり、押しのけたりしてスーを追い、彼を捕まえようとしていた。そしてスーに飛びかかって、押し倒した。そこで姿が消えた。

サビッチは人をかき分け、シャーロックの名を呼んだ。スーの背中に馬乗りになって、手錠をかけている。そのとき突然、背後から大きな破裂音がした。ライフルの発砲音だと気づいたのと、彼女の頭部に赤い花が咲いたのはほぼ同時だった。心臓が凍りついた。シャーロックをふり落としたスーは立ちあがり、右手首から手錠をぶら下げたまま人混みに消えた。

目にした光景が信じられなかった。理屈もなにもなく、受け入れられなかった。シャーロックのもとへ駆けつけなければならない。ただの夢よ、なんでもないわ、とシャーロックに笑顔で言ってもらわなければ。大騒動のなかで獰猛《どうもう》なうめき声を聞き、それが自分の喉から出ていることに気づいた。周囲の人たちが怯え顔でこちらを見ているが、知ったことか。みなサビッチから遠ざかった。視界がせばまり、矢のように噴きだす赤いものしか見えない。そう、まるで血のような――いや、血じゃない。とにかくシャーロックのもとへ駆けつけて、なにかの間違いだと、脳が勝手に紡ぎだした妄想でしかないと確認しなければ。最後の人集《ひとだか》りを突き抜けると、思春期の少年三人ががかがんで、押し寄せる人たちからシャーロックを守っていた。

サビッチはひとりの少年の腕をつかんで、シャーロックから引き離した。「ＦＢＩだ。人が近寄らないようにしてくれ――きみは、九一一に電話を」

サビッチは彼女の顔を見た。血がだらだらと流れて、髪が頭皮に張りついている。横向きになってぴくりとも動かず、自分ではどうすることもできない深い部分で、彼女が死んだのではないかと思っていた。息ができず、頭が働かない。怖くて触れることもできなかった。彼女の首筋に指を当ててみて、脈がなかったら怖すぎる。もしなんの反応もなければ、死んだということだ。指をさまよわせた挙げ句、ようやく首筋の脈を探った。脈打っている。そうとも、シャーロックは生きている。自分が着ている白いシャツの袖を破り取って、血の流れでる頭部の傷口に押しあてた。その手は力強く安定しているが、脳は混沌として荒れ果てていた。それでも、彼女は生きてる。大切なのはそれだけだ。

少年のひとりが、恐怖と興奮がない交ぜになった震え声で尋ねた。「死んじゃったの？」

サビッチの耳にはほとんど届かなかった。重要なのは彼女だけで、それ以外はどうでもよかった。押しつけたシャツの下には、銃弾で彼女の側頭部にできた溝があった。深さはどのくらいだろう？　頭部に傷を負うとぞっとするほど大量の出血がある。傷口を押さえる手に力を込め、もう一方の手を首筋に当てて、もう一度、安心のために脈を確認した。血に染まった鮮やかな巻き毛が手に触れた。

少年にというより、自分に言い聞かせるように言った。「生きてる」口に出して言うと、現実味が湧いてきた。

少年のひとりが言った。「街じゅうの警官が〈フェアモント〉に駆けつけてるって、九一一のオペレーターが言ってた」

「ビリー、なにしてるの？　どういうこと？」

「ママ、ぼくたちは大丈夫、ＦＢＩの手伝いをしてるんだよ。捜査官が撃たれたんだ」

サビッチは親たちの声を遮断して、血に染まったシャーロックの顔に顔を近づけた。「心配いらない、スイートハート、よくなる。きみは撃たれたんだ。擦り傷とは言わないが、脳には当たってないぞ」血まみれの髪に頬を押しつけ、狙撃手の腕が確かでなかったことを神に感謝した。一瞬、犯人は誰だという思いが脳裏をよぎった。

「サビッチ、シャーロックは？」

イブだった。ビリーの両親が少年たちを脇に引っ張った。イブが隣に膝をつく。

彼女を見あげたサビッチの顔は、シャーロックと同じくらい血だらけだった。「スーのスイートの爆発で窓が吹き飛ぶのを見たが、みんな、無事か？」

イブはこともなげに手を振った。「あなたの顔――」

「シャーロックの血だ」

イブは言った。「彼女は――大丈夫なんですか？」

サビッチは苦労してうなずいた。「撃ち殺されてはいない。ただ、生きてるが、意識がない――」それきり続かなかった。妻の顔を見つめたまま、シャツの袖を傷口に押しあてた。スーのことなど、どうでもいい。〈フェアモント〉が焼け落ちようと、知ったことか。大切なのはシャーロック。おい、しっかりしろ、シャーロックは生きてるんだぞ。おまえが指揮を執らないで、誰が執る。シャーロックはスーを捕まえ、その直後に何者かに撃たれた。誰がそんなことを？　話が通らない。スーはつねに単独行動をしてきた。違うのか？

少年三人に目をやると、ビリーの両親が彼らを守るように背後に控えていた。ビリーはシャーロックと同じ赤毛だった。ひょろひょろと背の高い少年で、板のように薄っぺらな体をしている。サビッチは彼らにうなずきかけ、安定感のある落ち着いた声でイブに話しかけた。「あの子たちがシャーロックを守ってくれた。名前を訊いておいてくれ」ビリーの母親に向かって、笑顔まで見せた。

「奥さん、息子さんたち三人はヒーローです。きみたち、ありがとう」

シャーロックを見おろす。「イブ、ハリーはどこだ?」

「スーを追ってます」

サビッチはそれきり話すのをやめて、シャーロックの顔を一心に眺めた。イブが腕に触れた。「救命士が来ました、ディロン。ここは彼らに任せましょう」

48

救命士のネイサン・エベレットはサビッチの肩にそっと手を置いた。「大丈夫ですか？　はい、わかりました、それは彼女の血ですね。あとはぼくたちに任せてください」

サビッチは初対面の男性の顔を見あげた。「彼女はよくなる」

「ええ、そうです、よくなります」ネイサンは言うと、ほかの救命士ふたりをふり返って、車輪付き担架を運んでくるよう指示した。

イブはサビッチを引き起こした。サビッチはシャーロックが担架に乗せられるのを見ている。生きているのか死んでいるのかわからないシャーロックを。いいえ、彼女は死なないわ、死んでたまるもんですか。「少年たちの名前と住所を控えました」

サビッチは苦労してイブの顔に意識を向けた。「きみは大丈夫なのか、イブ？　ハリーとグリフィンは？」

「はい。動揺はしてますけど」

「ハリーとグリフィンはスーを追ったのか？」サビッチはこのときようやく、まともに彼女の顔を見ることができた。「戦地にいたみたいだぞ」

イブがうなずいた。「三人ともです。とんでもない武器から煙と炎が飛びだしてきました。それを切り抜けたと思ったら、爆弾までしかけられていて。爆発する前に部屋を出られて助かりました」

シャーロックを乗せた担架が救急車に向かって動きだすと、人集りが割れた。サビッチは急いであとを追いながら、背後に言った。「誰が撃ったんだ？　スーは手錠をはめられていたから、彼じゃない。だとしたら、いったい誰が？」

「かならず見つけだします」イブは彼の背中に声をかけた。サビッチはシャーロックについて救急車に乗りこみ、ドアが閉まった。

のろのろとしか進まなかった。渋滞しているうえに、野次馬どもがうろついている。それでも救急車はどうにかマーケット通りに出ると、一路サンフランシスコ総合病院へと走りだした。

サビッチは彼女の手を両手でつかみ、じっと顔を見つめていた。

「大量に血が出たのはわかってます」ネイサンが言った。「ですが、頭部の傷は出血が派手なものですからね」

「ああ、わかってるよ」サビッチは言った。「見たことがある」

救命士はふたたび彼女の脈を取り、頭の傷口を確認した。腕を下見しておいて、肘の内側の血管に針を差し入れる。「ぼくはネイサンといいます。頭部の傷口からの出血は止まりました。この点滴は薬の投与用です。いま与えてるのはただの食塩水ですが」

サビッチはうなずいた。「おれはサビッチ。アルコールを染みこませたコットンをくれたら、おれが血を拭く」

ネイサン・エベレットは、患者さんにはさわらないでくださいと言って、断りたかった。だが、シャツの袖が片方ないこの大男は、脇の床に黒い革ジャンを置き、自制心を失うまいと必死に闘っていた。「わかりました、お願いします。ただし、傷口には触れないようにしてください。また出血させたくないですからね」

ネイサンが見ていると、サビッチは患者の髪を持ちあげて、ネイサンが消毒液を含ませたガーゼで拭きはじめた。軽くやさしい手つきだ。そして五枚ほどのガーゼを使って、髪についていた血をすっかり拭《ぬぐ》い取った。

ネイサンはつぎのガーゼを渡した。「ご自分の顔も拭いてください」

サビッチは言われたとおりにした。顔を拭きながら、すごい出血量だ、と思った。

ネイサンは神さまに感謝した。恐れていたほど、ひどい傷ではない。側頭部が深く削られているが、頭蓋骨はどうだろう？　折れているだろうか？　脳の損傷は？　動脈が損傷して、頭蓋内の出血が続いているかもしれない。まだわからないことだらけだが、あと数ミリ銃弾がずれていたら、頭蓋が吹き飛ばされていたことはわかる。ネイサンは唾を呑んだ。当面、重要なのは彼女がすぐに意識を取り戻すかどうか。早ければ早いほど、これまでどおりの人生を送れる可能性が高くなる。そんな思いを、口に出して言った。「命にかかわる傷じゃありませんが、意識を取り戻してくれないと。あなたはＦＢＩの捜査官なんですか？」

「ああ、ディロン・サビッチ、サビッチ捜査官だ」

「彼女は同僚ですか？　やはり捜査官？」

「ああ、彼女は捜査官で、おれと生活を共にしている。妻なんだ」

ネイサンはひっくり返りそうになった。「嘘でしょう」

サビッチは黙って首を振った。大きく執拗なサイレンの音に、前を走る車の列が路肩に寄った。なぜかここまでサイレンが聞こえていなかった。シャーロックの顔を伝う血を拭き取った。ショーンが飲んでいる低脂肪乳のように真っ白の顔色をしている。腹立たしさに胸が張り裂けそうだった。

彼女の目が開いた。殴られすぎたプロボクサーのように焦点が合っていない。

サビッチはかがみこんで、彼女の両手を握った。「シャーロック？」

彼女がまばたきをして、唇を舐める。「どうして上にいるの、ディロン？　わたしが横になってるのはなぜ？　なにがあったの？」

「覚えてないのか？　いいさ、気にするな。きみは撃たれたが、じきによくなる」

彼女が眉をひそめる。状況が呑みこめないようだ。「ディロン、頭がすごく痛い」

「だろうな、もうすぐ病院だぞ。たいした怪我じゃない。ちょっとやられただけで、たいしたことないからな」

「ちょっとやられただけ?」

ネイサンが答えた。「そうです。起きててくださいね。そうです、ぼくの顔から目を離さないようにして」

「彼女の名前はシャーロック、ぼくの目の色は何色ですか?」

「シャーロック、ぼくの目の色は何色ですか?」

彼女は答えずに、ふたたび目をつぶってしまった。

サビッチの顔が曇ったので、ネイサンはあわてて言った。「彼女は意識を取り戻して、自分のことがわかっていました。いい兆候ですよ。あと六分で病院に着きます。奥さんは亡くなりませんからね、サビッチ捜査官」

このときようやく、サビッチは妻のかたわらにいる男の顔を認知した。四十代前半の、太り気味であばた面の男性で、濃い茶色の瞳と、見るものに安堵感を与える笑みの持ち主だった。だが、なにより大切なのは、そう言う彼の目に疑念の曇りがないことだった。

ネイサンが咳払いをした。「誰に撃たれたんですか?」

「わからない」サビッチは言った。「わかっていることは、ほとんどない。〈フェアモント〉で爆発があって、彼女はその犯人を捕まえた。そのあと何者かに撃たれた」

ネイサンは言った。「爆弾犯はテロリストなんですか?」

テロリスト? 「いや。手枷足枷をつけておくのがふさわしい、きわめて慎重で準備のいい男だ」シャーロックの顔を見つめたまま、つけ加えた。「ホテルで死傷者が出てないといいんだが」

シャーロックがびくりとして、鋭く息を吸いこんだ。

彼女は一瞬サビッチの手を握りしめて、脱力した。サビッチは息を詰まらせて、彼女の手を握った。怖かった。

ネイサンの手を肩に感じた。「ほんとですね、捜査官。さあ、着きましたよ」

49

サンフランシスコ総合病院

それから十五分後、さいわいにも混んでいなかった救急救命室に半ダースのＦＢＩ捜査官がチェイニーを先頭にして駆けこんできた。サビッチは受付のデスクで看護師と小声で話していた。

チェイニーが押しだすように質問を放つ。「頭部の怪我だとイブから聞きました。彼女の容態は？」

サビッチはハリーとイブとグリフィンと、その背後に控える名前を知らない捜査官四人を見た。何人かは顔も着衣も煤《すす》だらけだし、ひとりはシャツに血がついている。本人の血なのか？　それともホテルから救出した誰かの返り血か？

続いてバージニア・トローリーとビンセント・デリオンが走ってきた。

サビッチは言った。「目を覚ましてるよ。おれがここにいるのは、まだ神経の診察をしてて、部屋は狭いし、おれは役に立たないからさ」サビッチは看護師を顎で指し示した。「フランケンシップ看護師が行き来して、医者がなにをどうしているか、逐一伝えてくれてる」

「怪我の具合は？」バージニアが近づいてきて、サビッチの肩に手を置く。

サビッチは答えた。「銃弾のせいで左側頭部の、左耳の上のあたりがえぐられた」実際に自分の頭に触れて、傷の位置を示した。「あと数ミリ右にずれてたら、命はなかった」喉が締まったので、唾を呑みこんだ。塀の支柱のように体をこわばらせて、平常心を取り戻そうとした。「さっき部屋を出たときは、多少ぐったりはしてたが、元気だった。傷口を縫うために、髪を少し剃った」口に出して言ったら、なぜか、取り乱しそうになる。サビッチは口を閉じた。自制心を保ちたければ、黙るしかない。

ブランケンシップ看護師はサビッチから、それ以外の人たちに目を移して、全員に言った。

「サビッチ捜査官には言ったんですが、すぐに縫合する準備に入ったのは、いい知らせです。CTに直行しなかったのは、頭蓋骨折の心配がなくて、神経の診察結果もほぼ問題なかったということですからね」

「なにか問題があったのか？」サビッチが尋ねた。

看護師が急いで訂正する。「いいえ、すみません。脳震盪《のうしんとう》を起こしていたので、つい。それだけです。これからまたなかに戻って、この先どうなるか確認してきますね」

彼女は全員に笑みを向けると、シャーロックの小部屋に向かって廊下を急ぎ、一分とせずに戻ってきた。「念のため、ほどなくCTスキャンに行くそうです。なにも見つからない可能性が高いから、一日二日で小さな傷をお土産に退院できるだろうとのことですよ。

さあ、あとは奥さんは一週間ぐらいでもとに戻ると、みなさんからサビッチ捜査官に言ってあげてください」サビッチの腕を軽く叩いて、戻っていった。

何人もの口から安堵のため息が漏れた。ハリーがサビッチを見ると、彼もようやくシャーロックは死なないという事実を受け入れたようだった。サビッチは仲間たちを見て、彼らに意識を向けた。「それで、なにがわかった？　彼女を撃ったやつがわかったのか？　スーはどうなった？」

ハリーは答えた。「カリフォルニア通りの二ブロック先にいた所轄の警官が、通りをゆっくり走っている白のインフィニティに向かって拳を振りまわし、どなっている若い男を見かけたそうです。スーはその車のドアを開けて、運転席の男の頭を殴り、道路に突き落とした。すでにその車とナンバーには広域緊急手配をかけてあります」

スーは負傷しています。自分たちの誰かが——」ハリーはイブとグリフィンにうなずきかけた。「スイートで炎に包まれながら、彼を撃ちました。廊下でメイドのふりをしていたゲインズ捜査官が言うには、スーは上腕部を負傷しており、ひどい出血をしながら階段を下りていったそうです。ゲインズは鼻の骨を折られましたが、命に別条はありません。殴られたショックを脱したあと、自分たちを部屋の外へ誘導してくれたんです。助かりましたよ。嘘がばれた場合に備えて、スーは部屋に爆弾をしかけてたんです。グリフィンは軽い火傷を負ったし、みな、多少の火傷はあって、咳きこみましたが、深刻な怪我はありません。

全員でスーの血痕を追ってロビーに出ました。爆弾が爆発したのは、自分たちが階段にいたときです。ロビーは蜂の巣をつついたような騒ぎでしたが、その場に留まるより、外に飛びだしてスーを捜すことを優先しました。そのときにはもうあなたがいて、シャーロックは彼に馬乗りになっていた」ハリーは捜査官たちを見て、つけ加えた。「これが自分たちの知っていることのすべてです」

シャーロックとともにバンで待機していた捜査官のひとり、ケインが説明した。「シャーロックはスーを見つけるなり、黙ってバンを飛びだして、走りだしました。すぐにあとを追ったんですが、道路にも歩道にも人があふれてましてね。そのとき、最上階の窓が吹き飛ばされたもんだから、みな悲鳴をあげて、降りそそぐガラスを避けようと逃げまどったんです。ようやくシャーロックのもとにたどり着いたときには、サビッチ、あなたと三人の少年がいっしょでした」

もうひとりの捜査官が補足した。「シャーロックがスーをうつぶせに押さえつけて、手錠の片方をかけたときに、一発の銃声が聞こえました。ライフル銃の音のようでした。ライフルなら、背後のどこからでも撃てます。鑑識が到着ししだい、軌道を調べさせます」

「しかし、何者なんだ？」サビッチは疑問を呈した。「スーはおれたちが〈フェアモント〉で待ち伏せしているのを知らなかったはずだ。どうやったらライフルを持った人物に背後を頼めるんだ？」

チェイニーが言った。「わかりませんね、サビッチ。シャーロックがスーを倒して拘束しかけたそのときに、まったくの新顔が突如プレイヤーとして登場して、どんな理由にしろ、彼女を撃った。そんなことが起こりうるとは」

サビッチはカウンターを殴りつけた。「シャーロックがやつを捕まえて、一件落着のはずだったのに、また取りのがしてしまった。しかも、こんどは協力者までいる」

「中国人でしょうか？」イブが尋ねた。

「ありうる」サビッチは言った。「だが、中国側がそんなことをする理由がわからない。おれが彼らなら、撃つのはシャーロックじゃなくて、スーだ」

バージニア・トローリーは、熱湯をも冷ましそうな声で言った。「うちの警官の半分が〈フェアモント〉にいるのよ。誰かがなにかを見てるはず。希望を失わないで、ディロン」

チェイニーは言った。「〈フェアモント〉は大混乱だし、通りは消防車とパトカーで封鎖されてる。あなたのトーラスは動かしておきましたから、ご心配なく、サビッチ。いまのところ、救急車で搬送されたのは、シャーロックひとりのようです。ざっと見たかぎりでは、みな擦り傷とか切り傷程度でした」

「わたしたちが出てくるときには、もうマスコミが来てました」イブが言った。「いまごろ全国ニュースになってるでしょうね。なにせ天下のサンフランシスコ、〈フェアモント・ホテル〉ですから。彼らがテロリストと呼ぶ爆弾犯に、頭部を撃たれたＦＢＩの捜査官——そんな物語を支えるネタがすべてそろってます」

チェイニーの携帯が鳴りだした。画面を見て、眉をひそめる。「地元テレビ局だ」彼が電話に出る前に、一瞬迷ったのをサビッチは見て取った。彼は背を向けて、言った。「チェイニー・ストーンだ」

間髪を容れずに続けた。「ああ、そうだ、だがわたしは現場にいなかった。なにを知っているか教えてくれたら、わたしに追加できることがあるかどうかわかるんだが」

なんと巧妙な、とサビッチは思った。マスコミから情報を引きだそうとしている。

チェイニーは携帯を切って、輪に戻った。「六時のニュースのキャスターからです。〈フェアモント〉の六階角部屋のスイートが壊滅的にやられたことだけで、スーが宿泊していた部屋だとは、当然ながら知らなかった。こっちは部下から聞いて、部屋がすっかりやられているとことや、六階全体が煙と水で使い物にならなくなっていることを知ってましたがね。こちらはそれを言いませんでしたが、向こうは火が消えたことを教えてくれましたよ。

キャスターはテロリストが〈フェアモント〉に潜伏していて、通りでFBIの捜査官を撃ったのかどうかを知りたがってました。FBIがテロリストを追いだすためにスイートを爆破したんじゃないか、とも言ってましたよ」

チェイニーはにんまりした。「いったいどこでそんなネタを仕入れてくるんだか。FBIが手榴弾を携帯してまわってるような口ぶりでした。事件のことを知ったばかりだから一時問くれと言って、電話を切りました」

イブが尋ねた。「また電話してきたら、どうするんですか？」

「テレビで放映してもらえるように、スーの写真を提供するさ。〈フェアモント〉で爆発事件が起きたとなれば、みんながテレビに釘付けになるから、今夜にはスーの人相が世間に知れ渡る。さらに詳しいことを知りたがったら、警察署長に問いあわせるように言えばいい」

「それは、どうも」バージニアは言った。

チェイニーが言った。「それで、ハリー、爆弾について教えてくれ。一発めは手榴弾だったのか？」

どうしてハリーにそんなことを尋ねるのだろうとイブがいぶかっていると、チェイニーが説明してくれた。「ハリーはＦＢＩに入る前は特殊部隊にいてね」

ハリーが言った。「一般の手榴弾じゃなくてよかったですよ。それなら死んでました、スーもろともに。金属片はない代わりに音と閃光がすごかった。閃光弾だったんです。自分たちもアフガニスタンで何度か使いました。敵をアジトから誘いだしたいときとか、致命傷を負わせるんじゃなくて弱らせたいときに。

閃光弾は強力かつ効果的で、しかもかなり小型です。スーは万が一に備えて、ポケットに入れて持ち歩いてたんでしょう。そして〈フェアモント〉の自分の部屋に着いたとき、なにか異常を察知した。廊下にいた捜査官が警戒を招いたのかもしれない。いずれにせよ、スイートのドアを開いたときには閃光弾を手にしていて、それをこちらに投げつけた。耳をろうする轟音がとどろき、閃光が走った。正体がわかっていても耳鳴りはするし、早く目が見えるようになるわけじゃないのが、つらいところです。

　そこらじゅうから火の手が上がって、炎の壁になりました。それもスーのしわざです。閃光弾は反応促進剤をいっしょにすると、とんでもない威力を発揮します。たとえばジップロックに固形燃料《スターノ》を入れて、閃光弾にダクトテープで留めるんです。多少かさばりますが、ジャケットのポケットに入れて持ち歩けないほどじゃない。スターノに点火すれば全方位に閃光が走る。もはや立派な兵器です。

　スーは先の予測が立ったので、背を向けて備えることができた。自分たちには備えはなかったけれど、それでも炎に視界をさえぎられながら発砲することはできた。彼に命中したのはひとえに運のおかげです」

　ブランケンシップ看護師が引き返してきて、サビッチにうなずきかけた。「サビッチ捜査官、奥さまはこれからCTスキャンに行って、そのあと病室に移動しますね。一瞬で終わりますから、いっしょに来ていただいてもけっこうですよ」

「来たわ」イブが言った。

　シャーロックは担架に寝かされ、白いシーツで首までおおわれていた。白いコットンの包帯らしきものを頭に巻かれている。髪の血がついたらしく、白い生地の端が赤くなっていた。

顔は青ざめている。「ちょっと待っててくれ」サビッチは用務係と看護師に伝えた。

シーツの下から彼女の手を取りだして、握りしめた。「スイートハート、起きてるか？」

ささやき声が返ってきた。「ええ、目を休めてただけ」周囲を見まわす。「あら、パーティかなにかなの、みなさんおそろいで。わたしの誕生日？」

彼女が冗談めかしたがっているのがサビッチにはわかる。ただ、まだ朦朧としているので不発に終わった。サビッチは言った。「ああ、パーティで、きみは栄誉あるゲストだよ。頭部スキャンで脳が好調なのがわかったら、バースデーケーキを切らなきゃな」

彼女のまぶたが半分落ち、声はかすれているが、妻のことを自分同然に知っているサビッチは、その声にユーモアを聞き取った。「キャロットケーキだといいんだけど」

「そうですよ」イブが調子を合わせる。「バタービーカン・アイスクリームを添えて」

サビッチは身を乗りだした。「スキャンがすんだら、ここで何日かキャンプしろと医者に言われてる。それでいいか？」

彼女の目が閉じ、声がか細くなっていく。「ここにはいたくないわ、ディロン。照明が明るすぎるし、知らない人ばかりだし、頭が痛いから。でも、あなたがいっしょで、バースデーケーキを買ってきてくれるんなら、いてもいいかも」口元に笑みらしきものが漂う。

「あなたにも分けたげる」

サビッチは笑顔になった。「だったら、ラムジーとキャンプするっていうのは、どうだい？　可能かどうか尋ねてみようと思うんだが」

「ラムジーなら悪くないわね」シャーロックがささやく。井戸の底から立ちのぼってくるような声だ。

ハリーが言った。「シャーロック、スーを追いかけて押し倒したのを、覚えてますか？」

「もちろん、スーのことは覚えてるわよ。彼に馬乗りになって、血だらけの彼に手錠をかけた――」眉をひそめる。「まばゆい光が見えたわ。とてもきれいな光よ。そのあといきなりここにいて、頭を縫われて、バースデーケーキが届くのを待ってる。ほんとにラムジーの病室でキャンプさせてもらえるの？　そんな都合のいい話、聞いたことがないんだけど」

「彼といっしょにキャンプファイアーを囲めるように、頼んでみるよ」

「スーはどこにも逃げないと言って。お願い」

イブが答えた。「取りのがしましたが、すぐに捕まえますからね。スーも、あなたを撃った犯人も」

シャーロックはもはや話せなかった。突然、限界を超えたのだ。目をつぶって、深呼吸をする。用務係が言った。「さあ、ＣＴスキャンに行かないと、サビッチ捜査官。ジャッジ・ドレッドとタージマハルに入るんなら、許可を取ってくださいね。ほんとに彼と知りあいなんですか？」

笑いが起きた。誰にとってもいい気分転換になった。チェイニーが言った。「ハント判事と同室とは、名案ですね。カルダク医師も、病院に法の執行官をこれ以上増やさないためだけにでも、許可してくれるんじゃないかな。すでにあの階には、警官と連邦保安官の一団が駐屯してる。同じ部屋にすれば人員を追加することなく、彼女の安全を確保できます」

イブが言った。「ラムジーにしてみたらポーカーの相手が増えるわ。シャーロックはポーカーをするの？」

サビッチは笑顔で答えた。「ポーカーの一種にテキサス・ホールデムってあるだろ？シャーロックはあれの名手だよ」

チェイニーが言った。「さて、みんな、聞いてくれ。スーは絶対に逃げ切れない。あと一時間もすると各局のニュースで写真が流れるし、負傷していて治療を受けなければならない。いま乗っているのは盗んだ白のインフィニティで、広域緊急手配されている。彼の手元に残されたのは、ポケットの中身だけだ。運がよければ、パスポートを携帯しているだろうが、腕の怪我を治療するまでどこへも行けない。こちらの捜査はその点に集中させる」

だが、シャーロックを撃ったのはスーではない。サビッチはそんなことを思っていた。

50

サンフランシスコ総合病院
火曜日の夜

頭痛が一定のリズムを刻んでいた。頭を動かそうとすると、脳に電流が走るようだ。縫合跡のせいで頭皮が突っ張る。ただ、それも生きていればこそ。呼吸ができる喜びは、何物にも代えがたい。

サビッチは明日には自宅に戻りますと約束して、彼女の両親を遠ざけた。それ以上に遠ざけなければならなかったのがショーンだった。彼女の両親はサビッチを見ると、黙っていなければならないと察して、口裏を合わせてくれた。ショーンにはあっさりと嘘をついた、あんまりモリーとエマが怖がるのでお母さんがついててやらなきゃならないと話した、とサビッチはシャーロックに報告した。ショーンはすらすらと語られたこの嘘を考え深げに聞くと、「でもね、パパ、ぼくもエマを守りたいよ。ぼくも行って、いっしょにいちゃだめ？ココアを飲みながら、エマに新しいゲームを見せてあげたいんだ」

シャーロックの母親は言った。「あら、ショーン。今夜はわたしと映画の『ローリーと最後のアヒル』を観にいく約束だったでしょう？」

ゲームをエマに見せて感心させたいのと映画とのあいだで、ショーンの心は引き裂かれていた。深刻な葛藤に苦しむなか、祖父が助け船を出した。「おばあちゃんはわたしにケトル・コーンを買ってくれると約束したぞ、ショーン。わたしはあの甘じょっぱい味が大好きでな。おまえもじゃなかったかね？」これでショーンの葛藤は解消されて、考えた末にこう尋ねた。「パパもいっしょに来る？」

いや、行けないよ、とサビッチは答えた。ママについていって、エマとモリーと双子たちを安心させてやらないとならないからな。でも、おまえが寝るときは帰ってくるから、心配いらないぞ。まだ五歳のショーンには、生死の問題や、白い包帯を頭にぐるぐる巻きにした母親と病院で過ごすことを現実として受け入れるのが、むずかしい。シャーロックを運びこんだとき、ラムジーの部屋にはモリーもいた。ホテルでの一件を聞いて怯えきっていたモリーは次々と質問を口にしたが、さいわいそれも、いつしか眠りに落ちたシャーロックを目にするまでだった。

その後シャーロックが目を覚ますと、看護師は二錠のタイレノールを差しだした。看護師が言うには安全ネット代わりだそうで、いまの彼女に与えられる痛み止めはこれだけだとのことだった。三十分後に夕食が配られたときは、痛みが鈍くなっていた。

病院のプレートのまん中に白身魚が置かれていて、その脇に野菜と半分に切ったレモンが添えられていた。倒れて調子が悪いときに、誰が野菜なんか？　頭を撃たれて、死にかけたのよ。こんなときは粘つくチョコレートプディングはだめ。アイスクリームやバースデーケーキがいい。シャーロックは二・五メートル先のベッドにいるラムジーに話しかけた。

「どうやったら病院の食事で命をつなげるの？」

ラムジーはプレートに横たわる魚を見て、にやりとした。「わたしはジャッジ・ドレッドだからね。毎日、看護師がディナーの注文を取ってくれる。それをシェフがみずからこしらえるか、病院に来る途中で調達してきてくれる」

「ずるいわ。わたしには誰も訊いてくれなかった。そっちのメニューはなんなの？」傷口が熱を帯びて痛むにもかかわらず、シャーロックは伸びあがった。「見えたわよ。ミディアムに焼いた大きいステーキが。それにベイクドポテト。こんなのひどい、ずるすぎる。ひと口分けて」

ラムジーはプレートに残ったステーキに目をやってから、シャーロックを見た。「だめだ、シャーロック、きみよりもわたしのほうがはるかに肉を必要としているからね。わたしは力をつけなければならない。頭の擦り傷より、胸部の銃創のほうが重傷に決まってるだろ。肉とポテトは本物の患者に任せて、きみは魚で我慢するんだな」

窓際にいたモラレス保安官助手が言った。ハンバーガーを口に運ぶ途中だった。「ぼくたちも看護師さんには精いっぱい愛敬を振りまいてるのに、あなたたちは日当をもらってるんだから好きなものを自分で注文しなさいって、つれないもんですよ」

サビッチが大きなピザの箱をふたつ持って、入り口に現れた。「ラムジーが夕食をとられるといけないから、これを持ってきたぞ、スイートハート。きみと警護員と、ラムジーがまだひもじいようなら、彼にもひと切れ分けてやれるぐらいある」サビッチは妻を観察した。まだ顔色が悪いが、ベッドに起きあがっている。頭に巻いた包帯が少し滑稽に見えることが、今日のサビッチには嬉しかった。

四人の警護員はすかさずふたりの患者を取り囲み、ピザをむさぼりだした。サビッチ用のベジタリアン・ピザも餌食になった。サビッチ自身はベッドの足元に立ち、食べないといけないと思いつつも、起きたことが頭から離れなかった。食べられる気がしないので、その場でシャーロックを眺め、部屋を満たすおしゃべりと笑い声に耳を傾けた。みんな食事に夢中になっている。いいことだ。

シャーロックはピザをおいしく食べた。頭痛があるにもかかわらず、胃に心地よくおさまった。食べていない夫を見て、わたしは大丈夫よと言いたくなった。かがんでキスする彼の笑顔の奥には、恐怖がひそんでいる。「ショーンを寝かしつけたら戻るからな」

シャーロックは彼の手を取った。「バースデーケーキを持ってきてくれる？」

「覚えてたのか？」

シャーロックは笑顔になった。「バターピーカン・アイスクリームも忘れずに」

ドアをノックする音がした。誰にとっても新顔の若い警官だった。「サビッチ捜査官、ぼくはホルト巡査です。シャーロック捜査官が撃たれた歩道で、たたんだ紙切れを見つけたんで、すぐにトローリー警部補のところへ持っていきました。警部補は目を通して、指紋を採取させると、すぐにあなたにお見せするようにと」サビッチに紙を手渡した。「あなたの名前があるだけなんです。誰が置いていったか、わかりません」

ホルト巡査はシャーロックを見た。「こんにちは、シャーロック捜査官。ご無事でよかった」そのあとラムジーを見て、唾を吞んだ。「判事、お元気になられるとうかがって、みな喜んでいます」もう一度、唾を吞む。

この敬愛の表れに彼がどう反応するのか見たくて、シャーロックはとっさにラムジーのほうを向き、頭の痛みに凍りついた。笑顔を作ってラムジーがホルト巡査に感謝を述べるのを見守りながら、その実、紙片を開くサビッチに注目していた。

「なんと書いてあるの、ディロン？」

顔を上げたサビッチは、眉根を寄せていた。「先週の木曜、本部でおれ宛にメモが届けられただろう？」

シャーロックは言った。「これがおまえへの報いだ、でしょう？　それがなに？」

サビッチは妻に紙片を差しだした。

51

明かりが落とされた病室は、静けさに包まれていた。シャーロックとラムジーはさっき与えられた睡眠導入剤が効くのを待っていた。窓辺の警護員たちはおおいをかけた読書灯で本を読んでいる。サビッチはショーンを寝かしつけに行ったまま、まだ戻っていない。病室にはサビッチ用の簡易ベッドが運びこまれていた。

シャーロックは言った。「ラムジー、ディロンが戻るのを待つつもりだったんだけど、先延ばしにする意味など、ないかもしれない。今回、わたしを撃つという形で登場した人物について、話をしなければならないわ。その男は前もってサンフランシスコに入り、望みどおりの状況になるのを待っていた。復讐のため、そう、ディロンに復讐するためよ」

どんな睡眠剤もこの話の前には形無しだった。ラムジーの脳がいっきに覚醒した。「あのメモ書きからそう思ったんだろうが、わたしには理解できない。きみを撃った人物がスーに関係しているとは思っていないんだろう？」

「可能性がゼロとは言えないけど、まずないわね。スーのやったことはすべて仕事がらみ、自分の生き残りをかけた行為だと思うけど、ディロン宛のメモを書いた男の行為は怨恨にもとづくもの、過去のなにかが動機になってる。これがおまえへの報いだなんて、派手な立ちまわりを演じておいて、ずいぶんな言い草よ。わたしたちを怖がらせて、そのことに喜びを感じてるんでしょう」

ラムジーはシャーロックのほうを向いたとたんに後悔して、動きを止めた。鋭い痛みはいやなものだが、それよりいやなのは、なすすべもなく無力に転がっていることだ。毎朝、まだ自力でシャワーを浴びる力がないからという理由で、ヒゲを剃ってもらい、風呂に入れてもらわなければならないのも、これまたいやなものだった。いや、シャーロックも自分も命があったことに感謝しなければ。「きみを撃ったのがサビッチに対する復讐だとしよう。だとしても、なぜいまここで？　しかも、なぜサビッチではなくてきみを？」

「じつは、今回のことだけじゃないの、ラムジー」シャーロックは顔を上げて、半開きにしたドアから入ってくるサビッチを見た。さっと身構えた警護員たちが、警戒を解く。

サビッチは彼らにうなずきかけてから、小声で言った。「脅迫のメモを受け取ったのは二回めなんだ、ラムジー。シャーロックはそのことを言おうとしてた。きみならなんと呼ぶ、シャーロック？　不幸を呼ぶ手紙の二通めか？　きみが撃たれる前にも、一通届いてた」

ラムジーは理解につとめながら、ゆっくりと言った。「その男の最初の被害者がわたしだったと言うことか？　シャーロックを撃ったのも、わたしを撃ったのも、きみに対する復讐のためだと?」

サビッチはうなずいた。「最初のメモは木曜日、本部に届いた。ラムジー、きみが撃たれたのはその日の深夜だった。今夜、シャーロックが撃たれたあと、まったく同じメモがふたたび届くまでは、最初のメモをきみと結びつけることはなかった。

そもそも、きみを殺害しようとするスーの動機がはっきりしなかった。なぜ判事を撃つのか、誰もが頭を悩ませた。だが、きみを撃ったことをカーヒルに結びつけることで、カーヒルに責任があるかのように見えた。これはおそらく偶然だ。そしてきみを撃つことによって、シャーロックとおれはサンフランシスコに飛ぶ。これは偶然ではなく、計画のうちだった。以来、おれたちの動きは監視されている」

ラムジーが言った。「だが、もしその男がワシントンできみにメモを送ったその日の夜、わが家の下の浜辺からわたしを撃ったとすると、サンフランシスコまで大急ぎで移動して、準備を整えなければならない。それには時間が足りない」

シャーロックは言った。「ワシントンにはいなかったのよ。若い整備工にこづかいをやって、木曜日にメモをFBIの本部まで届けさせた。その整備士は特定して呼びつけたけど、彼に金を払った男は発見に至っていないわ」

サビッチが言った。「じつは、その男がきみを監視するため、ここサンフランシスコのサトンのB&Bに一週間滞在していた。それだけあれば、きみの習慣や自宅を観察したうえで、ゾディアックのレンタルを含む計画を立てられる。なにより恐ろしいのは、直前にモリーがきみを呼ばなかったら、向こうが計画したとおりの結果になっていたことだ」

ラムジーは言った。「では、わたしが撃たれた日が、カーヒルの裁判の中断を決めた日であり、ミッキー・オルークがいなくなったのと同じ日なのは、偶然なのか？」

サビッチは答えた。「ああ。そして、敵はそれを利用した。きみを監視していた狙撃犯は、木曜の夜なら、きみの狙撃とおれ宛のメモが結びつけられないと判断した。これ以上のタイミングはありえない」

「ディロンが言ったとおり、犯人は事件の起こる一週間前にここにいて、その前はワシントンにいたはずよ。ＦＢＩの本部周辺を偵察して、若い整備士を手駒として選びだすために」

ラムジーが言った。「なぜわたしのそばに復讐だとわかるメモを残さなかったんだ？　きみのときはそうしたんだろう？」

シャーロックが答えた。「これはわたしの想像だけど、あなたが撃たれてすぐにわたしたちがそれをカーヒル夫妻と結びつけたのを知って、犯人は自分がそれだけの混沌状態を作りだしたことに浮かれたんじゃないかしら。そしてわたしを撃ったときは、自分のしわざだと知らしめたくなった」

「だとしても、大きな疑問が残る」ラムジーが言った。「なぜわたしなんだ？　きみとはむかしからの友人だが、サビッチ、きみに近い人はほかにもいる。狙撃犯がわたしたち両方に関連のある人物だからじゃないのか？」ラムジーはひと息ついた。「そしてその人物は土曜日にエレベーターに乗っていたわたしをふたたび狙ったと同じ男、わたしたちがスーだと思っている男だ」

シャーロックは言った。「だけどそのやり口から伝わってくるのは、それだけの危険を冒すほど本気、もしくはバランスを欠いた人物よ。スーの人物像とは合致しないわ」しばし目を閉じた。痛みのせいではなく、押し寄せる眠気に抗って、考えるためだった。ディロンがやさしくなだめるように腕を撫でてくれている。「これでようやくわかったわ。スーは予測不能な理解しがたい人物だった。彼がしたといわれることをすべて含めて、人物像を作りあげるのがむずかしかったの。まったく動機の異なる、ふたりの人物がいたのよ」

ラムジーが言った。「じゃあ、モリーへの電話のメッセージを残したのはスーじゃないんだな？」

サビッチが答える。「そうだ。あの電話はメモ同様、脅し目的だ」

「わたしやわたしの家族に対する、気まぐれないやがらせということか？」ラムジーは言った。

サビッチはうなずいた。「ああ。ただのにぎやかしだ。紫陽花の下に残されていた、ジャッジ・ドレッドにバツ印を描いた写真や、エレベーターシャフトに残された血痕にしても同じことだ。計画してやったことだが、そこに合理性はない。まともな人間のやることじゃない」

シャーロックは言った。「重要なのは、ラムジー、その計画には長い時間がかかってるってこと。時間をかけて、あなたのことを調べあげた。そこが肝心な点よ。刑務所にいた人間じゃないかと、わたしたちは考えてるの。そして刑務所の図書館で長い時間を過ごした。犯人はディロンにメモを持ってきた若い男に自分のことをハマーと呼ばせてるわ。刑務所内でのあだ名じゃないかしら」

ラムジーが言った。「わたしが刑務所送りにした人間だろうか？」

病室は静まり返っていた。警護のふたりも窓辺で耳を傾けている。

サビッチは言った。「ありうるが、おれに脅迫状を送りつけてシャーロックを撃ったところをみると、おれのほうに関係がある可能性が高い。どうして先にきみを襲ったのかは、申し訳ないが、わからない。ただ、おれが悪いのなら、まずシャーロックを襲うと思うんだが、実際はきみだった」

シャーロックが言った。「あなたを先に襲ったのには、それ相応の理由があるはずよ、ラムジー。それを突きとめないと」

ラムジーは言った。「わたしに対して怒りを抱えているんだろう。おそらく、きみに対するよりも大きな怒りをだ、サビッチ。彼がわたしたちにされたと思っているなにかが原因なんだろうが」

シャーロックはうなずいた。頭が石のように重く、上から押されているようだった。「ええ、それがなんなのか」

サビッチが言った。「真相を突きとめるにしろ、今夜は無理だ。ふたりともいまにもテントをたたみそうな顔をしてる。しばらく寝てくれ」

サビッチはかがんで妻にキスした。「よく寝ろよ、スイートハート。朝になったら解決しよう。ラムジー、大いびきをかいて彼女を起こすんじゃないぞ。すぐに戻る」サビッチはバブコック保安官助手とクルニー保安官助手について、部屋を出た。バブコックが言った。

「うちの姑より恐ろしいですよ。スーだけでも怖いのに、人殺しがふたりですか。メイナード連邦保安官にはお話しになられたんですか？」

「チェイニーが話すことになってる」

「バルビエリがさっき電話をしてきました。サウサリート北部の曲がりくねった道でインフィニティが発見されたそうです。腕の治療をしてくれる医者を探してたんじゃないですかね。スーがよその家に押し入ってないといいんだが。自宅に整った設備を持つ医者はさすがにいないでしょうが、腕の怪我を治療するぐらいの医療品はそろえてるかもしれない。スーが誰も殺していないことを祈りますよ」

サビッチは言った。「スーが殺したほうが賢明だと考えないといいんだが」

「答えはそのうちわかりますよ」バブコックは言った。

サビッチは言った。「さすがのスーもパニックを起こしてるはずだ。いや、おれの話をまともに聞かないでくれ。疲れて頭が働かない。スーは冷静さを武器にここまで生き延び、つねに頭を使うことを忘れなかった。いま捜査関係者がこぞって小さな診療所や予約なしで診てもらえるクリニック、とくに中国人の集まる医者を探している。スーは中国領事館の職員やその家族を診る医者たちを知っているはずだ。おれたちにそういう医者が見つけられるかどうか」

「もう見つかってるかもしれませんよ」バブコックは言った。「それより、スーはどうやって逃げきるつもりなんだか」

クルニー保安官助手が言った。「ぼくならカリフォルニアから車でユタやネバダに出て、しばらく空港には近づきませんね」

サビッチは言った。「そこまで運転できればな。スーの正体が明らかになって、ラムジーやシャーロックを撃った犯人がべつにいるのがわかったいま、警戒すべきはそちらのほうだ」

クルニーが言った。「ふたりがお互いに知らないとしたら、スーは悪運が強い」

バブコックが言った。「夜はその人物に祈りを捧げるでしょうよ。サビッチ捜査官、緊張を解いてください。ぼくたち四人が交替でついてるのに、誰がシャーロックやハント判事に近づけますか？」

「エレベーターでの一件を忘れたのか？」サビッチは指をパチンと鳴らした。「ハント判事は殺されかけた。まっすぐ正面から来るより、凝った手口を好む相手だということを頭に入れておけよ。複雑でひねった計画であればあるほど、強い刺激が得られるんだろう」

バブコックが言った。「ですが、二度失敗してますからね。それに、もう危険なのはスージャなくて彼のほうだとぼくたち全員が知っていることに気づいてるんじゃないですか？」

サビッチは言った。「だが、おれたちがそれを知ったのは彼に誘導されたからだぞ。スーといっしょにいるシャーロックを撃ったうえで、メモを残していったからだ。おれたちに知らせたかったということだ」

バブコックが言った。「復讐のためなら、なんで待たなかったんですかね。ひと月とか、なんなら一年とか。なんでこんなに急いだんだか」

サビッチは言った。「犯人はあのメモでハードルを上げてるんだ。こちらが向こうを逮捕する前に目的を果たせなければ、彼は自分が失敗したとみなす。なにをするつもりだが知らないが、これは彼にとっての復讐で、それを早急に果たさなきゃならない」

「問題ないですよ」バブコックは言った。「ハント判事とシャーロック捜査官を警護している全員が状況を把握してますからね。ふたりには近づかせません」

だが、簡易ベッドに横たわってブランケットを引きあげるサビッチには、そんな自信はなかった。シャーロックをつねに視界におさめておきたい。

こちらの推察どおり、元受刑者だとしたら、なにをしでかしたのだろう？　殺人だろうか？　誰のための復讐なのか？　息子か、友人か、兄弟か、それとも母親なのか？　自分とＭＡＸとでそれを探りださなければならない。

52

サンフランシスコ総合病院
水曜日の午前中

シャーロックは頭に巻いた白い包帯近くの、血のついた髪に触れた。まるで交戦地帯を通り抜けてきたようだ。ディロンが戻る前になんとかしたくて、看護師に言った。「いつになったらこの包帯を取れるの？　髪の毛が洗いたいんだけど」

「あら、白い包帯がよくお似合いですよ」ワシントン看護師は言って、シャーロックの手に触れた。「カルダク先生の診察が終わったら、髪を洗うのをお手伝いします。包帯から解放されて、縫合跡を絆創膏《ばんそうこう》でおおえば、目立たなくなりますからね。それで、ご気分はいかがですか、シャーロック捜査官？　頭痛とかめまいとか吐き気とか、ありませんか？　よく眠れました？」

シャーロックは答えた。「今朝は頭痛もだいぶ軽くなって、痛んだりよくなったりよ。立ちあがると、最初だけふらっとするけど、その程度ですんでるわ」

「見当識を失ったり、思考が横道にそれたりすることは、ないですか？　あら、あなたとハント判事の両方を診に、カルダク先生がいらっしゃいました」

カルダク医師は患者ふたりに朝の挨拶をすると、ワシントン看護師からシャーロックのカルテを受け取って目を通し、満足げにうなった。シャーロックの顔を見あげた。「見当識を失っていないかどうか、思考が横道にそれないかどうか、ワシントン看護師から訊かれていたね？　変わった表現のしかただが、訊きたいことはよくわかる」

「ハリー・ポッターの世界も楽しいんでしょうけど、思考が横道にそれることはないし、見当識のくるいもありません」

カルダクはうなずいた。カーテンを引いてプライバシーを確保し、彼女の胸に聴診器を当てる。「きみの脳は軽い外傷性の損傷を受けている。いまの症状が――脳震盪後症候群というんだが――一週間か、もう少し長く続くと思われる。さて、きみには忍耐力を発揮してもらわなければならない。これから昨日行った神経の診察を再度行って、きみの記憶力を確かめるためいくつか質問をする。いいね？」

「髪を洗ってもらえるんなら」シャーロックは応じた。

診察を終えたカルダクは、体を起こして、しばらく黙って彼女の顔を見ていた。「平衡感覚、体力、反射神経、記憶力などなど、すべて良好のようだ。言わせてもらうがね、捜査官、きみほど運のいい患者にお目にかかるのは久方ぶりだ。頭部を撃たれながら、脳自体は無事で出血をせず、頭蓋骨も折れていないし、これといって腫れもない。驚くべきことだよ。ただ、きみのような経験をすると、だいたいの人は転職を考えるものだがね」

シャーロックは言った。「わたしが強運なのはわかってるし、心からありがたいと思ってます。でも正直に言って、〈フェアモント〉での一件は青天の霹靂《へきれき》でしたから、わたしにはなにかをすることも、避けることもできなかった」医師を見あげて、にっこりした。「これは誰にでも起きうることです」

カルダクは言った。「だとしたら、シャーロック捜査官、きみの幸運がこの先、三人生分続くことを祈るとしよう。きみの亭主については、ひどい取り乱しようながら、無理からぬことに、きみの前では冷静沈着なふりをしなきゃならないと思っている。そんなきみたちふたりには、ひと休みしてしっかり抱擁しあうことを勧める。いいな?」

シャーロックはうなずいた。罪悪感が胸を刺した。事件に次ぐ事件で、ひと息つくこともできなかった。だがその気になれば、彼を抱きしめることはできた。「はい、それならできます」

「きみには昼まで休んでもらいたい。その間はジャッジ・ドレッドとのおしゃべりも禁止だぞ。たとえ眠れなくとも、おとなしく横になって、安静にしているように。きみたちが話す気にならないように、ふたりのあいだのカーテンは閉めておく。今回のような銃創の場合、あとになって腫れたり出血したりすることもあるので、わたしとしてはもう一度CTスキャンを取っておきたい。その恐れもじゅうぶんにある。なにも問題がなければ、昼過ぎもふたたび安静にして、頭と体の快復につとめてもらう。きみの気分によっては、この午後、感謝祭のあいだここにいてもらうかどうかを話しあうことになる、シャーロック捜査官。きみには金曜日の朝、退院してもらうつもりでいるんだが、それでどうだね？」

「それは困ります、カルダク先生。わたしには五つの息子がいます。病院のベッドに母親が寝ているわけにはいかないんです。今日の午後には退院させてください」

医師はシャーロックの顔を見つめた。「五歳と言ったかね？　名前は？」

「ショーン。父親にうりふたつなんですよ。三人の女の子と結婚すると言っていて、その三人を幸せにするために、仕事を三つ掛け持ちするそうです」

カルダクが笑い声を震わせた。「わたしの息子のピーターに似ているな。お調子者で、笑うのが好きで、エネルギーではち切れそうだ。ピーターの世界にはまだ少女は登場していないがね」医師はカーテンの向こうに声をかけた。「ハント判事、あなた方おふたりが知りあってどれくらいですか？」

「五年以上になる」カーテンの向こうからラムジーが答えた。「はじめてシャーロックに会ったとき彼女は妊娠三カ月で、彼女の聞こえるところで誰かが〝妊娠〟と言う言葉を口にするたびに、吐いていた」

「あら、いやだ、そうだったわね」シャーロックは言った。「何度か口をすべらせたディロンを懲らしめたわ」

カルダクは口元に厳しさを漂わせた。「友人の精神科医のひとりに話してみよう」医師は天を仰いだ。「彼はフロイト派の療法家でね。彼がなんというか、楽しみだよ」いま一度、シャーロックを診察した。「いいだろう、予期せぬことが起きないかぎり、退院していい。だが、みんなを待たせておいて休むんだぞ。サツマイモのキャセロールといえども、焼いてもらっちゃ困るぞ。いいな？」

シャーロックはうなずいた。「ソーセージの詰め物だって作りません。約束します」

「ただし、食べるほうは好きなだけ食べてくれ」カルダクはカーテンを開けて、ラムジーに会釈した。「ジャッジ・ドレッドのほうは、いましばらくわれらのもてなしを受けていただかなければならない。明日にはこの病室に感謝祭のご馳走が運びこまれるらしいね。スタッフからそれ以上は教えてもらえなかったが、わたしの秘書がシェフから聞いた話によると、あなたにはサプライズディナーが用意されるらしい。あなたが残すかもしれないから、わたしも立ち寄らせてもらうかもしれない。なんならフットボールのゲームでも観ていてくれ」

十分後にカルダクが病室を出たあと、廊下からカルダクとディロンの話し声が聞こえてきた。病室に戻ったディロンの顔には笑みが、そして手にはコーヒーのカップがふたつあった。シャーロックは彼に向かって両腕を伸ばした。

53

モリーは眠る夫のかたわらに腰かけ、彼の二の腕に軽く手を置いていた。ずいぶん痩せてしまった。看護師たちが特別な料理を運んできてくれているのに、そんな彼女たちの努力にもかかわらず、まだ食べ方が足りない。痛みと心許なさと忍び寄る恐怖のせいだろう、と思う。妻であるモリーや、エマ、そして双子のことを思うがゆえの恐怖。

モリーは夫の肩に頰をつけた。この人を撃ったのは誰なの？　その疑問が頭をよぎるのは何度めだろう。夫とディロンをそうも憎んでいるのは誰？

とはいえ、シャーロックは頭部のＣＴスキャンを受けて退院することになった。モリーは掛け時計の短針を見た。いつシャーロックが戻ってきてもおかしくない。シャーロックが〝わたしの防弾チョッキ〟と呼ぶ、レイ・ローザン連邦保安官助手がついていった。サビッチはというと、いっときたりとも彼女から目を離さなかったけれど、そこへ電話がかかってきた。短い電話だった。サビッチが携帯を切って妻を見あげると、彼女はきっぱり言った。「行って。わたしにはローザン保安官助手がついててくれるもの」それで決まりだった。

シャーロックを置いていくのだから、重要な電話に違いなかった。自制心のある人だ、とモリーは思った。シャーロックは夫になにがあったのかと尋ねず、彼もなにも言わなかった。

CTスキャンに行くため車椅子に乗せられたシャーロックは、いつ退院してもいいように見えた。髪についていた乾いた血はきれいに洗い流され、不格好な包帯に取って替わった絆創膏が目をみはるほどの変化をもたらした。

モリーが窓辺に立つラマー・マークス巡査を見ると、マークスは下の駐車場を見おろしていた。明日の感謝祭のことを考えているのだろうか。明日、マークスは非番になっている。彼には子どもが三人いて、トラックいっぱいの親戚が自宅に押し寄せるので、別の巡査が進んで明日の任務を引き受けたのだ。そしてたっぷりご馳走を食べる。そんなことを思って、モリーは笑顔になった。

けれど、マークスも自分と同じように、人殺しがふたりいることを考えているのかもしれない。にわかには信じがたいことながら、スーがラムジーを襲う動機がわからずにいたのも事実だった。

「モリー？」

顔を上げると、サビッチがドアの前にいた。

「シャーロックはまだ検査から戻ってないのか？」

モリーは小声で答えた。「そろそろ戻ると看護師さんからは聞いてるけど、ディロン。ラムジーはいい具合に寝てくれてるわ。なにかあったの？　誰からの電話？」

サビッチは矢継ぎ早の質問に笑みを浮かべ、モリーをドアのほうへ手招きした。「今日の早朝、中国人の医者がサウサリートの診療所で殺されているのが見つかった。スーがそこにいた証拠がたっぷり残されててね。医者はその日の午後に診療所を閉じて、スタッフ全員を帰宅させたそうだ。スーはその時点でそこにいて、治療を求めてたんだろう。診察室に残された血痕からして、スーはかなりの深手を負ってたようだ」しばらく黙った。「ムラン・チューはプライマリーケアの医者で、スーはなんらかの形で彼を知ってた。前にも治療してもらったことがあるのかもしれない。こちらの警告が届くより先にスーから接触があったのが運の尽きだった」

「でも、どうしてスーは自分の命を救ってくれた知りあいの医者を殺さなければならなかったの？」

「スーが〈フェアモント〉でしでかしたことにチューが気づいたからじゃないかと思われる。バージニアによると、診療所の電話から〈フェアモント〉での火災について話がしたいといって、警察署に電話があったそうだ。だが、電話は途中で切れた。チューの電話を立ち聞きしたスーに殺されたんだろう」

ふたりの背後からラムジーが言った。「スーは暴走しているんだろうか、サビッチ？」

サビッチとモリーはラムジーのベッドサイドに戻った。サビッチは言った。「いや、それはどうかな。スーは自分の生き残りをかけて、すべきと思うことをしてるだけじゃないかと思う。スーとしてはとにかく逃げきりたいだけで、その目標を達成するためにはなんでもする。判断力を失ってるわけじゃないし、血に飢えてるわけでもない。チュー医師やその家族にしてみたらいい災難だが」

サビッチが見ると、ラマー・マークス巡査は一発喰らったような顔をしていた。彼の気持ちが手に取るようにわかる。最初に聞いたとき、サビッチも同じように感じた。マークスは言った。「ひとりの医者を訪問するだけでスーの必要が満たされたことを祈ります」

まったくだ、とサビッチは思った。

マークスは言った。「どこかの救急救命室に現れる可能性もありますね」

ラムジーが言った。「きみの言うとおりだ、ラマー。そこまで重傷なら、さらなる治療が必要になる」

「もしこの苦境をくぐり抜けたとしても、スーはこれから一週間ほど寝て過ごすしかないかもしれないわ、ディロン」モリーが明るい顔になった。「そしてそのまま死ぬかもしれない」

「大量失血しているのは確かなんだ。チュー医師も診療所で輸血まではしてない」

マークスが言った。「診療所でスーを目撃した人間はいないんですか？　スタッフとか、患者さんとか、通りがかりの人間とか」

「それはまだ不明だ。いまわかってるのは、スーが撃たれて一時間とせずにチュー医師の診療所に現れたことだ。監察医はそれから二時間以内に医師が亡くなったと推定してる」

「スーはいまごろどこに潜伏してるんでしょうね?」マークスが言った。

廊下からしゃべり声が聞こえたので、サビッチはさっとふり返った。シャーロックかと思ったら、用務係ふたりだった。シャーロックはどうした?

サビッチは部屋を飛びだし、ナースステーションへと走った。

54

シャーロックは待ち時間を持てあましていた。どうして病院ではなにをするにもこんなに時間がかかるのだろう？　はいはい、わかってます、まだここで待ちはじめて十分にしかなりませんよ。だとしても、だ。検査のために車椅子を押してくれる看護師も、技師も見あたらないのは、どういうこと？

だいたいもう頭部のＣＴスキャンなど必要ないのに。注射をされないことを切に祈った。またゆっくりと、頭が鈍い痛みを放ちはじめた。病院を出たい。ディロンに思いきりキスして、ショーンを抱きしめ、息子からコンピュータゲームをしようと肩を叩かれたい。ゲームのときは品位も狡猾さも失うのが、母のつとめ。

レイ・ローザン保安官助手が放射線科の待合室のドアの脇に立ち、動くものすべてに目を光らせ、シャーロックから二メートルの範囲に入ったものはなんであれ注視した。神経質になっている。警護員は例外なく、みなそうだ。人殺しがふたり、自由に歩きまわっているのだから。だが、怖いのはスーじゃない、もうひとりの正体不明の男だ。この男については似顔絵しかなく、痩せたアメリカ人ということしかわかっていない。年配者かもしれないが、それも確かではない。そしていくつにしろ、エレベーターでのあのどんちゃん騒ぎを起こすだけの能力を有している。

ローザンはうちに帰りたい一心のシャーロックを見た。ポケットから携帯を取りだしている。着ているのは、携帯といっしょにサビッチが持ってきた犬の毛のついたダークブルーのバスローブだった。サビッチが前夜、戻ってきたときは、物音でわかった。病院のベッドの隣に置いた簡易ベッドで横になっていた。サビッチがなぜ呼びだされたかを、彼がシャーロックに話したかどうかが、気になった。シャーロックが平然としていたところをみると、たぶん話してないのだろう。少し不安そうではあったけれど。それに、目つきからして、多少傷ついてもいるようだった。血が洗い流された髪はうんと見た目がよくなった。やわらかくカールした髪は量がたっぷりあるので、傷口に貼った小さな絆創膏がほとんど見えない。バスローブを着たこの女性がスーにタックルして押し倒したとは、誰に信じられるだろう。

「なんでこんなに待たされるのか、見てきましょうか、シャーロック？」

シャーロックは腕時計を見おろした。「もう何分か待つわ。長くても十五分までね。なにか起きていないか、ディロンに電話してみようかしら」

ローザンが声に出して言った。「スーが治療してくれた医者を殺したんです」

シャーロックはうなずいた。「ええ、らしいわね」殺伐たる現実に、シャーロックは目をつぶった。あと少しだったのに、とシャーロックは思った。スーの顔を歩道にすりつけてやった。もう片方の手錠をかける時間さえあれば。もうひと息だった。

「検査の準備ができましたよ、シャーロック捜査官」彼女が顔を上げると、ローザンの隣に背の高い痩せた技師が立っていた。手術着を着て、マスクをかけ、足には緑色のオーバーシューズをはいている。手袋をはめた手には書類があった。

ローザンが言った。「IDを拝見します」

技師はびっくりした顔で、ローザンをふり返った。「彼女のご主人ですか？」

「いや、彼女の警護を仰せつかっているローザン保安官助手です。IDを見せてください」

「でも、名札はここにつけてるし、カルダク医師がサインしたシャーロック捜査官のCTスキャン指示書はここにあるよ」

「なぜ病院のIDを持ってないんです？」

「ロッカーに忘れた。いつもは携帯してるんだけど、見せろと言われたことはないからね」

「だったら、運転免許証を見せてください」

サビッチは待合室に飛びこむなり、ローザンのすぐそばにマスク姿の技師が立っているのを見て、シグを構えた。「後ろに下がって、膝をつけ！」

男は手にしていた書類を投げだして、床に膝をついた。息を切らしたサビッチが、彼を見おろすように立つ。

びびりあがったようすで、男がサビッチを見あげた。「誰なんです？　ぼくがなにをしたっていうんだ？」

ローザンが言った。「この男が病院のＩＤを持ってなかったんで、運転免許証の提示を求めたら、そこへあなたが駆けこんできたんです、サビッチ捜査官」

「マスクを外せ」サビッチは言った。

男が指示に従う。マスクが顔から外れた。「ぼくはテリー・レンパート。ほら、名札を見てください。なんでぼくに銃口を向けるんです？」

サビッチは腰のホルスターにシグを戻した。

看護師がやってきた。「どうしたんです？　あらまあ、テリー、こんどはなにをしたの？」シャーロックが穏やかに言った。「ローザン保安官助手はわたしの警護員で、こちらはわたしの夫よ。彼もわたしの警護員といってもいいわね。その夫が、この男はわたしの脅威になりうると判断したの。この人を知ってる？　ここにいるべき人物、わたしをＣＴスキャンに連れていくべき人物なの？」

看護師はローザンに目をやった。

「いま説明があったとおりだ」ローザンが口添えする。「この男をご存じですか？」

看護師は言った。「知りあって十年近くになりますよ。テリー・レンパートといって、きれいな患者さんがいると調子に乗るので有名なんで、今回はやりすぎたのかと思ったんです」彼女は患者の夫がテリーを立たせるのを見た。

「言ってくれるね、ケイトリン」テリーは膝の埃を払った。「ぼくはなにもしてないぞ」

「申し訳なかった、ミスター・レンパート」サビッチは謝った。「先週ここで起きたことを考慮のうえ、かならずIDを携帯してくれ」

テリーが応じた。「ああ、わかった、ほんとに。みっともない真似をするとこだった」

「撃たれたわけじゃなし」ローザンは笑顔でテリーと握手をした。「すぐに元気になりますよ。みごとな対応でした」

サビッチはひとまず、車椅子に座るシャーロックのもとまで行った。なんと彼女は笑顔で、サビッチの腕に手を置いた。「あなたはわたしのヒーローよ」

「テリー、IDを持ってらっしゃい」看護師は言った。「そしたら三号室のジョナと交替して。シャーロック捜査官はジョナに担当してもらいましょう。患者さんを運ぶときは、マスクをしないでね。患者さんを怖がらせるから外すようにと言ったでしょう」サビッチに視線を投げた。「そのご亭主もね」

サビッチはシャーロックの肩に片手をかけた。「悪かったな、テリー」彼は言った。「だが、シャーロックになにかあったら、もうこの仕事は続けられない」

テリーは喜んでジョナの患者を引き継いだ。たとえそれがフレズノ出身の九十歳にして、口の悪い気むずかし屋であろうとも。

55

スカイライン・モーテル
カリフォルニア州エルセリート
水曜日の午後

眠りたいのに、自分がクズのように感じて、寝つけなかった。昨日の午後、チューの診療所を出て、どうにかリッチモンド橋を渡ったあと、ハイウェイのすぐ近くに見苦しいモーテルを見つけたときは、嬉しかった。できることならもう少し遠ざかりたかったが、体力を戻さないことには、それもかなわない。なにもできなくなっては困るので、痛み止めのオキシコドンは控えめにしている。薬に溺れるのは愚か者であり、愚かではここまで生きてこられなかった。ぎりぎりとした痛みにも折りあいつけるまでのこと。

この手の痛みは知っている。撃たれたのはこれがはじめてではない。あれは北京郊外にあった軍の訓練所でのこと、どこに目をつけていたのか、教官のひとりがうっかりスーの脚を撃った。教官のミスター・ユンが本気で嘆き悲しんでいなければ、背後から胃を蹴りつけていただろう。

きみの腕はよくなる、三、四日したらどこへでも飛べるよ、とチュー医師は何度かくり返した。スーは過去に負った銃創の経験から、数カ月は腕が不自由になると覚悟した。それでも、銃弾は骨を傷つけずに腕を貫通していた。

スーから傷口と拳銃を見せられたとき、チュー医師には事情を尋ねないだけの心得があった。チューはあわてることなくスタッフを帰宅させた。スーは診察室のひとつに導かれ、チューの手を借りて血まみれのジャケットとシャツを脱ぐと、診察台に横になった。チューは治療をするあいだもいっさい質問をしなかったが、もうわかっていたのだ。モルヒネと鎮静薬のミダゾラムをスーに静注した。黙って傷口を清め、縫合しだした。意識が朦朧としていたスーには、チューのやっていることがぼんやりとしかわからなかった。診察台に横になっていたことは覚えている。安全に運転ができそうだと思えるまで、そこから動かなかった。そして、廊下のハンガーにかかっていたウインドブレーカーを所望し、チューに手伝ってもらって着た。大きめだったので、あまり痛みを感じずに着られたし、ファスナーを閉めれば包帯を隠せた。シャツはもはや使い物にならなかった。チューは抗生剤と痛み止めを持ってくるから待っているようにと言い置いて、出ていった。スーがあとをつけていることには気がついていなかった。

チューは言っていた。「今日〈フェアモント〉であった火災について、警察に話したいことがある。わたしにはなにが起きたかわかっている」

　こうなると考えている時間はなかった。スーは小さなオフィスに踏みこみ、ベレッタの銃口をチューに向けた。足音に気づいて顔を上げた医師は、電話を投げつけてきた。スーは引き金を引き、医師がデスクの奥で床にすべり落ちるのを見た。電話から声が漏れていた。

「もしもし、どなたですか？　もう一度、おっしゃってください。〈フェアモント〉の火災についてご存じだと？」

　スーは電話を切り、抗生剤と鎮痛剤のオキシコドンを持ち、歩いてクリニックを出た。チューの件は残念だった。治療してくれたことには感謝していたからだ。医師の死は付帯的損害であり、判断をあやまらなければ、まだ生きていられたのだ。

　すでにＦＢＩはこちらの正体と外見を知っている。見つけたのだから、知っているに違いなかった。そう、シンディを通じて。やはり遅すぎたのだ。これでパスポートとビザは使えなくなったが、新たな入手先のあてはある。少なくとも、向こうは自分がいまどこにいてこれからどこへ行くか知らない。と、あることに気づいて、一瞬めまいがした。わかっていないのは自分もだ。白いインフィニティはすでにサウサリートの曲がりくねった道に乗り捨てて、近くに停めてあったダークブルーのホンダ車を失敬してきていた。もっと離れたところで車を調達するべきだったのだろうが、弱っていて移動できなかった。

　スーは安モーテルのブランケットを首まで引きあげ、負傷した腕をしぼんだ枕のひとつに載せた。まずは体調を戻さなければ。いまはまだ、中国政府の腕にいだかれるため北京に飛ぶことはできない。偽造パスポートで入国審査を通れたとしても、政府はスーとのあらゆるつながりを絶って、その存在すら否定するだろう。リンディのコンピュータから盗みだした情報がどれほど貴重であろうともだ。可能であれば、自分の命を奪おうとすらするかもしれない。

岩のように硬いマットレスで身じろぎひとつせずに横たわっていても、いまだ腕の痛みは規則的なリズムを刻んでいる。なにより睡眠を欲しているのに、目をつぶると、とたんに〈フェアモント〉に引き戻され、あらゆる場面がひとつずつゆっくりと再現される。それならそれでしかたがない。むかし教官から訓練の一環として教わったとおり、自分がした判断のひとつずつを検証した。ずっと持ち歩いていた閃光弾のことを思った。まさか必要とする日が来るとは思っていなかったが、予防措置を講じるのは訓練のたまもの、そのささやかな保険がたしかに実を結んだ。閃光弾を最後に使ったのはずいぶん前のことだが、使い方は忘れていなかった。それと部屋にしかけた爆弾のおかげで、命拾いをした。

裏の通用口からホテルを出るべきだったろうか？　いや、裏口でもＦＢＩの捜査官が待ち伏せしていただろう。裏口なら人混みがない。やはり、その点でも判断は間違っていなかった。ささやかなサプライズを爆発させておいてから、やたらめったら走りまわる旅行者にまぎれてロビーを突っ切ったのも、正解だった。

ＦＢＩの捜査官に歩道に押し倒され、傷ついた腕を拳で殴られたときに感じたすさまじいまでの痛みがよみがえった。女から右手首に手錠をかけられて、耳元で権利を唱えられたときの屈辱とパニックが戻ってくる。あのアマ。

訓練を受けてきたにもかかわらず、いや、むしろだからこそ、あの捜査官に自分が追いつめられるとは予測ができなかった。ただのいまいましいＦＢＩの捜査官というだけではなく、相手は女、起きえないこと、万全な状態ならありえないことだった。彼女のほうを向くべきだった。押し倒される前に、訓練を生かして細い首を折るなり、ベレッタで撃ち殺すなりすべきだった。

あの女にしてやられた。いまだ右手に残る手錠を見おろした。どうやって外せばいいのか？　いずれにしろ、外すのはもう少し先だ。いつもどおり、なにかしら方法を見つける。そして、何者かがあの売女を撃った。頭を撃たれて死んだように見えたが、もちろん、確認する暇などなかった。女を押しのけて逃げた。

何者だ？　とんでもないときにハント判事を撃って、カーヒル夫妻の裁判を吹き飛ばしたばかだろうか？　自分を救うため、相手がＦＢＩの捜査官と知っていて撃ったのか？　なぜだ？

何者だ？

モーテルの部屋のドアをノックする音を聞いたとき、スーは拳銃をつかみ、腕に走る痛みに息を切らしながら、声を張りあげた。「消えろ！」

またノックの音。

スーはベレッタをドアに向けた。「誰だ?」

喫煙者に特有の、ひどいかすれ声が返ってきた。「おまえを危機から救ってやった人間だ」

56

スーはモーテルのドアを背にして立つ目の前の男を見つめた。男はジャイアンツの野球帽にサングラス、ぶかっとした青のウインドブレーカーにジーンズ、それにスニーカーと手袋という格好だった。スーの拳銃に胸を狙われているので、じっとしたままスーに笑いかけた。

「誰だ？」

「言ったろ、おまえを危機から救ってやった人間だと。サウサリートの診療所からここまでわたしがつけてきてよかったな。おまえにはまだ助けがいるようだ」

「どうやっておれを見つけた？」

「正直に打ち明けるしかないらしい。じつはその点では運がよかった。わたしはおまえが盗んだ白のインフィニティの近くに車を停めていた。ついでながら、あれはいい仕事だった、あわてず騒がずあの男をすぐに捨てておいて、その場を離れた。おまえが〈フェアモント〉で起こした事件のせいで起きた交通渋滞に巻きこまれて、しばらくはおまえを見失っていたんだが、頭を使って考えてみた。ゴールデンゲートに向かった可能性が高いと判断して、わたしもそうした。そうしたら前方でおまえが料金所を通過しようとしていた。そのあとについてスペンサー・アベニューに入り、おまえがインフィニティを残して、青のホンダを盗むのを見た。そのあと診療所から一ブロック離れて、おまえを待った。

ああ、聞こえたとも、銃声が。おまえは医者を殺した。なぜだ？　医者もまた、おまえを危機から救ってくれたのだろう？」

ベレッタを構えていたせいで腕が痛くなってきたが、かまうものか。スーはベレッタを動かすことなく言った。「あのまぬけが警察に電話したのがわかって、殺すしかなくなった」

「理由もなく、むやみやたらに殺してまわってるんじゃないとわかって、嬉しいよ」

「ああ」スーは言った。「理由はつねにある。で、おまえはまたここまでおれをつけてきたのか？」

「そうとも、たやすいことだった。運転のようすからして、おまえがここまでもつとは意外だったよ。色男とは言いがたいご面相なのは確かだしな。あの捜査官に歩道に転がされたときの血が、まだ顔に残ってるぞ」

顔に血だと？　この男の望みはなんだ？　スーはゆっくりと言った。「だが、昨日の午後のことだぞ。おれのドアをノックするのに今日までかかったのはなぜだ？」

男はさも当然そうに言った。「捜査官どもがおまえを追ってるかもしれないし、おまえの協力者が駆けつけるかもしれないだろ。わたしも警官は好きでないから、待つしかなかった。

それにおまえの顔に血がついているのを見たら、ちんけなモーテルの従業員はいぶかしむ。そのあとテレビでおまえの顔を見れば、いやでも正体に気づく」

「いや、あの小僧はなにも気づいちゃいない。チェックインしたときも、ゲームに夢中だった。テレビがあったかどうか、あやしいものだ」

「さっきも言ったとおり、色男とは言いがたい顔をしてるぞ。痛み止めをのむか？　気分がよくなったら、行き先を決められる。いいか、もしおまえを殺したければ、おまえに馬乗りになっていた捜査官を撃ってはいない。おまえを傷つけにきたんじゃないぞ、不調のおまえに手を貸しにきたんだから、わたしに銃を向けるのはやめろ」

スーは絞りだすように声を出した。「おまえになんの関係がある？」

「わたしたちには共通点が多そうだからさ」

「どうかしてる」

「いや、わたしが殺すのはそうしたいから。おまえが殺すのはそうしなきゃならないから。ほらな？　たいして違わんだろう？」

スーは男を見つめ、かなりしてからうなずいた。「痛み止めはナイトテーブルにある」

男は手袋をした手に二錠取りだして、スーに手渡した。スーが口に含むのを待って、水のグラスを差しだした。

それでもなお、スーはベレッタを引っこめていなかった。身ぶりで後ろに下がるよう指示し、痛みがやわらぐのをじっと待った。

「残っている痛み止めの数からして、おまえがあまり使わないようにしていたのがわかる。いい心がけだ。あのドアから誰が入ってくるかわからない」

「もう一歩下がれ。おれから離れてろ」スーが見守るなか、男は二歩下がった。

「なぜおれに馬乗りになってたFBIの捜査官を殺した？」

「ほら、わかるだろ。おまえを押し倒したとき、彼女は人目にさらされていた。なにもさえぎるものがなかったんで、彼女を撃った」

「おれのためじゃないってことか？ 彼女を殺したかったと？」

「そうさ、あの女を殺したかった。だが、おもしろいことになってきた。この先、わたしがどこへ導かれるか、見てみないか？ ほら、一石二鳥と言うだろ？」

スーが口を開きかけると、男が手袋の手を挙げた。「いまのおまえには、これ以上のことを尋ねる権利がない。永遠の大親友になったら、洗いざらい話してやろう」

薬のおかげで腕がじんとして痛みがやわらいできたが、同時に、脳には靄《もや》がかかってくる。スーは言った。「ハント判事を殺そうとしたのは、おまえか？」

男はうなずいた。「仕留めたと思ったんだが、最後の瞬間にふり返りやがった。そんな悪運、信じられるか？ それでも、狙いはよかった、死んだはずだった」

「だが、死ななかった。病院でもまた狙ったのか？」

男が得意がるのがスーにはわかった。

「あのときは入念に計画を練った。入院中の患者の血液まで採って、捜査官たちを攪乱するために、エレベーター・シャフトの壁に塗りつけ――」

スーは口をはさんだ。「ばかげた計画だった」激痛が走ったので、言葉を切った。じっとして薬がふたたび効きだし、痛みを取り去ってくれるのを待った。エレベーターの点検口から銃撃するような愚か者が、おれを助けるだと？

スーは言った。「顔を見せろ。サングラスを外して、野球帽を取るんだ。さもないと、眉間にぶちこむぞ」

「わかった、もっともな願いだ。ただし、心の準備をしてくれよ。驚くぞ」

野球帽とサングラスがなくなった。スーは男を凝視した。呆気に取られて、腕の痛みすらいっとき忘れた。

「わかったか？」

スーにはうなずくことしかできなかった。

「悲しきこの世で、信頼できる人間がいるとしたら誰だと思う？」

「あんただ」スーは言った。「あんたなら信頼できるかもしれない。おれと同じぐらい性悪だから」

「いいや、それは違う。性悪さではわたしのほうが上だ」

57

シャーロック判事の自宅
サンフランシスコ、パシフィックハイツ
水曜日の夜

ショーンはカルとゲージに『フライング・モンクス』のやり方を教えていた。こちらに来てすぐに、祖母に買ってもらった最新のコンピュータゲームだ。シャーロックにとって、五歳になる息子が年下の子どもたちになにかを教える姿を見るのは、つねに喜びだった。三歳のカルとゲージは話に引きこまれ、ショーンが教えるルールをうなずきながら真剣に聞いている。『フライング・モンクス』か。また覚えなければならないゲームができた。

子どももむかしとはずいぶん違う。気がつくと、そんな感慨に耽っていた。人類の長い歴史において、それぞれの世代がずっとそんな思いをいだいてきたのだろう。シャーロックは頬を緩ませた。時は流れ、すべては変わる。現代を生きる子どもたちには、粉末ジュースからジュースを作る以外ならなんでもできる携帯電話という名の小さなデバイスのない世界など、想像もつかないだろう。いまでは携帯に尋ねると、答えを返してくれるまでになった。

けれど人そのものは変わらない。

カルが叫んだ。「おまえをやっつけてやったぞ、ゲージ。ツーランクアップ、これでメジャーモンクになったから、空を飛べるぞ！」

シャーロックは骨の髄までへとへとながら、疲れを見せないようにしていた。けれど、その甲斐があった。ショーンの目をごまかせている。巻き毛を与えてくださった神さまのおかげでうまく絆創膏が隠れているし、ショーンは火曜日の夜いなかったことも受け入れていて、自分がいかなくてエマが不思議がっていなかったかと尋ねただけだった。シャーロックはすらすらと嘘をついた。「そりゃエマはあなたのことを気にしてたわよ、ショーン。でも、あなたはおじいちゃんおばあちゃんと約束があって、絶対に約束を守る男だからと言っておいたわ」

「『ローリーと最後のアヒル』を観にいったことはしゃべんなかったんだよね、ママ？」

「もちろん」

「おじいちゃんとぼくがケトル・コーンをお代わりしたことも知らないんだよね？　食いしん坊だと思われたくないんだ」

「もちろん」

ショーンは思案顔になった。その表情が父親にそっくりだ。「やることが多すぎるんだよね、ママ。たまにどうしたらいいか、わかんなくなっちゃう」

そこへショーンの祖母が焼きたてのチョコレートチップ・クッキーを皿に盛って現れたので、なにがわからなくなるのか息子に尋ねそこねてしまった。

背後に夫の気配を感じるや、太い声が聞こえた。「やあ、スイートハート」かがんで、シャーロックの頬にキスし、お茶のカップを差しだした。「これを飲みおわったら、今夜はそろそろ店じまいしたほうがいい」

「でも――」

「カルダク先生に言われたよ。きみは問題児だから、おれはお目付役になるようにと。きみはよくやってた。午後から夜にかけて、ずっとおとなしくいい子にしてた。こんどは心地よい夢を見ながら、そのあいだに頭と体をひとまとめにして元に戻さないとな」言葉を切った。「それを実現するために、おれにいい考えがある」

彼女はお茶をひと口飲んで、夫を見あげた。「寝る前にお話を聞かせてくれるの?」

「それもありだが、今回の計画には入ってない」

「あなたがなにを計画してくれてるのか、考えちゃうわ」

サビッチがにっこりした。「お茶のあとのお楽しみだ。さっきモリーから電話があってね、きみがいると周囲の男どものお行儀がよくなるからって、ラムジーがきみを恋しがってるそうだ。もう少ししたらエマといっしょにゲージとカルを連れにくる。そうそう、なんならエマが来る前にショーンを寝かしつけるが」

「カルとゲージはわたしが見てますよ」イブリン・シャーロックが言った。「チョコレートチップ・クッキーがあるうちはがんばれるわ」

シャーロックは言った。「ショーンを二階へ運んでもらったほうがいいかもね。エマに会ったら興奮しすぎて、寝なくなるから」

それから一時間半後、シャーロックはベッドに横たわっていた。夫からのまされた薬が頭部の痛みの残滓を抑えこんでくれる。

彼の頭のなかには、ほかになにが入っているの？　わたしにわからないとでも？　バスルームから彼の歌声が聞こえてくる。同僚にして音楽仲間でもあるジェームズ・クインランが作詞したカントリーで、野生馬を愛し、野生馬より激しい女と石油を愛する男の歌だった。

それから何分かして寝室に入ってきたサビッチは、パジャマのズボンだけを腰ばきしていた。

シャーロックは思わず舌を呑みこみそうになった。「お願い、動かないで」

サビッチは両腕を脇にして素直に立ち止まり、バスルームの明かりに背後から照らされながら笑顔を浮かべていた。「きみに洗ってもらえなくて、残念だよ」

「わたしもよ」実際そうだった。夫は最高のシャワーの友だった。

「頭の具合はどう？」

「頭って？」

シャーロックのそばまで来たときには、にやにやしていた。「人生ってややこしいよな。

たまには休んで、狂気から離れないと。そう思わないか？」

その瞬間、シャーロックは天にも昇る心地になった。これほどの名案は長らく聞いたことがなかった。

58

イブ・バルビエリの自宅
サンフランシスコ、ロシアンヒル
火曜日の夜

「ほら、そこに火傷がある」ハリーはイブの首筋の赤くなった部分にそっと触れた。

イブはハリーから目を離さなかった。「火傷用のクリームを塗ってもいいけど、なんだったら傷がよくなるようにキスしておいて」

「それはどうかな」ハリーは彼女から遠ざかった。

ハリーとイブとグリフィンは〈フェアモント〉で救命士から治療を受け、帰ってよしとのお墨付きをもらって連邦ビルディングで報告を行った。そのあと自宅に運んでもらう前に、イブはハリーの家でシャワーを浴びて汚れを落としてきた。

イブはパンチを浴びすぎたようにふらふらして、興奮しつつ疲弊していた。おかしなことに、この相反する感覚が強力に組みあわさった結果、ハリー・クリストフ特別捜査官を見る目が変わってしまった。そして変わってしまった目には、彼がすこぶる好ましく見えた。

ハリーは拳で目をこすった。「スーがスイートに入ってきて、グリフィンが大声で手を挙げろと命じる。その場面がくり返しよみがえる。そのあとすべてが立てつづけに起きた。明るい光の爆発に、耳をつんざく轟音。いたるところで火が燃えていた。スーが閃光弾を携帯していたとは、いまだに信じられない。しかも、使い方を熟知してた」

イブが言った。「わたしも使い方を習得したい。効果抜群だもの。一時間は耳鳴りがやまなかったし、光が脳内に切りこんできたみたいで、五分間は目が見えなかった」

ハリーは言った。「スーは用心を怠っていなかったってわけだ。敵ながらあっぱれだよ」

「よく褒める気になるわね。わたしは両膝を撃ち抜いてやりたかった。軍務経験がなければ、閃光弾の使い方は習得できないと思うんだけど」

ハリーは言った。「民間人の週末逃亡に閃光弾はいらずってか?」

「ふざけてばっかり。ビール飲む?」

ハリーが首を振る。

イブは彼をリビングに手招きし、自分はソファに座った。

ハリーは反対側の椅子に腰かけ、三角形にした指の上から陰気な顔で彼女を見た。「スーがホテルのスイートルームを爆破して、人殺しに走ったいま、国務省から手をまわしてもらって、中国政府にスーのことを教えてもらうことはできないものかな」

「スーの正体を知っていることすら、認めないかもよ。もしわたしたちが食いさがって、スーを中国のスパイだとして責め立てたら、彼らはＦＢＩが罪のない傍観者のスーをスケープゴートにしようとしていると反撃するでしょうね。すると、賭けてもいいけど、さらに追及するだけの証拠がないから、国務省は引きさがって、それでも――」

ハリーは指先でリズムを刻んだ。「ずっと自問してるんだ――やつを引き留めるために、おれたちにできることはあったんだろうか？」

「もし興奮状態で目がくらんでいなければ、あいつの胸に雨あられと撃ちこんでやってたでしょうね。それできれいに片付いたのに。少なくとも、わたしたちの誰かが撃った銃弾がやつの腕に当たったけど。誰のが命中したんだと思う？　監察医もわたしたちの銃器までは調べないわよね？」

「監察医がおれたちのシグを調べるなんてことになったら、誰がスーを撃ったかで賭けがはじまる」

イブは立ちあがって、キッチンに消えた。大きな声が聞こえてくる。「辛いディップでフリトスでもどう？」

ハリーは笑い声をあげた。「もちろんもらうよ。最後にいつ食べたか覚えてない」

イブはトレイにフリトスの特大袋と電子レンジで温めて湯気の立つディップのボウルを載せてやってきて、コーヒーテーブルにトレイを置いた。「さあ、こちらに来て、わたしの隣に座って。さもなきゃ椅子を引っ張ってくるか」

ハリーはコーヒーテーブルの向かいに椅子を引っ張ってきた。

イブはじっと彼を見た。「ふだんなら男性に怖がられるといい気分なんだけど、あなたただとどうしてかな。ソファの隣には座らない、首筋に痛いの飛んでけのキスもしてくれないなんてね」

「うちのおふくろは、息子をばかには育ててない」

イブは大きなフリトスでディップをすくった。「知ってた？　チェイニーはあなたのこと、もうとびきりのクソ野郎じゃない、ただのクソ野郎だと言ってたのよ」

「いつ聞いたんだ？」

「先週の金曜の朝、病院で。わたしがＩＣＵの外の廊下にいたら、あなたとチェイニーがやってきた」

「おれの実態はお行儀のいい捜査官なのに、誰も信じてくれない。わかったよ、たしかにこの一年半、いっしょにいて愉快なやつじゃなかったことは認めるよ」

「先週の金曜に会ったばかりなんて、信じられない」

「連邦ビルの駐車場のエレベーターではお互いに見かけてただろ」

「まあね。でも、あなたは狩猟ナイフでヒゲを剃るタフガイ然としてた。それがわたしたち連邦保安局の人間がＦＢＩに対して根深く持ってるイメージと合致しないのよ。ほら、ＦＢＩの捜査官はＦＢＩ工場で生産されたへなちょこぞろいだっていう」

「そうなのか？」

「常識よ」

「悪賢い連邦保安局について、ＦＢＩの捜査官がどう言ってるか、知りたいか？」

イブはにやりとした。「ううん」

それでも彼が口を開くと、イブは手を挙げた。「尋ねられて答えたんだから、黙っててよ」

ハリーは言った。「きみを何度か見かけて、そのたびに連邦保安官助手にしてはきれいすぎると思ってた。あとはほぼ全員が頑固そうな短髪の元軍人だからね。そんななかにあってきみはどうだ。黒と赤で決めて、男どもに伍するごついブーツをはいてる。それで一目置かれてるんじゃないのか？」

そのとおりだ。

「勝ったのはブーツだけど」彼女は言った。「誰もこのブーツとは揉めたがらないわ」

「なんて言ってるが、実際は――」ハリーはフリトスを食べてから、続けた。「独り者の捜査官たちは、きみの気を惹く方法はないかと頭をひねってる。誰もきみから相手にしてもらえたことがないと、もっぱらの評判だよ」

「そりゃそうよ。そろいもそろって、甘ちゃんだもの。大きな足にウイングチップをはいた甘ちゃんとつきあいたい女なんて、いる？」

「はい、はい、わかりました。きみのなにがそんなに魅力的か、わかってるか？　男なら、そのブロンドのポニーテールと大きな青い瞳を見たら、きみを実家に連れていって母親に会わせたくなる」

「あら、ブロンドのポニーテールは関係ないわ。お母さんたちが感心してくれるのは黒いブーツのほうよ」

ハリーが笑った。「かもな」

彼を見つめるイブは、その顔に魅了された。険しい顔つき、高い頬骨、アイルランドの平原のように濃い緑の瞳。彼には生来の野性味がある。「わたしね、どうして戦時に結婚が多いか、この五日間で少しわかったような気がする。異常事態に投げこまれた男女が生き延びようと思ったら、相互に関係しあっていることを再確認しなきゃならない。たとえいっときにしろ死を意識せずにすむためには異性の存在が大切だって、身にしみるのよ」

ハリーは言った。「いや、それはどうかな」

「どうして？　あらゆる哲学がそれを肯定してるのに、なぜあなたは否定するわけ？　戦時中に結婚する人が多かったのを知らないの？」

「おれはどんな出会い方をしようと、いっしょになるかどうかは決まってると思う」手にしたフリトスを食べ、急いでつぎをディップにつけた。「こんなに腹が減ってることに、自分でも気づいてなかった」フリトスで乾杯のしぐさをした。「今週食べたなかで最高のフリトスだよ」

「フリトスは最強よ。じゃあ、一年半前に離婚する前はそんなにクソ野郎じゃなかったのね？　離婚したせいでそうなったの？」

「おれはいつだってクソ野郎だった。とびきりだなんだと言いだしたのは、チェイニーだ」

「そのせいで奥さんが出ていったの？」

彼は口の手前でフリトスを止めた。「いや」

イブは彼のほうに頭をかしげて、ゆっくりと言った。「そう。それが理由じゃないわよね」

「なぜ違うと思う？」

「あなたと知りあってまだ日が浅いけど、あなたがクソ野郎じゃないことだけはわかる。あなたは誠実な人よ、ハリー。やると言ったことは、かならずやる。うまくいかないときも、なにかのせいにしない。頭脳明晰で、強情ではあるけれど、クソ野郎ではない。

そうね、でも初対面のときは雄鳥みたいに気取ってたから、殴り倒してやりたかったけど。わたしの反応を見ておもしろがってる、いやがらせをしてるんだと思った。わたしの担当は警護で、捜査には関係がないとわざわざ指摘したりして」彼の顔から目を離さずに、もう一枚、チップスを食べた。「いちおう言っておくけど、おもしろがるために格好つけるのはべつにいいの。あなたのどこがいいか知ってる？　おもしろくて、笑わせてくれること。それと外見」

「おれは三年前に強盗未遂事件で撃たれた」

「どこで?」

「チェストナットのバンク・オブ・アメリカ」

イブはフリトスを投げつけた。「嘘、被弾したの? どこに?」

ハリーはうっすらほほ笑んで立ちあがると、シャツを引っ張りだした。左肋骨の下のあたりに十五センチほどの傷があった。たいへんな痛みだっただろう。イブ自身は何度か殴られたことがあるだけで、銃創を負った経験はない。イブは彼を見つづけた。鍛え抜かれた肉体から目が離せなかったのだ。

そそくさとシャツをしまい、椅子に座りなおしながら、彼は言った。「彼女はすっかり怯えて、おれがなにを言おうと聞く耳を持たなかった。で、捜査局を辞めてと言われて断ったとき、三年続いた結婚生活はいっきに下り坂に入った。要はそれが最後通牒だったんだ」

ハリーはイブが投げつけたフリトスを袖からつまみあげた。それをじっと見つめて、そっとトレイに戻した。「警官が結婚生活を続けるのは不可能に近いと、前から聞かされてた。でも、おれはそうは思わなかった。両親の結婚生活が続いてたからだ。だって、そうだろう? ともに善良で、お互いに愛しあってる。彼女に結婚を申しこむ前に、警官の離婚率の高さをふたりで話しあった。統計結果を教えたし、関連する記事もいくつか読ませた。彼女──司法試験に受かったばかりだった──は、自分がそんなことで揺らぐものかと、笑い飛ばした。時間が不規則になるかもしれないと言うと、自分だってつねに思うとおりにはならない、ふたりの生活のなかに暴力が入ってこようと対処してみせる、冷静に対処できないようではしかたがない、と言った。

正直に言うと、つきあっているあいだは、ほぼ九時五時の勤務だった。何度か街を離れて潜入捜査についたが、ふたりでいる時間には影響がなかった。だが、現実としての暴力、その脅威は、つねにあった。おれはそれを知りながら、ほおかむりをした。

そういうことだ、イブ。あまりに陳腐でいやになる」

陳腐なのはイブもいやだった。ハリーの言うとおり、彼らに起きたことはあまりにありふれている。ひょっとすると、イブがふたたび結婚市場に参入したいと思わないのはそのせいかもしれない。「やっぱりビールを飲まない？」

「もらうよ」ハリーもキッチンまでついてきた。「惨めな個人史をぶちまけてごめんな。話すつもりはなかったのは、ほんと、なんで口から飛びだしたんだか」

「話してくれてありがとう」

「きみはいくつ？」

「一月二十六日に二十九になるわ」

「結婚とか、そういうのは？」

「ええ、大学を卒業してすぐに結婚したわ。でも、愚か者の最後の女にはなれないと気づくのに、たいして時間はかからなかった。そいつと別れたあとは、父や兄たちを越える男がいるとは思えなくなったわ。彼らにかかったら、こてんぱんにされそうで」イブは目をぐるりとまわした。「ささやかな災難——と、兄たちはわたしの短い結婚生活のことをそう呼ぶんだけど——のあと、兄たちに言われたのよ。またわたしをこけにする男が現れたら、二度と見つからないように、地中深くに埋めてやるってね」

冷蔵庫からビールを二本取りだし、片方をハリーに渡した。ボトルの蓋を開けて、口をつけた。

イブは言った。「痛みが飛んでくように、傷口にキスしてくれる？」

「ああ」ハリーはカウンターにビールを置いた。「いいよ」

59

シャーロック判事の自宅
サンフランシスコ、パシフィックハイツ
木曜日、感謝祭の早朝

シャーロックが目を覚ますと、夫が自分を見おろすように立っていた。

自然と笑いたくなって、頬が大きく緩んだ。シャーロックは体を伸ばしながらあくびをした。「いま何時？」

「六時少し過ぎだ。気分はどう？」

シャーロックは自分の頭に尋ねた。傷はまだ軽く痛みを訴えているけれど、嬉しいことに、もう頭のなかでパンクロックをがなり立てる声はしない。

「百万ドルの気分よ。あなたの寝る前のおとぎ話は最高だったわ、ディロン。体じゅうの骨が『わたしを鳴らして』とハミングしてる。それで、あなたはこれからどうするの？　うちの両親が七面鳥の準備をするのを手伝うとか？」

「いや、七面鳥はモリーが引き受けてくれた。きみのおふくろさんはキッチンで肉好きの娘

のためにはソーセージのスタッフィングを、娘婿のおれのためにはコーンブレッドのスタッフィングを用意してくれてるよ。じつは二時間前に目が覚めてね。おれたち全員がなにかを見落としてる気がして、MAXに相談をかけた」

シャーロックは夫の顔を見た。「誰だかわかったの？　昨日わたしを撃った男、ラムジーを二度にわたって殺そうとした男が？」

サビッチはベッドの隣に腰をおろすと、妻を抱き寄せて、髪に口づけをした。「種を明かせば、案外簡単な話だ」

夫は大きくて温かくて、彼の鼓動が胸に響く。「種を明かせばって、どういう意味？」

「覚えてるだろう、シャーロック、長く服役していた人間なら条件が合致すると言ったのはきみだ。ラムジーに対する異様な計画を立てるには、時間がかかる。しかもFBIの本部にいるおれ宛に脅迫状を運ばせた人物は、テッド・ムーディに自分のことを〝ハマー〟と呼ばせていた。これは刑務所で使われるスラングだ」

シャーロックはうなずいた。

「そこでデーンとルースは今年に入って出所した元受刑者に焦点を当てて、おれたちがかかわった事件ですでに亡くなった人物の父親なり兄弟なり、復讐を望みそうな人物を捜してくれた」

シャーロックは言った。「ルースが言ってたわ。条件に合致する元受刑者が見つからなくて、デーンがおかしくなりかけてるって」

「それには理由があったんだ。おれはラムジーとおれを間接的に結びつけた事件が五年前にあったのを思いだした。といっても、おれのかかわりはたいして深くない。ソニー・ディカーソン神父という、エマを誘拐した小児性愛者を覚えてるか?」

異常性愛者だった元司祭のことは、シャーロックもよく覚えていた。その男に誘拐されたエマは、彼の手をのがれたところをラムジーに発見され、ラムジーは彼女を救おうとして、それが縁でモリーと結ばれた。暴力あり、欺瞞ありのすったもんだの末、ディカーソンは病院で命を落とした。そしてサビッチはいま、今回の事件の裏側にある真実を突きとめたという。シャーロックは体をすり寄せて待った。種明かしが楽しみだった。

「ソニーの血縁者を洗ってみた。父親は死に、たったひとりの兄弟も死んでいる。まだ存命の血縁者はソニーの母親で、殺人罪で刑務所に入っていた。夫を殺したんだ。彼女が〝ハマー〟だ」

大どんでん返しだ。「ええ? ソニー・ディカーソンの母親がわたしの頭を撃ったの?」

「そうだ。みんなして男だと思いこんでた。彼女に会った目撃者の全員が――本部ビルに脅迫状を持ちこんだテッド・ムーディから、ゾディアックを貸しだしたご婦人まで――男として証言してた。モリーの留守番電話に残されたメッセージの声も全員が男だと思って聞いたし、それがスーのものだと思って疑わなかった。

彼女は自分の思うがままにしゃがれ声を出し、どうやったら男に見せられるかわかっていて、ラムジーの命を狙っているのはスーだとおれたちに思いこませた。そう、火曜日にスーをねじ伏せているきみを撃つまでは」

シャーロックが肘を突いて体を起こした。「まだ衝撃を乗り越えられないわ――ソニー・ディカーソン神父の母親だなんて。でも、ディロン、たとえ女だとしても、どうしてルースとデーンが捜査をしたときに名前が出てこなかったの？」

「彼女の名前がシャーリーン・カートライトだからさ。さっきも言ったとおり、彼女は夫殺しの罪で十年間服役した。その夫ってのは、ソニーとすでにないその兄弟だけじゃなくて、妻のシャーリーンをも虐待してた惨めな人間だったわけだ。ある日それに耐えられなくなった彼女は、そいつの銃を使って本人の顔に一ダースの銃弾を撃ちこんだ。

バトンルージュで審理された裁判の記録を読むかぎり、おれは彼女が夫を撃ったのには正当性があったと思う。それなのに彼女の弁護士はなにを考えたのか、正当防衛を唱えずSODDI、すなわちどこぞのだれぞがやった《サム・アザー・デュード・ディド・イット》説を唱えたが、陪審はそれを認めなかった。そりゃそうさ、彼女に不利な証拠がたくさんあったんだから。陪審は長期刑を求め、実際、そうなった。十五年の実刑を喰らい、十年で仮釈放になった。

ソニー神父は彼女が刑務所に入って五年後に殺されたから、彼女には誰に罪をなすりつけて、どう復讐するかを考える時間が、たっぷりあった」

シャーロックが言った。「どうしてあなたが標的になったの？　もちろん、あの事件の大筋は覚えてるわよ。でも、あなたはほとんど従事してなかった」

「そのせいでつながりがあることにすぐに気づかなかった。彼女を見つけてみて、はじめてわかった。彼女にしてみたら、おれがスコットランド・ヤードの友人の作った顔認識プログラムに手を入れたから、息子が捕まったんだ。覚えてるかい？　おれたちはプログラムに似顔絵をインプットしてもそう簡単に結果が出ると思ってなかったのに、思いのほかすぐにソニー神父がはじきだされた」

シャーロックは言った。「じゃあ、シャーリーンは顔認識プログラムに関する記事であなたの名前とラムジーとの関係を読んで、自分の息子を名指ししたのはあなたで、あなたがいなければ息子は逮捕されなかったと考えたわけね。大いなる誤解だわ。ソニーはモントレーでふたたびエマを誘拐しようとした。結局はそれが決定打になったのに」

「まあな。だが、相手は心底腹を立てた女だからね」

「腹を立てて、非合理的な女ね」シャーロックは言った。「彼女はあなたに焦点を当てることで、復讐心をかき立てた。あなたを罰するために、あなたの大切な人を殺そうとした。実際は違うんだけど、あなたが彼女の息子を殺したことで彼女が傷ついたように、あなたを傷つけようとした」

「そういうことらしい。ソニー神父はエマを誘拐した時点で間違いを犯していて、エマの祖父の差し金で殺されるわけだが、彼女にはそのへんの事情はわからなくて、ラムジーが息子を殺した、そしておれをはじめとする周囲の人間がラムジーをかばって彼の罪を隠したと思いこんでるんだろう。だから、彼女の殺人リストの筆頭にはラムジーが載せられた」

シャーロックは例の文句を復唱した。「で、〝これがおまえへの報いだ〟となった。この文句にたどり着くまでに、どれだけの文句を考えたのかしら。ずいぶん仰々しいと思わない？　おまえにはそうされて当然の罪があるから、神さまが罰を下すと言ってるみたいで。なぜ彼女の名前はディカーソンじゃないの？」

「内縁関係だったんで、結婚前の名字、カートライトを使いつづけた。バトンルージュ郊外のセントガブリエルにあるルイジアナ女性刑務所で十年服役したあと、四カ月前に仮釈放になったんだ。所長によると、進んで指示に従う彼女の模範的な態度が認められ、すっかり更生したと判断されたんだそうだ。そんなふうだったから、自然と刑務所内の図書館係を任され、図書館で長時間〝勉強〟して過ごしたと、仮釈放委員会の記録に記されていた」

シャーロックは尋ねた。「で、彼女のリストでラムジーのつぎがわたしだったの？　あなたを傷つけるために？」

サビッチはうなずいた。「エレベーターでの襲撃に失敗したあと、もう一度、病院にいる彼を襲うのは無理だと気づいて、ラムジーを後回しにすることにしたんだろう」首を振る。「いまだ彼女の準備のよさが信じられないよ。ほら、自分が負傷していたと思わせるために、ブーザーの血液まで採取してたんだから。しかも男のふりまでして。おれたちをコケにしたかったんだろう」

「ブーザーも男だと思って証言してたわ」

「そうだな。おれたちはスーを女の名前だと決めつけて、長いこと女だと思いこんでた。どちらも蓋を開けたら大間違いだった」

シャーロックは言った。「エレベーターでの離れ業。彼女、すごいわね」

「だが失敗した。イブと防弾チョッキのおかげさ」

「ディロン、でもどうしてシャーリーンだとわかったの？　どうやって裏付けを取ったの？」

「裁判記録に彼女の手書きの文字があった。それが送りつけられたメモの筆跡と一致した。それに彼女は二カ月前にルイジアナで保護観察士のひとりを殺して、指名手配されてる」

シャーロックは言った。「彼女はＦＢＩのバンをつけたんでしょうね。それ以外にわたしが〈フェアモント〉で外に出たとき、そこにいて撃てる態勢にあった説明がつかないもの」

「きみがバンを飛び降りてスーを追うことまでは、彼女にもわからなかった。そこはただの幸運だ」

「彼女にもスーにも」シャーロックは言った。「いい気分だったでしょうね」あとほんの少し彼女の狙いが正確なら、わたしは死んでいた。シャーロックは夫の胸に置いた手を握りしめた。

胸毛が引っ張られるのをサビッチは感じ、体を押しつけて彼女の拳を開いた。「彼女の写真を手に入れた。これで捜査が大きく進展する。シャーリーンは見たところおよそ殺人犯らしくない。裁判前と二年前と、彼女の写真を二枚見た。もはや虐待されて傷つけられた妻の顔じゃなかった。頭の上げ方といい胸の張り方といい、自信に満ちて堂々としている。旧約聖書のノアよろしく、正義の使命を帯びているようだ」

シャーロックは上掛けを押しやった。「わたしにも見せて」

「いや、きみはそこにいろ。いまMAXを持ってくる」彼女の手が胸板をまさぐっている。サビッチはかがんで、口づけした。

「いいえ、MAXを持ってくるのはもう少しあとにして」シャーロックは夫の口元で言うと、首筋にキスした。「その前にお願いがあるの」

60

サンフランシスコ総合病院
感謝祭

ナタリー・チェース看護師には離婚歴があった。元夫は根っからのだめ男だったけれど、彼の名字は気に入っていたし、元夫とのあいだに子どももいなかったので、名字はそのまま残した。彼の遺伝子プールが自分を通じて引き継がれなくてよかった。近しい親族はおらず、ボストンに住むいとこがふたりいるだけなので、祝日には進んで勤務に出た。祝日はいい。なにかしら特別な雰囲気があるし、病院にいればひとりではない。とくに今年はハント判事とその仲間という、これまで病室でお目にかかったことのない患者さんから、感謝祭のご馳走に招待されている。彼らは考えられないほどたくさんの面会規則を破っているが、ジャッジ・ドレッドの部屋だし、感謝祭なので、誰も気にしていなかった。

　ほかの患者さんたちのことも見なければならないのはもちろんだけれど、だいたいは家族がいっしょで、食べられる人は七面鳥とスタッフィングに舌鼓を打っている。アルツハイマー病を発症している年配の患者さんのところには娘さんが来ていて、娘さんに見守られながら七面鳥とスタッフィングを食べていた。ひとりぼっちの人は誰もいない。

ラムジー・ハント判事に殺意をいだく人がいるという事実が、ナタリーの怒りととまどいをかき立てた。判事はほんとうにいい人だし、見た目もすてきだ。彼の世話をする人たちみんながそうであるように、ジャッジ・ドレッドの体調がいいことに感謝していた。あと三、四日したら、帰宅できるまでに快復するだろう。家には帰れるだろうが、ふだんの生活には戻れない。ふたたび命を狙おうとする殺人者がいるあいだは。そんな恐怖とともに生きるなんて想像がつかない。ましてや家族となれば、その心配はいかばかりか。犯人がまだ外を歩きまわって、つぎのチャンスを狙っている。

最初、テレビのニュースはハント判事の狙撃犯として、二日前に〈フェアモント〉から逃げたジョー・キーツの写真を流した。それが今日は女の写真になった。その女が狙撃の被疑者だという。ナタリーの目には、その女が自分の母親に少し似ているように映った。

明日にはまた別の写真が出てくるの？　なぜハント判事とＦＢＩ捜査官の殺害をくわだてたのか番組では把握していないようだったが、その日の夜にはテレビのキャスターたちが詳しい内容を語りはじめ、インターネットにはさまざまな臆測が流れて、それはイラクのイスラム教学者にも読める。ナタリーは「このふたりのどちらかの居場所に関して、なんらかの情報をお持ちの方は――」という文言をすでに記憶してしまった。

サンフランシスコ市警察のガビン・ヘンドリクス巡査がナタリーの顔の前で手を振った。

「遠くの世界に行ってるみたいだね。七面鳥をもうひと切れ食べないかい？」

ナタリーは首を振って、にっこりした。この三日間ハント判事を警護してきた彼は、背の高い黒人男性で、情けないようなやぎヒゲを生やしている。彼女がそう言うと、彼は笑って父親のせいだと返す。ナタリーは言った。「これ以上食べたらボタンがはじけちゃうし、それは格好がよくないわ。救急患者が運ばれてきたらどうするの？　パンツのボタンがはじけたわたしの姿を患者に見せるわけ？　それじゃ信頼は得られないでしょう？」

「ほんとにいいの、ナタリー？」モリー・ハントが声をあげた。「たくさんあるのよ」

「ありがとう、モリー。でも、あとひと口でも食べたら、椅子に座れなくなって、ベンチを探さなきゃならなくなっちゃう」

ガビンが笑った。ナタリーはモリーが判事のほうを向いて、その腕と頬に触れるのを見た。数分おきにそうしている。つねに判事を見守っている。

これだけの来客があったら、大混乱になってもおかしくなかった。警護員が四人、判事の子どもが三人、それに多数のＦＢＩ捜査官。二台めのベッドを部屋から出し、病院で一番の広さを誇る病室であることを生かして、カフェテリアから借りてきた折りたたみテーブルをいくつも置き、それにテーブルクロスをかけて、一ダースの椅子を詰めこんだ。病室には不似合いな光景だった。元気いっぱいに食卓を囲む、家族のディナーのようだ。ただしそこにいる人の多くは拳銃を持ち、近づいてくる人がいると、ドアに視線を向けた。

シャーロックは、昨日からここの患者になったＦＢＩ捜査官だが、とびきりおいしいソーセージのスタッフィングをつつきながら、夫であるサビッチ捜査官から言われたことに大笑いしている。とてもとても運のいい人だ、とナタリーは思った。九死に一生を得たことに気づいているの？

やめよう、こんなときに憂鬱なことを考えるのは。ヘンドリクス巡査に顔を戻した。パンプキンパイの載った感謝祭柄の小さな紙皿二枚を手に、こちらに近づいてくる。パイにはホイップクリームまで添えてあった。「ぼくたちふたりのボタンが耐えてくれると信じることにしよう」彼は言って、片方の皿を差しだした。

断ることもできたけれど、ありがたくいただくことにした。「ありがとう、ヘンドリクス巡査」

「ガビンと呼んでもらえないかな、マダム」

「じゃあ、わたしはナタリーと」

巡査が隣に座り、ふたりでパンプキンパイを食べながらとりとめのないおしゃべりに興じた。そのうちテレビでフットボールの試合がはじまった。巡査はもうひと口パイを食べ、目をつぶって、ため息をついた。「ああ、うまいな、すばらしい。これはエマ・ハントが焼いたそうだよ。ピアノの天才エマは料理もうまい。元々のできが違うんだろうね」

ふたりは、父親のかたわらで父の腕に白い手を置いているエマを見た。

エマの弟のカルとゲージは、冗談抜きにかわいいそっくりの双子で、いまは大きなテーブルで大人三人とまだ幼いショーン・サビッチに囲まれている。大人になったら、父親に負けず劣らずのハンサムになりそうな少年だ。ナタリーはそう思いながら、ショーンの父親のサビッチ捜査官に視線を移した。

「エマ・ハントがサンフランシスコ交響楽団と演奏するのは、つぎの水曜だよ」ガビンは言いながら、大きく切り分けたパンプキンパイを口にいれ、首を振った。「信じられないな。あの小さな手。彼女はいま十一、いや十二歳かい？」

「十一歳だとハント判事が言ってたわよ。娘が自慢すぎて、病院の寝間着にボタンがあったらはじけそうだったわ。いまはつぎの水曜に彼女の演奏を聴きにいけるぐらいよくなるかどうかしか考えられないみたい」

「よくなられるさ」巡査は言った。「丈夫な人だし、意志が強い。そういう人なんだ。裁判官席から黒い法衣をひるがえして飛びおり、法廷内に侵入してきた狼藉者どもをこらしめる姿が目に浮かぶよ」

「わたしも覚えてる。覚えてない人なんて、いないでしょうね。あれはすごかったもの」そのとき手首のポケベルが鳴った。ナタリーはヘンドリクス——ガビン——に笑いかけて、ご馳走を作ってくれた料理人たちにお礼を述べた。

一瞬、戸口で立ち止まって、背後をふり返った。まだ逮捕されていないあの女がまたもや殺害計画を立てているだろうことを知りながらも、みんなして快活でなごやかな雰囲気を作りあげている。たとえその場かぎりだろうとも、その雰囲気は貴重だった。最後にガビン・ヘンドリクスに笑いかけた。

ナタリーは緊急事態に対処した。三〇六B号室のピットさんが過呼吸に陥っていた。孫から結婚の報告を受けて、喜びすぎたせいだった。お相手はラスベガスのダンサーだとか。そのあとナースステーションに戻った。あらためてシャーリーン・カートライトの写真を眺めた。あと少ししたら、そこらの政治家の顔以上にこの女の顔が世間に知れ渡る。むかしはきれいだったのだろう。けれど、妙な感想ではあるものの、いまのほうがさらにきれいだった。喫煙者に特有の目尻の皺と、口の周囲の深い皺を指先でなぞった。目がなにかを語りかけてくる。淡い緑色をした大きな目。淀んだ池のようだ。その目がナタリーを震えあがらせた。そこに浮かんでいるものは、容易に読み解ける。これと決めた相手を殺す決意と、みずからの死を受け入れる覚悟——彼女自身に求められているものだ。

ついにラムジーが眠りについた。ナタリー・チェース看護師は疲れ果てたようすの判事を多少案じつつも、ベッドの周囲に集まっている彼の家族に笑顔を向けて、安心させた。「心配いりませんよ。バイタルサインは良好です。贔屓のフットボールチームが負けて、がっくりきたんでしょう」

全員が緊張を解いて、笑顔になった。

取りおかれていたパンプキンパイの小さなひと切れを食べようと、ほどなくカルダク医師が入ってきた。眠っているラムジーを見おろす。「はしゃぎすぎたな」続いてシャーロックを見ると、髪を持ちあげ、彼女が縫合跡を押さえるためにストライプ状に張った絆創膏を見て、ありがたいことに、そのまま髪をおろした。「まだ気分はいいんだね、シャーロック捜査官?」

「弦楽器みたいに元気です」彼女は言った。「なんで元気かどうかを語るのに弦楽器を持ちだすんでしょうね」

カルダク医師はパンプキンパイをフォークで切って、口に運び、にっこりした。「さてね」寝ているラムジーをもう一度見ると、一同にうなずきかけて、病室を出ていった。

シャーロックはくたくただった。ラムジーの隣で丸くなって冬眠するように眠りたいが、そうはいかないのはわかっていた。

サビッチが言った。「疲れきってるな、スイートハート。うちに帰ってベッドに入るか?」

「また寝る前のお話をしてくれるの、ディロン?」

サビッチは彼女の頬に触れた。やつれた顔をしている。「今夜はデザートなしで寝たほうがいい」イブとハリーに目をやると、ふたりはシャーリーンの写真を見ていた。

イブが言った。「また女。いつだっていまいましい女なんだから。スーをスーザンの呼称だと思ってたのはべつにいいんだけど、シャーリーン・カートライトは女の名折れよ。それにわたしたちのこのありさまを見てください、シャーロック。あなたは頭に怪我、わたしの背中にはエレベーターで防弾チョッキに被弾した際の青痣がまだ残ってます。犯人の女は頭が壊れているんでしょうか？」

サビッチがゆっくりとうなずいた。「いまはそうだろうな。結婚前はわからない。どちらだと思うかと尋ねられれば、おれの答えはノーだ。

きみがシャーリーンのことを心配するのはもっともだ。たとえ運転ができるだけの力があったとしても、スーにはもはやここへ来る理由があるとは思えない。いずれにしても、しばらくやつの姿を目にすることはないだろう。運良く逮捕できればべつだが。

だが、シャーリーンについては話が違う。彼女の的《まと》、標的はおれたちだ。おれたちに挑まなければ、生き甲斐を失い、みずからを殺しかねない。だが、きみもわかるだろうが、おれには彼女があきらめるとは思えない。おれたちが彼女の息の根を止めないかぎり」彼はシャーロックを抱き寄せて、目をつぶった。

サビッチは言った。「みんなも承知のとおり、情報提供者が出てくれれば問題の大半が解決する。これからあらゆる場所に彼女の写真がばらまかれる。あとは彼女が近くに留まってくれていることを祈ろう」

61

スカイライン・モーテル
カリフォルニア州エルセリート
木曜日の夜九時

シャーリーンはガラス窓からモーテル受付の狭いオフィスをのぞきこんだ。まだ運は尽きていないらしい。なかには痩せた男ひとりだった。ジョーから教わった特徴に合致しているから、彼がチェックインしたときコンピュータゲームに夢中になっていたのと同じ男なのだろう。ジョーはその若者の名前を覚えていた。おかしな名前だったからと言っていたが、シャーリーンは、スーに比べたらジェロルはおかしくない、あなたのことはジョーと呼ぶことにしよう、と言い返した。ジョーは笑顔でこちらを見あげ、シャーリーンはジョニー・キャッシュの「スーという名の少年」を口ずさんだ。

まだジョーをどこへ連れていくか決めていないけれど、どの局でも彼の顔写真を流しているので、これ以上、街の近郊に留まるのは危険だった。彼がどうにか動けるようになるのにあと二日はいる。彼の助けがいるわけではないけれど、利口な男だし、経験も豊富だ。自分を信頼してくれるようになれれば、しばらくいっしょにいられるかもしれない。そう、ソニーとそうなれたらと思っていたように。あの小娘のエマがいなければ、いまごろはソニーといられた。エマだなんて、偉そうな名前。ソニーが死んだ責任は、あの小娘にもあるんじゃないの？　ソニーだって好きで問題を抱えたわけじゃない。あのわがままな小娘め、あのときあの娘がソニーのもとから逃げなければ――シャーリーンは首を振って、思考を本筋に戻した。考えごとの最中にしょっちゅう脱線するようになった。なにかを考えていると、それが大きく膨らんで別物になり、ありとあらゆる方向に枝が伸びてしまう。テレビドラマのスピンオフのようなものだ。

意識をジョーに集中すると、脳にスイッチが入ったようになった。ジョーはＦＢＩ捜査官たちの手の内はよく知っている、と言っていた。彼らがどんな状況のときに、どう考え、どう行動するかをだ。ジョーなら、自分と同じように、難なく彼らに一歩先んじることができる。でも、あんたの顔を地面にすりつけたあの赤毛の捜査官のことは、わからなかっただろう？　わたしがいなかったら、取り返しのつかないことになって、あんたは手枷足枷をはめられてたんだよ。

その点はジョーもわきまえているので、シャーリーンも口にあえては出さなかった。それにもう二度も、心のこもったお礼を言ってくれた。なかなか感じのいい子だ。知りあってまだ間がないけれど、お粗末な元旦那よりもうんと好きになっている。元旦那のことは悪夢でしかない。ジョーから小指にはめている大きなダイヤモンドを褒められたときは、大笑いしてこう言った。こいつは、こいつをくれた卑劣な元旦那と同じ偽物なんだ、あの男はとうのむかしに死んだけど、やつの顔を撃ち抜いてやった輝かしい日を忘れないように、いまもこうしてはめてるんだよ、と。ジョーはもうひとつの指輪について、宗教的な意味合いがありそうな指輪だけど、と尋ねた。シャーリーンはしばらく黙って指輪をいじっていたが、やがて答えた。「これは息子の形見さ。ラムジー・ハントに殺されてね」それを聞くと、ジョーは最初からすべて話を聞かせてくれと言った。

ジョーがひっきりなしに寝返りを打ちながらも眠りに落ちると、シャーリーンは隣のベッドに横たわり、彼の呼吸の音に耳をすませた。考えてみると、男の隣に眠るのはずいぶんと久しぶりだった。他人の呼吸の音を間近に聞くのは妙な気分だった。彼の寝言のせいで、一度は目を覚ました。それでジョーがどんな人物なのかが垣間見えた。人殺しなのは自分と同じだけれど、それだけではない。彼は中国人とつるんでいて、ひょっとすると、スパイかもしれない。そして、中国人の上司たちのことをちびるほど怖がっている。風変わりな連中とかかわりあいを持つことになってしまった、とシャーリーンは思った。息子も風変わりではあったけれど、頭の悪い子ではなかった。ただ——規格外だっただけで。それを理由に殺されるのは間違っている。あのいかがわしい判事に殺《や》られていい子じゃなかった。

おなじみの憤怒に突き動かされて、頭がぱちぱちと音を立てそうだった。ソニーがあんな目に遭うのは間違っている。あれこそ真の犯罪だ。連邦判事が入院中の人間を殺すなんてことが、あっていいのか？　それなのにおまわりどもはそろいもそろって堕落していて、そんな判事をかばった。あのいじましい小娘のエマのせいで、判事に同情したのだ。エマ――その名前を聞くだけで虫酸《むしず》が走る。あの娘と母親は隠れ家に移されたのだろう。モリーの電話に伝言を残したあと、あの家の脇を走ってみたら、誰もいなくなっていた。そのうち見つけてやる。そう、学校から子どもをつければいい。

エマ、エマ、エマ。その名前が頭のなかでどんどん大きくなっていく。さあ、引き返すよ、集中しないと。

シャーリーンはまばたきをして、ふたたびジョーに意識を戻した。彼は高熱のせいで、転々と寝返りを打っていた。そこでシャーリーンはアスピリン三錠と水を持ってきて、ジョーの頭を抱きあげた。目が開くことはなかったけれど、暴力にどっぷり浸かってきたことが表れた目であることはわかっていた。シャーリーンには想像もつかないほどどっぷりと。モーテルの薄暗い明かりのなかで彼を見おろしているうちに、いい息子になるかもしれないという思いが湧いてきた。本名スーのジョー・キーツにはなにかがある。よくわからないけれど、ひょっとすると、生き延びようとする意志のようなものかもしれない。なんにしろ、それがシャーリーンの胸を打った。彼が何者で、なにをしてきたか知らないが、泣き言を言わず、文句もつけず、消されもしない。消されかけるのを目撃はしたけれど。

さっき傷口の処置をしたところ、快復力も驚異的だった。傷口の周囲は早くもきれいなピンク色になり、縫合跡には血痕がついていなかった。そしていまジョーは眠っている。さっき彼が運転できると言ったので、彼がサウサリートで盗んできた青いホンダは手放さないとだめだと言ってやった。ここを離れたらすぐに、と彼は言った。モーテルには残していかないほうがいいから。たとえあの車のせいで殺されることになっても、本人がかまわないのであれば、自分がつべこべ言《い》うことではない。自分はストックトンで買った自分の車を運転するまでのこと。売り主は終の棲家となる施設に入ろうとしている小柄な老人だった。

シャーリーンがドアを開けると、ベルが鳴った。現金を手にして、受付のオフィスに入った。ジェロルは地元観光地のパンフレットが山積みにされたカウンターの奥に座っていた。彼に関するジョーの論評は的確だった。ジェロルはコンピュータゲームに夢中で、画面上で闘う戦士に全神経を傾けていた。殴ったり蹴ったりする音や、銃声がしていて、そのあいだに彼のうめき声や歓声が入る。

万が一ということがあるので、ジョーのベレッタを脇に押しつけていた。いつヘビが鎌首をもたげて、襲いかかってくるかわからない。

可動式のワゴンに置いてある古ぼけたテレビが目に入った。地元ニュース局にチャンネルが合わせてある。天気予報からニュースへと移行する。シャーリーンの口がからからになった。ジョーに続いて、自分の写真が映しだされた。音量は絞ってあるが、アナウンサーがジョーのことを語る声が聞こえる。急いでここをチェックアウトしないと、このばかが顔を上げて写真を目にし、警察に通報してしまうかもしれない。シャーリーンは、男とテレビのあいだに体を入れた。

「ちょっと！　テレビに悪者の顔が出てたから、観てたのに」

観られたのならこれしかない。シャーリーンは手にベレッタのぬくもりを感じた。もはや選択肢はなかった。

笑顔になり、テレビの音声をかき消す大声で言った。「ねえ、バレーホにあるシックス・フラッグス・ディスカバリー・キングダムのパンフ、あるかしら？　そういう名前に変わったんでしょう？　明日、友だちとふたりで行ってみようかと思うんだけど」

「友だちって？」ジェロル・アイドリングがいらだちを隠せない声で言った。あと少し、もう一度殺しをすれば、百ポイント獲得できるところだったのに、たまたま顔を上げてテレビを観たときに彼女が入ってきた。テレビには男の写真が映しだされていて、アナウンサーは男が〈フェアモント〉で爆発を起こして人を殺そうとしたといって、その危険さをがなり立てていた。どうにも奇妙なのは、男に見覚えがあるような気がすることだった。見たことのある男なのは確かなのに、どこでだかわからない。

シャーリーンは話しながら、ジェロルの表情をうかがっていた。「わたしの友だちの名前はジョー――」そこで言葉に詰まった。ここにチェックインしたとき、ジョーはなんと名乗っただろう？　そう、クリップスだ。「ジョー・クリップスよ、二十七号室の」

　ジェロルはテレビに映しだされている男の顔をもう一度見たかったけれど、女が真ん前に立ちはだかっていた。「友だちが来るなんて、ミスター・クリップスから聞いてないよ」母は予告なしに知りあいが来るのを嫌う。ある週末、ひとつの部屋に六人の大学生が入りこんだことがあって、懲りたのだ。ジェロルは当時まだ十七歳だったが、彼らの放埒なちらかしぶりをまだ覚えている。この老いた女性が、ビールをがぶ飲みしたあの行儀の悪いばかたちのように部屋をちらかすとは思えないけれど。「あなたはいつ来たの？」

　無作法な坊やだこと。シャーリーンは身を乗りだし、胸の谷間を見せつけた。肘を寄せて前のめりになればできる。それがわかっていて、胸を高く盛りあげるようにした。たいして皺も寄ってない。ベーカーズフィールドでトラック運転手ふたりを相手に効果を試してみたが、ふたりともすぐに胸元に気を取られた。「昨日の夜よ。それで、パンフレットはあるの？」

「ああ。なんならカリストガの泥風呂のパンフレットもあるよ。ミスター・クリップスは元気になったの？　昨日チェックインしたときは、すげえ調子悪そうだったからね。背中を丸めて、気分が悪そうでさ。で、わかるかな、まるで――」

　シャーリーンは急いで口をはさんだ。「流感かなんかだったみたいだけど、もう元気よ」

「ねえ、ミスター・クリップスの友だちにしては、ちょっと年上すぎない？　母親みたいだよね？」

あんたのおしゃべりはもうたくさん。シャーリーンは手を挙げて、スーのベレッタで彼の顔を撃った。引き金を引くと同時に、飛びのいた。返り血を服に浴びるのはまっぴらだ。

62

シャーロック判事の自宅
サンフランシスコ、パシフィックハイツ
木曜日の夜

サビッチは携帯を切り、楽しそうにNFLのゲームに興ずるショーンを見た。フットボールのことなどなにも知らない祖母を相手に、有利に試合を進めている。ショーンには、ワシントン・レッドスキンズではなく、サンフランシスコ・フォーティナイナーズのほうを選ぶだけの知恵があるんだろうか？　そんなことを思いながら、かがんでひそひそとシャーロックに話しかけた。「チェイニーによると、スーやシャーリーンの目撃情報が一時間に五十件ホットラインに入電してきてるそうだ。支局には人員がいないんで、サンフランシスコ市警察が交替で電話をさばく人員を融通してくれた」

「少なくともスーが歩きまわってるっていう目撃情報は排除できるわね。無理だもの」

シャーロックは言って、両手で自分の腕をこすった。

「寒いのか？」

「ううん。誰かがわたしの墓の上を歩いてるのよ。この言いまわし、どこから来たのかしらね。ずいぶん陰湿だけど」

「だが、言い得て妙だよな。なにを感じたんだ？」

「悪いことが起きそうな気がして、ディロン。それもすぐに」

サビッチは黙って彼女を立たせると、椅子に腰をおろし、膝に彼女を座らせて抱きしめた。

シャーロックの言うとおりだった。なにか悪いことが起きようとしている。テレビで顔写真を流され、破れかぶれになった人物がふたり、武装して外を歩きまわっている。

ふたりはショーンを風呂に入れて、スパイダーマンのパジャマを着せた。ベッドには入ったものの、残念ながら、話しっぱなしですぐには眠ってくれなかった。NFLのゲームで祖母を打ち負かしたことが嬉しくて、興奮しきりだったのだ。意外にも、ショーンはニューイングランド・ペイトリオッツを選んでいた。いよいよ追いつめられたサビッチは、最後の切り札として息子の好きな歌、『トイ・ストーリー』の「君はともだち」を歌った。最初の一節が終わるころには、間違いなく寝てしまう。

ショーンの目が閉じるのを見て、シャーロックはにこっとした。「毎回ね」小声で言う。

ふたりも寝る準備をしていると、サビッチの携帯が鳴った。

「はい、サビッチ」

黙って耳を傾けている。表情は変わらないが、彼の目が曇るのをシャーロックは見のがさなかった。なにか悪いことが起きたのだ。

シャーロックは腕時計を見た。感謝祭の日の深夜零時まで、あと一時間半と迫っていた。

63

スカイライン・モーテル
カリフォルニア州エルセリート
金曜日の真夜中から一分後

イブはモーテルのオフィスを囲むようにして、てんでばらばらの角度で駐車されたパトカーの一群を見た。数少ないモーテルの宿泊客が寄り集まって、話をしている。なにが起きたか知りたいのだろう。肝心なことはもう彼らにもわかっているのだろうと、監察医の白いバンを見ながらイブは思った。わからないのは、誰がジェロルを撃ったかだけだ。

イブとハリーはさっき、ミセス・アイドリングからの事情聴取を終えて、外に出た。エルセリートの鑑識と監察医の邪魔をしないようにというのが主たる理由だった。イブはハリーに言った。「ひどい話。テレビでスーを観て気づいたばかりに射殺されるなんて。でも、どうしてスーはオフィスに戻って、彼を撃ったのかしら。ほうっておけばいいでしょう？ だいたい、なんでオフィスに乗りこんだわけ？」

ハリーは言った。「気づかれたかどうかわからないながら、通報される危険は避けたかったんじゃないか？　あの若者も始末しなきゃならない仕事だったのさ」緑色の死体袋におさめられた若きジェロル・アイドリングが運びだされてくる。そのあとから、エルセリート市警察のグレニス・セイヤーズ署長と話をしながらサビッチとシャーロックとチェイニーが出てきた。

イブはハリーに言った。「現着した市警察の刑事たちは、ジョー・クリップスという名前の隣に車のナンバーが書き記してあるのに気づき、そのナンバーがサウサリートで火曜日に盗まれた青のホンダ車のナンバーと一致するのを確かめると、セイヤーズ署長に電話した。ありがたいことに、セイヤーズ署長はすぐにチェイニーに電話した。だから、いまわたしたちがここで混ぜてもらえているのは、彼女のおかげなのよ」

見ると、エルセリートの警官たちは署長を中心に群がり、そのうちのひとりがミセス・アイドリングの肩を抱いていた。その警官にしがみついて泣く彼女の声が、イブとハリーの立っているところからでも聞こえた。命ははかない。一瞬にして消えうる、とイブは思った。ひどく不快だし恐ろしいことだけれど、それはこの地球上に住むすべての人間にあてはまることだった。

ハリーはうなずいた。「スーのしわざに間違いないな。すべてがそれを示している。ミセス・アイドリングは彼を見てないが、火曜日、ひとりの客が現金払いで二十七号室に泊まったことは知ってた。彼女は、その客が調子が悪そうで、チェックインのとき腕をかばい、ひどくぼんやりしていたことを、息子から聞いていた。宿泊台帳に記されたジョー・クリップスのサインは、利き手じゃないほうの手で書かれたみたいに読みにくかった。そうだ、スーは左利きで、腕を撃たれた。旋条痕がチュー医師を殺した拳銃の銃弾に一致するはずだ」

イブは言った。「でも、今夜はどうにもならない。ひょっとしたらスーはわたしたちが彼を割りだしていることも、彼が運転してる青のホンダを捜していることも、知らないかも。ミセス・アイドリングが銃声を車のバックファイアだと勘違いしなければよかったんだけど。ここへ見にくるまでに、貴重な時間が無駄になったわ」

ハリーが言った。「ただ、ここの駐車場から大急ぎで飛びだす二台の車を目撃してくれたのは大手柄だよ。ミスター・クリップスの部屋のドアは開けっ放しだった」

イブは言った。「つまり、ホンダを乗り捨てていけるほど元気じゃなかったけど、モーテルに助けの人を呼び寄せるぐらいの元気はあったたってことよね。彼はここに一日半いた。中国人に助けを求めることもできた。二台めの車を運転してたのは、中華系かしら？」

ハリーは首を振った。「おれにはしっくりこないが、かといって、中国人じゃなきゃ、誰だ？　その人物がジェロルを撃ったのか？」考えてみたところで、答えが出るはずもなかった。「ミセス・アイドリングは二台めが年季の入ったカローラだったと明言してる。そのナンバーに合致する車は登録されてなかったから、このモーテルに正規に宿泊してた客じゃない。もし向こうが賢ければホンダは早々と乗り捨てられ、そうなるとこちらには追跡のしようがなくなる」

イブはため息をついた。「誰だか知らないけど、これでゲームの形勢ががらっと変わったわね。助っ人を得たスーは好きなところへ行ける」

チェイニーの大声が響いた。「ハリー、ちょっと来てくれ」

64

ハリー・クリストフの自宅
サンフランシスコ、メイプル通り
土曜日の午前中

イブはソファに腰かけて、ブーツをはいた足をオットマンに載せた。昨日から着替えていないので、薄汚れているように感じる。ソファの背にもたれかかった。「頭が痛い」

ハリーがコーヒーのカップを手に、隣に立った。「一時間前に朝めしを食べたから、うまいコーヒーをもう一杯飲めよ。そのあと話をしよう」

話？　イブはぱっちり目を開けた。話って、なにを？　大人同士、セックスを楽しんだだけでそれ以上の関係は望まないと語る男と、話なんかしたい？　違う、ハリーはそんな人じゃない。足の先まで誠実な人。ダビデ像の大きな足と同じくらい、揺るぎない。ううん、ハリーは罪悪感を覚えてる。セックスしたのに、朝になるまでのどこかでイブがそれ以上のものを求めていると気づいたもんだから、青いビキニパンティを脱がせたことを後悔している。どうやったら撃たれずにそれを伝えられるか、頭を悩ませている。

イブはまばたきを忘れて、彼を凝視した。朝食のとき、彼はイブが聞いたこともない高級ブランドのシリアルを黙って噛みしめ、イブのほうはイチゴジャムをトーストに塗りたくった。イブのすばらしさを称えることも、人生で最高の夜だったと感想を述べることもなく、いますぐテーブルで裸にならないかと誘うこともなかった。誘われたら、テーブルにのぼっていた？　ええ、たぶん。

イブは彼を見つめつづけた。ハリーは罪悪感に打ちひしがれているようだった。

コーヒーをひと口飲み、ハリーの動きを目で追う。向かいの椅子まで歩き、腰をおろす。やけに気だるげで、両脚をだらしなく前に投げだす。足首を交差させて、指先を三角形にする。そして、リズムを刻んだ。

ひょっとしたら、わたしの考えすぎ？　セックスしたことに罪悪感などなくて、その責を負うつもりも、すべてを自分のせいにするつもりもないのかも。そう、わたしの誤解かも。イブをものにしたと、内心、得意になっていたりして。どちらがましなんだろう、誘惑したことに罪悪感を感じるのと？　わたしは誘惑されたの？　ふたりのあいだにあったこと——そう、昨夜のあいだに三度も。混雑する二車線道路みたいなもの。

ハリーが重苦しい声で言った。「きみがあんまりきれいなんで、頭がぶっ壊れそうだ」

きれい？　罪悪感を打ち明けるのに、きれいすぎて頭がぶっ壊れるなんて話からはじめるわけ？　まさか、いまの自分はとっちらかってる。シャワーを浴びなきゃならないし、マルチビタミン錠をのまなきゃならないし、ハリーからきみに惹かれたのはただきれいだからじゃないと言ってもらわなきゃならない。そうよ、全然別のことを言ってくれないと。たとえば、きみの内面に惚れたとか、きみと寝たことには一片の罪悪感もないとか、まだ満足できない、もっと——イブは携帯を取りだした。「父に電話しなきゃ」

「なんでこんなときに?」ハリーの眉が吊りあがった。相変わらずゆったりとして怠け者みたいにものぐさな感じの彼を見て、殴りつけたくなった。

どうにか冷笑らしき表情をこしらえた。「あなたには関係ないでしょ。ああ、そういうこと。もしわたしの居場所を父に尋ねられたら、男の寝室から十メートルと離れていないと正直に答えるわ。そこには乱れたベッドがあって、男の名前はハリー・クリストフ。でも、父さん、ごめんね、彼は連邦保安局勤務じゃなくて、しけたFBI捜査官なのって」

ハリーは満面の笑みになった。「きみが立て板に水のように話すのを聞いてると、嬉しくなってくるよ。できたらおれにもきみのおやじさんと話をさせてもらえないかな。そろそろいいころだろ? おやじさんはほんとにFBIの捜査官が嫌いなのか?」

そろそろいいころぉ? 娘を誘惑したことを謝るの? でもって、いまさらなかったことにできないから、忘れて前に進みましょうとでも言うつもり? 彼の顔をまじまじと見ながら、もうひと口コーヒーを飲み、艶のある木の卓面を傷めないようにカップを雑誌の上に置いた。ハリーの顔に笑みはなかった。ひっそりと動かず、こちらの顔を見つめている。彼に父と話させるわけにはいかない。イブは声を絞りだした。「あなたは女が好きじゃなくて、メダル集めみたいに女と寝るんだと思ってた。でも、そうじゃなかった。罪悪感があるんでしょう、違う？　同僚を誘惑して後悔してる。それで、わたしの父に謝るつもりだったの？謝って、わたしを追い払い、なにごともなかったことにするため？」

ハリーは耐えられなくて、ついほほ笑んでしまった。おれが女が好きじゃないとは、なにをばかなことを言ってるんだろう？　イブと寝たせいで罪悪感？　感じているのは地に足の着いた感覚。こんな感覚は久しぶりすぎて、いつどうしてそう感じたか思いだせないくらいだ。ああ、イブ、きみと愛しあったおかげで、思いだせたことは、人生がじつにいいものだということだ。同僚と愛しあったせいで、おれが罪悪感を覚えてると思ってるのか？　きみにはわからないのか。きみこそがおれの救世軍だと？　父親でもなんでも連れてきやがれ。

「いまのおれはポニーテールの威力の前に改心したクズ野郎だ」コーヒーカップを手にして、言葉を選んで話した。「おれがきみの弱みにつけこんで、誘惑したと思ってるのかい？」

イブは少し考えてから答えた。ここは正直さが求められる。「毎回そうだったとは思わないけど」

すばらしかった瞬間をいちいち思いだすつもりはなかった。そんなことをしたら、椅子に座っていられないし、集中力が途切れる。「きみのそのポニーテール、それがミソなんだよ、バルビエリ。きみの大きな青い瞳をのぞきこみ、きみが減らず口を利くのを聞いてると、朝食のときにそのポニーテールを見たいと思わされてしまう。そう、これから五十年ぐらいずっと。そう、短くても五十年だな、おれは体がじょうぶだし、きみもそうだから」さあ、言ったぞ。ハリーは彼女の反応を待った。

ちょっと、どういうこと？　これは罪悪感の吐露でもなければ、いい気になった男のなにさま発言でもない。いくら手際がよくて、一途《いちず》な目つきをしているからって、いくらなんでもいっきに跳び越えすぎだ。そう、彼の目はきれい。ちょっと、そうじゃなくて、ほら。いま彼はなんて言った？　頭がついてこない。これから五十年、朝食のときにこのポニーテールが見たいとかなんとか。結婚ってこと？　イブはソファから飛びだし、ジャケットをつかむと、三十秒とかけずに玄関のドアまで行った。

背後から彼の声がする。「おやじさんに電話するんじゃなかったのか？」

「わたしがいま陥ってる種類の窮地を父に知らせる必要はないわ」

「その窮地とやらを話してくれないか？　おれに関係のあることかい？」

イブは首を振りながら出ていった。ハリーはあとを追わなかった。エンジンのかかる音、そして大急ぎで車がバックする音がした。まだ寒さに備えて室内に入れていないアザレアの鉢があったので、彼女がそれを倒さないことを願った。

ハリーは椅子の背にもたれて、にんまりした。五十年のあいだ、イブと向かいあわせで朝食をとる。悪くない、と思った。いや悪くないどころか、毎朝、笑顔で目覚められそうだった。彼女の頭脳も、口の悪さも、勇気も、大好きだった。それに、あの引き締まったアスリートの体も。その体の熱烈な反応には、男を永遠に骨抜きにするなにかがあった。

目をつぶって、考えた。ふたりがいっしょになったらなにができるか、彼女が前向きに考えてくれるようになるには、どれぐらいかかるだろう？　おれがそのへんの男みたいに、セックス以上の関係は求めないと言うと思っていたのか？　よくそんなことが考えられたものだ。でもまあ、おれはバツイチだから、しかたないか。

コーヒーの残りを飲み干し、カップを膝に置いた。目をつぶって、椅子の背にもたれた。スーの顔がありありと浮かんで、はっとした。やつはまだ遠くには行っていない。いっしょにいるのは誰だ？　エルセリート市警察は市街地でホンダを見つけたが、スーやその連れの姿はなかった。

昨日かかってきた電話は数百本に達した。だが、シャーリーン・カートライトの発見につながる情報は皆無だった。いまや純粋に犯人追跡になっている。決着がつくまで、ハント判事やサビッチ、それにふたりと関係のあった人たちみんなが危険にさらされている。自分もシャワーを浴びてヒゲを剃り、病院に行かなければならない。

ハリーは顔に石鹸の泡を塗りたくった。いまの自分になにか意味のあることができるだろうか？　いまはバルビエリを追いかけて、思いきりキスし、セックスだけの関係ではないと説得することしかできそうにない。

サビッチに相談して、カントリーの作詞をしてみようか？　ブロンドのポニーテールをはずませ、男勝りの黒いブーツをはいた女の歌なんてどうだろう？

そろそろ年貢のおさめどきだぞ、バルビエリ。

65

サンフランシスコ総合病院
土曜日の午前中

カルダク医師はラムジーから体を起こして、うなずいた。正直なところ、とても喜んでいた。「きわめて順調な快復ぶりだよ、判事。管を通していた穴は閉じたし、肺も多少雑音は残っているが、ほぼまともになった。銃弾で肺を潰されるようなことがなくてよかった。痛み止めの量も減っているし、顔には笑みが浮かんでいる。これ以上は望みようがない。うちのシェフも、あなたがよく食べてくれるようになったと、喜んでいたよ。

それやこれやを考えあわせ、この調子でよくなれば、来週の水曜日には最前列でエマの演奏が聴ける」

前列中央というわけにはいかないかもしれないが――だが、医師はその思いを口にしなかった。一時間かそこらならラムジーも座っていられるだろう。

医師が立ち去ると、窓辺にいた警護員から歓声があがった。そんなふたりを見て、ラムジーは思わず頬を緩めた。ふたりとも感謝祭はこの病室にいた。いや、ふたりに付き添ってもらうようになって一週間以上になり、そのうち四日はまともな状態だった。自分を支えてくれている人たち全員について大切なことはほぼ把握できていて、彼らにどうお返しをしたものか、頭を悩ませていた。サンフランシスコ市警察のガビン・ヘンドリクス巡査とナタリー看護師は見るからに惹かれあっている。あのふたりならお似合いだから、自分の出番かもしれない。

頭がすっきりして、自己コントロールが戻ったのを感じる。痛みに邪魔されることなく、物事を筋道だって考えることができた。そんな彼の思考は、ソニー・ディカーソン神父の母親へと飛んだ。シャーリーン・カートライトと呼ばれるその女は六十代のはずだ。その年齢でここまでの計画を立て、実行に移すとは、なんという豪胆ぶりだろう？　彼女がゾディアックで砂浜に乗りつける姿を思い描こうとした。そして彼女は狙撃銃で自分がふり返らなければ死んでいたほどの腕前を披露したうえ、さらにはパチンコを使ってあのくだらないジャッジ・ドレッドの写真を飛ばした。エレベーターの上に降り立つ姿となると、なおさら想像しにくかった。天井の点検口の蓋を持ちあげ、なかにいた自分に向かって発砲しておいて、逃げおおせた。服役中にそうとう体を鍛えたに違いない。息子の復讐とはいえ、驚くばかりの無鉄砲さではないか。思いを馳せてやる価値もないソニー神父に本格的な仇討ちなど、なにをかいわんや。彼女には息子がれっきとした小児性愛者だということが、もうひとつわかっていないのではないか？　結局、果実は木からあまり離れていない場所に落ちたのだろう。シャーリーンもやはり息子同様、彼女なりの形で狂っているに違いなかった。判事はラップトップを開き、シャーリーン・カートライトの犯罪歴を照合しだした。彼女に関することをすべて知りたい。殺した夫のことも、子どものことも。

彼女は計画と立案に五年を費やした。驚愕だ。失敗してくれたことを神に感謝しなければならない。少なくともいまのところは。

66

サンフランシスコ総合病院
土曜日の午前中

シャーロックは五階の小さな診察室で、その部屋のあるじであるカルダク医師が朝の巡回から戻り、最後の確認をしてくれるのを待っていた。ありがたいことに、放っておけば溶ける糸を使っているとかで、抜糸の心配はいらなかった。ディロンはラムジーのところへ行かせてある。「わたしなら大丈夫。ふたりしてここに腰かけて、お互いの親指をねじりあっててもしかたがないから。いまのあなたには仕事が山積みよ。それを片付けてきて。退屈してる人間がいたら、警護のためにこちらによこしてくれればいいし、いなければいないで、ここでの用が済んだら、わたしがラムジーの部屋に行くわ」

サビッチはそっと彼女の髪を持ちあげて、小さな絆創膏に触れた。「警護員を送るよ。ブランケットのようにきみを守る人間がいないときは、どこへも行かないでくれ」しばし妻を見つめて、熱烈なキスをすると、部屋を出ていった。

彼のなかでは、いまだにシャーロックの死に怯えた瞬間がよみがえっている。それはわかっているけれど、なにが言えるだろう？　彼が撃たれたときに自分がなにを感じ、どう行動するかは、あえて考えなかった。シャーロックは携帯を取りだして、バージニア州マエストロで夫のディックスと義理の息子ふたりと気持ちのいい土曜日の朝のひとときを送っているルースに電話をした。

ルースが言った。「そちらは泥沼にどっぷりはまってるみたいですね。あなたは大丈夫だって、わたしに誓えますか、シャーロック？」

「ええ、心配しないで。頭をちょっとこづかれただけだから。ルース、シャーリーン・カートライトについてわかったことがあったら教えて」

「昨日の夜、デーンはバトンルージュに飛んで、今朝セントガブリエルにあるルイジアナ女性刑務所に出向きました。あのやさしくて性格のいいシャーリーンがしでかしたことを聞かされて、所長は目をむいたとか。デーンが事実だと念を押すと、この五年かそこら、シャーリーンが旅役者のようにジムで体を鍛えていて、年齢に関係なくいい状態を保っていた、としても六十五歳になろうとする人には見えなかったと語ったそうです。デーンは彼女が〝ハマー〟と名乗っていたことは所長に言わなかった。いまシャーリーンと一番親しかった受刑者から話を聞いていて、あと少しで終わるはずなんで、何分かしたら電話してみてください。で、ほんとに大丈夫なんですね？」

自分もハント判事も大丈夫だし、彼の家族もがんばっている。そう伝えてルースを安心させてから、シャーロックはデーンに電話をかけた。三度めの呼び出し音で彼が出た。「やあ、シャーロック。たったいまシャーリーンの親友だったマリア・コンチャスから示唆に富んだ話を聞きおわったところでね、完璧なタイミングだよ。落ち着いて話せる場所を探すから、ちょっと待ってくれ」二分後に彼から電話があった。「管理官のオフィスを借りたよ。マリアは食えない女でね。収監されて八年になる。寝室の窓から寝ている彼女をのぞいたと言って、隣人を撃ちやがった。本人は、『わたしは裸だったんだよ、あののぞき魔』と、言ってるがね。被害者はマリアから脊椎に銃弾を撃ちこまれて、一生車椅子生活になった。かたや彼女のほうは、あと二年お勤めすれば、丈夫な自分の足で踊りながら外に出ていける。

話を先に進めよう。女ふたりは、人生やら男やら、いかにして罠にかかったかについて、長いこと話をしてきたらしい。みずから主体性を持って対処しないと、罠にかかったままになるとね。シャーリーンは自分が出所したとき、FBIのディロン・サビッチ捜査官になにをしてやるか、臆することなく楽しげに語っていたそうだ。サビッチのことを、憎むべきくでなし呼ばわりして、息子、つまりソニー・ディカーソンが死んだのをサビッチのせいにしていた。そしてなんと、マリアには自分のことをハマーと呼ばせてた。

シャーリーンはときに悪辣になって、マリアを死ぬほど怖がらせた。だが看守の前ではそんな態度をおくびにも出さなかった。

そんな話をするうちに、おれは、どうしてマリアがシャーリーンの計画を洗いざらい話してくれるのか疑問に思った。ふたりは親友のはずだ。で、そう尋ねたら、マリアは新聞記事のファイルでソニー・ディカーソン神父のことを調べて、五年前の事件を知ったのだと教えてくれた。そう、やつが死ぬ前、殺される前にだ。マリアは彼がこの世からいなくなってよかったと思った。そして、たとえ母親とはいえ、そんな堕落した異常者——とマリアが言ったんだが——のために仇討ちをしたがるシャーリーンが信じられなかった。そしてソニーの記事で過去を知ってからは、その息子のために復讐をくわだてるシャーリーンは頭がおかしいと思うようになった。つぎの言葉はシャーリーンがマリアに言ったとかで、メモしてきた。『わたしはかならずやり遂げる。息子をあんなふうにしちまったあのろくでなしの頭だって、ちゃんと吹き飛ばしてやっただろ?』亭主のことさ。マリアはそう聞いて、彼女ならやるだろうと思ったそうだ。

シャーリーンがサビッチに送った脅迫状について、心当たりがないかどうかも尋ねてみた。シャーリーンは気に入った文言ができるまで、三カ月も頭を悩ませていたそうだ。マリアが芝居がかった口調で、『これがおまえへの報いだ』と唱えてくれたよ。マリアもいくつか挙げたらしいが、どれもシャーリーンのお眼鏡にはかなわなかった。マリアは首を振りふり、『誰があのばかの脅迫を本気にするもんか』と、言ってた。とんだ思い出話だ」

シャーロックは言った。「彼女の口からラムジーの名前は出たの?」

「ああ。穢らわしいオカマ判事も殺してやる、と言ってたそうだ」

「ラムジーのつぎにも殺すべき人間を挙げてたの？　そう、誰か近しい人間、ディロンに報いを受けさせてやれる人をよ」

「そうだな」デーンは言った。「きみだから言うが、シャーロック。ＦＢＩの捜査官が無作為に狙われたんならいいと、みんな思ってた。だが、実際は違うし、たぶんきみは、最初から違うと思ってたろう。

シャーリーンがきみの命を狙ったのは、きみがサビッチの妻だから。彼女にとってのソニーがそうであったように、きみが彼にとってこの世で一番大切な相手だからだ。

ああ、そうとも、そんなのは筋違いだ。サビッチはソニー神父が殺されたとき、うんと離れた場所にいた。だが、シャーリーンにしてみたら、サビッチと彼の持ちこんだ技術がなければ、大事な息子は捕まらなかった。ソニーはいまだ自由に飛びまわり、そんな息子のそばに自分もいられたと思っている」

シャーロックは言った。「デーン、顔認識プログラムで彼だとわからなかったとしても、たぶんソニー神父には逮捕を避けるべく、あきらめるべきをあきらめて姿を消すなんて芸当はできなかったはずよ。たぶん彼が実際にしたとおりのこと、つまりもう一度エマを追いかけて、それが理由で逮捕された。似顔絵によって逮捕が早まりはしたけれど、それだけのことよ」

「そんな理屈は通らない。遅かれ早かれソニーは逮捕されたとマリアがシャーリーンに指摘したら、二十キロのウエイトを投げつけられたそうだ。マリアはにやりとして、その後、二度とシャーリーンには意見しなかった、と言ってたよ。シャーリーンがまともでないことになぜもっと早く気づかなかったのか尋ねたかったが、そういうマリアのほうも脱線状態だから、やめておいた」

シャーロックは言った。「それで、〈フェアモント〉での一件だけど、どうして彼女はわたしがあそこにいるのを把握できたのかしら？」ひと息ついて、言葉を継いだ。「わたしもどうかしてるわね。わたしを尾行してたに決まってるのに」

「ああ、たぶん数日前からチャンスをうかがってたんだろう。きみがＦＢＩのバンから飛びだして、スーを追って走りだしたときは、神が味方についていると思ったろう。すでに態勢は整っていて、あとは引き金を引くだけだった」

「それなのにわたしは彼女を見てないのよ、デーン。優秀な捜査官が聞いてあきれるわ」

「忘れたのか？　スーのほかに狙撃者がいるとは、誰も思ってなかった。しかもそれが年配の女だとはね。知ってのとおり、シャーリーンはとても慎重だ。きみが監視用のバンにいることも、〈フェアモント〉でなにかが起きていることも、わかっていた」

「出所してからラムジーを撃つまでに、どれくらいの期間があったの、デーン？」

「半年ぐらいだ。マリアによると、シャーリーンは軍資金稼ぎに何件か商店を襲って、そのあと射撃訓練に通う計画だった。たぶんすべてセントガブリエル周辺で済ませたんだろう。

自分に疑いがかからないよう、ある程度の距離は置いたにしろ。そして準備ができたところで、保護観察から外れた。射撃訓練場では優秀だったんだろうが、きみを殺せるほどの腕前にはならなかった」

「わたしについてはそうだけど、ラムジーのほうは違うわ。ラムジーが助かったのはひとえに運がよかったからよ。ディロンへの復讐リストにはほかにも名前があるの？」

デーンはその名を口にするのをためらっていた。シャーロックは沈黙のなかにそれを聞き取った。答えがわかって、鼓動が速くなった。そう、わかりきっている。黙って待っていると、ついにデーンが言った。「マリアが言うには、シャーリーンは『目には目を』と言って、きみのつぎにショーンの名前を挙げたそうだ。自分が苦しんだように、サビッチを苦しめたいんだろう。息子には息子を。それもあって、きみから電話がかからなければ、こちらから電話をするつもりだった」

カルダク医師が入ってきて、待たせて申し訳なかったねと笑顔になった。だが、シャーロックはすでに立ちあがり、ドアに向かって歩きだしていた。「すみません、先生、行かなければならないので、あとでお願いします」そう言い置いて、オフィスを走り去った。

コールマン・シャーロックとその妻イーブリンが孫のショーンをシャーロックのＳＵＶに乗せてヨセミテ国立公園に向かって出発したのは、それから二時間後のことだった。

67

サンフランシスコ総合病院
土曜日の午前中

ハリーがラムジーの病室を訪ねてみると、ベッドのかたわらにイブがいた。べつに驚くことではない。朝、ハリーの自宅からロケットのように飛びだしていって以来、彼女とは話すチャンスがなかった。イブを見てまず思ったのは、トレードマークの赤と黒で決めた彼女がとびきりきれいだということだ。彼女が動くたびにジャケットにつけた連邦保安局のバッジが煌めき、ブロンドのポニーテールがはずむ。この軽やかな感覚、自分を地面に引きおろす重力から解放されたようなこの感覚を最後に覚えたのは、いつだっただろう。記憶を探ってもにわかには出てこなかった。暴力沙汰が横行しているし、今朝のイブは自分との関係に及び腰のようすだった。それなのに、気がつくとハリーは、怖い顔でハリーを迎え入れたふたりの警護員に向かって、にこやかに笑いかけていた。

モリーとエマは判事のベッドの反対側に座り、彼女たちの夫であり父である男を一心に見つめていた。警護員ふたりは警戒を解いて、大きな窓の前という定位置に戻った。

ハント判事に話しかけていたイブは、ハリーが自分に笑いかけているのに気づくと、ヘッドライトに照らしだされた鹿のように凍りついた。立ちあがった彼女は黒いブーツをはいているので彼の目ぐらいまであり、それでよけいに迫力がある。不機嫌な声で文句をつけた。「少し遅すぎるんじゃないの、捜査官?」エマがびっくりして、イブを見た。

ハリーはあくまで気さくに応じた。「そろそろハント判事から賄賂を受け取って、自宅にお連れできるかなと思ってね」

「それなら財布がいるな」ラムジーは財布に手を伸ばすふりをした。胸に一瞬痛みが走ったので、ふたたび枕に頭を戻した。「明日の朝にしたほうがよさそうだ。ただし、モリーに金を抜かれないように気をつけないと」

「あなたの財布なら六十ドルの大金といっしょにわたしが預かってるわよ」モリーが言った。「賄賂なんて忘れなさい。そんなはした金じゃ、誰も受け取ってくれないわ。しかも、イブとわたしとやりあってまで」

「見返りになにかを提供する手もある」ラムジーは言い返した。

「ええ、ええ、そうでしょうとも」イブは言った。「この部屋の全員が連邦判事の前で試されることになるんでしょうね」

判事は大笑いして、すぐにそれを悔やんだ。エマが手を握ってくれる。

エマは背後のハリーに声をかけた。「パパったら、ヘリコプターを飛ばしてもらってでも、来週の水曜日に開かれるあたしの演奏会に来るって言うのよ」

「必要とあらば、おれがヘリコプターを飛ばすよ」ハリーはエマの肩を叩き、モリーにうなずきかけると、イブの脇をすり抜けて警護員のところまで行った。サンフランシスコ市警察のガビン・ヘンドリクス巡査とジミー・パーセル連邦保安官助手は、拳銃を顔に突きつけられてでもいるように深刻な顔で任務にあたっていた。これ以上は望めない。「なにも問題はないかい？」

「はい」ジミーが答えた。「外のふたりを突破して二本足の生き物が入ってきたら、自分たちが床に投げつけて、裸にして調べあげてやりますよ。女だろうと男だろうと、誰彼かまわず丸裸にしてやります」

「そして調べます」ガビンが言い足した。

ハリーは彼らの質問に答える形で新しくわかったこと、起きたこと、そしてまだ起きていないことを話した。サビッチからの電話に出て、室内にいる全員に聞こえるように言った。

「ラムジー、サビッチがこちらに来ているあいだは自分がシャーロックの警護にあたります。サビッチはそのあとわれらが本部、ディズニーランド・イーストに電話をして、ミュラー長官に最新の状況を報告することになっているそうです」

ハント判事の病室を出るハリーは口笛を吹いていたが、背後をふり返らずにいられなかった。イブと目が合って、笑いかけた。そしたら誓ってもいい、イブはたしかにひもじそうな顔になって、ニューヨーク名物のでかいステーキでも見るような目でこちらを見た。幸先がいいぞ。ハリーは部屋の外にいる警護員に声をかけて、階段室に行った。一段飛ばしでカルダク医師の診察室のある五階に向かいながら、シャーロックの警護を任されるには最高のタイミングだと思った。彼女がいまシャーリーンという名の台風の目の位置にいるからだ。ラムジーには手出しができないし、ショーンもいまヨセミテへの旅の途上にあって安全が確保されている。シャーリーンにひと泡吹かせてやりたいという思いが、われ知らず、ふつふつと湧いてきた。それが片付いたら、イブを連れてカーメルに行くのもいい。海岸線をたっぷり歩き、眠る間を惜しんで夜の時間をたっぷり楽しむ。そうしたら彼女も自分と腰をすえてつきあうのも悪くないと思うかもしれないし、将来のことだって考えてくれるかもしれない。なぜ彼女は警戒するんだろう？　リスクが低いのがわからないんだろうか？　彼女にその点を理解させる必要がある。自分は頼りになる人間だ。約束は守るし、大食漢でもないし、料理だってできる。危険を伴う仕事はしているが、それもイブにならわかるし、彼女も拳銃を携帯する仕事をしているので、こちらだって同じように彼女のことを心配しなければならないからお互いさまだ。

そうとも、心配という病を抱えることになるかもしれないが、それは彼女のほうだって同じこと。いままさにサビッチとシャーロックがそうしているように、お互いに心配を分かちあえばいい。シャーロックとサビッチは固い絆で結ばれている。自分とイブだってそうなれる。彼らにはショーンという息子までいるじゃないか。そう、子ども。いまなら考えてもいいかもしれない。

ノックしようと手を挙げたちょうどそのとき、シャーロックがドアを開けた。「あら、ハリー、あなたが来ると聞いたところよ。足音が重かったから、斧を手にしたシャーリーンじゃないのがわかったの。ディロンに会わなかった？　いえ、いいの、ディロンがあなたをわたしに張りつけさせたんだから」首を振る。「ほんと、心配性で、でもまさか――」

ハリーは眉をひそめた彼女の美しい顔と後光のような赤毛の輝きを見て、彼女の唇に指を当てた。「そこまで。おれはもういるんです。コートだとでも思ってください。ショーンは無事ですか？」

「ええ。突然ヨセミテに連れてってもらえることになったもんだから、興奮してうちのなかを飛んでまわってたわ。両親に感謝よ。父は主任判事に電話をして、二日後に予定されてたドラッグの裁判を延期したのよ。ショーンはこれで安全だわ」

シャーロックはハリーの顔を見つめた。「あなたを追い払おうとしてごめんなさい。一瞬、頭が混乱しちゃって。あなたが来てくれて、嬉しい。こうしてじかにあなたと向きあってみると、ハリー、あなたがいまにもはじけそうに見えるんだけど。どうかした？」

おれはそんなに見えみえなのか？　ハリーは首を振った。自分とイブとのあいだに起きたことは、ほかの誰にも関係ない。いまは自分ひとりのことで、しかるべきときが来たら、イブにもわがことととして引き受けてもらう。ハリーは口を開いた。「イブがびびって逃げまわってるんです」

「ラムジーの件じゃないといいんだけど。いまは大統領より厳重に警護してもらわないとね」

「いいえ、彼女がびびってるのはおれたちのことです。おれのことをハイリスクな男だと思ってるみたいで」

シャーロックは目を丸くした。どんな状況でも、人は出会うべくして出会う。それでこそ生きている甲斐がある。シャーロックは彼の腕に触れた。「まさか、あなたがハイリスクなわけないでしょ。最初の奥さんにはあなたの仕事を受け入れる強さがなかっただけだから、気にすることないわ。その調子、一歩踏みだすときが来てるのよ、ハリー。

イブが怖がるとしたら、彼女がＦＢＩ特別捜査官と充実したときを過ごしたことに父親と兄弟が震えあがるのを怖がってるのかもね。ＦＢＩの特別捜査官といったら、自分たち、つまりは連邦保安局のマッチョな保安官助手とは正反対の意気地なしだから」

ハリーは目をぱちくりした。「そうかな？」

シャーロックは重々しくうなずいた。「あなたを見る最近の彼女の目つきからして、心配する必要はないと思うけど」

気がついてみると、ハリーのわたくしごとはシャーロックの足元に広げられていた。どうして他人には関係のないことが、口から飛びだしたんだろう？　シャーロックの言うとおりなのか？　ハント判事の部屋でイブから文句をつけられたことを思いだした。

シャーロックが彼の腕に触れた。「いいジャケットね。ハリー、うまくいくから心配するのはやめて。ああいう目つきは前にも見たことがある。必要とあらば、わたしたち、意気地なしのFBI捜査官がそろって彼女の家族宛にあなたの推薦状を書いてあげる。イブってすごいわよね。ディロンは彼女とカーヒル夫妻の取り調べを二度してみて、感心してたわ」

ハリーはこれ以上なにも言いたくなかった。すでにしゃべりすぎなので、口にファスナーをかけていた。彼は言った。「サビッチの言うとおりです。彼女は切れるし、勘が鋭い。あのチアリーダーみたいなポニーテールがいいんですよ。心も広い。彼女にはとびきり寛大な心がある。じつは離婚を経験してから、この息が続くかぎり女は遠ざけようと誓ってたのに、どうなったと思います？　彼女と出会って一週間なのに、いっしょにビーチをゆっくり散歩することを夢見てるんですよ。まったく、どうかしてますよね」

シャーロックは大笑いしたくなったけれど、ハリーには冗談を言っているようすがなかった。穏やかに言葉を紡いだ。「わたしにわかるのは、あなたもイブも賢くて信頼できる人、そしてあなたの心も彼女と同じように寛大だということよ。うまくいく兆候はたくさんある。彼女はあなたとつきあいたがってるわ、ハリー。その理由のひとつは、あなたがセクシーなこと。そして、愛車があなたに負けず劣らずセクシーなシェルビーだってことよ。まじめな話、イブもそのうち落ち着くわ。ただ、それには時間がいる。あなたもさっき言ったとおり、まだ一週間だもの。家族のことは心配いらない。あなたに会えば大喜びするに決まってる。それはあなたにもわかってるはずよ」

これ以上、ひとことだって言わないぞ。割れたソーダ水の瓶みたいに、思ってることを全部ぶちまけてどうする。「たしかに、ハント判事の部屋を出たとき、彼女がおれのことをステーキを見るみたいな目で見てたんですよね」

シャーロックは笑い声をあげた。「それこそいい兆候じゃないの。ハリー、こちらに来てわたしの隣に座って。シャーリーンについてわかったことを話してちょうだい」

十分後に診察室に入ったカルダク医師は、シャーロックがこう言うのを聞いた。「ショーンったら信じられないのよ、ハリー。三人のガールフレンドに見せたいから、ふたりの携帯を使ってヨセミテのエル・キャピタンの写真をたくさん撮っていいとうちの両親に約束させたの。こんにちは、カルダク先生。さっきはすみませんでした」

「きみの拳銃に会えて嬉しいよ」カルダク医師は、謝罪の言葉を軽く聞き流した。「また緊急事態が起きて、ここを飛びださないことを願うがね、シャーロック捜査官」

ハリーは部屋を出ようと立ちあがったが、シャーロックは笑顔で彼を見あげた。「いいからいて。頭の傷を見るのに、服を脱がされることはないから。ハリー、先生がちゃんと治療してるかどうか監視しててね」

ハリーが見守るなか、カルダク医師はシャーロックの髪を押しやって小さな絆創膏をそっとはがし、縫合跡の周辺を探った。

手早く神経の具合を調べ、いくつか質問をすると、治療の終了を宣言し、自分の時計を見た。「この診察にかかった時間は五分。双方とも邪魔が入らずにすんだぞ。なにか心配なことがあったら連絡してくれ、シャーロック捜査官。そしていつかきみの息子に会わせてもらいたいものだ」

シャーロックはせいせいした気分でエレベーターに向かった。これで治療についてはけりがついた。ハリーはすれ違う人のいちいちに目を光らせている。男だろうと女だろうと、シャーロックのほうを見ただけの人も例外ではない。治療以外のことは、けりがつくにはほど遠い状態にある。

シャーロックは言った。「ホットラインに続々と目撃情報が入ってきてるわ。シャーリーンに関してはフレズノからレッディングまで、スーに関してははるかモンタナまであるそうよ。いまそれを精いっぱい追跡捜査してる。

ただひとつ、とても気になることがある。木曜の夜、スカイライン・モーテルから大急ぎで出ていった二台めの車を誰が運転していたか、まだ判明していないことよ」

ハリーもその点については彼女と同じくらい頭を悩ませていた。周囲の捜査関係者はみんなそうだ。「ええ。まだ手がかりひとつないですからね」

「マリア・コンチャスはシャーリーンのことを誘導ミサイルと呼んでた。撃ち落とされるまで動きつづける女というのが、わたしの印象よ。たぶん、本人の意志とは無関係に止まれなくなるんじゃないかしら。そういうふうに脳ができてるのよ」

ハリーが言った。「シャーリーン・カートライトは壊れてる。スーは違います。おれにはどちらが危険かわからない」

「わたしなら壊れてるほうが怖いかも。わたしとラムジーを撃ったのはシャーリーンよ」

そのとき、水曜日にCT撮影の待合室で不運にみまわれた技師が口笛を吹き鳴らしながら、こちらに向かって歩いてくるのが見えた。技師はシャーロックとハリーに気づき、ハリーの突き刺さるような視線を感じて、立ち止まった。

なんという名前だっただろう？　シャーロックは記憶を探った。「レンパートさん、心配しないで。こちらはクリストフ捜査官よ。ハリー、こちらはミスター・レンパート。じつはね、ハリー、水曜日にディロンがテリーに少し強引なことをしちゃって」ファーストネームを呼ばれてわれに返った彼は、弱々しい笑みを浮かべた。一歩シャーロックに近づき、ハリーに視線を投げて、咳払いをした。「今日はお元気そうですね、シャーロック捜査官。カルダク先生の診察だったんですか？」

ハリーのほうを見る。「ぼくは人なんか殺さないぞ――少なくとも、自分の身が脅かされないかぎり」ハリーの表情が変わらないのを見て、また咳払いをした。「ただの冗談だよ、捜査官」

「おもしろかったわ、テリー」シャーロックは技師の腕を叩いた。「あなたにはしばらく会わずにすむといいんだけど——患者としてはっていう意味よ」

エレベーターの近くで女子トイレを見つけたシャーロックは、立ち寄っていくことにした。

「ハリー、バルビエリ保安官助手にメールしたいんじゃないの？　ステーキが焦げついてないのを伝えとかないと」

彼はにやりとした。「あなたの無事を確認できた時点で、イブにメールしましたよ」彼はトイレに頭を突っこみ、誰もいないのを確認した。なかに入って、三つある個室の下をのぞきこむ。爪を真っ赤に塗ってサンダルをはいた足がひと組見えた。若い足だ。その足の片方がハリーには聞こえない音楽に合わせてリズムを刻んでいた。よし、いいだろう。ハリーは廊下に出て、シャーロックに告げた。「問題ないので使ってください」

シャーロックが洗面台で手を洗っていると、女がひとり入ってきた。とっさに身構えて、女のほうを見た。ずいぶんと年配のでっぷりとした看護師で、大きめの手術着を身につけ、靴の上には緑色のオーバーシューズをはめて、首には手術用のマスクを下げている。名札もあった。そうでなければハリーが通すわけがないが。豊かな黒い髪に手術用の緑の帽子をかぶり、黒縁の眼鏡をかけている。

「どうも」看護師は言うと、周囲を見まわして、個室に向かった。

だが、気づくとシャーロックの背後にまわっていた。うなじに銃を突きつけられている。激しい怒りに満ちた低い声が耳元でささやいた。「どうやっておれを見つけた、売女？」シャーリーン・カートライトではない。彼女の顔は写真で見て、自分の顔と同じくらいよく知っている。意志の力で恐怖と動悸を鎮めた。「スー、あなたがこんなところに現れるなんて、信じられないわ。どうしてなの？　男の尊厳を取り戻すため？」喉が詰まって、息苦しい。彼を揺さぶるのにこんなやり方でいいだろうか？　彼はどう出るだろう？

冷ややかな高笑いが聞こえた。「外のあの大男がついてまわってるんで、おまえひとりのときを狙えるかどうかひやひやしたぞ。ただ、トイレには行かなきゃならない。おまえがおれを地面に押し倒せたのは、おれが重傷を負ってたからだ」

よし、話に乗ってきた。自分が倒されたのを正当化しようとしている。シャーロックは冷笑を返した。「あら、あなたが負ってたのは、とくに話にもならないただの腕の傷だけだけど、まだそんなことをぐちぐち言ってるの？　なにはともあれ、スー、わたしはあなたのことをプロだと思ってたのよ。自分が引き起こした騒動を片付けるために、すべきことをしてるんだと。それがなに？　わたしをへこましたくて来たわけ？」

彼が左腕でシャーロックの喉をつかみ、耳元でささやいた。「おまえらは本来見つかるはずのなかったおれを見つけて破滅に導いた。この悲惨な任務が終わったら、おまえは戦利品になる。さあ、言えよ。どうやったらこんなに早く、おれを見つけられたんだ？」

シャーロックは突き刺さるような視線を受け止めた。「あなたがたいしたことないからよ、スー。うちのプロファイラーはあなたが自分に甘いタイプだと看破して、〈フェアモント〉に当たりをつけた。インディアナ州ランポのことは死ぬ前のシンディに聞いたのよ。それからインディアナ州発行のあなたのむかしの運転免許証が見つかるまでに二時間とかからなかったわ」

スーの手が震えている。

このまま突き進むのは危ない。「いまのあなたを見てよ、スー。誰にもあなただとはわからない。そのうえ、わたしがひとりきりのところを狙った。あなたを世界一醜い看護師に変装させたのは誰なの？」

シャーロックは自分の声が大きくなっていることに気づいていなかった。スーが拳銃をさっと動かして耳に突きつけ、声をひそめて言った。「大きな声を出すな。あのボディガードが入ってきたら、やつの頭を吹き飛ばすぞ。あいつまで道連れにしたいのか？」

シャーロックは首を振って、ささやいた。「いいえ、死なせたくないわ。わたしもよ」

スーは笑い声で応えた。

68

「おれの協力者を知りたいんだろ？」

シャーロックは薄汚い看護師にうなずき返した。ごわついた黒髪に、膨らんだ頬。黒いマスカラを塗った瞳がこちらを見返している。鏡のなかでシャーロックと目を合わせ、鼻を使って赤毛を脇に押しやり、ベレッタを押しつけた耳にささやいた。「醜い人間を見たがる人間はいない。そう彼女が言ったのさ」

「誰が？」

「いかれたシャーリーンさ。おまえを殺したきゃ、この格好が一番だと彼女に言われた」

シャーリーン？　シャーロックには一瞬、話が呑みこめなかった。「シャーリーンがモーテルの駐車場から出ていった二台めの車を運転してたの？」

スーはにやりとして、銃口を耳に深く押し入れた。「彼女がおれを見つけだして、世話を焼いてくれた。頭はもののみごとにぶっ壊れてるが、妙なもんで、おれは彼女が気に入った。頼りになる女だ。彼女が屋上にのぼるまでに、あとちょうど二分ある。そしたら決着がつけられる」

銃口を突っこまれた耳が痛いが、脳をパニックに陥《おとしい》れそうなのは腹部に渦巻く恐怖だった。だめよ、いま怖がったら命を落とす。とりあえず時間を稼がなければ。

シャーロックはささやいた。「シャーリーンがここにいるの？　スカイライン・モーテルでジェロル・アイドリングを殺したのは、彼女なの？」

「そうとも。銃声がモーテルじゅうに鳴り響いたんで、急いで立ち去らなきゃならなかった。車まで走るあいだに、腕がもげるかと思った。あのときだ、おまえを殺して、その目の奥から光が消えるのを見たいと思ったのは。この命が尽きる前におまえを襲ってやると、奥歯を嚙みしめて誓った」シャーロックはベレッタを耳に押しつけられ、痛みに小さな悲鳴を漏らした。

鏡を凝視し、自分の顔の横にある彼の顔から目を離さなかった。吐息が頬に熱く感じるほど、すぐ近くにある。淀んだ黒い瞳。殺害する相手を無慈悲に見つめてきた瞳だ。その目をじっくりとのぞきこめば、そこにはシャーロック自身の死があるはずだった。ディロンやショーンのこと、そしてトイレに入ってきてスーに虫けらのように殺されるかもしれない人のことを思った。シャーロックは言った。「わたしを殺したいでしょうに、どうしてシャーリーンはここにいないの？」

「シャーリーンにはべつにやることがある。どちらにも仕事がやりやすくなる事件を起こすと、彼女には約束してある」

「彼女もハント判事には近づけないわよ」

「連邦捜査官の想像力の貧困さがよくわかるな」スーが声を低める。「おまえにはもうあまり時間が残されていないから、教えてやろう。第一ラウンドはおまえたちが勝ったことは認めるが、ゲームの流れはいまやこちらにある」

「なぜシャーリーンはあなたを探しだして、世話を焼いたの？」

スーは声を低めたまま言った。「おまえを殺せなくてすまなかったと彼女に謝られたよ。かまうものか。おかげでこの手でおまえを殺せる。それ以外はすべて仕事だった。だが、おまえだけは違う、おまえはおれにとってボーナスみたいなもんだ」

ラムジーにはさすがのシャーリーンも手を出せないので、その心配はいらない。「事件を起こすって、なにをするつもりなの？」

「〈フェアモント〉のときと同じように、大爆発を起こすのさ。だが、おまえにはもう聞こえないぞ、この世にいないからな。シャーリーンが判事を狙うと思ってるようだが、いくら頭がディズニーランドをさまよってるシャーリーンでも、いまハント判事を襲うのが無理なことぐらいわかる。判事には罪の意識にまみれながら、ベッドで死んでもらうさ。いまは別の男を、息子の死の原因を作ったもうひとりの男を殺そうとしてる。そう、おまえの亭主のサビッチ捜査官を。シャーリーンは恨みを晴らすために生きている。恨みなくしては、生きられないだろう。サビッチを殺したい一念だ」

視界がぼやけて、心臓がとくとくと早鐘を打ちだした。スーが髪に触れている。「このきれいな髪が血と脳みそまみれになるとは、残念だよ。さあ、なんなら旦那にお別れでも言わないか？　いまごろシャーリーンもおまえの旦那に同じことを言ってるかもしれない」

69

ラムジーの病室の外に控える警護員まで、五、六メートルの距離だった。廊下の壁にもたれるサビッチは、携帯を耳に当て、本部のジミー・メートランド副長官と話をしていた。状況報告を直接サビッチから聞きたがっているミュラー長官につなぐため、しばし待たされた。さて、どうしたものか、とサビッチは思った。どう伝えればいいだろう？　いま申しあげられるのは、長官、あなたが懸念しておられる犯罪者がまだそのへんをうろついているのに、死体は増えるばかりだということです。そのうちひとりはこれまで誰も傷つけたことのない医者であり、もうひとりは、ゲーム好きで母親といっしょにモーテルをやっていた若者です。

長官につながるのを待ちながら、ミュラー長官を精いっぱい元気づけるという仕事を終えたら、エマの警護を増やそうと決めた。ショーンはシャーリーンの手の届かないところへやってある。エマの安全も確保しておきたい。少なくとも、いまは父親の病室にいるので心配いらないが。

長官に報告を終えたちょうどそのとき、長い白衣とハイカットスニーカーという格好の痩せた技師が前かがみの姿勢で近づいてきた。豊かなブロンドの髪は長めで、首には聴診器を下げている。その姿が目に入ったとたん、サビッチはなにかを察知した。ブロンドの髪をしているわりには、一見したよりもうんと年を食っている。男が腕時計を見たので、目が手首に引き寄せられた。男物ではない。

だが、気づくのが遅すぎた。脇腹には男の突きだした拳銃があった。

男は顔を近づけてきた。「動くな、サビッチ捜査官。呼吸する以外のことをしたら、人生という旅路を華々しく終わらせることになる。遅すぎたぐらいだが」

サビッチは動かなかった。「やあ、シャーリーン、うまいこと化けたな。ただ、ブロンド一色の髪だけは年齢に合ってないぞ。なんで白髪のかつらにしなかった?」

脇腹に強く拳銃が押しつけられた。「生意気なことを言ってくれるじゃないの。あんたの言うとおり、時間がなくて、思うとおりの扮装ができなくてね。ただ、たいした違いはなかったんじゃないのかい? わたしのほうが年寄りかもしれないけどね、坊や、あんたみたいなろくでなしの扱いには慣れてるんだよ」

「いや」サビッチは言った。「そうは思えない」

彼女は低い声で笑いつつ、サビッチのベルトからシグを奪い、白衣のポケットに忍ばせた。「さて、動くんじゃないよ。動いたらその場で即死だからね」顔を寄せる。「あんたがわたしに襲いかかりたがってるのは承知してるよ。武道の達人なんだってねえ。みんなが褒め称えてる記事を読ませてもらった。でも、筋肉を動かしたら、わたしはあんたを撃って、さらにハント判事の部屋の前にいる警護員たちを殺すよ。そのあとはナースステーションにいる看護師を残らず殺《や》ってやる。警護員のひとりに撃たれたらどうするかってかい？　かまうもんか」拳銃で肝臓をぐりぐりやる。サビッチは声こそあげなかったものの、あまりの激痛に膝をつきそうになった。

「さて、廊下の突きあたりにある階段までお散歩といこうか。屋上まで階段をのぼるんだ。この計画にはうんと時間をかけた。それで、七階からまっさかさまに飛びおりてもらうのが一番だってことになった」

サビッチの背後にまわり、腰のくぼみに銃口を押しつけた。「忘れるんじゃないよ。あんたが華麗な蹴りを披露するより、わたしが引き金を引くほうが早いんだからね。ずいぶんおとなしいじゃないか。そのつもりなんだろ？　好きにしたらいいさ。仮に生き延びたって、一生、車椅子生活が続くだけだからね。それでもいいんだけど、できることなら七階下の地面に叩きつけられたあんたの姿が見たいもんだ。じつは皮肉な巡りあわせになってるんだけど、知りたいかい？」

「ああ」

「あんたの奥さんもジョー・キーツとお楽しみ中なんだよ。あんたたちはスーと呼んでるみたいだけど、いまはスーには見えないよ。笑っちゃうぐらいみっともない黒のもじゃもじゃ頭に眼鏡をはめた手術着姿の看護師になってる。口紅まで塗ってやってさ、頬も詰め物を入れて膨らませたんだよ。腹には枕を巻いたし、目にはアイシャドーも塗った。あんたの奥さんもこれなら気づかないだろ？」

サビッチの口のなかがからからになった。いや、シャーロックにはハリーがついている。ハリーの目を欺ける人間などいないが、まさかスーが来るとは思っていない。だめだ、いま考えるな、集中しろ。まずは生きてこの窮地を切り抜けなければ、シャーロックのもとへ駆けつけることもできない。気をそらすな。

「そうさ、ジョーはさっき電話してきた。いまごろ彼女をボディガードから引き離してるだろう。あと数分もしたら、でっかい爆発音が聞こえるよ——で、この階は灰燼《かいじん》に帰す。あんたのお仲間たちは心底びびって、ハント判事が襲撃を受けたと思いこむ。ジョーは爆弾を扱うのが得意でね。わたしとジョーは悠々とここをおさらばする。

さて、彼女もでっかいのを喰らってるとこじゃないかね？　ジョーは彼女に倒されたことに、そりゃあ腹を立ててた。体の大きさは半分なうえに、女だからね。屈辱に感じてるんだよ。ジョーは、仕事に誇りを持てなくなったら、プロとしてクソの役にも立たないと言ってた。あの女はその誇りを踏みにじったんだ。ジョーみたいな男に屈辱を与えるほうが間違ってる。わたしが顔を撃ち抜いてやったクソ亭主みたいに腐りきってるんなら話は別——」彼女は言葉を切って、首を振った。口を閉じるんだよ、とシャーリーンは自分に言い聞かせた。

こんな男に洗いざらい話すもんじゃない。

本筋に戻って、意識を集中した。「〝これがおまえへの報いだ〟って、いい文句だと思わないかい？　心に響くだろ？　息子を殺した判事を撃つよりあんたを殺すほうが理にかなってると思ってね。だって、もとはといえばあんたのせいなんだから。さあ、歩くんだよ。階段をのぼるんだ、坊や。ほら、歩いて」

看護師の声がした。「サビッチ捜査官、ちょっと待ってください。ハント判事がお話があるそうです」

彼女の手のなかで拳銃が動いた。サビッチはそれを見て、返事を急いだ。自分なり看護師なりが殺される前に答えなければならない。

70

トイレを流す音がした。スーもシャーロックも身をこわばらせた。個室のドアが開き、大きなお腹をした妊婦が出てきた。彼女が外したイヤホンからベアネイキッド・レディースの奏でる音楽が漏れている。「双子なの」彼女は言った。「もう、ほんとに――」

彼女はシャーロックを見て、拳銃を見て、女性の看護師のような格好をした醜い男を見て、口を開いた。声をかぎりに悲鳴をあげ、それが止まらなくなった。スーの銃口が彼女に向くや、シャーロックは体を回転させて、彼の股間に膝蹴りを喰らわせ、傷めているほうの腕に両の拳を振りおろした。と同時に、トイレのドアが開いてハリーが飛びこんできた。

妊婦の悲鳴はやまなかった。どんどん大きくなって、鼓膜が破れそうだが、その悲鳴がシャーロックには「ハレルヤ・コーラス」よりも麗しく聞こえた。スーが床から腕を上げた。三人のうち誰を撃とうとしているのかわからないまま、シャーロックは頭を蹴って、ブーツのヒールで腕を踏みつけにした。骨の折れる音がして、ベレッタがリノリウムの床をすべる。スーが英語と北京語をごちゃ混ぜにして罵っている。シャーロックは彼の肋骨を蹴りあげた。

ハリーがスーのかたわらに膝をつき、うつぶせに転がして、髪を鷲掴みにした。髪はあっさり持ちあがった。ポケットからさっと取りだされたスーの手には、ナイフが握られていた。それを一度、二度と突きだして、ハリーの手から逃れようとする。ハリーは強い殺意を覚えつつも、後ろに飛びのいて、シグを構えた。「スー、ナイフを捨てて頭に手を置かないと、いますぐ撃つぞ」

スーは凍りついた。ナイフを手放そうとしない。

「ナイフを持ったまま死ぬのも、また一興だがな」シグの銃口をスーの顔に向ける。「おい、また閃光弾を持ってるんだろ？」ハリーは笑顔になった。「三、二――」

ハリーはスーが手放したナイフをカウンター方向に蹴った。ハリーがスーに手錠をかける一方で、シャーロックは携帯を取りだして、短縮番号を押した。ディロンの携帯が一度、二度、三度、四度と鳴り、留守番電話に切り替わった。出ないのは、シャーリーンの手の内にあるからとしか考えられない。彼のもとに駆けつけなければならないのに、妊婦が喉を詰まらせて、呼吸を荒らげながら、恐怖の面持ちで、手錠をかけられて床でうめいたり悪態をついたりしている男を見おろしている。と、シャーロックにしがみつき、力のかぎり抱きついて、なにを考えたか、シャーロックの背中を軽く叩きだした。妊婦は咳払いをして言った。

「あなたこそ世界一のキッカーよ」

ハリーが叫んだ。「見てくれ、起爆装置があったぞ」ハリーはそれを破壊した。「おまえの計画もここまでだな、スー」

シャーロックは爆弾のことをすっかり忘れていた。妊婦から離れた。「ありがとう、悪いけど、行かなきゃならないの」

しかし妊婦はふたたびシャーロックに抱きつき、放そうとしない。「ごめんなさい、体をくっつけられなくて、双子なの。自分の足さえ見えないから、ミュールしかはけないのよ」

「わかるわ」彼女がショック状態に陥りつつあるのを感じ取って、シャーロックはやさしく話しかけた。「もう大丈夫よ、心配いらないわ」そっと彼女を遠ざける。つぎの瞬間、トイレのドアを押して外に出た。群がる野次馬をかき分けて、声を張りあげた。「いますぐ警備員を呼んで！」

71

サビッチは近づいてくる看護師に向かって叫んだ。「わかった。すぐに行くからとハント判事に伝えてくれ。ありがとう」

「お利口さんね」シャーリーンはぼそっと言い、看護師が笑顔で小さく手を振ってナースステーションに戻るのを目で追った。

「かわいいお嬢ちゃんだこと。あの顔つきからして、あんたの気を惹きたいんだろうねえ。奥さんに対しては誠実なのかい？」

サビッチは看護師がふたたびふり返るのを見た。サビッチとシャーリーンを見比べて、怪《け》訝《げん》な顔をしている。そのまま行け、心配するな。おまえの狂った関心はおれひとりで受け止めさせてもらうよ、シャーリーン。

「黙ってるとこを見ると、誠実じゃないんだね？　男ってのはみんなそう。あの犬畜生みたいなうちの亭主もそうだった。なにがあったか――」ふたたび途中で黙りこんだ。しゃべるんじゃないったら、シャーリーン。

サビッチは階段室のドアを開けて、階段をのぼりはじめた。彼女の発言は異様、いや異様を通り越して不気味だった。突然スカイダイビングをはじめる脳を、かろうじて制御しているかのようだ。その点を利用できるだろうか？

五階に着き、残すところ二階分となった。さいわい誰も階段室に入ってきていない。この運がいつまで続くのかいぶかりながら、彼女から目を離さずチャンスをうかがいつづけた。携帯が鳴ったときは、彼女が跳びあがったのがわかった。電話は留守番電話に切り替わり、そのまま切れた。

「足を止めるんじゃないよ、サビッチ。携帯が鳴ったね。そのままにしときな。あと二階のぼったら、すてきな日差しが待ってるよ。ほんと、いいお天気だ。この時期のサンフランシスコでこんな日に恵まれるなんてねえ」

「ああ、気持ちのいい日だ」サビッチには彼女が呼吸する音が聞こえた。いくら鍛えてきたとはいえ、もはやサビッチほど速くは歩けなくなっている。残すはわずか一階分。階段で反撃を試みたほうがいいだろうか？

一瞬、背後をふり返ると、彼女は拳銃をしっかりサビッチの背中に向けたまま、三段遅れてついてきていた。「なにを見てるんだ、サビッチ？　かわいい奥さんの心配かい？　助かる見込みはないと思ったほうがいい、ジョー――スー――はすごい男だから。本物の中国人スパイがここカリフォルニア州のサンフランシスコにいるなんて、信じられるかい？　彼は仕事の内容には触れず、問題を抱えてることだけ打ち明けてくれた。誰にだって問題はある。わたしはそう言って、彼の面倒をみた。あの子はいい。礼儀正しいし、わたしにお礼を言ってくれたし。お互いさまだよ」言葉を切り、ひと息ついた。「だけどね、爆弾が爆発したあと合流するつもりでいるけど、どうなることやら。いっしょになれる保証はないからね」

この病院から生きて出られないかもしれないことに気づいているのか？　やけに悟ったような口ぶりだった。話をさせたほうがいい、とサビッチは思った。話せば息が切れるし、注意もそれる。「やつにはもう会えないと思ってるのか？」

返事は意外なものだった。「ジョーからいっしょに北京に行こうと誘われたけど、そんなこと、想像もつかなくてね。外見も違えば、言葉も違う人たちに囲まれて暮らすなんてさ。見ただけでわたしを嫌うかもしれない」

「ああ、わかるよ。さらに問題なのは、シャーリーン、ジョーが彼らと揉めている可能性があることさ。やつがなんと言ってるか知らないが、中国に行くとは思えない」

「わたしに嘘をついてるって言うの？　まあ、でもそのあと、中国の任務をすべて終えたら、ふたりでトスカーナに行こうかとも言ってたからね。イタリアのとってもきれいなところだから、そこに田舎家を買って、田舎の変わり者になるのもいい、貯金はたっぷりあるから、と言ってた。

スピードが落ちてるよ、捜査官。ああ、わたしにはお見とおしさ、飛びかかるつもりだね。

そんなことをしたら、中空で撃ってやる。わかったかい？　できればジョーといっしょに立てた計画に沿ってことを進めたいんだ。ほら、あと少しで屋上だけど、どんな気分だい？」

もう一階分もない。下のフロアでドアが開いて、駆け足で階段をおりる音がした。

「運のいいやつだよ」シャーリーンはふたたび腕時計を見た。肩で息をしている。

「さあ、着いたよ。出るとしよう。屋上への階段は、通路を行った先の左側にある。ドアを開けて、動くんじゃないよ」

サビッチは指示に従った。

すぐ背後に彼女がいて、背骨に銃が押しつけられた。二メートルも歩くと、屋上へとつながるより控えめなドアがあった。

そのとき男の声がした。「おい、ここでなにをしてる？　どういうことだ？」

72

ぱりっとした青いスーツを着た若い男が、両手を振りながら大股で近づいてきた。「ここへは立ち入り禁止だよ。きみたち、何者だ?」

いざとなったらシャーリーンが迷わず撃つことを知っているサビッチは、急いで口を出した。「FBIのディロン・サビッチ捜査官です。屋上を調べなければならなくなりました。お手間はかけません」おれの言うことを信じて、引き返してくれ。頼むから、自分の部屋に戻るんだ。

男は一瞬、身分証明書の提示を求めたそうな顔をしたが、やがて首を振った。「急いでくださいよ。ここへは入ってはいけないことになってるんです。警備員から言われたはずですけどね。みんなぴりぴりしてる。申し訳ないが、さっさと片付けてもらわないと」手をひらひらさせながら、立ち去った。

シャーリーンが言った。「身なりはいいけど、哀れっぽい物言いをする男だね。結婚してるんだろうか。いや、たぶんしてるね。で、亭主に我慢のならない奥さんは外に出て、できそこないの恋人を作り――」しばし焦点の合わない目でサビッチを見た。「さあ、行くんだ。そうそう、屋上のドアを開けて」

彼女がまた脱線したことにサビッチは気づいた。だが、隙を衝くほど長くは続かなかった。つぎに彼女がそうなったときに備えて、心構えをしておかなければならない。彼女は言った。

「あと十段ものぼって屋上に出ると、こちら側に留め金のあるドアがあるよ。あんたの考えてることはわかるけど、五分早く死にたいのでなけりゃ、やめとくんだね。実際、生きたくてたまらないんだろ？　たとえあの捜査官の女房が死んでたって、あんたのほうは五分だって長く生きたいはずだよ」

背中に銃が押しつけられた。

サビッチはドアの留め金を外した。いっきに飛びだして、彼女の視界から消えようか？だが、シャーリーンは彼の上着をつかんで、そばから離れなかった。

ふたりいっしょにざらついた屋上に出ると、目の前にサンフランシスコの街並みが広がった。風は冷たく身を刺すようだが、太陽は明るく輝いている。

「端まで歩くんだよ。見てごらん、太腿までしか手すりがない。あんなのが役に立つと思っているのかね？　すべてを終わりにしたければ、あれをまたぐだけで、飛びだしていける。ま、あんたの場合は、多少勇気がいるかもしれないがね」

銃でサビッチの背中を突いた。「歩きな」

サビッチは歩いた。なにかしら手を打たなければ、ほどなく死ぬ。そうはいかない。シャーロックは生きている。生きて、待っている。スーが彼女なりハリーなりに打ち負かされたことが、直観としてわかった。シャーロックの存在をありありと感じ、ショーンの姿が目に浮かぶ。ヨセミテに行けるのが嬉しくてたまらないショーンは、サビッチの首にかじりついて、べたべたのキスをした。そのあと引き離され、祖父とともに心躍る冒険の旅に出かけた。エル・キャピタンというのが、ショーンから聞いた最後の言葉だった。

シャーリーンがふたたび腕時計を見た。爆発が遅れているに違いない。はたして彼女はいつそのことに気づくだろう?

73

シャーロックは七階の廊下につながるドアを開けた。

「ちょっと、誰なんだよ？　銃なんか持って！」

「ＦＢＩです。心配いりません」シャーロックは、シグを見て凍りついている若い男にどなり返した。「屋上に出た人はいますか？」

「ええ、やっぱりＦＢＩの捜査官と技師がね。屋上のドアはそこだよ」

彼女は走っていって、ドアを開けた。一段飛ばしに階段をのぼり、屋上のドアの留め金を外して、ゆっくりと押しあげた。ブロンドのかつらに技師のような白衣姿のシャーリーンが見えた。ディロンのすぐ近くに立ち、胸に銃口を向けている。屋上の端までほんのわずかな距離だった。

感謝します、神さま。まだ生きてる！

シャーロックは音をたてないように、屋上に出た。静かにドアを戻し、腰をかがめたままでいた。屋上は風が強いが、シャーリーンの声が聞こえる。「あんたがそのほうがいいんなら、顔に銃弾を撃ちこんで、下に突き落としてやるよ。どっちにする、サビッチ捜査官?」

ディロンが言った。「あんたの息子を誰が殺したか、聞かせてやろうか、シャーリーン?」

「あんただろうがハント判事だろうが、かまうもんか。どっちも人殺しなんだから、どっちも死んでもらわないとね。で、あんたは——」彼女が頭を振った瞬間、サビッチはシャーロックの姿をとらえた。彼女は屋上に身を投げて転がり、「シャーリーン!」と叫んだ。

シャーリーンがふり返って引き金を引く。だが、そのときにはもう、シャーロックは通風口の背後に転がりこみ、そこから三発立てつづけに撃った。うち一発を脇腹に被弾したシャーリーンは、悲鳴とともに飛びのいた。

すかさずサビッチが襲いかかる。腹を蹴ってよろめかせたが、それでも彼女は拳銃を手放そうとしない。ぜえぜえと息を切らしながらも拳銃を持ちあげ、体をひねって、ふたたびシャーロックに発砲した。

シャーロックが撃ち返す。彼女は狙いを外さなかった。

仰向けに倒れたシャーリーン・カートライトの口から息が漏れ、胸から噴きだした血潮が周囲に飛び散った。

サビッチが膝をついて、身を乗りだした。「ハント判事はソニーを殺してない。おれもだ」

シャーリーンが彼を見あげた。「ジョーは死んだの?」

シャーロックが答えた。「いいえ、死んでないわ。でも、死刑囚の列に並ぶことになるでしょうね。あなたが考えてるような男じゃないのよ、シャーリーン」

「あの子が息子ならよかった」その言葉を最後にシャーリーンは事切れた。

サビッチがゆっくりと言った。「たぶん解剖をしたら、脳腫瘍が見つかる。もうおかしかったんだ、シャーロック」立ちあがって、妻に手を差しだし、自分のほうに引き寄せた。

「きみが無事なのはわかってた。もしなにかがあれば、おれにはわかる。ハリーは無事か？」

「ええ」シャーロックは彼の胸と腕をまさぐり、膝をついて、こんどは脚に触れた。「とにかくあなたのところへ来たかった。ラムジーの病室のフロアにいる看護師から、あなたが階段室に向かったと聞いて、全速力で階段を駆けあがったわ」

「おれは無傷だよ。間に合うように来てくれて助かった」シャーロックを引っ張りあげた。

シャーロックは彼の頬に手をつけ、愛してやまない顔を見つめた。「あなたならひとりでも、きっとなんとかしてたわ」

そうだろうか？　冷たい風に凍えそうになるまで、ふたりは抱きあってその場を動かなかった。

エピローグ

サンフランシスコ、デイビスホール
翌水曜日の夜

モリーは美しく着飾った人々でいっぱいになったホールを眺めた。黒と白のフォーマルな装いのオーケストラと、貴族的な風貌をした長身の指揮者ジョバンニ・ロッシーニ。頭から立ちあがったニワトリのとさかのような銀髪が、まばゆい照明を受けて真新しいコインのように煌めいている。指揮棒が掲げられ、チャイコフスキーの交響曲第四番の冒頭が広いホールに響き渡る。モリーは、舞台上でエマを待つ、フルサイズの黒光りするスタインウェイから目を離すことができなかった。

できることなら舞台裏の娘についていてやりたかった。けれどエマはモリーの両手を握りしめて、「ママがここにいたら、かえって緊張しちゃうわ。わかってもらえないかもしれないけど、ほんとなの。だからお願いだから、今夜はパパといてあげて。パパはがちがちになってるし、まだ胸を痛がってる。クリスマスシーズンなのよ、ママ。パパもここに来られた。それだけでもうじゅうぶん」エマはモリーを抱きしめて、笑顔で見あげた。

かけがえのないわたしの娘。モリーはそのとき、もはやエマのことは心配しなくていいことを悟った。なにかがあれば、エマにピアノを教えてくれているミセス・メーヒューがその場についていて娘を落ち着かせてくれる。モリーは娘に口づけすると、その小さな顔をしばし両手で包みこみ、もう一度キスをしてから、舞台を一望できる右側のボックス席に戻った。エマのピアノを弾く前に、ドボルザークとマーラーの楽曲の演奏がある。それに耐える時間がまもなくはじまろうとしている、とモリーは手を握りしめた。少なくとも、双子の心配をしなくていいのがありがたかった。二人はシャーロック判事の家でケトル・コーンとホットチョコレートに舌鼓を打っている。ラムジーはというと、その平然とした表情とは裏腹に、緊張で胃をむかつかせているのは間違いなかった。それに、執拗な痛みにいまだ苦しめられているのが顔つきからわかる。タキシード姿になった彼を見たときは、ずいぶんほっそりしてしまったけれど神々しいほどセクシーよ、と一歩下がって言った。身支度にはサビッチとハリーが手を貸してくれた。根気のいるむずかしい作業のあいだ、モリーは寝室の片隅に佇み、いまだ痛みに苦しむ彼を見守る苦しさを表に出すまいとしていた。

モリーが手を握ると、ラムジーが笑顔でささやいた。「エマならきっとすばらしい演奏をしてくれる」彼がむしろ自分に言い聞かせているのがモリーにはわかる。笑顔を返して、しばし彼の肩にもたれかかった。

チャイコフスキーの演奏が終わると、指揮者は観客席を向いてお辞儀をし、拍手を浴びた。

モリーはショーンを膝に載せたディロンとシャーロック、イブとハリーに笑いかけた。みんながうなずいて返してくれる。ラムジーにささやきかけた。「こんなにいい席ははじめてね。ビンセント家がボックス席を提供してくださったおかげで、六人そろって観られるわ」

ラムジーはうなずいた。ビンセント家は夜の寒さの厳しい十二月にもかかわらず、いまパリにいる。あれはもう何年も前のクリスマスイブのことだ。ビンセント家の面々とともに大勢の人でごった返すノートルダム寺院に入りこみ、そのあとセーヌ川沿いをポンヌフ橋まで歩いて、熱々の焼き栗を買った。来年はうちも出かけてみようか。

ロッシーニの指揮棒が振りおろされ、ドボルザークの交響曲第九番「新世界より」の演奏がホールを満たした。ラムジーは曲に心を傾けた。来年もまた生きられる。行きたければパリにも行かれる。命があること、エマの演奏を聴くためここデイビスホールにいられることがありがたくて、叫びだしたくなった。

モリーがそわそわしている。ラムジーはささやきかけた。「心配するな。エマは立派なプロだよ」

モリーが大きく息を吸いこむ。「あなたがここにいる、大切なのはそのことだけよ。エマにとっても、わたしにとっても」

オーケストラの演奏はマーラーの交響曲第五番嬰ハ短調に移り、それが永遠に続くように感じた。マーラーがここにいたら、蹴ってやるところだ。どうしてこうも長いの？　それもついに終わった。拍手が鳴り止むと、ロッシーニはその魅力あふれる笑顔を聴衆に向け、耳に心地よいイタリア訛りの英語で言った。「ミス・エマ・ハントを迎えられることを誇らしく思います。彼女にはジョージ・ガーシュインの『ラプソディ・イン・ブルー』を演奏してもらいます。そしてまた、彼女の父君であるラムジー・ハント判事をこの場にお迎えできて光栄です。必要とあらば、ヘリコプターを飛ばしてでも会場入りすると、おっしゃられたとか」ロッシーニはラムジーのいるボックス席に一礼し、全聴衆の目がそちらに集まった。

「ミス・エマ・ハント！」ジョバンニ・ロッシーニが手を突きだして迎え入れるなか、クリスマスらしい赤いベルベットのドレスを着たエマが登場した。艶やかな焦げ茶の髪は金色の髪留めふたつでまとめられ、明るい照明を受けて絹のように輝いている。小さな足にはフラットな黒のバレーシューズをはいていた。装身具はひとつだけ、ラムジーが前回の誕生日に贈ったロケットで、エマと母親の写真が片方に、もう片方にラムジーと双子の写真がおさめてある。

　娘が舞台に登場したときのこの気持ち。モリーにはその気持ちを表現できたためしがなかった。誇らしさではち切れそうになる一方で、恐怖に喉が締めつけられるあまり顔が青ざめそうになる。ボックス席から舞いあがりそうな高揚感に続いて、この宝物のような存在を産んだのが自分であることの不思議さで、頭が真っ白になった。エマがロッシーニの手を取って、笑顔で指揮者を見あげている。エマはグランドピアノまで行き、背筋を伸ばして艶のある表面に軽く触れる。鍵盤を前にして座り、椅子を少しだけ左に動かした。ボックス席を観て、笑顔になる。そして鍵盤に手をおろした。

「ラプソディ・イン・ブルー」がはじまった。熱烈で豊かで魔法に富んだガーシュインの傑作だ。いまのこの演奏を聴いて、十一歳の少女が演奏していると思う人はいないだろう。楽曲の世界にゆっくりと、けれどいやおうなく引きこまれていく。息を吹き返したモリーは、やはり飛べないかもしれないと思う。エマの演奏を何度となく聴いているので、一小節一小節、和音のひとつずつ、すべて記憶していた。最後の和音を弾いたエマは、しばらくじっとしていた。ミセス・メーヒューからそうやって心を鎮め、呼吸を整えるのだと教わっているからだ。そして椅子を離れ、聴衆のほうを向いて、頭を下げた。

モリーははじかれたように立ちあがり、夢中で拍手した。聴衆が総立ちになって拍手喝采を送ってくれている。ラムジーだって体調さえ許せば、笑みに顔を輝かせる妻といっしょに立ちあがっていただろう。隣にはサビッチと、その腕のなかで激しく拍手するショーンと、ハリーとイブがいるけれど、立ちあがればボックスから転げ落ちて下の人たちに迷惑をかけるかもしれない。

エマは鳴り止まぬ拍手にふたたびお辞儀をした。「アンコール!」の声が飛び交った。あらためてスタインウェイの前につき、自分で作曲したクリスマスキャロルの「オー、カム・オール・ユア・フェイスフル」から「シルバー・ベルズ」までを変化をつけながらメドレーで演奏して、会場の雰囲気を盛りあげた。ふたたび立ちあがってお辞儀をすると、聴衆もいま一度立ちあがって拍手を送った。ロッシーニが深いお辞儀とともに赤い薔薇の花束を彼女に渡した。エマは薔薇の花束を掲げ、まっすぐに父を見て一礼した。

まるであらかじめ指示されていたかのように、全聴衆がボックス席を見あげた。あろうことか、さらに拍手の音が大きくなる。

そしてついに聴衆が席につくと、一瞬、完全な静けさがホールを満たした。中二階の最前列からステージ奥の楽屋のひと部屋ひと部屋にまで、ショーンの幼い声が凛々と響き渡った。

「エマ、ぼくと結婚してください！」

付記

コンサートが終わって一時間としないうちから、デイビスホールのボックス席にいるラムジー・ハント判事の写真や音声付きの動画がユーチューブにアップされはじめた。そこには父親に抱かれたショーンが興奮のあまり手すりから落ちそうになりながら、エマに向かって叫ぶ姿がとらえられていた。それが数時間後にはネット上に拡散していた。

マスコミを避けるため、サビッチとシャーロックはショーンをオーランドのディズニーワールドに連れていった。ところが運の悪いことに、小さな女の子がショーンに気づき、飛び跳ねしながら叫んだ。「あたしと結婚して、ショーン！」それでまたもや大騒ぎになってしまった。

訳者あとがき

キャサリン・コールターのＦＢＩシリーズ、第十三弾『代償（*Backfire*）』をお届けします。一ダースも越え、登場人物にもますます厚味が出てきました。前の作品でヒーロー、ヒロインだった人たちが脇役にまわり、新たな主人公たちをもりたてています。みんなが少しずつ大人になっていく。そりゃそうですよ、シャーロックとサビッチの息子ショーンが五歳なのですから。それにしても、今作で明らかになるショーンの惚れっぽさは、いったい誰に似たんでしょうか？

今回、周囲からもりたてられるふたりは、イブ・バルビエリ連邦保安官助手とハリー・クリストフ特別捜査官です。イブは見たところブロンドのポニーテールをしたチアリーダータイプですが、その実、数多くの武勇伝を持つ勇ましい女です。父親も兄たちも連邦保安局に勤める強者ぞろい、ＦＢＩの特別捜査官のことはひ弱なお坊ちゃま扱いをして、なかばばかにしています。対するハリーは、スマートなイメージのある連邦捜査局のなかにあって、ワイルドな印象の男です。実際、態度もでかければ、口も悪く、無遠慮な口をきいては周囲と軋轢《あつれき》を生じる問題児。もともと人当たりのいいタイプではありませんが、どうやら、それに加えて一年半前の離婚がまだ尾を引いているもよう。

そんなふたりがラムジー・ハント連邦判事の殺害未遂事件で組むことになりました。ラムジー・ハントは、ジャッジ・ドレッドというSF映画の主人公の名前で呼ばれる、地元のヒーロー判事です。五年前に黒い法衣をひるがえして裁判官席から飛びおり、裁きの場に銃器と暴力と死を持ちこんだ三人のならず者をひとりで倒すという大立ち回りを演じたのがきっかけでした。イブはラムジーの警護責任者であり、ハリーは支局長のチェイニーから今回の捜査の責任者に指名されました。お互い同じ連邦ビルディングにオフィスがあるため面識はありました。どちらも個性的なタイプなので、互いの噂も聞いていました。ですが、引きあわされるのはこれがはじめて。その瞬間から、ふたりのあいだで火花が散ります。どちらも相手の見た目のよさに内心、目をみはりつつ、その傲慢で強気な態度にかちんときて、しかも反発を隠しません。そのくせ自分がなにを言っても怯まない相手に内心一目置きます。

と、ふたりは最初からロマンスの予感はたっぷりなのですが、事件のほうは待ったなし。ラムジー判事が一命を取り留めたと安堵したのもつかの間、ICUから個室に移す途中のエレベーターのなかでふたたび襲われます。防弾チョッキを身につけたイブの身を挺《てい》した警護で判事には怪我はありませんでしたが、エレベーターシャフトに入りこんでまで判事を襲撃する執念深さは異様です。ラムジーの妻モリーの要請を受けてすでにサンフランシスコに入って捜査にあたっていたサビッチとシャーロックにとっても、驚くべき展開でした。いったい犯人は誰で、なにが目的なのか？　とりあえず疑うべきは、カーヒル夫妻しかいません。この夫妻はラムジーが担当していた裁判の被告人ですが、ラムジーは撃たれたその日の昼、ミッキー・オルーク検事補の不可解な態度に業を煮やして裁判手続きを中断していました。そのオルーク検事補も行方不明になっています。

サビッチは真相を探るべく、カーヒル夫妻の取り調べにあたります。この年の離れた夫婦者には、マーク・リンディという、国家の最高機密にかかわる仕事を担っていた男性を殺した嫌疑がかかっています。ただ通常の殺しではなく、夫妻がスパイ行為に荷担していた疑いがあるため、所轄の警察ではなく、FBIが捜査を担当してきました。ですが、サビッチはあえてイブを取り調べに伴い、イブのたくみな誘導で、カーヒルの妻のほうから「スー」という、謎の人物名を引きだすのですが……。

ざっとしたこのあらすじから感じていただけるかどうかわかりませんが、今回は国家の最高機密を扱っている分、いつもより話のスケールが大きい気がしますし、読後により複雑な印象が残ります。ですが、コールター作品の定番のよさは全編に脈々と流れています。個性豊かな子どもたち――シャーロックとサビッチの息子ショーンの〝色男ぶり〟とか、ラムジーとモリーの十一歳の娘モリーの聡明さとか、その弟のカルとゲージによる、大人を翻弄する〝双子語〟とか――が醸しだすにぎにぎしい明るさと、なにより主人公ふたりのキレのいい会話が読みどころかなと思います。

ところで、今回のお話のなかに一度だけ、ジュリアという名前がちらりと登場いたします。そう、サンフランシスコ支局長であるチェイニー捜査官の新妻として……。このシリーズを読んでくださっている方ならお気づきのことと思いますが、なにを隠そうこのジュリアは『幻惑』でヒロインとして登場したあのジュリア――年の離れた霊媒師の夫を失い、その前には、息子をスケートボードの事故で失った女性、『幻惑』の冒頭で何者かに殺されかけた女性です。予想のついていたこととはいえ、チェイニーがそのジュリアと結婚して〝ばかになるほど幸せ〟になっているとわかり、訳しながら、ついつい頰が緩みました。家族に恵まれずにきたジュリアも、チェイニーのうるさい親戚たちに囲まれて、にぎやかに暮らしているのかな。そんな感慨もシリーズ作品だからこそですね。

さて、最後に次作〝*Bomb Shell*〟のご紹介を。主人公となるのは今作の捜査で勘の鋭いところを見せたグリフィン・ハマースミス捜査官。その能力を見込まれたグリフィンは、サビッチの引きで本部のCAUに移ります。そんな彼のもとに、バージニア州マエストロにあるスタニスラウス音楽学校の大学院生である妹が何者かに襲われて、病院に運ばれたとの連絡が入ります。グリフィンが現地に飛んで捜査にあたる一方で、サビッチとシャーロックはリンカーン記念館の近くで見つかった、全身の骨が折れた凍結死体の捜査に追われることに。バージニア州マエストロといえば、『失踪』でも舞台になった場所。本国での評価も高いようなので、楽しみです。

ザ・ミステリ・コレクション

代償《だいしよう》

著者　キャサリン・コールター

訳者　林《はやし》 啓恵《ひろえ》

発行所　株式会社 二見書房
東京都千代田区三崎町2-18-11
電話 03(3515)2311［営業］
03(3515)2313［編集］
振替 00170-4-2639

印刷　株式会社 堀内印刷所
製本　株式会社 村上製本所

落丁・乱丁本はお取り替えいたします。
定価は、カバーに表示してあります。

ISBN978-4-576-16043-6
http://www.futami.co.jp/

真珠の涙にくちづけて

キャサリン・コールター

栗木さつき［訳］

衝突しながらも激しく惹かれあう勇み肌の伯爵と気高き〝妃殿下〟。彼らの運命を翻弄する伯爵家の秘宝とは……。ヒストリカル三部作、レガシーシリーズ第一弾！

月夜の館でささやく愛

キャサリン・コールター

高橋佳奈子［訳］

卑劣な求婚者から逃れるため、故郷を飛び出したキャサリン。彼女を救ったのは、秘密を抱えた独身貴族で⁉　謎めく館で夜ごと深まる愛を描くレガシーシリーズ第二弾！

永遠《とわ》の誓いは夜風にのせて

キャサリン・コールター

栗木さつき［訳］

淡い恋心を抱き続けるおてんば娘ジェシーと、その想いに気づかない年上の色男ジェイムズ。すれ違うふたりに訪れる運命とは——。レガシーシリーズここに完結！

夜の炎

キャサリン・コールター

高橋佳奈子［訳］

若き未亡人アリエルはかつて淡い恋心を抱いた伯爵と再会するが、夫との辛い過去から心を開けず…。全米ヒストリカルロマンスファンを魅了した「夜《ナイト》トリロジー」第一弾！

夜の絆

キャサリン・コールター

高橋佳奈子［訳］

クールなプレイボーイの子爵ナイトは、ひょんなことからいとこの美貌の未亡人と三人の子供の面倒を見るハメになるが…。『夜の炎』に続く「夜《ナイト》トリロジー」第二弾！

夜の嵐

キャサリン・コールター

高橋佳奈子［訳］

実家の造船所を立て直そうと奮闘する娘ジェーンは、英国人貴族のアレックに資金援助を求めるが…⁉　嵐のような展開を見せる「夜《ナイト》トリロジー」待望の第三弾！

黄昏に輝く瞳
キャサリン・コールター
栗木さつき［訳］

世間知らずの令嬢ジアナと若き海運王。ローマの娼館で出会った波瀾の愛の行方は……? C・コールターが贈る怒濤のノンストップヒストリカル、スターシリーズ第一弾！

涙の色はうつろいで
キャサリン・コールター
山田香里［訳］

父を死に追いやった男への復讐を胸に、ロンドンからはるかサンフランシスコへと旅立ったエリザベス。それは危険でせつない運命の始まりだった…! スターシリーズ第二弾

忘れられない面影
キャサリン・コールター
栗木さつき［訳］

街角で出逢って以来忘れられずにいた男、ブレントと船上で思わぬ再会を果たしたバイロニー。大きく動きはじめた運命を前にお互いとまどいを隠せずにいたが…

ゆれる翡翠の瞳に
キャサリン・コールター
山田香里［訳］

処女オークションにかけられたジュールは、医師モリスに救われるが家族に見捨てられてしまう。そんな彼女をモリスは妻にする決心をするが…。スター・シリーズ完結篇！

禁断の夜を重ねて
メアリー・ワイン
大野晶子［訳］

ある土地を守るため、王の命令でラモンは未亡人のイザベルに結婚を持ちかける。男性にはもう興味のなかったイザベルだが……中世が舞台のヒストリカル新シリーズ開幕！

その言葉に愛をのせて
アマンダ・クイック
安藤由紀子［訳］

ある殺人事件が、「二人」を結びつける——過去を封印して生きる秘書アーシュラと孤島から帰還した貴公子スレイター。その先に待つ、意外な犯人の正体は!?

眠れない夜の秘密

ジェイン・アン・クレンツ
喜須海理子［訳］

グレースは上司が殺害されているのを発見し、失職したうえとある殺人事件にかかわってしまった過去の悪夢にうなされ始める。その後身の周りで不思議なことが起こりはじめ…

愛の炎が消せなくて

カレン・ローズ
辻早苗［訳］

かつて劇的な一夜を共にし、ある事件で再会した刑事オリヴィアと消防士デイヴィッド。運命に導かれた二人が挑む放火殺人事件の真相は？ RITA賞受賞作、待望の邦訳!!

ひびわれた心を抱いて

シェリー・コレール
藤井喜美枝［訳］

女性TVリポーターを狙った連続殺人事件が発生。連邦捜査官ヘイデンは唯一の生存者ケイトに接触するが…？ 若き才能が贈る衝撃のデビュー作〈使徒〉シリーズ降臨！

危険な夜の果てに

リサ・マリー・ライス
鈴木美朋［訳］

医師のキャサリンは、治療の鍵を握るのがマックという国からも追われる危険な男だと知る。ついに彼を見つけ、会ったとたん……。新シリーズ一作目！

そのドアの向こうで

シャノン・マッケナ
中西和美［訳］
〔マクラウド兄弟 シリーズ〕

亡き父のために十七年前の謎の真相究明を誓う女と、最愛の弟を殺されすべてを捨て去った男。復讐という名の赤い糸が結ぶ、激しくも狂おしい愛。衝撃の話題作！

影のなかの恋人

シャノン・マッケナ
中西和美［訳］
〔マクラウド兄弟 シリーズ〕

サディスティックな殺人者が演じる、狂った恋のキューピッド。愛する者を守るため、元FBI捜査官コナーは人生最大の危険な賭けに出る！官能ラブサスペンス！

運命に導かれて
シャノン・マッケナ
中西和美［訳］
〔マクラウド兄弟 シリーズ〕
殺人の濡れ衣をきせられ過去を捨てたマーゴットは、そんな彼女に惚れ、力になろうとする私立探偵のデイビーと激しい愛に溺れる。しかしそれをじっと見つめる狂気の眼が…

真夜中を過ぎても
シャノン・マッケナ
松井里弥［訳］
〔マクラウド兄弟 シリーズ〕
十五年ぶりに帰郷したリヴの書店が何者かに放火され、そのうえ車に時限爆弾が。執拗に命を狙う犯人の目的は？ 彼女を守るため、ショーンは謎の男との戦いを誓う…！

過ちの夜の果てに
シャノン・マッケナ
松井里弥［訳］
〔マクラウド兄弟 シリーズ〕
傷心のベッカが恋したのは孤独な元FBI捜査官ニック。狂おしいほど求めあうふたりに卑劣な罠が……この愛は本物か、偽物か――息をつく間もないラブ＆サスペンス

危険な涙がかわく朝
シャノン・マッケナ
松井里弥［訳］
〔マクラウド兄弟 シリーズ〕
あらゆる手段で闇の世界を生き抜いてきたタマラ。幼女を引き取ることになったのを機に生き方を変えた彼女の前に謎の男が現われる。追っ手だと悟るも互いに心奪われ…

このキスを忘れない
シャノン・マッケナ
幡 美紀子［訳］
〔マクラウド兄弟 シリーズ〕
エディは有名財団の令嬢ながら、特殊な能力のせいで家族にすら疎まれてきた。暗い過去の出来事で記憶をなくしたケヴと出会い…。大好評の官能サスペンス第7弾！

朝まではこのままで
シャノン・マッケナ
幡 美紀子［訳］
〔マクラウド兄弟 シリーズ〕
父の不審死の鍵を握るブルーノに近づいたリリー。情報を引き出すため、彼と熱い夜を過ごすが、翌朝何者かに襲われ…。愛と危険と官能の大人気サスペンス最新刊！